七剑下天山

上

天山系列

梁羽生 著

朗声图书

中山大学出版社
SUN YAT-SEN UNIVERSITY PRESS
（·广州·）

图书在版编目(CIP)数据

七剑下天山/梁羽生著. —广州：中山大学出版社，2014.7
(梁羽生精品集)
ISBN 978-7-306-04878-3

Ⅰ.①七… Ⅱ.①梁… Ⅲ.①侠义小说—中国—当代 Ⅳ.①I247.5

中国版本图书馆CIP数据核字(2014)第094254号

广东省版权局版权合同登记图字：19-2012-065号

七剑下天山 *Qi Jian Xia Tian Shan*

封面题字：黄苗子　书名篆刻：张贻来

出版人　徐　劲
总策划　欧阳群
责任编辑　何　娴　曾育林
责任校对　林春光
内文插画　卢延光
封面设计　张　帆　广州壹品牌策划有限公司
出版社　中山大学出版社
电　话　编辑部020-84111996，84111997，84113349，84110779　传真020-84036565
地　址　广州市新港西路135号(邮政编码：510275)
网　址　http://www.zsup.com.cn　E-mail:zdcbs@mail.sysu.edu.cn
发　行　广州市朗声图书有限公司(电话：020-34297719)
印　刷　广州市恒远彩印有限公司
规　格　720mm×1020mm　1/16　35印张　495千字　插图21幅
版次印次　2014年7月第1版　2017年4月第2次印刷
总定价　96.00元(全二册)

如发现本书因印装质量影响阅读，请与出版社发行部联系调换

目 录

楔　子　一阕词来　南国清秋魂梦绕
十年人散　绣房红烛剑光寒 …………………… 3

第一回　一女独寻仇　十六年间经几劫
群雄齐出手　五台山上震三军 ………………… 15

第二回　浪迹江湖　水尽萍枯风不语
隐身古刹　空灵幻灭色难留 …………………… 37

第三回　剑气珠光　不觉坐行皆梦梦
琴声笛韵　无端啼笑尽非非 …………………… 51

第四回　比剑压凶人　同门决战
展图寻绮梦　旧侣重来 ………………………… 67

第五回　难受温柔　岂为新知忘旧好
惊心恶斗　喜从古窟得真经 …………………… 83

第六回　雾气弥漫　荒村来异士
湖光潋滟　幽谷出征骑 ………………………… 97

第七回　剑胆琴心　似喜似嗔同命鸟
雪泥鸿爪　亦真亦幻异乡人 ………………… 113

第 八 回　恩怨难明　空山惊恶斗
灵根未断　一语醒迷茫 …………………… 133

第 九 回　扑朔迷离　耐心详怪梦
寻幽探秘　无意会高人 …………………… 153

第 十 回　叱咤深山　黄衣藏隐秘
纵横双剑　幽谷会群豪 …………………… 169

第十一回　一女灵机　桂仲明无心获宝剑
群豪慑服　凌未风赌技夺黄金 ……………… 189

第十二回　幽谷缔良缘　喜有金环联彩笔
江湖偕俪影　争看宝剑配神砂 ……………… 219

第十三回　一剑败三魔　宝玉明珠藏相府
清歌惊远客　澄波碧海赞词人 ……………… 231

第十四回　埋恨深宫　花迎剑佩星初落
扬威三峡　柳拂旌旗露未干 ……………… 255

易蘭珠
凌未風
桂仲明
劉郁芳
飛紅巾
武瓊瑤
張華昭

七剑群像

楔子　一阕词来　南国清秋魂梦绕
十年人散　绣房红烛剑光寒

笑江湖浪迹十年游，空负少年头。对铜驼巷陌，吟情渺渺，心事悠悠！酒冷诗残梦断，南国正清秋。把剑凄然望，无处招归舟。

明日天涯路远，问谁留楚珮，弄影中洲？数英雄儿女，俯仰古今愁。难消受灯昏罗帐，怅昙花一现恨难休！飘零惯，金戈铁马，拼葬荒丘！

——调寄《八声甘州》

南国清秋，夜凉如水，一轮皓月，将近中天。这时分，已是万籁俱寂，只杭州总兵的府第里，还是笑语喧喧，喜气洋洋。

这晚是杭州总兵小姐出阁的前夕，总兵是个旗人，复姓纳兰，双名秀吉，是清朝开国的功臣之一，当年跟随多尔衮入关，转战二十余年，才积功升至杭州总兵之职。他的女儿，芳名明慧，名实相副，以美艳聪慧饮誉于宗室之中。她的父亲膝下无儿，只此一女，宝贝得当真有如掌上明珠，自幼就请了两位教师教她，日间习武，晚上学文，端的是个文武皆能的才女。

纳兰秀吉升任总兵之后，皇室中的一位远支亲王，慕他女儿之名，替儿子前来求亲。这位亲王的儿子，叫做多铎，说起来鼎鼎有名，乃是旗人中数一数二的好汉，自小就能拉强弓，御驽马，骑术剑术，在八旗军中，首屈一指，二十二岁那年就随军西征，平定了准噶尔和大小金川，今年仅仅二十八岁，就被任为两江提督，可算是宗室中最年轻的一位将领。纳兰秀吉攀上这门亲家，真是锦上添花，喜上加喜。

可是就在这个出阁的前夕，纳兰小姐却泪珠莹然，拿着一纸词笺，低回捧读，读到“难消受灯昏罗帐，怅昙花一现恨难休”时，再也忍受不住，清泪夺眶而出，哭得像一枝带雨的梨花！良久、良久才挣扎起来，低低唤了一声“姆妈”。

这“姆妈”就是她的保姆，纳兰小姐自幼跟她长大，真是比父母还亲，这时正睡在外间套房，一闻呼唤，即刻进来，见她这个样子，不禁说道：“小姐，你这是何苦来！谁不说你嫁得好婆家，给夫人知道，可又得捶心气苦了。小姐，我还是劝你把往事忘记了吧……”

纳兰小姐截着她的话道：“姆妈，你别管我，我求求你把小宝珠抱来，我要再看她一眼！”保姆摇摇头，叹息了一声，终于应命出去了。

就在这个时候，只见窗前的红纱灯，烛光摇曳，微风过处，一条黑影，蓦地扑入窗来！

跳进来的是一个英俊少年，在烛光摇曳之中，可隐隐看见他的眼角眉梢含着一股幽愤之气。他看见纳兰小姐面前摊着的，正是他手写的词笺，词笺上有点点斑斑泪渍。他苦笑一声道：“妹妹，你大喜啊！”

纳兰小姐星眸微启，两颗滴溜溜的眼珠，如秋水如寒星，横扫了他一眼，道：“难道你也不能体会我的苦心，就这样地怨我？”

那少年袖子一拂，跨前一步，突急声说道：“难道我们不能出走，南下百越，北上天山，四海之大，岂无我们安身立命之处。”

纳兰小姐头也不抬，幽幽说道：“谁教你是汉人？”

少年面色一变，哈哈笑道：“我以为你是女中豪杰，原来你还是你们爱新觉罗氏皇朝的贤孝女儿！”

话犹未了，忽然听得号角齐鸣，园中响箭乱飞。少年虎目圆睁，蓦地双手低垂，交叉横过背后，冷然笑道：“你若要我性命，何必用这样诡计？我垂手给你绑吧，算是送给你新婚的一份大礼！”

纳兰小姐本来是低首哽咽着的，这时也急得跳了起来，满面花

只见窗前的红纱灯，烛光摇曳，微风过处，……纳兰小姐大吃一惊，本能地侧身躲闪，说时迟，那时快，手上抱着的女孩，已给少年抢去。

容失色，颤声说道：“你、你、你这是什么话!”

少年靠近窗子一看，只见园子里升起了数十盏孔明灯，照耀得如同白昼，人声喧嗓，潮水似的，向东面角门涌出，却没有一个人朝着自己这面走来，显见并不是对付自己的，少年也颇感诧异了。不多时，人声渐寂，孔明灯也一个一个地熄灭了。

少年回过头来，正待发话，忽听门外有脚步声传来，他一旋身，躲在帐后，只见房门开处，纳兰小姐的保姆，背着孩子，气吁吁地走了进来，说道：“小姐，听说是总兵府大牢有人劫牢，今晚卫兵多数在这里办事，那边人手不够，已给逃脱了一些囚犯，所以刚才又急急在这里调人过去，小姐，你没吓着?”

纳兰小姐木然不答，一伸手就把保姆手上的孩子，接了过来。孩子哇声一哭，帐后的少年也蓦地跳了出来。

那保姆吓了一跳，看清楚了说道：“杨大爷，你饶了我们的小姐吧，明日是她大喜的日子了。”

那少年点了点头，说道：“我知道!”叹了口气，自顾自地吟哦道：“明日天涯路远，问谁留楚珮，弄影中洲?”吟声未断，忽然劈面一掌，向纳兰小姐打来!

纳兰小姐大吃一惊，本能地侧身躲闪，说时迟，那时快，手上抱着的女孩，已给少年抢去。纳兰小姐直跳起来，问道：“你，你这是干么?”少年一退身，贴近窗子，狠声说道：“从今天起，她不再是你的了，你不配问她!”那女孩子刚才哭喊了一阵，已倦极熟睡，经此一闹，两只小眼睛又睁开来，看见纳兰小姐披头散发，作势欲扑的样子，觉得很是可怕，小嘴巴一咧，小手儿向空乱抓，看看又是要哭的神气。少年忙把她转了半个身，轻轻地抚拍，瞧瞧窗外，只见银河耿耿，明月当空，满园子静悄悄的，他咬一咬牙，抱着孩子，蓦地穿出窗去，背后只听得纳兰小姐呼喊凄厉，他头也不回，施展轻功，穿枝拂叶，就像一只灰色的大鹤，在月色溶溶之中消失了。

园子里很静，外面大街却是闹成一片。少年举目一看，只见总兵府那边，火光冲天，满街上人群乱奔乱跑，携儿带女的哭哭喊喊，少年抱着孩子，混在人丛中，谁也不理会他。

少年知道是清兵镇压逃犯越狱，心中一动，不禁扭头回看，只见总兵府附近的几条街口，都有大队清兵锁住，囚犯似乎是向另外一边逃出，因此，有一队马队，正向那边冲去。少年见黑压压的，看也看不清，又瞧瞧自己手上的孩子，叹了口气，虽然那边兵刃交击之声，远远传来，他也只能自顾自地随着人流，逃出郊外去了。

出到郊外，人群渐渐四处流散，险境既离，大家也就各各觅地，或坐或卧，再也不愿走动了。只有那少年，还是抱着孩子，踽踽地在荒野独行。

折腾了半夜，月亮渐渐西移，孩子已熟睡了。少年正想找个地方歇歇，忽然听得蹄声得得，隐隐传来，大约是清兵追赶囚犯，追到这边来了。听蹄声急骤，似乎追得很紧！

少年所站之处，附近正有一座荒坟，坟上有一丛野草，高逾半身，少年抱着孩子，往坟后一躲，野草刚刚将他们掩蔽住。少年定眼看时，只见给两骑马追着的，却是两个大孩子，一男一女，看样子都不过十六七岁，不禁很是诧异。

那两个大孩子，跑到距离荒坟二十来步左右，忽然双双立定，各自拔出剑来。这时那两骑马已奔到，马上人往下一落，一个抖出铁链，一个亮起斫刀，两个魁梧奇伟的满洲大汉，双双扑上前来，喝令他们快快束手就绑。那两个孩子理也不理，双剑如流星赶月，和两条大汉血战起来！

那少女出手极为迅捷，霎地一伏身，剑尖登时疾如电闪，对准那个使斫刀的咽喉，直刺过去，那人退了一步，“铁锁横江”，用刀一封；少女霍地收招，剑诀一领，刷的又是一剑，探身直取，剑扎胸膛；那人往后又退了一步，蓦地将大斫刀一旋，逼起一圈银虹，使出关外独有的“绞刀法”，要将少女的剑绞断。少女却不收招，剑尖一沉，变为旋身刺扎，借着左臂回身之力，斜穿出去，剑招疾展，又是旋风一样地扫来。

那少男的剑招没有少女这样迅捷，斗法却又另是不同。只见他手上好像挽着重物一样，剑尖东一指，西一指，却是剑光缭绕，门户封得很是严密。对手一条铁链，舞得呼呼声响，兀是搭不上他的剑身。

伏在坟后的少年是个大行家，他十八岁起浪迹江湖，迄今已有十年，各家各派的招数，都曾见识。一见这对男女的剑法，就知他们年纪虽轻，却是得自名师传授。只是那少女，剑法虽然看来迅捷，力争先手，功力却是不够，对方和她游斗，时间一久，必定力倦神疲；而那少男，剑招虽然缓慢，却是颇得“无极剑法”的神髓，表面看来似处下风，倒是无碍。坟后少年，抱着孩子，目注斗场，掌心暗扣三粒铁菩提，准备若少女遇险，就出手相救。

斗了一会，那少女果然渐处下风，她使了一招“风卷落花”，剑尖斜沉，倒卷上去，想截敌人手腕。那使斫刀的突然大喝一声，一迈步，斜身现刀，展了一招“顺水行舟”，不但避开了少女的剑锋，反而进招来了一个“横斩”，刀光闪闪，向少女下三路滚斫而进。少女慌不迭地急斜身横窜，仗着身法轻灵，想避开对手这连环滚斫的招数。

但对手也似乎早已料到她有此一着，在进刀横斩时，两枝甩手箭也破空而出，而且在出手之后，刀尖趁势点地，倒翻起来，在空中打了一个筋斗，大斫刀以“独劈华山”之势，向少女头顶斫去。

就在这少女生死俄顷之际，坟后少年的三粒铁菩提已然出手。使斫刀的只见自己两枝甩手箭，刚到少女身后，忽然自落，方是一怔，手腕上又是一阵辣痛，这时他刚以饥鹰攫兔之势下落，大斫刀刚刚压下，就受了暗算，几乎把握不住，痛得大叫一声，手中刀仍是发狂一样斫去！但就在这个时候，背心又是骤地一凉，一把剑尖，已堪堪刺到，耳边只听得一声清叱：“休得伤我妹子！”未及回头，左肩已给削去一大片皮肉！

那少男的无极剑法，本来就高出对手许多，虽然火候未够，一时未能取胜，但已是占了上风，他一面打，一面留心旁边的少女，见少女吃紧，手中剑也突然急攻起来，刷，刷，刷，“抽撤连环”，一连几剑，点胸膛，挂两臂，又狠又准。那使铁链的被迫得连连后退，少男却不前追，脚跟一转，蓦地一个“怪蟒翻身”，身形疾转，手中剑反臂刺扎，一掠数丈，便径自向追击少女的那个大汉刺去。

这正是螳螂捕蝉，不知黄雀在后，使斫刀的大汉未及回头，肩上已给削去一大块皮肉，就在这一瞬间，那少女也已反转身来，凝身仗剑，狠狠地扑击过去。使斫刀的受伤之余，如何挡得住这疾风暴雨般的前后夹击，只见两道剑光，赛如利剪，那魁梧大汉，竟给斩成三截，血溅尘埃。

那使铁链的却是精灵，一见同伴毙命，立刻上马奔逃，另一骑无主的战马，也连连长嘶，径自逃跑了。

坟后少年目睹这一场恶斗，见这对男女竟未发现是自己发暗器相救，不禁心内暗笑："毕竟是初出道的雏儿。"

这时，这对男女利剑归鞘，双手紧握，似乎在喁喁细语，坟后少年只见他们嘴巴张动，也听不清楚是说什么。忽然间，那少女挣脱双手，高声问道："那么，是你说的了？"少男点点头，应了一声，坟后少年，虽听不清，但那显然是承认的神气。

这一声应后，那少女忽地跳开一步，似避开什么可怕的东西似的；忽地又跳上前来，扬手就是一巴掌，打在少男脸上，噼啪一声，清脆可听。少男的面孔正对着荒坟这面，坟后少年在月光下只见那少男的面孔惨白，动也不动，神气十分可怖！

那少女一掌打出后，见他这个样子，忽然双手掩面，痛哭起来，扭转身躯，竟边哭边跑了。那少男仍然僵立在那儿，直待少女的背影也消失了，这才一步一步，直走过来。坟后少年想呼唤他，但见他定着眼珠，木然地一步一步前走，就像荒野的游魂一样！少年不觉打了一个寒噤，叫也叫不出声，那少男已经自荒坟旁边走过，没入草丛之中，竟没注意到荒坟后面有人埋伏。

坟后少年看了这一场悲剧，联想起自己和纳兰小姐分别的情形，心中不禁又是一阵阵酸痛。这时他耳边听得"胡""胡"之声，似风声，却又不是风声。他看见月亮，记起这是中秋之后的第三个晚上，钱塘江的夜潮，正是在秋季大汛的时候。他茫然地站了起来，循着潮声，就向钱塘江边走去。

钱塘江数十里宽的江面，在月光下闪闪发光，这时潮还未来，放眼望去，但见天连水水连天，烟波浩淼，一望无涯。少年抱着孩子，踽踽独行，听潮音过耳，百喟交集，如醉如痴，直到耳边忽听得一声"杨云骢"！这才如梦初醒，扭过头来。

这一回头，人也立时惊醒，眼前站着的是一个鹰鼻深目的老者，身边还站着两个精壮少年。杨云骢认得这正是纳兰小姐未婚夫多铎的师叔，满洲武师“铁掌”纽祜卢，杨云骢初出师门，在回疆柴达木盆地，帮助哈萨克人抵御清兵，曾和他朝过相。

纽祜卢面挟严霜，冷冰冰的似笑非笑，神情很是可怕。他双掌交错，拦在杨云骢面前，说道：“杨云骢，别来无恙！你这几年所做的事情，瞒得了纳兰总兵，瞒得了多铎提督，可瞒不了老夫！多铎提督是天潢贵胄，纳兰小姐是俺们旗人第一美人，你不只是糟踏了纳兰小姐，简直是糟踏了俺们一族。俺不知则已，知道了须代多铎洗清这个耻辱！”

杨云骢左手抱着孩子，听了这一番话，仍是动也不动，面部毫无表情。这时纽祜卢身旁的两个少年，早已按捺不住，一左一右，双双扑上前来。杨云骢冷笑一声，脚跟一旋，转了半个圆圈，猛喝一声，右手接住右面少年攻来的双掌，一接一扭，扭着敌人右腕，轻轻一按，只听得杀猪一般大叫，这个少年已给杨云骢抛出数丈之外！这时左边少年方才攻到，杨云骢身子突地下煞，避过敌人的勾拳，猛地长身，劈面一掌，砰然一声，这人的面孔，立刻像开了五色颜料铺一样，乌黑的眼珠突出，鲜红的面血下流，登时晕倒地上。这时杨云骢手上的孩子，也早给震醒，哇哇地大哭起来。

纽祜卢见两个徒弟一出手就被打成这个样子，怒吼一声，横身一跃，右掌“直劈华山”，用足了十成力量，兜头就是一掌。杨云骢也不退避，右掌倏翻，也用足十成力量，向上打去。两掌相交，“蓬”然如巨木相撞，这时只听得孩子厉叫一声，竟自杨云骢的手中，震飞出去！杨云骢急掠数丈，如大雁斜飞，恰恰赶上去将孩子接住。

杨云骢这一掌受得不轻，但纽祜卢却受得更重。他给杨云骢一掌，震得站立不住，跌跌撞撞，直向后面翻出一二十步，这才止得住身形。他以一双铁掌闻名关外，竟吃不住敌人掌力，心中恼怒异常，他一长身，拿出一把精光闪闪的三角锉，这把锉乃是他独门的兵器，名唤“丧门锉”，可作匕首用，也可作短戟使，还能用以打穴，端的厉害非凡！这时杨云骢也已结束停当，将孩子用绣带缚在背上，也取出一把光芒闪闪的短剑。

纽祜卢的丧门锉，长仅二尺八寸，杨云骢的断玉剑比他的还要稍短几分。武家的兵器是“一寸短，一寸险”，剑锉交锋，不比长枪大戟，中间有那么一段距离，短兵相接，几如肉搏，精芒闪电，利刃就在面前晃来晃去，谁要是稍一疏神，便有血溅黄沙之险。

纽祜卢怒极猛搏，点扎戳刺，迅如怒狮，全是进手的招数。杨云骢背着孩子，孩子又哭个不停，他不敢跳跃，又要分神护着孩子，弄得满身大汗，非常吃力。只是他的剑术，乃是海内第一名手所授，端的非同小可。他兀立如山，见式破式，见招拆招，一口短剑，横扫直击，劈刺斩拦，竟是毫不退让！

两人越打越急，越斗越险，战到分际，那纽祜卢忽然身移步换，快若流星，一闪闪到杨云骢背后，竟然一锉向孩子插去。杨云骢这招本应纵身跃出，可是他怕惊坏孩子，只能平地一转，身子轻飘飘拔起，短剑“举火燎天”，搭着纽祜卢的丧门锉，往上一拔，借纽祜卢的势，夺他的兵器，只一撩，那口锉竟给撩出了手，飞堕尘埃。两人的身法都快，谁也收势不住，纽祜卢锉飞出手，人也扑了过来，杨云骢身形方才下落，离地还有少许，就给他撞个正着；这时背上的孩子又是一声厉叫，那声音也已经沙哑了。杨云骢心中一慌，未及躲避，胸口竟给击中一掌，而他的短剑也趁势一送，直插入纽祜卢胁下，插得只留下剑把。

这一下，两败俱伤，杨云骢一剑插出之后，人再也支持不住，只见眼前金星乱冒，地转天旋，他知道要糟，急急向地面一伏，免得向后跌倒，压坏了孩子。

那边纽祜卢也已重伤倒地，双眼血红地瞪着。两人相距不过四五尺之遥，可是大家都不能起来扑击了。两人就这样瞪眼望着，夜风中回荡着孩子沙哑的哭喊声，这景象，这气氛，的确令人惊心动魄。

过了片刻，纽祜卢挣扎着在地上蠕蠕而动，用手腕抵地，竟然慢慢地向杨云骢这边爬过来。杨云骢大吃一惊，也试着移动，可是全身绵软无力，才想用一点劲，喉头已是一阵阵腥气直冒，一口口鲜血直咯出来。纽祜卢号称“铁掌”，杨云骢给他打得正中心口，掌伤比剑伤更重。

杨云骢眼看着纽祜卢像临死前的狰狞野兽一样，蠕动移来，自己却是毫无办法，心中又气又急，不觉晕了过去，经过了好一会子，耳中忽听得有人反复呼叫："杨大侠！杨大侠！"这才悠悠地醒过来，只见面前站着的，正是那个在荒坟前面与满洲武士拼斗，后来给少女打了一个耳光的大孩子，他十分诧异，低声问道："你怎知道我是谁？你来这里做什么？"

那少男却并不答他前面的问题，两眼茫然无神，忽然大声说道："我想投河！"

杨云骢冷然问道："那你又为什么不投？"少男道："见着你这个样子，我如何能跳下去？杨大侠，我认识你，好多年前，你在我们舵主家里作客，我见过你。不过那时我还是个小孩子。"

杨云骢以手腕撑地，点了点头，说道："这就是了，你现在不能投河，将来更不能自寻短见。你受了委屈，跳水一了百了。但你的许多师友，他们为了光复汉族，受了更大的冤屈，或死或伤，你们年青人不管，却为了点点小事，寻生觅死。如何对得住他们？"杨云骢这时，头微微上抬，凝视着少男，面容显得十分严肃。他的声音低沉嘶哑，但每一句都如暮鼓晨钟，震撼着少男的心。

少男看着面前的杨云骢，这位名震江湖的大侠已经是力竭声嘶，快死的人了。他微现愧怍之色，说道："我听大侠的吩咐。"

杨云骢挣扎着将自己的汗衫一扯，撕下了一大幅，突然将右手中指，送进嘴里一咬，鲜血直冒出来，他连哼也不哼一声，就在汗衫上振指直书，把少男看得呆了。

杨云骢写完后，叫少男过来将汗衫取去，断断续续说道："你把这幅血书拿去，并将我的短剑为凭，抱着这个孩子，上天山去见我的师父晦明禅师，他会教给你天下独步的剑法！"说完之后，好似大事已了，双目一合，就此再不言语。

这时残月西沉，曙色欲现，钱塘江远处现出了一条白线，轰轰之声远远传来，少男藏好血书，背着短剑，抱着女孩，凝望江潮，心中也说不出是个什么味儿。就在此时，远处又有蹄声传来，少男再一凝听，似是一个清脆的女声，在高叫着"大哥"！他突然长叹一声，把长衫除下，鞋子脱掉，往水面一扔，人也躲进了岸边的柳树丛中。

来的是两男一女，那女的正是刚才打他耳光的少女，她纵马驰来，不断地叫着："大哥，你躲在哪里？你出来啊！"那两个男的，却一路劝她。

这几个人一到江边，见尸横遍地，都呆着了。一个男的，忽然大声叫道："这不是杨大侠？哎哟！杨大侠，杨大侠，你怎么了？"他跑上前去抚视，见杨云骢鼻端已没有气息，不禁惊叫起来。心想：杨云骢是晦明禅师的衣钵传人，剑术武林罕见，怎的却会死得这样惨？

这时那女的却又是一声惨叫，朝沙滩便跑，好像要跳进钱塘江去。两个男的放眼一看，只见江面上漂着一件长衫，沙滩上有两只鞋子！

猛然间，钱塘江的怒潮骤起，轰隆轰隆之声响如雷鸣。白堤上雪花乱喷，怒潮如万马奔腾，一霎那间已涌到堤边。两个男的惊叫一声，飞掠而前，拉着少女便退。饶是他们退得这样快，还是给浪花溅了一身！

直到这些人完全退去后，少男方才从柳树丛中出来，一步一步，朝北方走去。

欲知这少男少女究是何人？杨大侠和纳兰小姐有何关系？请看正文分解。

第一回　一女独寻仇　十六年间经几劫
群雄齐出手　五台山上震三军

山西五台山是著名的佛教圣地，其上的清凉寺，据说是东汉时所建，千余年来，香火不衰。自清朝康熙皇帝登位以后，几次上五台山礼佛，重修古刹，再建金身，更把五台山的灵鹫峰下，变成了佛教最大的丛林。

这一年是康熙十三年，正巧碰上清凉寺文殊菩萨的开光大典，大典在三月二十九举行，可是方过了年，善男信女已自各地而来，山上的五个大铜塔，每层都嵌满佛灯，从新正起就昼夜通明，真是殿宇金碧，妙相庄严。

临到开光大典这天，这份热闹更不用提啦，一大清早，山岗、松林、峡谷、幽涧，都挤满了人，有的是佛教信徒，有的是专诚来观光看热闹的人。

在这些人中，有一个三绺长须、面色红润、儒冠儒服的老人，和他同来的是一个俊俏的美少年，说话却带着女音。这两个人说来大有来头，儒冠老者名叫傅青主，不但医术精妙，天下无匹；而且长于武功，在无极剑法上有精深造诣。除此之外，他还是书画名家，是明末清初的一位奇士。

那美少年却是一位女扮男装的小姐，名叫冒浣莲。她的父亲叫冒辟疆，也是明末清初的一位大名士，当时的名妓董小宛慕他之才，自愿做他的侍姬。董小宛也是诗词刺绣两俱精妙的才女。两人意气相投，十分亲爱。不料后来因董小宛艳名远播，竟给洪承畴抢进宫去，献给顺治皇帝，被封为贵妃。冒辟疆失去董小宛之后，终日书空咄咄，竟尔抑郁告终。

傅青主是冒辟疆生平挚友，冒辟疆死时，冒浣莲不过三岁，因为她的身世另有复杂之处，冒辟疆怕她受族人歧视，便托傅青主照料。因此冒浣莲自幼跟随这位世伯，倒也学了一身武艺。

这天清早，两人也随众观光。傅青主左顾右盼，好像兴趣很高；而冒浣莲则面容沉郁，好像有很大的心事。傅青主在顾盼之间，忽然微咦了一声道："莲儿，你看那两个人。"

冒浣莲抬头一看，不觉吓了一跳。原来前面的两人，一个活像吊死鬼，身长七尺来高，瘦削得像一枝修竹，面色又是白惨惨的，怪是吓人；另一个却肥肥矮矮，头大如斗，头顶却是光秃秃的。

冒浣莲本来很是沉郁，瞧见这两个人的怪相，一惊过后，不觉"哧"的一声，笑了出来。那两人听见笑声，回过身来，瞪眼待找，傅青主忙拉拉她的衣袖，在人丛中混过，然后低低地告诉她道："这两个人乃江湖上有名人物，高的那个叫丧门神常英，矮的那个叫铁塔程通。你有事要办，何必去惹这两个活宝?"

两人行了一会，忽然冒浣莲又是轻轻地怪叫一声，对傅青主说："伯伯，你看那个和尚!"傅青主依着所指方向看去，只见一个方面大耳的和尚站在人丛之中，周围的人虽然你推我拥，却总是挨不近那个和尚，他一走动，周围的人就似乎自动给他让路一样，总挪出一点空隙来。傅青主看了，不禁又是微"咦"一声，说道："怎么这个野和尚也来了。这个和尚从来不念经礼佛，也不戒荤腥，专一欢喜在江湖上管闲事，人称他为怪头陀通明和尚。"

这时东面山坳又过来一簇人，有几个汉子，牵着猴儿，背着刀枪，打锣打鼓的，似乎是卖解艺人。为首的一个妇人，虽然荆钗裙布，可是却仪态万端，容光逼人，很有点贵妇的风韵。傅青主瞧了一眼，悄悄地对冒浣莲道："这个妇人不是寻常的卖解女子，瞧她的眼神，足有二三十年的内家功力。"

傅青主和冒浣莲一路谈一路走，不觉越过了好几堆人。前面那个怪头陀也行行企企，东张西望。傅青主不愿和他朝相，正想拉冒浣莲从旁的路走，忽见一个少年，好像是发现那怪头陀的奇迹，不服气似的，故意向前撞去。傅青主暗暗说了一声："要糟!"只见通明和尚双肩一耸，那个少年跌跌撞撞地收不住脚步直撞出来，一连碰到了几个人，直撞到冒浣莲身上。那个少年似是给撞得发急了，不假思索地一手向冒浣莲抓来，想将身形定住。不料这一手抓去，正是朝着冒浣莲的胸部，冒浣莲满面通红，伸手就是一格，双臂相交，只觉来人气力甚大，自己本想用无极掌的擒拿法将他摔倒，却给他反手抓住手臂，羞得冒浣莲双臂一振，运用内力，将少年直逼出去。

那少年趁着一抓之力，已将身形定住，虽给冒浣莲逼退，却不再跌跌撞撞了。只是他刚才一手抓住冒浣莲的臂膀，感觉滑腻腻的，似乎是个女子，心中一惊，定住身形之后，急忙回过身来道歉，见冒浣莲是个少年，才放了心。冒浣莲这时看清楚这个少年，见他面如冠玉，温文之中带着英气，不由得又是满面飞红，见少年赔罪，没奈何只得还了一揖。

那个和尚这时转过头来，向少年哈哈笑道："撞你不倒，算你本事，咱们以后再见。"傅青主在和尚转头时，已把头别过一边，总算没有亮相。

风波过后，傅冒二人，又是边谈边行，不久就到了山上。只见寺前有大队旗兵，分列左右，寺前两三丈方圆之地，却是空荡荡的，一个人都没有。

冒浣莲正觉得惊异，只听得旁边的人也在吱吱喳喳地谈论。一个老者说道："看来这次皇上不会亲来了，既没有黄绫铺道，也没有仪仗队，连守卫在寺门的也只有这么寥寥几十个人。"另一个好像乡绅模样的人哼了一声道："这事要问我们才知道，皇上前几次来进香都是我们绅衿接驾。这次是鄂亲王多铎代表皇上来，鄂亲王一向不欢喜铺张，他出巡时，有时只带几个亲兵哩！"又一个带着江浙口音的商贾问道："你说的鄂亲王多铎，是不是十多年前做过两江提督的多铎？我记得他那时在杭州大婚，那才叫热闹哩。只是在大婚前夕，前朝的鲁王余部劫狱，闹得满城风雨，第二天大婚，老百姓们都不敢去看热闹。"那个乡绅笑道："你吹牛吹出破绽来了，既然都不敢去看，你又怎知他的大婚热闹？喂，他大婚前夕的劫狱事情是怎样的？你说说看。"那商人先是面红红地应了一声：

"是我胆大，在门缝里偷看哩。"跟着见乡绅对劫狱事情很有兴趣，也就得意洋洋地拉他过一旁哇啦哇啦地谈起来。

冒浣莲见他们谈论不相干的闲事，懒得注意。这时又听得旁边有两个秀才模样的人谈论道："不知何故当今皇上对五台山特别有兴趣，登位不久，就接连来了几次，这次开光大典却又不来。喂，听说大诗人吴梅村有一首诗就是咏皇上来五台山进香的，你记得么?"他的同伴说："我从京中来，怎会不知道。京中传遍这首诗，只是大家都解不通，觉得很奇怪。那首诗道：'双成明靓影徘徊，玉作屏风壁作台。薤露凋残千里草，清凉山下六龙来。'双成是古神话中西王母的侍女，这首诗咏进香，不知怎的会拉扯到美丽的仙女上去？不过吴梅村是先帝最宠爱的文学侍从之臣，这诗大约会有点道理。"

冒浣莲听他们这样说，心中一动，不觉呆呆地看住他们，那两个秀才发现了，微微一笑。冒浣莲搭讪问道："怎的那寺门现在还是紧紧关住，而且门前几丈方圆之地空荡荡的没一个人?"旁边一个老者插嘴答道："小哥大约是初次观光这类大典，不知道规矩。这庙门前的第一枝香要待鄂亲王来点，然后打开庙门，再由鄂亲王在文殊菩萨面前上第一炉香，然后才做法事，招待各方善男信女进去随喜。"

正谈论间，忽听得山下鸣锣开道，彩旗招展，一队旗兵拥着一乘八人大轿自山下上来，不多时已到清凉寺前，轿前有两个大灯笼，写着"鄂亲王府"四个大字。

这时半山腰处，又是一阵阵人声起哄，傅青主、冒浣莲回头一看，只见一个军官硬从人丛中闯过，飞步上山，背后还跟着一个披着大红僧袍的喇嘛僧。傅青主见了，眉头一皱，自言自语道："怎么这个魔头，也从万里之外赶来观光?"

冒浣莲见傅青主满面惊疑之色，问道："这是什么人，难道比通明和尚还厉害?"傅青主悄声道："你现在别问，过后再告诉你，今天准有热闹看哩!"

这时朝阳初上，五台山上空的云雾，像给一只巨手突然揭去一样，涌出金光万道，映起半天红霞。在变幻莫测的云彩中，现出血红色的日轮，照得满山满谷，都是春意，这时鄂亲王的绿呢翡翠大轿已停放在清凉寺前，在红日迫射下，泛出悦目的丽彩。

正在这个万人屏息、静待鄂亲王出来上第一炷香的时候，忽然从清凉寺侧，转出一个娉婷少女，面上披着轻纱，手里拿着一炷香火，在庙门前将香插下，旁若无人地径自礼拜起来。这一下突如其来，吓得亲兵们手忙脚乱，急急大声呼喝，赶上前去将少女两手捉着，少女也毫不反抗，让他们似捉小鸡似的，捉到鄂亲王的大轿前面。亲兵们似乎是要让鄂亲王亲自发落。

这突如其来的怪事，连傅青主也吓了一跳，正决不定应否出手援救之时，突见那少女双臂一振，两名亲兵，直给摔出一丈开外。说时迟，那时快，那少女嗖的一声，拔出一把精芒耀目的短剑，左手一掌把翡翠轿门震得碎片纷飞，右手一剑便插进去，大声喝道："多铎，今天是你的死期！"

轿子里的人微微哼了一声，一反手就将少女的手臂刁住，少女正待用力再插进去，睁目一看，忽然惊叫一声，慌不迭地抽出剑来往后便退。就在这个时候，忽地又是一个少年，自人丛中一掠数丈，三起三落，大鸟似的飞扑而来，人未到，镖先发，一出手就是三支连珠镖，径向轿中飞去！

那少女惊魂甫定，见飞镖联翩而来，忽然纵起用短剑便格，本来照她的武功，这几支飞镖，原不难尽数打落，只是她心灵刚刚受了震荡，神智未清，这一格一挡，只打落了两支飞镖，第三支还是射入轿中。

在场的江湖好汉见少女突然反敌为友，救援起多铎来，都大惑不解。又见第三支镖射入轿中，竟是毫无声息，就似泥牛入海一样。通明和尚这时已挤到人堆前面，突然振臂大呼一声："不要放走多铎！"那些卖解艺人和丧门神常英、铁塔程通等一干人众，便纷纷自人丛中跳了出来。

这时那发暗器的少年，也快跑到轿前，猛然间轿帘开处，一支飞镖似流星闪电般直射出来，那少年大叫一声，给飞镖打个正着！这时，几百名亲兵，一半围着轿门，一半拒敌，另有几个裨官牙将，武功较好的，便跑去要活捉这发暗器的少年。

冒浣莲在旁瞧得清楚，发暗器的少年正是刚才与自己相撞的那个人。再一看时，只见那披着面纱的少女，运剑如风，已杀入重围，将少年一把拉出。那少年左臂中了一镖，血流如注，幸好不是伤着要害，还能勉强支持。

这时清凉寺前已形成混战局面，观光人众四散奔逃，通明和尚一把戒刀舞得呼呼风响，锐不可当，只是那些亲兵们也是久经战阵的兵士，虽给他们打了进来，却并不显得慌乱。

丧门神常英和铁塔程通二人，一个使丧门棒，一个使五花斧，一面杀，一面喊："多铎贼子，还不出来纳命！"喊声未了，只见那乘绿呢大轿轿帘骤揭，走出一个风姿绰约、仪态万千的贵妇，只见她神气悠闲，轻移莲步，微启朱唇，问道："你们找鄂亲王有什么事?"

这一下大出意外，寺前骚动顿时平息下来，常英、程通不再吆喝，通明和尚垂下戒刀，亲兵们也横刀凝步停下手来。通明和尚等一干人众是鲁王旧部，此来为的是找多铎报仇。原来在满清入关之后，南明政权还继续了一些时候，抗清军民先后拥立过福王、鲁王、桂王等明朝宗室，鲁王就是东南志士张煌言、张名振等拥立的。鲁王建都浙江绍兴，自称"监国"，维持了五六年小朝廷的局面，后来给多铎麾下大将陈锦所平，鲁王余部在杭州密谋复国，又因秘密泄漏，数百人被擒，关在杭州总兵大牢，后来在多铎大婚前夕，越狱逃走，一场混战，又牺牲了许多人。因此鲁王旧部和多铎仇深如海，事过十六年，还聚集到五台山来，要把多铎生擒，活祭死者。

他们都是响当当的英雄儿女，冤有头，债有主，多铎的家属，他们是不愿残戮的。这番突然见多铎的大轿，走出的却是个贵妇，虽情知必是多铎的王妃，一时间也给窒住了。

两边僵持了片刻，情势很是尴尬。鄂王妃微微一笑，说道："若没有什么事，你们就散去吧。"说罢推开寺门，便待进去。常英抡起丧门棒，大叫一声道："镖伤张公子的就是这个贼婆娘，她既与我们为敌，众兄弟何必饶她?"一抖手，几枚丧门钉，直朝她背后打去，鄂王妃理也不理，听得脑后一响，一反手就把几枚丧门钉完全抄在手中，她接暗器的手法，竟是非常的纯熟！通明和尚等大怒，展开兵刃又冲杀起来，鄂王妃在鼓噪声中，已进入清凉寺去了！

这时山下又是金鼓齐鸣，一彪军马，急步赶上山来。

鼓角齐鸣，戈矛映日，在满山纷乱之中，这彪人马的先头部队已赶到灵鹫峰下清凉寺前。这彪人甲胄鲜明，右手持刀矛，左手持铁盾，碰到兵刃来袭，便举盾先迎，刀矛随出，只听得“当！当！”之声，震耳欲聋，不消片刻，便把清凉寺团团地围了起来。这彪人马是满清的禁卫军，专负皇宫和各亲王府的守卫之责，比御林军还要精选得多。

那披着面纱、手持短剑的少女，正掩护着那受伤少年，突围而出，她左边一兜，右边一绕，行前忽后，行左忽右，远施暗器，近用剑攻，迅如灵猿，滑如狸猫，专从缝隙里钻出来，看看就要突围，忽然迎面碰着这彪人马，正待绕道而行，蓦听得一声猛喝：“往哪里走！”一口长剑，疾如闪电地袭到！

披纱少女身躯一伏，右臂斜沉，长剑呼的一声从头上砍过，她猛地一长身躯，短剑倏然翻上，横截敌人手腕。这招使得十分险恶。不料敌人武功也极深湛，竟不撤剑回救，径自手腕一旋，也用剑把敲击少女手腕，两人一沾即走，各自以攻为守地避了险招，双方都暗暗惊诧。

少女抬头一看，只见和自己对敌的人气相轩昂，身材魁伟，料知不是寻常人物，正思疑间，猛听得一声大喝：“兀那不是多铎贼子！”少女大吃一惊，只听得对手傲然答道：“是又怎样？”

识破多铎，大声喝问的正是丧门神常英和铁塔程通二人，他们距离多铎较近，舍命地抢了过来。这时少女的短剑也越攻越紧，但多铎腕力沉雄，少女的剑一给碰着，手上就是一阵酸麻，而旁边那位受伤少年，又因失了自己掩护，竟给多铎的牙将击倒，横拖活拽去了。

这时常英、程通已然赶到，叫声：“姑娘稍退！”披纱少女狠狠地盯了多铎一眼，自知在如此形势下难于取胜，也便撤剑抽身，先去援救那少年同伴。

常英、程通来势十分凶猛，一连击倒了十几个禁卫军，多铎大怒，喝道：“众将退后，待我独擒这两个贼人！”长剑一挡，火星蓬飞中，把常英的丧门棒削去了棒头，但多铎的铁盾也给程通一斧劈裂，多铎索性把铁盾抛掉，展开关外长白山派的风雷剑法和两人大战起来！

多铎出现后，形势大变，通明和尚等一干人众，纷纷向多铎这边杀来，禁卫军虽然厉害，可是在山地上到底不易阻拦，竟给他们渐渐杀近……

程通、常英二人是江湖上出名的猛汉，兵械既重，力气又大，和多铎打起来，正是半斤八两，酣斗起来，只见常英的丧门棒如怪蟒毒龙，横冲直扫：程通的两柄板斧如山移岳动，重重压来。但多铎的功力也非同小可，长剑展开，挟着风雷之声，吞吐抽撤，时如鹰隼飞天；击刺截斩，时如猛虎伏地，一道剑光，裹住两般兵器，竟是毫不退让。酣斗声中，猛听得程通大喝一声，双斧卷地斫去，多铎长啸一声，抡剑腾身而起，朝程通的秃头猛剁下来，常英急抖丧门棒，以“潜龙升天”之式，将棒一翘，斜斜往上一举，向多铎小腹下的丹田穴猛戳。多铎忽地在半空打个筋斗，怪叫一声，一口长剑竟自半空脱手而出，向常英面门掷去。常英从未见过这种招式，急急纵身跳避，那口剑如一道长虹，竟自穿过一个禁卫军的甲胄，自前心直透后心。

这时铁塔程通方才抡斧站起，觑个正着，一斧斫去，不料多铎身形迅疾，又兼常英已被吓退，减了后顾之忧，他倏地转身，双臂箕张，一把抓着程通右臂，向上一举，把程通水牛般的身躯，在半空作了一个旋风舞，狞笑一声，猛地似抛大铁球一般向上抛去。程通也好生了得，给他这一舞一抛，两柄板斧仍未出手，在半空一个“鲤鱼打挺”，安然落在地上。只吓得附近清兵，纷纷躲避。

通明和尚大怒，斜刺里挺刀扑上。多铎的牙将，也已将多铎的长剑捡起递上。多铎正杀得性起，劈面一剑，狠狠斩去。通明和尚横眉怒目，大喝一声，也举刀猛劈。长剑戒刀碰个正着，只听得一声巨响，火花蓬飞，两人都碰得虎口发热，通明和尚更不换招，欺身直进，顺手一刀，便切多铎脉门，多铎微微一闪，剑招倏变，反圈到通明和尚背后，举剑便搠，通明和尚头也不回，听风认招，反手一刀，便斩敌人手腕。多铎若不收招，定必两败俱伤。

多铎到底是个亲王，通明和尚敢拼性命走出险招，他却不敢。他急得“大弯腰，斜插柳”，躬身换步，把捌出的剑硬撤回来。他也微微有点胆怯了。

说时迟，那时快，两旁的禁卫军已是如潮涌来，替他挡住那班江湖好汉。这时多铎带来的人马，陆续上山，自山脚到半山，蜿蜒如长龙，密密麻麻，总有二三千人，金鼓齐鸣，满山呐喊，声势极盛，竟似冲锋打仗一样。

那卖解女人突然打出一枝袖箭，嗤的一声，发出一道蓝火，直上遥空。这火箭是个讯号，一发出后，鲁王余部连呼速退，分头杀出，爬上山去。

多铎扭头一看，和卖解女人对个正着，他本想拦截通明和尚去路的，这时也改变了主意，飞步便追那个卖解女人。

那卖解女人身法好快，多铎大步追去，禁卫军两边闪开，不知不觉给她引上了灵鹫峰险峻之处。多铎一看，只见奇岩怪石，突兀峥嵘，峰回路转，凹凸不平，禁卫军在山腰下追逐鲁王的旧部，高峰上只有自己和那卖解女人，心念一动，不禁踌躇。那卖解女人好像知道他的心意一样，回头一笑，扬手就是一枝蛇焰箭向他射来，多铎引身一闪，蓬的一声，一溜焰火就在他身旁掠过，把附近野草烧将起来，那女的止步凝眸，横剑睨视，好像很看不起多铎的神气。

多铎心中有气，心想自己大小数百战，战无不胜，难道怕一个女人，而且这个女人的相貌，很像浙南“女匪首”刘郁芳的模样，把她除掉，对朝廷大有好处。

多铎档案中的“浙南残匪”就是前明鲁王的余部。因为鲁王的小朝廷是多铎灭掉的，因此他后来虽然卸了两江提督之职，有关江浙鲁王旧部活动的情形，地方官吏送来的文书，兵部也总备一份副本给他，并征询他的意见。这个“女匪首”刘郁芳是最近几年才崛起的，以前的“匪首”刘精一是鲁王部下一员大将，刘郁芳是他的女儿，据地方官送来的文书报告，自刘精一死后，鲁王旧部就公推刘郁芳做首领，那时她还未满三十岁，年纪轻轻，可是鲁王余部对她都很服帖。多铎在档案中曾见过她的图像，因此一见便觉好生面熟。

这时多铎给她一逗，忍不住挺剑追去。刘郁芳横剑不动，待得多铎一剑劈来，她微一侧身，青钢剑向左一领，多铎欺身直进，用力一拍，想将刘郁芳的剑拍掉，不料这一剑拍去，反给刘郁芳的剑搭上剑身，轻轻一引，借力打力，多铎身子竟给带动，移了两步。多铎趁前倾之势，疾地翻剑倒绞，化了刘郁芳的内劲，一团寒光裹着了刘郁芳的兵刃。

刘郁芳的无极剑法，兼太极、武当两派之长，机灵到极，在多铎长剑翻绞时，也趁势一卷，“回风戏柳”，当的一声将多铎的长剑荡开。她又是撤剑抽身，未败先退。

多铎气往上冲，大踏步追去。忽然间，只见刘郁芳像飞鸟一样，跳在两峰之间相连的一个石梁上，这石梁宽不到三尺，约有十余丈长，两边是险峻奇峰，底下是百丈深谷。多铎追得很急，收势不住，想也不想便飘身跳落石梁。刘郁芳秀眉倒竖，青钢剑如银虹疾吐，和多铎就在这绝险的石梁上大战起来。

刘郁芳胜在身法轻灵，多铎胜在功力深厚。这一番交手，只听得剑风虎虎，两人都给精光冷电般的剑气罩住，斗了一百多招，兀是未分胜负。这时禁卫军和通明和尚等一干人众，也已经追逐到了灵鹫峰上，众人一见多铎和一个女人在绝险之地拼命斗剑，都不禁惊骇起来，两边的人都是一面混战，一面注视着石梁上舍死忘生的恶战！

傅青主、冒浣莲二人，这时也箕踞在一块岩石之上作壁上观，看了一会，冒浣莲道：“傅伯伯，你看那卖解女使的是不是我们本门的无极剑法?”

傅青主若有所思，半晌答道：“我想起来了，算起来她该是你的师姐。二十多年前，我的师兄单思南和鲁王部下的大将刘精一交情很好，认了刘精一的小女儿做干女，从六岁起就教她练功，单思南的剑法自成一派，以无极剑法糅合武当剑法，刚柔兼济，和天山晦明禅师并称当世两大剑术名家。这女人准是刘精一的女儿无疑了。可惜她的功力略逊于多铎，要不然只论剑法，早就该赢了。”

说话之间，下面两人越斗越急，猛然间刘郁芳剑交左手，虚晃一招，多铎一剑劈去，刘郁芳一个“细胸巧翻云”，倒翻出三丈开外，右手一扬，一件黑忽忽的东西当头罩下，这是她的奇门暗器“锦云兜”，用钢丝织网，网的周围是月牙形的倒须。多铎措手不及，肩头给“锦云兜”兜个正着，倒须扣着皮肉，刘郁芳用力一拉，鲜血缕缕汩汩而出。多铎微微哼了一声，仍是挺着，手中剑上遮下挡，把门户封得很严。

刘郁芳运剑如风，狠狠攻上。多铎正危急间，猛听得左面绝壁之上一声大叫："我来也!"另有一声吆喝："楚昭南，你干么?"语声未了，突有一人似流星飞堕，恰恰落在石梁之上，身形未定，便是一剑撩去，把“锦云兜”的百炼钢绳斩断，拦在多铎前面，便和刘郁芳交起手来。多铎把倒须拔出，正待后退，忽见石梁那端又是一个和尚笑嘻嘻地拦住去路。多铎一看，正是那个怪头陀通明和尚，心中又惊又怒，长剑一摆，只得再度和通明拼命恶战!

楚昭南突然现身，把在场的好汉都吓了一跳。傅青主也皱起眉头，对冒浣莲说："我今晨说的魔头便是此人，他在江湖上被称为‘游龙剑’楚昭南，乃是晦明禅师的徒弟，二十年前和他的大师兄杨云骢并称天山二剑。可惜两人性格刚刚相反，杨云骢是豪气干云，终生为复国奔跑；而楚昭南却热中利禄，终于被大汉奸吴三桂网罗了去，做了他军中的总教头。杨云骢离奇死后，天山绝艺，只他一个传人，他更是横行无忌了。"

这时，在那两峰之间相连的石梁上，两对人斗剑，连转身也不可能，场面更是惊险无比。那楚昭南的剑法果然神奇，刘郁芳的青钢剑本来迅捷无比，旁观的看来，好像明明就要刺中楚昭南的要害了，可不知怎的，总给他把来势消于无形，连看也看不清楚他是怎么避开而又是怎样反攻的。傅青主看了一会，对冒浣莲说："看来非我出手不行了!"话声未了，只见楚昭南剑招如长江大河，滚滚而上，刘郁芳招架已显得很是艰难。傅青主叮嘱了冒浣莲一声："你别乱走!"双臂一振，就如大雁一般，往下飞去。

这时恰好楚昭南用了一招“极目沧波”，指向刘郁芳胸部，刘郁芳的青钢剑给他荡开，撤剑已来不及。傅青主到得恰是时候，右手无极剑凌空下击，左手一把抓住刘郁芳臂膀，运内家功力，向后一抛，刘郁芳借着这一抛之力，在半空中翻了个筋斗，轻飘飘的似羽毛一样落在那边的危崖之上。

楚昭南举剑一挡，觉来人内劲甚大，自己本想趁他身形未定，将他迫下深谷，不料双剑相击，只觉有一股大力推来，反给震退了两步，不禁心内暗惊，但自思天山剑法独步海内，来人纵是功力深厚，也难逃脱剑下。于是，更不思量，一口剑疾地施展开来，剑剑狠辣，全是指向敌人要害！

傅青主挟数十年内家功力，凌空下击，不能将楚昭南击倒，心中也是暗暗吃惊。瞬息之间，两人已斗了五七十招，双方全是毫不退让。两口剑闪电惊飙，越斗越急，远处望去，只见银光波涛之中裹着两条黑影，浮沉起伏，连通明和尚等一干好手，也自骇目惊心，紧张得连气也透不过来！

楚昭南越战越勇，剑招越来越快。傅青主却剑招倏变，越展越慢，但饶是楚昭南如何迅捷，却总是攻不进去，剑尖不论指到哪儿，都碰着一股回击之力。傅青主手上就像挽着千斤重物一样，剑尖东指西划，似乎甚为吃力，但却是剑光缭绕，好像在身子周围筑起了无形的铁壁铜墙。楚昭南是识货的人，知道这是最上乘的内家剑法，不禁倒吸了一口凉气。

楚昭南攻不进去，傅青主也杀不出来。两人都有点着急了。就在这僵持的时间，猛然间傅青主剑招一撤，门户大开。楚昭南一剑刺将入来，傅青主微微一闪，手中剑突然一闩，将楚昭南的剑锋锁住，左手闪电般地当头劈去。楚昭南猝不及防，右手剑一挺一卷，也以左掌迎击上去，只听得蓬然一声，接着满山惊呼，两人都似断线风筝一般，向石梁下的万丈深谷堕去！傅青主堕到半山，触着了崖石旁边伸出的虬松，一把拉住，就止了下堕之势，楚昭南却如弹丸一般，在半空中翻了几个筋斗，直落谷底！

这时多铎也给通明和尚步步进迫，一直迫到石梁的一端，再退就是绝险的危崖，而危崖上又有刘郁芳持剑守着！

这时多铎带来的禁卫军已全数登山，观光的善男信女哭号震天，鲁王的旧部也有许多还未突围。而禁卫军的神机营弓箭手也张强弓，飞羽箭，向刘郁芳等已突围的人射去。虽说危崖绝壁，弓箭很难瞄准，可是形势也很危险，刘郁芳目睹混战，耳听呼声，突然又发出一枝火箭，喝令通明和尚停手。

通明和尚愕然止步，正思疑间，只听得刘郁芳喝问道：“多铎，你还想不想活命?”多铎装出毫不在乎的神气说道：“想又怎样？不想又怎样?”刘郁芳道：“如果你想活命，你就叫禁卫军罢手，我们今日彼此不犯，同时你也不准滥捕一个老百姓。”多铎想了一下，问道：“以后又怎么样?”刘郁芳道：“以后是以后的事。你当然不会放过我们，我们也不会放过你!”多铎哈哈笑道：“这还公平，就这样办吧!”长剑一指，发出号令。

果然军令如山，传达下去，片刻之间，刀剑归鞘，强弓挂起，被围的鲁王旧部走出来，观光的人们也鱼贯下山了。

通明和尚横刀凝步，目送多铎大踏步走过石梁，恨得牙痒痒的，另一个更痛恨多铎的是那个披纱少女，她身倚石崖，手探怀中，似乎是想摸出暗器。丧门神常英在她背后，急忙拦阻道：“姑娘，可别胡来！我们首领已发下命令，不能失信于人。”

傅青主这时已爬了上来，刘郁芳重新以礼相见，谢过这位多年不见的师叔。待多铎走过石梁，她也率领一干人众，翻过灵鹫峰，从另一面下山了。披纱少女虽然不是她们一路，也给邀请同行。

一路上大家都很少作声。功败垂成，免不了有点丧气。可是大家也谅解刘郁芳的做法，轻重权衡，拿许多人的性命和多铎相换，也是不值得的。刘郁芳的兴致似乎还很不错，她见到冒浣莲明艳照人，举止娴雅，从心底里就欢喜她，一路逗她说话。只是冒浣莲却似乎郁闷未消，谈话之间，显得有点儿心神不属的样子。

这班人的脚程很快，翻过高峰，穿过幽谷，走了十余里的山径，也只不过花了一个时辰。不久就到了一个山庄，庄前已经有许多人相候。

刘郁芳对傅青主道：“这是江湖前辈武元英的庄子，我们此来，就是借他的庄子驻脚的。”傅青主问道：“你说的想是终南派的名宿武元英？我和他也是多年的朋友了。”刘郁芳应道：“正是此人。”说时，庄子里已有人出来禀报，那人是留守的鲁王旧部，自在刘郁芳耳边说了几句，只见刘郁芳蹙起眉头，说道：“我知道了！烦你先进去禀告庄主，我们在别院稍歇，料理一点事情。然后再拜见庄主和韩总舵主。”通明和尚问道：“可是天地会的韩志邦总舵主来了?”刘郁芳说道：“正是。”一班人都很高兴，可是却又像有些什么顾忌似的，不敢在刘郁芳面前谈论。

刘郁芳率领通明和尚等一班人众进去，傅青主、冒浣莲和披纱少女也一同行进，坐定之后，刘郁芳面容庄严，突然对披纱少女道：“姑娘，你可别怪，我们素来恩怨分明，今天你护了多铎王妃，却又舍命救我们的张公子，我们实在莫测高深，不知姑娘你能否赐告来意？能否以真容相见?”披纱少女默不作声，慢慢除下轻纱，忽然间，全场目光都注意着她，有的人且发出了怪声!

那披纱少女缓缓除下轻纱之后，一霎那间众人都呆着了。她的面貌，竟然和多铎王妃一模一样，只差身上没有穿着旗装。通明和尚忍不住问道：“你是旗人还是汉人?”少女横了通明和尚一眼道：“我自然是汉人。”程通问道：“姑娘的芳名、师门，能否见告?”少女笑道：“每一个人都有一个名字，名字不过是个记号罢了，为了称呼方便起见，你们就叫我做易兰珠吧。至于师门，以我这样一个不成材的女人，可不愿亵渎他老人家的名字。”

易兰珠环扫了众人一眼，她自然看得出众人疑惑的神情，于是提高声音说道：“至于问我为什么救护多铎王妃，我想各位都是英雄儿女，不用我说，也知道这个道理。我本意是要刺杀多铎，哪知却碰到了王妃。我自然不忍刺杀一个手无寸铁的女人！而她打伤张公子，却是以后的事。”

在少女侃侃而谈时，傅青主偷偷写了一张字条，叫冒浣莲递给刘郁芳看，上面写道：“此女目光散乱，神态异常，定有非常之痛。”刘郁芳知道这位师叔医理精妙，和自己所测也不谋而合。于是一待少女说完，便温言安慰道：“姑娘，你别多心！我们所问，也不过是想结纳姑娘这样一位朋友而已。姑娘，你如不嫌弃，我痴长几年，我可要叫你一声妹子。”于是亲自下去，将易兰珠拉着，叫她坐在自己的身边。易兰珠眼角微润，低声叫了一声：“姐姐!”通明和尚等人见她这个样儿，也觉得好生过意不去。

这时，武庄主已知道傅青主也来了，高兴非常，特别派人来请傅青主过去，说道：“刘姑娘有事情料理，那就请傅大爷先见见面吧。”

傅青主随庄丁过了几重院子，到了一间精致的书房，但见只有武元英一人洁樽相候，两人已有二十多年没见面了，这番见面，真个是感慨万千。

傅青主随庄丁过了几重院子，到了一间精致的书房，但见只有武元英一人洁樽相候，两人已有二十多年没见面了，这番见面，真个是感慨万千。两人谈了好一会子，武元英突然说道：“傅大哥，我有事相托，你可得卖个面子。”傅青主说道：“什么事?”武元英道：“想托你做媒。”傅青主笑道：“我可没认识什么女孩子。至于随我来的这位冒小姐，她年纪还小哩。”武元英也笑道：“不是想打你这位冒小姐的主意，我说的是你的侄女刘郁芳姑娘。她的父母和师父都死了，你是她的师叔，可拿得一半主意。”傅青主问道：“什么人托人做媒?”

武元英重重地喝了一口酒，捋着须子说道：“大哥，这个人说起来也不辱没刘姑娘。他就是天地会的总舵主韩志邦。这人不但是豪侠心肠，而且人极忠厚。他本是一个马场场主，清兵来后，他集众创立了天地会，只因连年奔跑，近四十岁还没有成家。”武元英说着又叹了一口气道：“我们老了，也不知道年青人的想法了。刘姑娘样样都好，就只是脾气可有点怪僻，一和她提亲，她就不高兴。韩志邦以前帮过她不少忙，也曾托武林同道向她提过婚事，她只是一个劲儿不理，以她这样的人才，也弄到三十出头还未结婚，而且好像不愿意结婚，你说，这可不是怪事?”

傅青主听了，凝思半晌，说道：“我可以代你问问刘姑娘的意思，但答不答应，可是她自己的事。”

两位老朋友又谈了一阵，武庄主道：“我和你去见见韩总舵主如何?”傅青主欣然道：“好。”两人走出客厅，只听得一阵孩子哗笑，有一个稚嫩的声音道：“韩叔叔，你输了，可不许抵赖啦！我要骑马。”武元英推门进去，只见一个大汉爬在地上，膊头上骑着一个孩子，拍手哈哈大笑。武元英喝道：“成化，不许闹！”

那孩子一跳落地，大汉也站了起来，紫面泛红，忸怩地笑着，粗豪中带着“妩媚”。武元英不禁笑道：“韩大哥越来越孩子气了，可纵坏了成化这孩子。”说着替傅青主介绍道：“这位就是天地会的韩总舵主韩志邦，这是我的小儿子成化。喂，成化过来拜见傅伯伯，向他讨见面礼。”

武成化今年只有十一岁，是武元英五十大寿那年生的，宝贝得了不得。这时跳跳蹦蹦地过来，手里还拿着棋子，说道："韩叔叔和我下象棋，连输三盘给我哩！"韩志邦道："成化这孩子真厉害，我刚刚学了梅花谱，用屏风马来挡他的当头炮进七兵局，谁知这孩子根本不是照棋书行的，这个战法不合棋谱，我可抵御不了啦！"说罢哈哈大笑。

傅青主也笑道："这叫做尽信书不如无书，墨守成规可不行啰。"说着，突然叫武成化道："你把棋子完全握在手里，向我打来，伯伯教你变戏法！"成化看了父亲一眼，武元英笑道："伯伯叫你打你就打嘛！"傅青主加上一句道："而且要用打暗器的方法。尽量施展出来，让我看看你的功夫。"成化见父亲不骂他顽皮，还鼓励他打，心中大喜。于是握一大把棋子，双手一扬，用"满天花雨"的打金钱镖手法，向傅青主洒去。傅青主哈哈一笑，将手臂缩在袖里，只见棋子纷飞，落处无声，傅青主双袖一展，一枚枚棋子相继从他袖中落下。众人不禁大骇，他竟用京戏中水袖的功架，就能把暗器卷去。这种接暗器的功夫，真是闻所未闻，见所未见。

武成化这孩子可乐坏了，跑过来就磨傅青主教，傅青主笑着对武元英说道："我就将这个水袖接暗器的手法，教给成化做见面礼，这份礼怎么样，你满意了吧？"武元英大喜，连说道："求之不得，求之不得！"赶忙叫成化磕头。

这时，一个庄丁进来对武庄主说了几句，武庄主道："刘姑娘既然有空了，就请他们进来吧。"不一会，客厅外人声嘈杂，通明和尚、常英、程通等纷纷嚷道："韩大哥，你来了吗？可想死我们了。"说着就冲进来，将韩志邦一把拉着。在通明和尚等后面的，则是他们的女首领刘郁芳，刘郁芳也微微笑着，在落落大方中，显得尊贵矜持。

傅青主在旁看了，暗暗嗟叹。心想，男女之间的事情，真是奇妙。在自己眼中，韩志邦确是一个憨直的汉子，这次知道刘郁芳有事于五台山，又远远赶来，拔刀相助，这份情谊，又岂是普通可比。但看刘郁芳的神情，在尊重之中保持着距离，这头婚事，看来很难撮合。

这时外面又进来了两个人，一个短小精悍，两眼奕奕有神；一个紫铜肤色，长相很是威武。经韩志邦介绍，始知短小精悍的名杨一维，是天地会中的智囊，紫铜肤色的名华紫山，是天地会的副舵主，两人面色，都显得颇为紧张。

刘郁芳待两人坐定后，说道：“以前韩总舵主和我谈过彼此合作之事。我想双方宗旨相同，复国之心，并无二致。我们鲁王旧部，就一齐加入你们的天地会好了。”

杨一维道：“那好极了，总舵主和我们都很欢迎。”韩志邦急道：“一维，不是这么说!”通明和尚讶道：“总舵主的意思是——”韩志邦截着说道：“不是我们欢迎你们或你们欢迎我们，彼此合作，就无主客之分。而且我的意思是：应该由刘姑娘做总舵主！我是一个粗人，嘿！嘿!”韩志邦笑了两声，还未想到怎样说下去，刘郁芳已接着说：“还是韩舵主继任的好，天地会在西北已有基础，我们的人数也比较少。”杨一维道：“是呀！我们都佩服刘姑娘，刘姑娘这番话是有道理。”韩志邦瞪了他一眼道：“既然你们都佩服刘姑娘，那就更应该拥她做总舵主!”杨一维很是尴尬，口里说是，心里却巴望刘郁芳推让。

哪知刘郁芳自有打算，并不推让，说道：“既然韩舵主如此推重，我只好不自量力了。”韩志邦大喜，通明和尚也很欣然。只有杨一维暗暗不悦。当下大家议定，择好吉日，再行开山立舵之礼。而且在立舵之前，韩志邦自愿通令各地天地会徒，受刘郁芳约束。

接着大家谈起五台山上大战多铎和楚昭南从滇边赶来的事。刘郁芳道：“这个魔头，的确难于对付，除傅师叔外，我们都不是他对手！这次他给傅师叔震落深谷，我只望能就此除掉他。”傅青主道：“我也制服不了他，我看你们别高兴，以他的功力，未必会跌死。”

韩志邦凝神静听，突然拍掌说道：“我倒想起一个人，也许他制服得了这个魔头。”通明和尚忙问是谁，韩志邦道：“我也未见过他，只知道他叫做天山神芒凌未风。”刘郁芳道：“这个外号好怪!”韩志邦道：“这是一种形如短箭的芒刺，只生长在天山的。非常尖锐，坚如金铁，刺人很痛。他的剑法辛辣，说话又尖刻，所以得了这个外号。可是他在西北的名头可大哩！蒙藏回疆各地的部落都很佩服他，山民牧民和他的交情也很好。只是他总是独来独往，每到一处，就混在山民牧民之中，不容易找。我这次到山西之前，曾派了好几个认识他的弟兄到处找他。”众人听说有这样一个传奇人物，都很惊诧。

韩志邦又谈了一些“天山神芒”的传奇事迹，众人听得津津有味。傅青主问道：“这人剑法如此厉害，难道是晦明禅师的另一传人？怎的老朽从未听说过？”

刘郁芳轻轻拍掌，打断众人话柄，说道：“暂时不必理什么天山神芒吧，我们先谈谈正经事。第一是张公子今天失陷在五台山，若救不出来，须对不住他的父亲。第二是今天多铎带这么多禁卫军来，和他的平常行径不符，其中必有蹊跷。满清入关之后，至今三十一年，中原已定，只留下台湾与回疆蒙藏一带尚未收入版图。台湾孤悬海外，不成什么气候；西北与塞外各部落，若能联合抗清，再与台湾作桴鼓之应，或许尚有点作为。我风闻清廷正图经略西北，多铎此来，或许与此有关，我们倒不能不探探虚实。”

傅青主问道：“张公子是……”刘郁芳道：“是我们先大将军张煌言的公子，也是武庄主的师侄，终南派的第三代弟子。他初出师门，便失陷在敌人手里，非想法救出不可。”张煌言是抗清的名将，也是以前统率鲁王全军的主帅，大家听了都很歉然。

傅青主毅然起立道：“众英雄如不嫌弃老朽，我今晚愿与冒小姐探山！”傅青主武功超卓，自然是适当人选，只是大家不知道冒浣莲如何，一时都未作声。通明和尚嚷道：“不如我随傅前辈去？”冒浣莲微微一笑，说道：“我的武功虽然不济，与傅伯伯同去，或尚不会失陷。”这时院子外一阵鸦噪，傅青主笑道：“外面那棵槐树上有一只乌鸦，叫得令人烦躁，浣莲，你把它捉下来吧！”冒浣莲盈盈起立，忽地双臂一张，只一跃便到了庭心，更不作势，身子平地拔起，轻飘飘地直纵上槐树树梢，乌鸦“哑”的一声，振翅欲飞，冒浣莲足尖一点树梢，箭一般地直冲上数丈，乌鸦刚刚飞起，就给冒浣莲一把捞着，跳将下来，众人都看得呆了！通明和尚翘起大拇指道：“这样的轻功，去得！去得！”众人哈哈大笑。

当晚，傅青主与冒浣莲换了夜行衣，趁着月暗星稀，从五台山的北面，直上到山顶。五台山五峰如台，是有名的大山，多铎带来的几千禁卫军只能在清凉寺周围山岗警卫，哪里照顾得到全山，傅冒二人，迅如飘风，又是夜色如墨，竟自没人发现。

正当他们从山顶悄悄地降落下来，未到半山，忽地傅青主在冒浣莲耳边道："小心！"身形一起，斜里窜出数丈，冒浣莲也跟纵而到。只见一条人影，带着面罩，蓦地扭过头来。

欲知来者是谁，请听下回分解。

第二回　浪迹江湖　水尽萍枯风不语
隐身古刹　空灵幻灭色难留

黑夜中冒浣莲只见那披着面罩的少女，两只眼睛露在外面，顾盼之间，光彩照人，就如黑漆漆的天空嵌着一颗星星，又如白水银中包着黑水银。那少女见傅冒追上，灿然一笑，说道："各走各的吧！"从别的山径跑了。

这少女的声音好熟，冒浣莲正待追去看看是谁，傅青主一把拉着她道："别追她，她就是今天出场的披纱少女易兰珠，她一定另有事情，不愿和我们一路。"冒浣莲心想："怎的这少女行径如此神秘？"

傅冒二人展开绝顶轻功，片刻之间，已到清凉寺前。虽然夜色如墨，可是环绕着清凉寺的五个大铜塔，每个高十三层，每层外面都嵌着十八盏琉璃灯，将清凉寺附近照得通明。而寺前禁卫军巡逻来往，显见防守得很是严密。而当中的主塔前面，又排着一排弓箭手，而且每张弓都是箭在弦上，气氛很是紧张。傅冒二人伏在一块岩石后面，正想不出用什么方法混进去。正思量间，忽然刮过一阵狂风，砂石乱飞。就在这一刹那，那左面的大铜塔第三层正面的三盏琉璃灯，猛地熄灭！黑夜中好似有一条人影凌空飞上，禁卫军哗然大呼，弓箭纷纷向空射去。忙乱中又是一阵狂风刮过，当中主塔第三层正面的三盏琉璃灯又一齐熄灭。傅青主急拉着冒浣莲，喝一声："快起！"两人趁忙乱昏黑中闪身直出，轻轻一掠，跳上了主塔的第一层塔椽，将手一按，身子凭空弹起，越过了第二层就到了第三层，两人一闪，闪入塔内。傅青主悄悄对冒浣莲道："今夜有绝顶功夫的武林高手，那琉璃灯是被人以飞蝗石之类的暗器，用重手法打灭的！”外面的禁卫军，闹了一会，不见有人，疑是黑夜飞鸟掠过，又疑琉璃灯是狂风卷起的砂石偶然打熄的，他们索性点起松枝火把守卫，也不再查究了。

主塔内每一层都很广阔，除掉当中的大厅外，还间有几间房间。傅冒二人一闪入内，也以暗器将大厅的几盏灯打灭。不一会，有两个人拿着“气死风”（一种毫不透风的灯笼）出来，嘀嘀咕咕道：“怎的今晚山风这样厉害，外面的琉璃灯熄灭了，连里面的也吹熄了，真是邪门！”傅冒二人更不敢怠慢，一跃而起，闪电般地掠到两人面前，骈指一点，两人还未喊得出来，就被傅冒二人点了哑穴，一把拖出外面，站在塔檐之处，借第四层琉璃灯射下的光线一看，几乎叫出声来！

这两人不是禁卫军，也不是普通的人，从服饰上看，分明是两个太监。傅青主还不相信，伸手往下一掏，说：“是了！”冒浣莲羞得把头别过一面。傅青主猛地醒起冒浣莲乃是少女，也觉不好意思，伸手一点，把两人的哑穴解了过来，一手拉着一个，低声说道：“你们快说，皇上是不是来了？在哪一层？若敢不说，就把你们推下塔去！”

铜塔巍峨，下临无地，两个太监不由得震栗起来，结结巴巴地说道：“皇上，皇上在第六层。”傅青主一把将他们推进塔内，与冒浣莲腾身便起，连越过四五两层，到了第六层塔外，往里偷窥，果然见有几个太监在里面打盹，室中有一张黄绫帐盖着的大床。傅冒二人心想，帐里睡的一定是皇帝。傅冒二人托地跳将入去，太监们哗地惊叫起来，冒浣莲一把拉开黄帐，伸手便掏。不料帐中人一个鲤鱼打挺，跳将起来，一把精光闪目的匕首，向冒浣莲心窝猛插。冒浣莲身手矫捷，一反手就将那人手腕刁住，匕首只差半寸没有刺到。

那人的武功竟非泛泛，手腕骤地用力往下一沉，匕首虽掉在地上，手腕却已脱了出来，左掌“银虹疾吐”，倏地便挑冒浣莲右肘，冒浣莲用掌一格，竟给震退数步。那人大喝一声，抢将出来，不料傅青主身形奇快，飘风似地欺身直进，信手给了他两个嘴巴。那人正待还击，已给他用擒拿手拿着，用力一捏，全身软麻，再也动弹不得。那人嚷道："你们胆敢犯上吗?"

冒浣莲见那人身上穿的是"龙袍"，心想怎的皇帝也有这么好的武功。傅青主早笑道："你还装什么蒜?"他对冒浣莲道："这人不是皇帝!"原来康熙皇帝即位时，不过八岁，现在也只是二十多岁的少年，而帐中的人，却是三四十岁的汉子。

当下傅青主手持利剑，威胁太监说出皇帝所在，几个小黄门眼光光望着一个老太监，傅青主伸手在他身上轻轻一拍；那老太监痛彻心肺，忙道："我说，我说。"

这老太监是皇帝的近身内侍之一，说道："皇帝不在这里，他虽然是驻在这一层，但这座铜塔底下，有地道直通清凉寺老监寺和尚的禅房，他从地道看老和尚去了。"傅青主指着那帐中人问道："他是谁?"老太监道："他是宫中的巴图鲁（勇士之意，清朝官衔）。"

傅青主想了一下，说道："你们若想活命，须依我的摆布。"老太监急急点头，那个巴图鲁虽然强硬，但给傅青主制住，知道若不答应，必落残废，也只好答允了。

傅青主随手剥下一个小黄门的服饰，叫冒浣莲披上，装成太监。太监说话行动，本来就像女人，冒浣莲这一伪装，正好合适。傅青主道："你带我们从地道进去，若地道中把守的人问起，你就说我是皇上请来的太医。"说罢傅青主将室中的小太监一一点了哑穴，要待六个时辰之后，才能自解。料理完毕，傅青主傍着那个巴图鲁，冒浣莲傍着那个老太监，一人挟持一个，说声："走!"老太监默不作声，伸手在墙上一按，墙上开出了一扇活门，复壁里安有百几级梯子，直通到地道口。

地道中守卫森严，每隔十余步就有一个武士站岗。那个老太监大约是曾跟随皇上在这条地道进出过，武士们一点也不疑心，连问也不问，就让他们往里面直闯。不久，便到了地道的尽头。傅青主、冒浣莲挟持着老太监和巴图鲁，凝身止步，在地道的出口处停了下来。上面人声，透下地道，虽然不很清楚，可是却分辨得出那是"游龙剑"楚昭南的声音。傅冒二人吃了一惊，这家伙果然没有跌死!

上面的人似乎越说越大声，傅冒二人只听得一个少年的声音很威严地喝问道：“吴三桂这厮真敢这样？”楚昭南战战兢兢的声音答道：“奴婢不敢说谎。”说完之后，上面忽然静寂了好一会子，傅冒二人正惊疑间，忽地轰隆一声，地道两壁突然推出一道铁闸，傅冒二人愕然回顾，只见那道铁闸已把自己和两个站岗武士都封锁在这一段地道之内。上面楚昭南大声吆喝：“什么人敢在底下偷听？”

原来楚昭南武功超卓，耳灵目聪，傅冒一行人虽然放轻脚步，可是到底还有声息，尤其那个老太监的脚步更重。楚昭南听得脚步声行近，却突然停了下来，久久不见声响，不禁起了疑心，悄悄地禀告皇帝。皇帝一想：下面站岗的武士，最近的这对，也距离地道口十丈，不会走近前来，若是主塔中的太监，他们没有自己吩咐，也不会来，而且就是来了，也不会停在门口，既不禀告，又迟迟不进。心中一疑，伸手就按机括，把近地道一段的铁闸开了出来，喝道：“替我进去把偷听的人捉出来。”

地下的傅青主机伶到极，铁闸一开，他就将老太监和巴图鲁点倒，嗖的一声，拔出佩剑。这时那两个站岗武士也已惊觉，双双扑上前来，但怎禁得傅青主神技惊人，只三两个照面，便给傅青主刺着穴道。地道口的铁盖板突地掀起，傅青主喝声“小心”！外面暗器纷纷打了进来。

傅青主、冒浣莲展开剑法，浑身上下，卷起寒光，暗器打来，给撞得纷飞，碰在两边石壁上丁当作响。傅青主大叫一声：“闯出去！”在暗器如雨中，硬钻出外。无极剑“迎风扫尘”，身随剑进，但见一圈银光，蓦地滚出，冒浣莲也紧跟着窜出了地道。

游龙剑楚昭南早已守在洞口，一见人出，当头一剑就劈将下来，傅青主横剑一扫，但听得剑尖上“嗡嗡”一阵啸声，两把剑都给对方荡了开去。楚昭南定睛一看，见来的正是对头傅青主，又气又怒，大喝一声：“老匹夫，今日与你再决生死！”一口剑狠狠杀来。傅青主也豁出了性命与他恶斗。这时冒浣莲也已窜了出来，她见室中少年正在走避，立即一跃而前，一把抓去。

佛殿外的卫士在听得楚昭南吆喝时，已蜂涌入内，他们哪肯让冒浣莲抓着皇帝，霎时间，几般兵器，横里扫来，冒浣莲回剑一挡，缓得一缓，康熙皇帝已从侧门走进内室去了。

傅青主使出浑身绝技，剑招发出，直如风翻云涌，楚昭南连番扑击，连走险招，都未得手。但傅青主虽挡得住楚昭南，却吃亏在孤掌难鸣，他急中生智，猛地觑准当前一人，突地剑锋一转，剑招如电，霎地就将那人手腕截断。那人“啊呀”一声，滚倒地上，傅青主从缺口里便窜出去，一跳跳上了佛殿当中的神坛。

这神坛很是宽广，上面塑着六个尊者，十八罗汉。二十四尊大佛像都是生铁铸成，排列又不整齐。傅青主在神坛上借佛像作掩护，穿来插去。楚昭南和卫士们，无法围攻，只好和他似捉迷藏般的互相追逐。

这时冒浣莲也给卫士们狠狠追逐，幸好卫士中的高手，都协助楚昭南对付傅青主去了，而冒浣莲又最长于轻身功夫，在佛堂内窜来窜去，滑如游鱼，竟然没有给他们捉着。正在紧急之际，忽听得傅青主在神坛上扬声叫道：“莲儿，喂他们毒砂子!”

原来傅青主长于医术，他自己虽然不欢喜用暗器，但却给冒浣莲练了一种暗器——夺命神砂。这铁砂又分两种，一种是用毒药药液浸制过的，一种是无毒的。傅青主传她这种暗器时，谆谆告诫，非至极危险关头，不准用有毒的那种。这次由傅青主先叫她用，算得是破天荒的第一遭。

冒浣莲也是初次遭逢这样的大场面，忙乱中竟没记起自己怀中有这种厉害的暗器，给傅青主提起，心中大喜，左手戴起鹿皮手套，往暗器囊中一探，握了一把有毒的夺命神砂，把手一扬，神砂分成几条黑线向追来的敌人打去，立即有几人给打中了头面，虽然并不见痛，可是不久就觉得周身麻痒。这些卫士都是老于江湖的了，听得傅青主说“毒砂子”时已经留心，一旦感到异样，如何不慌？吓得他们都不敢迫近冒浣莲了。

可是神砂只能及近，不能及远，敌人距离两三丈外，便无办法。那些卫士离开了神砂的有效范围，又纷纷地向冒浣莲发射暗器。冒浣莲只剑单身，应付很是不易，忽听得傅青主又是一声喊道：“你不必顾我，你先闯出去!”

冒浣莲又是两把夺命神砂，在众卫士走避中，蓦地回身便走，箭一般地穿出窗户，随即施展“壁虎游墙”之技，闪电般地直上到大佛堂的瓦面之上。

清凉寺的大佛殿是用北京出产的琉璃瓦盖的，这种瓦光滑异常，难于驻足。冒浣莲索性左右两足交替滑行，霎时间就滑到了屋顶的中央。清凉寺各处的佛灯与五个大铜塔上所嵌的琉璃灯交相辉映，照耀得明如白昼。冒浣莲一人在瓦面上滑行，目标极显，地下的暗器又纷纷打来，比在佛堂中更难躲闪。

冒浣莲腾挪趋避，百忙中竟给一箭射飞了风帽，露出满头秀发，她心中一慌，猛然间地下又打上一个暗器，圆圆的带着啸声，劲道极大，她左足一滑，前面琉璃瓦砰然一声，竟给飞上来的铁球打裂了一个大洞。冒浣莲收势不住，整个人从洞中掉了下去！

这一掉下，恰好掉在十王殿的一个大佛像上，冒浣莲用力一扳佛像的大手，想把身形定住，不料那佛像竟是活动的，冒浣莲用力一扳，那佛像轧轧地转了半个圆圈，佛像背后现出了一扇活门。冒浣莲为避追兵，不假思索地就走了进去。

这一进去，直把冒浣莲吓了一跳。那是一间极为精致的僧舍，当中坐着一个老和尚，白须飘拂，旁边垂手立着一个少年。正是刚才在佛堂自己抓不住的康熙皇帝。那老和尚低眉合十，默不作声。康熙皇帝则嘴唇微微开阖，似乎在恳求什么似的。

冒浣莲心念一动，心想莫非自己听到的传说竟是真的。就在这一霎那，背后掌风飒然，迷茫中，冒浣莲欲避无从，竟给人一手扣住了臂膀，那人的五只手指就像铁钩一样，冒浣莲给他一把抓着，动弹不得。

那人把冒浣莲拖到了皇帝跟前，康熙认得这人正是刚才追拿自己的人，心中大怒。但见她头上满头秀发，分明是个少女，身上穿的却又是太监服装，不禁大为惊讶，喝问：“你到底是什么人？”

这时老和尚双眸已豁，猛然间好像触着什么似的，面色大变，露出又惊又喜的神情，双目炯炯放光，忽然接口说道：“这位女居士我认得！”接着曼声吟道：“悠悠生死别经年，魂魄不曾来入梦！”他注视冒浣莲许久许久，又喃喃自语地似问非问道：“到底是人还是精灵？哎，你真长得好像她呀！你不是她的魂魄，也定是她的化身！”

冒浣莲这时心中了了，又是悲痛，又是愤恨，冲口问道：“你就是顺治皇帝老儿了吧，我的母亲呢？她到底是生是死？是在这里还是在宫中？你要替我告诉她，她的莲儿来找她了！”

冒浣莲这么一闹，康熙皇帝震怒已极，面上一阵青一阵白，猛然发作道：“这是个疯女人，阎中天，把她拉下去！”阎中天就是刚才擒住冒浣莲的侍卫，也是康熙的心腹死士。他在老和尚发言时，已悄悄地避过一边，手扣暗器，远远站开，旨在避嫌。这时见康熙发作，瑟瑟缩缩地走了出来，他无意之中知道了这种宫中秘密，正不知是祸是福。

老和尚双眸炯炯，朝着康熙发话道：“你不要吓唬她，你小时候她的母亲也曾抱过你。”说罢，缓缓地把冒浣莲拉了起来，叹一口气道：“你的父亲失了她，我也没有得着她。她本来就不是这个尘世中人，你叫我到哪里去替你传话？”冒浣莲瞪大眼睛道：“那么是我的母亲死了？”老和尚道：“梦幻尘缘，电光石火，如水中月，如镜中影，如雾中花。董鄂妃偶然留下色相，到如今色空幻灭，人我俱忘，你又何必这样执着？”冒浣莲急道：“我不晓谈禅，你赶快告诉我她到底怎样？”老和尚道：“也罢，你既然这样思念母亲，我就带你去见她。”说罢，缓缓地站起来，拉着冒浣莲的手，往外就走。康熙和阎中天默默无言地跟在后面，面色尴尬之极。

老和尚拉着冒浣莲走出角门，经过大殿，只听得里面金铁交鸣，叱咤追逐。傅青主在佛像中间，绕来绕去，剑光如练，独战卫士。老和尚问冒浣莲道：“这人是谁，他是和你一同来的？”冒浣莲道：“他叫傅青主，是和我一同来的。”老和尚对康熙道：“玄烨（康熙名字），你叫他们都停手。傅青主是冒（辟疆）先生挚友，也是世外高人。不要与他为难。”康熙心虽不愿，但不敢违背，只好传令下去。傅青主长剑归鞘，拂一拂身上的灰尘，从神坛跳下来，向老和尚微一颔首，既不道谢，也不发言。

老和尚左手拉着冒浣莲，右手拉着康熙，背后跟着傅青主和阎中天，默默地缓步前行。一众侍卫诧异非常，大家都不敢作声，也不敢跟上前去，只有楚昭南远远地持剑随行。

这行人所到之处，卫士黄门都躬腰俯背，两面闪开，老和尚理也不理，仍是默默前行。不一会就走到了清凉寺中一个古槐覆荫的园子。其时残星明灭，曙色将开。五台山夜风呼呼，松涛山瀑，汇成音乐。老和尚指着园中一个青草离离的荒冢对冒浣莲说道：“这里面埋的是你母亲的衣冠，至于你的母亲，她已经仙去了。”

这个老和尚正是顺治皇帝，他得了董小宛后十分宠爱，封她为鄂妃。只是董小宛既怀念冒辟疆，更怀念她遗下的女儿浣莲，心中郁郁，镇日无欢，顺治因此也是意兴萧索。太后闻知一个汉女受宠，已是不悦，更何况如此。当下大怒，命令宫女把董小宛乱棍打死，沉尸御河。顺治知道后，一痛欲绝，竟悄悄地走出宫门，到五台山做了和尚，在清凉寺中为董小宛立了个衣冠冢。

这时冒浣莲见了荒冢，悲痛欲绝，她顾不得风寒露重，在草地上就拜将下去。坟头两盏长明灯发着惨绿光华，照着白玉墓碑上的几个篆字：“江南才女董小宛之墓”。冒浣莲见上面并没有写着“贵妃”之类的头衔，心中稍稍好过一点。她回眸一看，只见老和尚也趺坐在乱草丛中，面色惨白。康熙皇帝面容愠怒，把头别过一边。傅青主则抬眼望着黑夜的星空，好像以往思索医学难题一样，在思索着人生的秘密。

在清代的皇帝中，顺治虽然是“开国之君”，但也是冲龄（六岁）即位，大半生受着叔父多尔衮与母后的挟持，后来还弄出太后下嫁小叔的怪剧。这情形就有点似莎士比亚剧中的哈姆雷特一样，顺治精神上也是受着压抑而忧郁的，他在出家之后，自忏情缘。想自己君临天下，却得不到一个女人的心，对君王权力哑然失笑，也深悔自己拆散了冒辟疆的神仙眷属。这时他趺坐荒冢之旁，富贵荣华，恩恩怨怨，电光石火般的在心头掠过。

冒浣莲拜了几拜，站起身来，抚着剑鞘，看着顺治。她见这老和尚似化石一般趺坐地上，心中不觉一阵战栗，手不觉软了下来。傅青主长吁一声，说道：“浣莲，我们走吧！”

叹声未已，脚步未移，忽见一群武士追着一个披面纱的少女，越追越近。冒浣莲一看，不觉失声叫道：“兰珠姐姐！”

原来在冒浣莲碰见老和尚时，易兰珠也有奇遇。这要从多铎夫妻说起。

多铎受了刘郁芳暗器所伤，虽非致命，但也流血过多，回到清凉寺就躺在床上静养。鄂王妃纳兰明慧见丈夫这个样子，心中不无怜惜，亲自服侍他汤药，劝他安眠。多铎结婚后十六年来，妻子对他都是冷冷的，这时见她亲自服侍，心中非常酣畅，不一会就睡着了。鄂王妃待他睡后，独自倚栏凝思，愈想愈乱。这时侍女进来报道："纳兰公子前来看你！"

鄂王妃道："这么夜了，他还没睡？"说罢吩咐侍女开门。门开处，一个少年披着斗篷，兴冲冲地走进来，说道："姑母，我又得了一首新词。"

这位少年是鄂王妃纳兰明慧的堂侄，也是有清一代的第一位词人，名叫纳兰容若，他的父亲纳兰明珠，正是当朝的宰相（官号太傅）。纳兰容若才华绝代，词名震于全国。康熙皇帝非常宠爱他，不论到什么地方巡游都带他随行。但说也奇怪，纳兰容若虽然出身在贵族家庭，却是生性不喜拘束，爱好交游，他最讨厌宫廷中的刻板生活，却又不能摆脱，因此郁郁不欢，在贵族的血管中流着叛逆的血液。后世研究"红学"的人，有的说《红楼梦》中的贾宝玉便是纳兰容若的影子，其言虽未免附会，但也不无道理。

在宫廷和家族中，纳兰容若和他的姑姑最谈得来。纳兰明慧知道他的脾气，含笑道："听说你前几天写了一首新词，其中两句是'别有根芽、不是人间富贵花。'老爷子（皇帝）很不欢喜，今天又写了什么新词了？"

纳兰容若道："我弹给姑姑听。"说罢在斗篷里拿出一把"马头琴"，调好弦索，铮鏦地弹奏起来，唱道：

"辛苦最怜天上月，
一夕如环，夕夕长如玦！
但似月轮终皎洁，
不辞冰雪为卿热！

无奈钟情容易绝，
燕子依然，软踏帘钩说。

唱罢秋坟愁未歇，

春丛认取双栖蝶。”

琴声如泣如诉，纳兰明慧听得痴了，泪珠沿着面颊流了下来，泪光中摇晃着杨云骢的影子，她想起了十六年前的大婚前夕，那时她何尝不想像天空的鸟儿一样飞翔，然而现在还不是被关在狭窄的笼子里？凄迷中，琴声“划”然而止，余音缭绕中，突有一个少女的声音道：“好词！”

纳兰姑侄蓦然惊起，只见一个戴着面纱的少女，盈盈地立在堂中。纳兰明慧武功本来不错，只因为迷于琴声，竟自不觉这少女是什么时候来的。

纳兰明慧蓦然想起今天在五台山行刺的少女，瞿然问道：“你是什么人？”那少女咬着牙根说道：“我是一个罪人！”

这声音竟似在什么地方听过的，这少女的体态也好像是自己非常熟悉的人，纳兰明慧突然起了一种奇妙的感觉，记不起是在哪一个梦中曾和这位少女相逢。她是这样的亲近而又是这样的陌生……

纳兰容若瞧着这位少女，体态举止，竟然很像姑姑，也不觉奇怪起来，问道：“你犯了什么罪呢？”那少女道：“我也不知我犯了什么罪？我的母亲自小就抛弃了我。我想，这一定是前世的罪孽！”

鄂王妃蓦然跳了起来，想抓少女的手，少女退了几步，两只眼睛露出凛然的神情，冷冷地笑道：“你不要碰我，你是一个高贵的王妃，你又没有抛弃过你亲生的儿女，你要和我接近，不怕玷污了你吗？”

鄂王妃颓然地倒在靠椅上，双手捂住脸庞，三个人面面相觑，空气似死一样的沉寂，良久，良久，鄂王妃突然问道：“你可以告诉我，你叫什么名字吗？”少女答道：“我叫易兰珠。”鄂王妃松了一口气道：“你不姓杨？”少女道：“我为什么要姓杨？王妃对姓杨的很有好感吗？”

鄂王妃木然不答，口中喃喃地念道：“易兰珠，易兰珠……”蓦然想起“易”字是“杨”字的一半，“兰”字是自己复姓中的第二个字，而自己抛弃了的女儿，乳名正是叫做“宝珠”。

鄂王妃慢慢地站了起来，双手攀着椅子的靠背，只觉迷迷茫茫，浑身无力。这时门外又有侍女敲门，说道：“王爷醒来了，想请王妃进去。”鄂王妃如梦初醒，记起了自己的身份，隔门吩咐侍女道：“我知道了，你先进去服侍王爷，我随后就来。”说罢又坐了下去，问易兰珠道：“你有什么困难要我帮忙吗?”

易兰珠冷笑一声，说道：“我没有什么困难，所有的困难，我自己一个人都硬挺过去了。”鄂王妃道：“那么你到此间什么事情都没有吗?”易兰珠想了一想，忽然说道：“如果有的话，又怎么样?”鄂王妃答道：“只要是你的事情，我都会替你办!”

易兰珠向前走了两步，猛然说道：“那么，我请你把今日在清凉寺前捉到的少年放出来，交给我带走。”鄂王妃诧然问道：“就是今日行刺我的那位少年吗?”易兰珠道：“正是，王妃不愿意放他吗?我想告诉你，他也是死了父亲的孤儿。今日他不知道轿中是你。”鄂王妃想了半晌，毅然答道：“我放他走!”说罢，缓缓起来，走进了后堂。

纳兰容若睁大眼睛，看着这位奇怪的少女，只觉得她的目光，如利剪，如寒冰，不觉打了个寒噤，避开了她的眼光，说道：“姑娘，如果我们有什么罪孽的话，那也是与生而俱来。比如我，我就觉得生在皇家就是一种罪孽。”

正说着间，门外一阵步履声，鄂王妃已把今日行刺她的少年带来了。

那被擒的少年，是前明鲁王手下大将张煌言的儿子，名叫张华昭。他中了鄂王妃一镖，虽非致命，也是受伤颇重，被擒后，多铎本想即行审问，无奈多铎的伤比他更重，因此只好把他关在后堂，鄂王妃亲自去提，自然很快就提了出来。

张华昭被仇人提了出来，心中正自惊疑不定，忽见房中坐着那位披着面纱的少女，正是当日比自己赶先一步，想行刺多铎的人。这时见她安然坐在堂上，还和一位华服少年并坐闲谈，诧异之极，不觉“啊呀”一声，叫了出来。

易兰珠站了起来，说道：“张公子，你随我走吧!你还能够走动吗?”张华昭迟疑了一会，点点头道：“我还能够走动。”纳兰容若旁坐，见他面如金纸，却还昂首挺胸，分明是忍受着痛苦的神情，心中不忍，说道：“你们这样走未必走得了，我不揣冒昧，有个不情之请，想委屈这位兄台权充我的书童，待将息好后，再走不迟。”鄂王妃点点头道：“到底是你想得周到。”张华昭望了鄂王妃一眼，道：“我领公子的情，你们若不杀我，我自己会走！”说时神态，表现得很是倔强。

鄂王妃想了一下，对易兰珠说道：“既然你们要走，我也不勉强你们。这里有一只令箭，你拿去吧，也许会给你减少一些麻烦。”说罢拿出翡翠雕成的短箭，箭上刻有“鄂亲王多铎”几个小字。

易兰珠并不推辞，接过令箭。张华昭白了她一眼，似有不满，但还是随着她走了。鄂王妃扭着双手，呼吸迫促，正如一个人受到肉体上莫大的痛苦一样。而这心灵的痛苦，更超过肉体的痛苦万倍。易兰珠身子微微颤动，露在面纱外的眼睛，有泪水滴下来。鄂王妃走上前两步，伸出手来，张华昭不耐道：“怎么不走？”易兰珠如在恶梦中醒来，看见张华昭倔强的神气，蓦然回复了自制的能力。虽然鄂王妃看见她所佩的翠环，闪闪颤动，知道她还在发抖，但她已经转过身躯，抢在张华昭的前面，一步一步地走出去了。鄂王妃蓦地转过身来，就在堂上供着的一尊佛像面前，跪了下去。纳兰容若凝立在她的身旁，依稀听到她的哽咽。

易兰珠和张华昭走出了院子外，只见月暗星沉，夜鸦啼飞，远处铜塔上的琉璃灯，遥射下来，透过扶疏树叶，光线也很幽暗。沿路时不时有巡逻的禁卫军走过来，易兰珠将令箭一扬，果然卫兵都没有盘问。走了一会，忽然间，张华昭身子向侧一倾。

易兰珠吃了一惊，急忙扶住。原来石路苍苔，滑不留足。张华昭受伤之后，一不小心，就跌了下去。虽然易兰珠一把扶住，他胸口已碰到一株横出来的树桠，伤口又是发痛，他忍不住“哟”的一声叫了起来，易兰珠问道：“紧要吗?”他挺着说了句“不紧要”，摆开了易兰珠扶他的手，在幽暗的灯光下，又摸索前行。

附近的几个禁卫军，闻声来到。易兰珠将令箭取出，满拟可以顺利通过，不料其中一个教头，精警非常。他在淡黄色的灯光下，瞧见易兰珠面色有异，再仔细一看，只见张华昭胸前的衣服，血染红了一大片。他蓦然喝道：“抓起来!”一掌就向张华昭劈去。

张华昭人虽受伤，一到危急，力气就用出来了。他向后一纵，横跃出一丈左右。这时易兰珠已是拔剑出手，和禁卫军教头斗在一起。另有两三个禁卫军，跑上来捉拿张华昭，张华昭振腕打出几支瓦面透风镖，虽然伤后气力不加，准头还在，当堂有两个禁卫军给打个正着，退了下去。

这时附近号角呜呜地吹了起来，假山树林之间，人影绰绰。张华昭迷乱中发步奔跑，不知不觉离开了易兰珠，跑过几条幽暗的小径，背后吆喝声声，脚步迫近。慌乱中，不假思索，看见前面红墙绿瓦，砌成一座小小的精舍，他一推门就走了进去，这时气力用尽，百骸欲散，竟然一跤跌在地上，晕了过去！

易兰珠见张华昭慌忙乱跑，心里发急，想跑上去救援，无奈又给禁卫军缠着。她娇叱一声，运剑如风，登时卷起了几道闪电似的光彩。禁卫军教头虽然武功不弱，也给她的奇门剑法逼得耀眼欲花，连连后退。易兰珠急使个“乳燕穿帘”，飞身一纵跳出了圈子之外，急急前奔。背后追着四面八方赶过来的禁卫军。就在这个危急之际，她碰见傅青主和冒浣莲，正和顺治、康熙两个皇帝，立在董小宛的衣冠墓旁。

追来的禁卫军忽然发现康熙皇帝站在那里，而皇帝旁边的少女，又和他们所追的少女打起招呼，不禁大吃一惊，垂下手来，远远站定。

那老和尚慢慢地站了起来，对康熙皇帝说道：“不要难为他们，都放下山去。”康熙默然不答，老和尚挥手道：“你们都下去吧。”说罢从衣袖里摸出一串珍珠，宝光外映，递给冒浣莲道：“你拿去吧，这是你亡母的遗物。”

易兰珠这一惊讶，比刚才所遇更甚，今夜的事，就直如梦境一般。傅青主和冒浣莲，竟然会和皇帝站在一起，而最厉害的游龙剑楚昭南又和一个黑衣武士（阎中天）按剑站在背后。她定了定神，说道：“我还有一个同伴呢。”老和尚道：“你们一起走好了。”康熙忍不住怒目而视，说道：“难道要我给你们找寻同伴不成？”

老和尚面色微变，对康熙道：“你说什么？”康熙的心腹卫士阎中天大着胆子上前说道：“她的同伴也不知是给谁捉了，这间清凉寺又很大，一时间很难查出。皇上把这件事交给奴才办吧，查出后奴才把他送下山去。”康熙向阎中天使了一个眼色，大声吩咐道：“很好，就这样办，你带一百名宫廷侍卫去搜查，可要搜得仔细一点。”阎中天领旨待走，康熙忽然又将他唤住道：“且慢，你把朕的意思告诉禁卫军副统领张承斌好了，你还得赶回来见我。”阎中天“喳”的一声，领旨退下。傅青主鉴貌辨色，虽然情知有诈，但却无可奈何。看情形，自己不走，也将生变。他向老和尚再微微颔首，招呼冒浣莲和易兰珠道：“我们走吧！”老和尚惨然一笑，说道：“你们也该走了。”说罢，两只眼睛盯住康熙道：“传旨下去，让来人走！”康熙勉勉强强地跟着说道：“让来人走。”禁卫军“轰”的一声应道：“让来人走！”声音一个接着一个地传递下去，傅青主等一行三人，就在喊声中扬长而去。康熙绷着脸，楚昭南按着剑，望着他们大摇大摆地走出了寺门。

这时刻傅青主等平安下山，而清凉寺内却闹得天翻地覆。禁卫军的副统领张承斌，带着一百名宫廷侍卫，到处乱搜，捉拿陷在寺内的张华昭。

再说张华昭晕过去后，迷惘中忽然一阵冷气直透脑海。他睁眼一看，只见一个华服少年，拿着一杯冷水喷他，这少年正是纳兰容若。再看一看，自己竟然是在一间极雅致的书房之内，沉香缭绕，图书满壁。他想挣起身来，却是浑身无力。纳兰容若笑道：“好了，你醒过来了，别乱动，你流血过多，刚刚才止呢。”

张华昭瞧了一瞧纳兰容若，心内十分奇怪，只得向他道谢。这时门外忽然火把通明，火光直射进来，人声脚步声，嘈成一片。纳兰容若把一张鸭绒被，将张华昭蒙头盖过，倏地打开房门，喝问道：“什么事？”

张承斌一看，在这书房住的，竟是相国之子纳兰容若。他急忙垂下手道：“奴才奉旨搜拿逃犯，不想惊动了公子。”纳兰容若冷笑一声，把手摊开，连道：“请，请，我这里专门窝藏钦犯！你快进来搜查呀！”张华昭藏在鸭绒被内，吓出了一身冷汗。

欲知张华昭能否脱险，请听下回分解。

第三回　剑气珠光　不觉坐行皆梦梦
琴声笛韵　无端啼笑尽非非

张承斌任宫内侍卫多年，如何不知纳兰容若乃是当今皇上最欢喜的人，听纳兰容若这么一说，纵使有天大的胆，也不敢冒昧走进。纳兰容若又是一声冷笑道："你们怎么不进来呀？现刻躺在我床上的就是钦犯！"有一个卫士愣头愣脑地探首入内，说道："公子吩咐我们搜，我们就搜吧，我看床上躺的好像真有一个人。"纳兰容若面色一变，张承斌急赶上一步，扬手就是一巴掌，打在那个傻头傻脑的卫士脸上，喝道："你敢冒犯纳兰公子？你们通通给我滚出去！"那卫士嘀嘀咕咕地说道："滚出去就滚出去。"双手捧着脸，蹑手蹑脚地走出书房，纳兰容若砰的一声把房门关上，张承斌还在门外赔罪道歉。纳兰容若理也不理，揭开鸭绒被一看，只见张华昭满头大汗，神气却像清爽了许多。

张承斌四处乱搜，均无所获，只好回去复命。他到了皇上驻跸的殿外，想找阎中天代为禀奏，"行宫"外边，一个守卫都看不见，不觉大为诧异。

且说康熙皇帝和老和尚回来之后，心藏隐怒，懊恼异常。老和尚进了禅房，咳声不止，康熙屈膝请安，老和尚道："五台山上，风寒露冷，你陪我折腾了一个晚上，也该安歇了。"康熙装出笑容，说了句"父皇万安"，退了出去。

可是康熙皇帝并没有安歇，他在隔室走来走去，绕室彷徨。一时冷笑，一时摇头，一时叹息，猛然间一拳打在墙壁上，碰得他几乎叫起痛来。这时，门外有人轻轻敲门，康熙问道：“是阎中天吗？”门外应了一声，康熙倏地打开房门，将阎中天拉了进去。又伸首向房外望了一望，说道：“有卫士们在门外守卫吗？”阎中天答道：“是奴婢斗胆，知道皇上喜欢安静，恐防他们脚步声惊动了圣驾，进来时已吩咐他们都在大殿之外防卫了。”康熙点了点头，微笑说道：“你很聪明。”

康熙关紧了房门，绷紧着脸低声对阎中天道：“你在宫内有多少年了？”阎中天屈指算道：“十五年了。”康熙道：“那么你也服侍过先皇三年。”阎中天道：“圣上明察，正是三年。”康熙突然板起面孔，杀气隐现。

阎中天一颗心突突跳动，康熙皇帝阴恻恻地问道：“那么，你认识这个清凉寺的监寺老和尚是什么人？”阎中天扑地跪在地上，回道：“奴婢不认识。”

康熙皇帝厉声叱道：“你说谎！”阎中天咚咚地一直叩头，大着胆子回道：“皇上恕臣无罪，这老和尚有点像先皇，只是他须眉已白，容颜已改，不是仔细分辨，已认不出来了。”

康熙皇帝笑了一声，说道：“起来，还是你对朕忠直。”阎中天瑟瑟缩缩地站了起来，康熙皇帝两道眼光，直盯在他的面上，说道：“这老和尚就是前皇，经今晚这么一闹，还用认识他的老臣子才看得出吗？”

阎中天垂手哈腰，不敢置答。康熙又道：“你抬起头来。”阎中天抬起了头，康熙猛然问道：“你知道吴梅村学士是怎样死的？”阎中天浑身战抖，回道：“奴婢不知。”康熙冷冷地笑道：“是饮了朕所赐的毒酒毒死的，他写了一首诗，暗示先皇在五台山上，还胡扯一顿，说董小宛那贱婢也在山上呢。这样胆大的奴才，你说该不该毒死？”阎中天吓得一身冷汗，连忙爬在地上，又是连连磕头，连连说道：“该毒死！该毒死！”康熙皇帝干笑几声，将他一把拉起，说道：“你很好，你很机伶，你可知道朕今晚深夜召见你的意思吗？”

阎中天通体流汗，心想：皇上今晚将秘密特别泄漏给他知道，这里面可含有深意，这是一个大好时机，弄得好，功名利禄什么都有，弄不好，也许就像吴梅村一样，不明不白地屈死。他横了心大着胆回道："奴婢只知道效忠皇上一人，皇上吩咐的，奴婢万死不辞。"康熙杀气满面，说道："这还用得着朕吩咐吗?"

这时隔邻的老和尚又是一阵大声咳嗽，敲着墙壁问道："玄烨（康熙名字），你在和谁说话呀？这么晚了，为什么还不睡?"康熙柔声答道："父皇不舒服吗？臣儿就过来看你。"老和尚又大声道："你很孝顺，你不必惦记我，你睡吧!"康熙不答，一把拉着阎中天，说道："我和你去看看他，你得好好服侍他。"

老和尚见康熙同阎中天进来，颇感讶异。康熙虽然几次来过五台山谒见，有时也会带心腹卫士在旁，可是从未在人前认过自己是父皇，今晚他的行为，可有点奇怪。

阎中天面色灰白，两手微微颤抖，老和尚看了他一眼，康熙道："父皇，他是你的老卫士，臣儿特别带他来服侍你。"老和尚一阵咳嗽，侧转身躯问道："你叫什么名字?"阎中天道："奴婢叫阎中天，服侍过陛下三年。"老和尚依稀记得，微笑道："很好，很好！你扶我起来坐坐吧!"

阎中天慢慢走过去，两手在老和尚胁下一架，老和尚抬起头来，忽见他满眼红丝，满面杀气，大吃一惊，喝道："你干什么?"顺治到底是做过皇帝，虽然做了和尚，余威犹在，阎中天给他一喝，两手猛然一松，全身似患了发冷病一般，抖个不止，老和尚失了倚靠，一跤跌落床下。康熙急颤声厉叱道："你，你，你还不好好服侍父皇?"阎中天定了定神，一弯腰将老和尚挟起，闭住眼睛，用力一挟，只听得老和尚惨叫一声："玄烨，你好!"清代的开国君主，竟然不死在仇人剑下而死在儿子手上。

阎中天站起身来，只觉肌肉一阵阵痉挛，他看康熙皇帝，只见康熙也似大病初愈一样，面如死灰。良久良久，康熙吁了一口气道："你办得很好，你随朕来吧!"

阎中天随康熙回到邻室，康熙随手拿起一个白玉雕成的酒壶，倒了一杯淡绿的酒，递过去道："你先喝杯酒压压惊。"阎中天猛地记起了吴梅村，冷汗直流，迟迟疑疑，不敢骤接。康熙笑了一笑道："大事已了，咱们君臣都该干一杯。"说罢将杯中的酒一饮而尽，将杯翻转来一照，随即又倒了一杯，笑道："自此你乃是朕的最心腹之人，明天起你就做禁卫军的统领吧，外加太子少保衔，你好好干吧！"阎中天这一喜非同小可，马上精神大振，爬在地上叩了几个头，起身接过酒杯，也是一饮而尽。

暗室之中，君臣俩相视而笑。正在此时，忽然窗外也有一声冷笑传了进来，康熙面色大变，阎中天一跃而出，只见瓦背上一条灰色人影，在琉璃瓦上疾掠轻驰，捷如飞鸟。阎中天在大内卫士之中，功夫最好，功力不在楚昭南之下，一掖衣襟，也像燕子掠波一样，掠上琉璃瓦面。那人脚步突然放慢，似有意等他，阎中天振臂直上，伸手一抓，势如飞鹰，那人用手搭住便扭，阎中天只觉似给铁钳钳住一样，吃了一惊，自己几十年的鹰爪功夫，竟然施展不得。那人猛然喝道："阎中天，你死在临头还不知道，还和我打什么？你喝了毒酒了！赶快停手，待我看看，还能不能解救？"阎中天心中一惊，只觉眼前金星乱冒，地转天旋，脚步虚浮，跌倒琉璃瓦面，直滚下去。

灰衣人身形如箭射出，一把抓住阎中天的衣带，将他捞了回来，按在瓦面，随手在怀里探出一支银针，向他的背脊天枢穴一扎。阎中天"哎哟"一声地喊了出来，灰衣人将他翻转身来，又是用力一捏，阎中天嘴巴张开，灰衣人未待他出声，已将三粒碧绿色的丹丸塞了进去，将他摇了几摇，问道："怎样？"阎中天点了点头，说道："谢谢！"他全身虽觉麻痒，神气却是清爽了些。灰衣人给他的丹丸乃是天山上亘古不化的寒冰所长出的雪莲，配上其他药物所炼成的，能解百毒。阎中天又仗着功力深厚，因此虽吃了最厉害的毒酒，暂时还能支持。

这时附近的卫士早给声响惊起，赶了过来。灰衣人向阎中天道："你赶快随我下山，我再给你医治，不然性命不保！"阎中天忙不迭地答应，随着灰衣人双双跃落，喝道："你们闹什么？贼人早已走了。我现在就要下山搜查。"卫士们都知阎中天是最得皇上宠信的卫士，在宫中的权力比禁卫军副统领张承斌还大。他们见着他和灰衣人在一起，虽感诧异，但也只道是他请来的奇才异能之士，谁都不敢诘问，让他们自行下山，阎中天临走前还吩咐他们不要惊动皇上。

再说武家庄中一众英雄，自傅青主和冒浣莲去探山后，心中悬悬，大家都不肯去睡。半夜时分，听说易兰珠也失了踪，更是挂心。大家索性坐着等待，可是等了一夜，还是不见他们回来。武庄主发下命令，叫庄丁们全都准备，并派出几个庄丁，乔装农夫，出去耕作，顺便巡风。

武家庄中人人都很焦急，只有武成化这个孩子却跳跳蹦蹦，高兴得很，他一早就起了身，缠着他的姐姐武琼瑶到后山去采杜鹃花。武琼瑶只有十六岁，也是一个淘气的小姑娘，那日天气晴朗，春风中送来新鲜泥土的气息，还夹着沁人的花香，是难得的好天气。她给弟弟一拉，也自心痒难熬，姐弟俩偷偷地就从后门溜出，走到山上去了。

武家庄的后山山谷，因有五台山挡住西北的寒风，气候较暖，暮春三月，杜鹃花已红遍山坡。清晨时分，草木凝着露珠，百鸟离巢歌唱，更兼花光潋滟，溪水清澄，武琼瑶非常高兴，一边给弟弟采花，一边就唱起了山歌：

“春日里来，满山是杜鹃花。
杜鹃花呀，开得像朝霞，
远方的客人，歇一歇吧，
带上一朵花，让花香伴你转回家……”

歌声未完，余音缭绕，忽然间武成化大声叫道：“姐姐!”

武琼瑶循声望去，只见山坳那边走过来一个穿着件大红僧袍的喇嘛，面如锅底，鼻孔朝天，相貌十分丑怪。武琼瑶道：“成化，不要理他。”她自己这样说，自己却先自噗哧一声，笑了起来。她从来未见过这样丑怪的人，觉得他的神情很是有趣。

那红衣喇嘛看见一个漂亮的小姑娘看着他笑，大踏步走来，叽哩咕噜讲了几句话，武琼瑶不懂藏语，摇了摇头，红衣喇嘛伸手向前一指，武琼瑶以为他要打她，往旁一纵，那喇嘛咧开大口，嘻嘻地笑，摆摆手，又赶上来。成化见他追自己的姐姐，心中有气，随手捏起一团泥土，啪的一声，就打在他的面上，红衣喇嘛哇哇大叫，武成化一不做二不休，两只小腿一弯，猛地似给弹簧弹起一样，在半空打了一个筋斗，一跳跳到喇嘛的头上，用手拉着喇嘛的衣领，往上一扯，那喇嘛大喊一声，将头向后一撞，武成化早已松了手跳落地上。红衣喇嘛伸开两只蒲扇般的大手，弯腰乱捞，武成化蹦蹦跳跳，滑似游鱼，红衣喇嘛兀是捞他不着。武琼瑶恐弟弟有失，也赶上去帮手，双掌一错，展开终南派游身掌法，穿花蝴蝶般地左一拳右一掌，打在喇嘛身上。那喇嘛铜筋铁骨，挨了许多拳脚，虽不觉痛，也气得叽哩咕噜地乱骂。

武琼瑶姐弟越打越精神，正在闹得不可开交，忽听得一声苍劲的声音喝道："成化，不许闹！"武成化一看，见是傅青主和冒浣莲、易兰珠正朝着自己走来，心中大喜，招呼了姐姐一声，两人托地跳将出去。红衣喇嘛没头没脑地追上前来，给傅青主一个"顺手牵羊"，将他两手拿着，动弹不得。红衣喇嘛张口又骂，易兰珠过来，也叽哩咕噜地讲了几句。红衣喇嘛马上满面堆了笑容，傅青主双手一松，他立即打了一个稽首，生生硬硬地讲了一句汉话："我找武家庄。"

原来易兰珠在漠外长大，懂得藏语。她见红衣喇嘛一面打一面骂武琼瑶姐弟："你这两个小娃娃怎的这样没家教？我好意问路，你们却打起我来，难道汉人都是这样不讲理？"她告诉傅青主知道，傅青主已看出这个喇嘛，正是昨日和楚昭南一起，同到五台山观光的喇嘛僧，听易兰珠说，他似乎又不含恶意，不知是敌是友，心中颇为疑惑，因此先上来将他擒下。

这时由易兰珠权充通译，只见他指一指傅青主道："昨天这位居士将楚昭南打落山谷，我下去找寻，几乎给楚昭南打死，幸得一位汉人搭救，只几个照面，就将楚昭南打跑，那位汉人叫我找武家庄。哪知却碰到这两个不讲理的娃娃。"傅青主听了大为奇怪，不解楚昭南和他一路，为何却打起他来？而且楚昭南的武功非同小可，又是何人有此功力，只几个照面，就打跑了他？

傅青主满怀疑惑，叫易兰珠问那喇嘛，问他所遇到的那个汉人是个怎样的人，喇嘛结结巴巴说得不清，忽然间，他用手一指，对易兰珠道："你们不必问了，你看，那不就是他来了！"话声未完，山坳处已转出两个异样装束的汉子，一个穿着灰扑扑的夜行衣，一个却是清宫卫士打扮。易兰珠一见，“哗”的一声叫了出来，满面笑容飞跑上去，好像碰到了亲人一样。

易兰珠快，傅青主比她更快，他袍袖一拂，宛如孤鹤掠空，飞越过易兰珠，轻飘飘地在两人面前一落，伸手向阎中天一抓，说道：“大卫士，你也来了？”灰衣人抢在头里，伸手一架，说道：“不必客气，不必客气！”傅青主的手，如触枯柴，他倏地骈指如戟，向灰衣人左肩井穴便点，灰衣人不躲不闪，反迎上去，傅青主双指点个正着，灰衣人似毫无所觉，闲闲地笑道：“老前辈不要和我开玩笑！”他微微后退，双掌一揖，说道：“晚辈这厢有礼了！”傅青主哪敢怠慢，也双掌合十，还他一揖，两边都是掌风飒然，无形中就似对撞一样，傅青主给震退出三四步，灰衣人也摇摇晃晃，几欲跌倒。

这时易兰珠已赶了上来，往两人中间一站，对傅青主道：“傅伯伯，这位便是天山神芒凌未风！”又向凌未风说道：“这位便是无极派老前辈傅青主！”凌未风“啊呀”一声，说道：“原来是神医傅老先生在此，失敬！失敬！”急急重新施礼，这回可是真的施礼，没有掌风发出了。

傅青主见他称自己为“神医”，情知他只是佩服自己的医术，并不是佩服自己的武功，微微一笑，心想：“你的武功是比我稍强一点，但若说三几个照面便能打败楚昭南，却难令人置信。”他不知凌未风与楚昭南另有渊源，楚昭南一见他出手的家数，便吓了一跳，一着慌就中了一掌，急急奔逃。因此傅青主昨晚夜探五台山，与楚昭南交手时发现楚昭南的功力似乎减退了许多，原因就是楚昭南刚刚吃了凌未风一掌。

当下傅青主也重新施礼，把凌未风看个清楚，这个大漠外的传奇人物，却是中等身材，并不魁梧，最特别的是，面上有两道刀痕，十分难看。凌未风见傅青主注视自己，笑道：“傅老先生，还是先请你看看我这位朋友吧！”傅青主朝阎中天面上一看，禁不住失声叫了出来，拉着阎中天便跑，凌未风莫名其妙地跟在后面。傅青主将阎中天拉到了一个山溪旁边，叫阎中天道：“你喝几口水，然后再喷一口水在杜鹃花上。”阎中天如言喷去，只见一丛生气勃勃的杜鹃花，给水一喷，登时枯萎下去，一瓣瓣零落地上。

凌未风矫舌难下，问道："这是什么毒物，如此厉害？"傅青主看了一看被阎中天喷过的杜鹃花，已由鲜红变成白色，诧异非常，说道："康熙好毒，这乃是西藏的孔雀粪和滇池的鹤顶红合成的毒药。吃了这种毒物，不需半个时辰，便形销骨毁，你怎么支持得这么些时候？"凌未风道："是我给了他用天山雪莲炮制的碧灵丹。"傅青主点了点头，默默不语，拉着阎中天便走，可是却走得很慢，阎中天想施展轻功，也给他按住。阎中天目睹杜鹃花变色，心中惶恐，问傅青主道："可有解救？"傅青主道："我尽我的力就是了。"凌未风道："这毒酒既然如此厉害，何以康熙又先饮一杯？"傅青主道："解孔雀粪和鹤顶红的毒，须用上好的长白山人参、天山雪莲、西藏的曼陀罗花这几味药，再和阗美玉一同捣碎，再用鹤涎溶化，炼成解药，而且须立即服下，你给他的天山雪莲，只是合成解药中的一味。康熙敢先饮毒酒，当然是他预先服下了解药。"阎中天忧形于色，说道："这几味药，都是人世奇珍，除了大内具备，我们哪里去找？"傅青主笑道："换了别人，喝下这种毒酒，定然无法解救，是你，也许还有办法，你不用问，随我来就是了。"

当下一行人缓缓走回武家，武琼瑶姐弟，知道红衣喇嘛并非恶人，都走上来赔罪，武成化笑嘻嘻地指着喇嘛，又指着自己的鼻子做着手势道："这次我打了你一顿，你别见怪，下次你和别人打架，我必定帮你！"红衣喇嘛虽听不懂，也猜得到他的意思，张开大嘴巴赔笑。

傅青主等人回来，早已有人报讯，武庄主和韩志邦出来迎接，韩志邦瞧见凌未风，喜出望外，大叫："稀客！稀客！"凌未风道："韩总舵主，你派人来找我，我都知道，他们没找着我，我却先找到你了。"韩志邦笑嘻嘻地来拉他的手，说道："我不是总舵主了，你该见见我们的新舵主。"说着拉他往里急走，嚷道："刘大姐，我把天山神芒也请来了，你得出来见啊！"嚷罢又对凌未风道："我们这位新舵主乃是女中豪杰，也是小弟除了兄长之外，生平最佩服的一人。"

话声未了，刘郁芳由通明和尚陪着，从里面走了出来，通明和尚大步冲上，嚷道："哪位是天山神芒？我先见见。"凌未风一笑伸出手来，通明和尚用力一握，心想："且试试你天山神芒的功力怎样？"凌未风好像知道他的意思，笑道："你别这样用力啊！"通明和尚握着凌未风的手，只觉柔若无骨，就像握着一团棉花一样，无处使劲。正惊疑间，"棉花"忽然变成"铁棒"，通明和尚指头疼痛，连忙放手，说道："真好功夫，我服你了！"

这时刘郁芳已走到跟前，微笑道："通明别胡闹！"声音仍是那样温柔，但这温柔的声音却好像投下凌未风心湖的石子。

凌未风心头一震，身躯微颤，故意作出懒洋洋的神气，说道："这位便是江湖上人称'云锦剑'的刘郁芳了吧？恭喜你做了总舵主。"随即又笑道："暮春三月，正是江南最好的季节，刘总舵主却从江南来到西北，难道就只为了多铎这个贼子吗？"刘郁芳怔了一怔，心想这人说话好没礼貌，勉强笑道："凌英雄的意思是我们不该来吗？"凌未风道："我怎敢这样说，只是若为了多铎一人，兴师动众实犯不着。要光复汉族河山，也不是暗杀一两人所能济事。"通明和尚大为不悦，说道："我们鲁王旧部在江南给官军围剿，立足不住了，我们这几个人才赶到西北来，欲在西北再创基业，多铎不过是偶尔碰着罢了。凌英雄因此便耻笑我们吗？"凌未风绞扭着双手，笑道："岂敢，岂敢！不过，欲图大事，我看还是要回到南方去。"傅青主听出话里有因，问道："这是怎么说？"凌未风指指红衣喇嘛道："他带来了绝大的机密消息，进去再谈吧。不过还是先请你治治这位朋友。"说罢指了一指阎中天。

刘郁芳见凌未风绞扭着双手，猛然触起心事，这人的神态好像自己少年时代的朋友，可是面貌却完全不同。那位朋友是个英俊少年，而凌未风却这样难看。她不禁连连看了凌未风几眼。

再说众人进了内厅之后，傅青主独自带阎中天到了一个静室，说道："别人饮了这种毒酒，的确无法解救。你幸在得了凌未风的天山雪莲，暂时可以撑着，而你又是练过内功的人，可以试用'气功疗法'，平心静气，意守丹田，在室内打坐二十四个时辰，把毒气逼在肠脏一隅，然后我再给你一剂泻药，把它宣泄出来，然后再用药固本培元，大约当可无事。"阎中天大喜谢过，问了傅青主

“气功疗法”的打坐姿势和呼吸方法，原来和他所学过的“坐功”也差不多，立即闭目盘膝，在静室内打起坐来。

傅青主料理完毕，走了出来，只见厅内群雄，鸦雀无声，面色很是紧张。凌未风笑道：“傅老前辈来了，可以商量商量。”傅青主问道：“什么事呀?”凌未风笑道：“傅先生昨晚和冒小姐探山，可听到楚昭南这厮和皇帝说了些什么来?”

傅青主想了半晌，说道：“好像听到他们谈起吴三桂，康熙似是很生气的样子。”说罢，忽然想起一事，问凌未风道：“昨晚用飞煌石打碎铜塔上琉璃灯的，想来就是你了。”凌未风点了点头道：“正是!”傅青主又问道：“你提起吴三桂，吴三桂和我们有什么关系呢?”

凌未风叠着两个手指笑道：“大有关系，吴三桂就要叛清了。”傅青主大吃一惊，将信将疑。

吴三桂是引清兵入关的大汉奸，当时官封“平西王”，开府昆明，领有云南、四川两省之地，正是清廷最倚重的藩王。凌未风说他要反叛朝廷，这消息实在来得突兀。

凌未风见傅青主将信将疑，笑道：“红衣喇嘛和阎中天都是证人!”原来清兵入关，得明朝叛臣吴三桂、尚可喜、耿仲明三人之力甚多，尤以吴三桂的“功劳”最大。满清入关后，除将吴三桂封为“平西王”外，并封尚可喜为“平南王”，领有广东，耿仲明为“靖南王”，领有福建，称为“三藩”。到康熙即位之后，中原大定，满清的统治，已经巩固。康熙是个雄才大略的君王，如何容得“三藩”拥兵自固，裂地为王?因此暗中叫人示意“三藩”，自请退休，吴三桂、耿精忠（耿仲明之孙，当时继承“靖南王”位）不理不睬，还不相信这是“朝廷”的意思。尚可喜却比较奸滑，在康熙十年，奏请将“藩王”之位让给儿子尚之信。不料奏折上后，康熙“御批”下来，不特“准予所请”，而且叫尚可喜率领藩属部将到辽东去“养老”。这个御批下来，吴三桂大感不安，深怕“削藩”成为事实，于是遂起了反叛清廷之心。

当时蒙藏一带，清廷势力尚所不及，吴三桂遂派遣心腹楚昭南深入西藏，谒见活佛，和他相约，若举事后吴三桂占上风时，则蒙藏也一同发难；若吴三桂占下风时，则请达赖活佛出来“调停”。这也是吴三桂预留“退步”的一条计策。他本来为的就不是要光复汉族河山，而是要保全自己的利禄。除了和达赖活佛联络外，吴三挂并另派有人和尚可喜、耿精忠联络。

楚昭南谒见达赖活佛后，谈得很是顺利。达赖派红衣喇嘛和他回滇复命。道经山西，顺便就上五台山观光文殊菩萨的开光典礼。不料楚昭南此人，也是利禄熏心之辈。他默察情势，知道吴三桂举事，定然失败，遂起了叛吴投清之心。因此在五台山上，他竟不惜和群雄相斗，拔剑救了多铎。红衣喇嘛见他突然出手，已瞧出了几分，后来楚昭南与傅青主同堕深谷，红衣喇嘛下去找寻，楚昭南一见他言语之间起了猜疑，立刻反颜相向，红衣喇嘛虽练有铁布衫的功夫，却挡不住楚昭南的内功精湛，若非刚好碰到凌未风，他几乎死在楚昭南掌下。

凌未风将救红衣喇嘛的经过原原本本说出，众人都做声不得。傅青主问道：“那么昨晚康熙和楚昭南谈起吴三桂，想必就是为此事了。”凌未风道：“正是。我听阁中天说，康熙已准备派遣心腹，赶赴广东和福建去监视尚可喜和耿精忠，另外派人去四川，叫川陕总督赵良栋防范吴三桂。”

刘郁芳沉思良久，缓缓说道：“若然如此，我们该比康熙所派的心腹先到一步。”正说话间，忽听得庄外人声喧腾，战马嘶鸣。

却说多铎在五台山被群雄打得大败，恼怒异常，当晚傅青主和冒浣莲探山，又把清凉寺闹得沸沸扬扬。多铎午夜闻报，更是愤怒，无奈身受重伤，不能起床，只好唤纳兰王妃来问，不料等了许久，王妃才来，一来就报说连当日擒住的张华昭也被人救走了。多铎心中大疑，张华昭关在后堂，被人救走，何以自己一点声息都没听到。纳兰王妃鉴貌辨色，知道丈夫起了猜疑，微笑说道：“瞧你，一点点小事情都要亲自操心，你现在应当静心养病嘛！来人虽是高手，但寺中卫士如云，也不怕他们走得了。你若为刺客逃掉而要责怪下人，那就责怪我好了，刺客是我督率卫士看管的！”多铎一见妻子轻嗔浅笑，哪里还发作得来。他连看管张华昭的卫士也不唤来问了，其实就是他唤来问也问不出，鄂王府的卫士，惧怕王妃更胜于惧怕王爷，人是王妃放的，卫士怎敢泄露。

可是多铎也另有打算，第二日一早就把禁卫军副统领张承斌唤来，叫他带三千禁卫军在附近村庄大索。多铎以亲王身份节制禁卫军，张承斌自然是唯唯听命。

武家庄是山下的一个大村庄，武庄主又是江湖上闻名的人物，张承斌也是出身江湖，与武庄主曾有一面之雅。张承斌一下山就先到了武家庄，那些乔装农夫在田间操作的庄丁，神色又慌慌张张，被禁卫军擒住盘问，有人熬不住打，便供出庄内来了不少客人。张承斌心中大喜，一声号令，数千禁卫军立刻摆开阵势，将武家庄围得密不通风。

庄内群雄闻报，跳了起来。通明和尚拔出戒刀道："咱们冲出去！"武元英拈须不语，刘郁芳看了通明和尚一眼道："如何应付，当请武老英雄作主。"她知今日之事，不比昨日的大闹五台山，今日被围，连武家庄的妇孺老弱都牵累在内，如何能够蛮干？武元英道："我且到围墙上去看看，一众英雄暂时可别出头。"

武元英登上围墙，只见庄外戈矛映日，三千禁卫军厚甲披身、强弓在手，作势欲射。张承斌一见武元英出来，大声说道："今日我们远来，武庄主你可该接待我们进去？"武元英神色自如，朗声答道："山庄简陋，难迎大军。官长驾到，我就请几位官长进去喝杯茶吧。"张承斌素来持重，见他如此神情，心中犹疑不决，想道："武元英总算是个绅士，又是武林前辈，若搜不出人，自己也受江湖人物耻笑。"但其势又不能罢休，心想进去也不妨事，于是高声答道："既然你怕接待大军，我就遣牙将带三百名军士进去好了，武庄主是武林前辈，谅不会使出诡计。"他令旗一摆，队伍忽地裂开，当中推出十尊土炮。

武元英原想哄张承斌进去，将他擒住，作为要挟。见此情形，知他有所准备，他只派牙将进来，就是将牙将捉住，也无济于事，而且跟着必是屠村之祸！

外面武庄主十分紧张，庄内群雄也很着急。刘郁芳道："事到临头，看来是非拼不可了！"她毅然起立，正待部署，却不见了韩志邦的副手华紫山和杨一维两个人，她眉头一皱，问起韩志邦，也不知道他们去了哪里。

再说阎中天在静室之内，做起傅青主教给他的“气功疗法”，打坐不久，果觉胸中舒畅许多。阎中天半生弓马，出生入死，为利禄奔波，从未试过静坐下来，好好思想。此刻静室打坐，起初像是脑子空荡荡的，什么都没有。猛然间，思潮纷起，想着帝皇人家的寡恩，江湖侠士的义气，再想想自己所干过的事情，不觉天良迸发，越想越觉得惭愧，自己这一生就好似帝皇鹰犬，专门替主人捕杀善良，而现在别人却不辞万死，要把自己救活。思想像一个波浪接着一个波浪，傅青主教他静坐，他的内心却好像一个战场。

正当阎中天静思冥想之际，隔壁忽然传来喁喁人语，话声虽然很低，在静室中却听得非常清楚。隔室有两个人在对话，一个说道：“外面的禁卫军已把庄子围得密不通风，杨大哥，你怎样打算？”另一个人答道：“我们有什么打算？还不是坐着等死！华大哥，死就死吧。可是，我却要怪你，怎想的净是自己的事情。我忧的是武家庄一千数百老幼男女，今天恐怕都逃不了这场浩劫！”那个被唤作华大哥的叹了一口气道：“武庄主一世好人，却不料落得这样结果！”

阎中天一字一句，听得分明，尤其在听到“不要净想自己的事情”这句话时，猛然间就如万箭穿心，十分难过。他猛地咬着牙根站了起来，再也顾不得傅青主叫他一定要静坐一天一夜的吩咐，他旋风似的打开房门，径自朝庄外走去，这时庄丁们出出进进，忙乱中谁也没有注意他。

庄外，这时武元英正感为难，他无法拒绝张承斌的牙将进来，想了一想，只好硬着头皮打开庄门再算。

那牙将得意洋洋，高视阔步，带三百禁卫军一冲而入，不料刚入了庄门，忽听得有一个洪亮的声音喝道：“你们进来作什么？张承斌来了吗？叫他见我！”那牙将抬头一看，来人正是管辖宫中卫士、皇帝最宠信的阎中天，他这一吓非同小可，急忙答道：“小的不知你老在这里，张承斌就在外面。”阎中天道：“你们退出去，叫他进来！”牙将唯唯领命。

张承斌见牙将进而复退，十分惊讶。他策马上前，忽见墙头上现出一人微笑道："张承斌，皇上昨夜叫我吩咐你的事情，你办得怎样了？你还未向我复命呢！"

张承斌见了阎中天，也是十分惊讶，见他问起，只得恭顺答道："卑职昨夜搜查逃犯，没有搜着，想谒见皇上，皇上又没有功夫，今天一大清早，鄂亲王就差遣我来了。"阎中天微微一笑道："皇上现在正在找你呢！我在这里拜会朋友，你不必进来了，还是赶快回去吧！"在宫廷中，阎中天无异张承斌的顶头上司，所传达的又是皇命，一比起来，张承斌只好把鄂亲王的命令放在后头，垂手"喳"的应了一声，拔起大军，便向后退！

阎中天兀立墙头，看着禁卫军退得干干净净之后，这才缓缓走下围墙。傅青主迎面走来，朝他面上一瞧，急急将他扶住。阎中天面色惨白如纸，摇摇晃晃，说道："谢谢你，我不行了！"他这时只觉体内有千万条小蛇，到处乱咬，刚才他用尽精神，拼命挺着，现在是再也支撑不住了。

武元英见状大惊，走过来执着阎中天的手，含着眼泪说道："阎大哥，我们都很感激你！"阎中天面上露出一丝微笑，说道："这是我一生中所做的唯一好事，做了这件事，我死也死得瞑目了！"说罢，双目一闭，傅青主捏着他的手，只觉脉息已断，叹了一口气，默默无言地把他的尸体抱了起来。

韩志邦还不知阎中天已经断气，走过来问道："还有得救么?"傅青主惨然答道："纵有回天之术，也救不了！他吃了最厉害的毒药，当晚又奔跑半夜，虽有天山雪莲保着，毒气已散布体内。我教他的用气功疗法医治，最少要静坐一天一夜，他这一闹，精神气力已全耗尽了！"韩志邦皱着眉头道："是谁说给他知道的?"杨一维和华紫山彼此对瞧，不敢作声。他们把阎中天激了出来，却没料到毒药这样厉害。

刘郁芳瞧在眼内，却不言语。她想："这两人心地虽欠纯厚，但到底是为了救出大家。"因此不愿点破，累他们受责。当下说道："阎中天这样的死，也算值得了。只是禁卫军虽给他喝退，也只是暂时缓兵之计，待他们弄清楚后，一定更大举而来，事不宜迟，我们也该早作打算了。"

当下众人商议了一会，决定弃庄远走，武家父女和一众庄丁，随华紫山、杨一维二人留在山西，主持西北的天地会；刘郁芳和韩志邦入云南，看吴三桂的情形，他们明知吴三桂只是为了个人利禄，但却想利用他和清廷的冲突，图谋复国；傅青主和冒浣莲入川，去看四川的形势；通明和尚和常英、程通赴粤，去截清廷的人。至于易兰珠，则自愿孤身进京，设法救张公子，众人觉得危险，正待拦阻，傅青主看了她一眼，想起昨夜许多离奇之事，说道："让她去吧，她去最为合适！"这一去，有分教：

英雄四散图豪举，江湖处处起风波。

欲知后事如何？请听下回分解。

第四回　比剑压凶人　同门决战
展图寻绮梦　旧侣重来

在山西大同附近，桑干河萦回如带，滔滔黄水不绝东流，河的两岸山峦起伏，更雄奇的是，临河是一片陡削绝壁，而绝壁上却布满了洞窟，这些洞窟都是古代佛教徒所开辟的。大同附近的这些洞窟，有一个总名叫做“云冈石窟”，大大小小，数达百余，里面的佛像雕刻，世界闻名。

这一天正是暮春时节，天气晴明，在山峦间，有两男一女，默默前行，两个男的是“天山神芒”凌未风和天地会副舵主韩志邦，女的是天地会的总舵主刘郁芳。

他们自五台山下与群雄分手以后，绕道西行入滇，走了三天，到了云冈，峻岭荒山，连居民都找不到，更不要说旅舍了。刘郁芳笑道：“看来今晚我们只好住石窟了！”凌未风道：“你不是最喜欢住开朗的地方吗？石窟怎住得惯？”刘郁芳诧然问道：“你怎么知道我的习惯？”原来刘郁芳小时，住在杭州，所住的地方，都是窗明几净。别的女孩儿家，都不大敢打开窗子，而她的房子，窗帘却总是卷起的。因为她喜爱阳光，憎恶阴暗。

凌未风见她反问，微微一笑道：“我是这样猜罢了，小姐们总是喜欢洁净的。”刘郁芳道：“我小时候是这样，现在浪迹江湖，什么地方都住得惯了。”

两人款款深谈，韩志邦瞧在眼内，心里不觉泛起一种异样的感情，他有心于刘郁芳已有十年了，可是她却毫无知觉似的，而对于凌未风，却似一见如故。虽然凌未风对她好像冷漠异常，而且有时还故意和她顶撞，但她也不以为意。

刘郁芳也看出了韩志邦的神情，笑道："韩大哥，怎么你几天来都很少说话呀？我们赶快去找一个石窟吧。"韩志邦应了一声，随手拾起山旁的枯枝，用火石擦燃起来，做成火把，指着绝壁上的一个大石窟道："这个最好！"刘郁芳一看，洞口凿有"佛转洞"三个大字。韩志邦道："我在西北多年，常常听佛徒谈起这个石窟，说是里面的佛像雕刻，鬼斧神工，可惜我是个老粗，什么也不懂。"

三人边谈边进入窟内，这石窟果然极为雄伟，当中的大坐佛高达三丈有多，它的一个手指头比成人的身体还长，四壁更刻满奇奇怪怪的壁画，风格与中土大不相侔。刘郁芳看着壁上所刻的"飞天"（仙女），衣带飘举，好像空际回翔，破壁欲飞，不禁大为赞赏。凌未风也啧啧称奇，说道："我在西北多年，也未曾见过这样美妙的壁画！"

刘郁芳若有所触，接声问道："你到西北多少年了？"凌未风道："十六年了！"刘郁芳面色倏变，忽然在行囊中取出一卷图画，说道："你且看看这一幅吧！"一打开来，只见里面画的是一个丰神俊秀的少年男子。

在凌未风展开画图时，刘郁芳双眸闪闪放光，紧紧地盯着他。凌未风强力抑制着内心的激动，淡淡地笑道："画得真不错呀！脸上的稚气都生动地表现出来了！画中的少年，恐怕只有十五六岁吧？"刘郁芳深沉地望着他，问道："你不认识画中的人吗？"凌未风作出诧异的样子反问道："我怎么会认识他？"

韩志邦看着刘郁芳的神情，觉得非常奇怪，也凑上来问道："这是什么人？刘大姐为什么随身带着他的画像？是你失散了的兄弟还是亲朋？"

刘郁芳茫然起立，韩志邦在火把光中，看见她微微颤抖，问道："你怎么啦？"这时外面桑干河夜涛拍岸，通过幽深的石窟，四壁荡起回声，就像空山中响起千百面战鼓。刘郁芳缓缓说道："听这涛声倒很像在钱塘江听潮呢。"她吁了一口气，靠着石壁，神情很是疲倦。韩志邦心中一阵疼痛，走过去想扶她。刘郁芳摇摇头道："不用你扶。韩大哥，这事情我早该对你说了。"她指着画中的少男说

在山西大同附近，桑干河萦回如带，滔滔黄水不绝东流，…… 这一天正是暮春时节，天气晴明，在山峦间，有两男一女，……

道：“这幅画是我画的。画中的大孩子是我童年的好友。在钱塘江大潮之夜，我打了他一个耳光，他跳进钱塘江死了！”韩志邦问道：“既然是好友，你为什么又打他耳光？”

刘郁芳面色惨白，哑声说道：“这是我的错！那时我们的父亲都是前朝鲁王的部下，死在战场，我们和鲁王的旧部，隐居杭州。有一天，我们的人，有几个被当时镇守杭州的纳兰总兵所捕，我的朋友也在内。后来听说他供出鲁王在杭州的人，以致几乎被一网打尽。”韩志邦握着拳头，嘭的一声打在石壁上，说道：“既然他是这样的人，不要说打他耳光，就是杀了也应该！”他说了之后，看见刘郁芳又摇了摇头，再问道：“到底是不是真的他说了？”刘郁芳道：“那晚我们的人越狱成功，他也跑了出来，我碰到他，问他到底说了没有？他说：‘这完全是真的！’”韩志邦怒道：“刘大姐，亏我一向敬佩你，这样的人，你不杀他已是差了，还要想念他！”

刘郁芳瞪了他一眼道：“事情有时很复杂，在没有完全清楚之前，随便下判语，可能就铸成大错。我那位朋友，从小就是非常坚硬的小子。可是他被捕时，到底只是十六岁的大孩子哪！”韩志邦道：“是孩子也不能原谅！”刘郁芳不理他插嘴，继续说下去道：“他被捕后，受了各种毒刑，他一句话也没有说。后来敌人使用苦肉计，叫一个人乔装抗清义士，和他同关在一个牢房，提他出去打时，也把那个人拖去打，而且比他还打得厉害。他年纪轻就相信那人是自己人。那人说要越狱，但怕出狱后无处躲藏，他就将我们总部的地址说给那人知道。这件事是我们的人越狱后，擒着狱卒，详细查问才查出来的！”

韩志邦听了这话，登时呆住，颤声说道：“刘大姐，恕我大胆，我想问你一句话……”

刘郁芳把头发向后掠了一掠，面对着韩志邦，用一种急促的声调打断他的话道：“我知道你想问的是什么了。这十多年来，我总带着他的画像，结婚的事情，我连想也没有想过！”韩志邦默然不语，过了一会，才轻声说道：“你的想法真可怕！”刘郁芳摇摇头道：“假如你当时看见他给我打的那张脸，你就不会以为我想得可怕了！我一闭起眼睛，就会看见他那可怖的、绝望的、孩子气的脸！

我杀死了我最好的朋友，我做错的事情是再也不能挽回了！”

凌未风扭绞着双手，带着刀痕的脸，冷冰冰的一点表情也没有。刘郁芳瞥了一眼，蓦地里惊叫起来。用手蒙着眼睛，喊道：“呀！我好像又看到他了……”韩志邦跑过去，用手轻轻扶着她，说道：“总舵主，你想得太多了，这只是一种幻觉……”他话未说完，眼光和凌未风的碰个正着，凌未风的眼光就像刺人的“天山神芒”一样，韩志邦不觉打了一个寒噤，嚷道：“凌大哥，你不要这样看人行不行？给你吓死了！”

凌未风“嗤”的一声嘲笑道：“亏你们还是天地会的舵主呢！这样胆小。你们别尽作恶梦了，你听听，外面好像有人来了。”

这时石窟里嗡嗡然地响起回声，一团火光在黑暗中渐渐移近。凌未风振臂迎上，只见外面来了四个喇嘛和一个军官装束的人。凌未风和韩志邦都懂得藏语，两面交谈，知道他们也是错过宿头，才到石窟过夜的。

四个喇嘛都很和蔼，只见那个军官神色却颇傲慢，凌未风瞧着他的袖口绣有飞鹰，知道那是吴三桂王府中人的标志，不觉看多了两眼，那军官嘀嘀咕咕，凌未风等也不理他，自在佛像之后安歇。那佛像三丈来高，像一个大屏风一样，将两边的人阻隔开来。

那几个喇嘛，兴致似乎很好，在佛像前烧起一堆火，手舞足蹈地唱起歌来。歌声起初激昂清越，较后却很苍凉。刘郁芳好奇地问道：“他们唱的是什么？”

凌未风听了一会，说道：“他们唱的是西藏的一个传奇故事。故事说有一个少年叫做哈的卢，是草原上的英雄，又是一个好歌手，他非常骄傲，从不肯向人低头。后来他爱上一个牧羊女，名叫阿盖，阿盖比他更骄傲，要他当着众人的面，跪在她的裙下，她才答应婚事。哈的卢果真跪下来求婚，年青的姑娘们都掩着面，不忍见她们心目中的英雄，这样受凌辱。现在唱的，就是哈的卢说的话，他说：‘我孤鹤野云的仙梦，到而今都已幻入空冥，这二十年来的深心骄傲，都降伏你冰雪的聪明！’”刘郁芳听着凌未风的转译，心中如醉，偶然一瞥，只见凌未风的眼中，也闪着异样的光彩。

刘郁芳惊异地望了望凌未风，凌未风“嘘”了一声，道：“你听，这首西藏的传奇诗美极了！现在是牧羊女阿盖的倾诉。她曾拒绝过一个藩王王子的求婚，心中其实也是爱哈的卢的，她说：

‘一切繁华在我是昙花过眼，
众生色相到明朝又是虚无，
我只见夜空中的明星一点，
永恒不灭直到石烂海枯！

那不灭的星星是他漆黑的明眸，
将指示我去膜拜，叫我去祈求，
这十多年来的痴情眷恋，
愿化作他心坎中的脉脉长流。’”

刘郁芳呼吸紧促，抚掌说道：“这首歌果然好，结果怎样？该是他们两人结了婚吧？”凌未风忧郁地说道：“不是，结局是谁也料不到的，哈的卢是非常骄傲的人，他爱阿盖，他也爱自己的骄傲，他跪下来求婚，阿盖笑了，正想拉他起来，不料他一把匕首就把阿盖插死了，跟着他自己也自杀了。他临死前唱道：

‘欢乐的时间过得短促而明亮，
像黑夜的天空蓦地电光一闪，
虽旋即又消于漠漠长空，
已照出快乐悲哀交织的爱念。’”

韩志邦喊起来道：“这不近人情，如果我爱一个人，我绝不会杀她！”凌未风笑道：“我也不会，但如果我是哈的卢，那女人要我当众表示屈服，我也一定不会向她求婚。这首歌虽然不近人情，但也唱出了人的自尊，虽然那自尊是过分的。这首长歌的题名是：在草原上谁是最倔强的人。”

那军官似乎给歌声搅得很不耐烦，用藏话喝道：“不要唱了，快去睡吧，明早还要赶路！”话声未了，只听石窟中阴恻恻的有人笑道：“不用赶路了，你们没有明天了！”不说军官和喇嘛，就是凌未风也吃了一惊，这人好俊的内功，人还未到，而声音好似就在耳边！

两个喇嘛蓦地跳将起来，向外扑去。在黑暗的石窟通道中，只听得“噼噼啪啪”的摔跤声响，凌未风在佛像背后望去，忽见两团黑忽忽的东西掷了进来。两个喇嘛竟然不过三五个照面，就给来人摔倒，当作皮球一样地抛了进来。那军官和另外两个喇嘛勃然大怒，倏地拔出了兵器，就迎上去。通道中，几声长笑，飞鸟般地掠进了几个黑衣汉子。韩志邦耸一耸肩，就待跳出，凌未风一把按住，悄声说道：“别忙，且看来的是什么人！”话声未了，来人已到了佛像之前，凌未风一见，诧异得几乎喊出声来。

进来的是三个黑衣卫士，为首的竟是游龙剑楚昭南。不说凌未风惊诧，与喇嘛僧同来的军官也喊了起来，这军官名叫张天蒙，与楚昭南本来同是吴三桂的心腹。

张天蒙见楚昭南把两个喇嘛摔了进来，急忙喊道：“大哥，别动手，是自己人！”楚昭南跨前一步，喝道：“天蒙，你叫他们把‘舍利子’交出来，我可以饶他们不死！”

“舍利子”乃是佛门的宝贝，据说有道的高僧死后，用火焚化，骨肉虽烧成灰，但却有一颗像珍珠般的骨头，百炼不化，其名便是“舍利子”。吴三桂追桂王入缅，把缅甸紫光寺镇寺之宝　龙树禅师留下的“舍利子”劫了回来。龙树是释迦牟尼的大弟子，大乘教派的创始人。佛教的圣物，第一是释迦牟尼留下的佛牙，第二便是龙树禅师留下的“舍利子”，吴三桂为了要联络达赖喇嘛，因此叫张天蒙护送“舍利子”到西藏，那四个喇嘛乃是入滇迎接圣物的人。楚昭南知道这事，和康熙一说，康熙立刻派两个武功超卓的卫士和他一同去拦劫。正因康熙分心于对付吴三桂和拦劫圣物，武家庄群雄，才能顺利分散，没有受到搜捕。

张天蒙见楚昭南一开口就要“舍利子”，心中大疑，问道：“楚大哥，你刚从西藏回来吗，这‘舍利子’是平西王叫我护送的，不敢有劳。”楚昭南冷笑道：“什么平西王？这‘舍利子’是当今皇上叫我来拿的！”张天蒙大吃一惊道：“你反了？”楚昭南大笑道：“吴三桂反得我反不得？我问你，你到底是愿跟吴三桂还是愿跟皇帝？”

张天蒙在平西王府中，地位比楚昭南稍低，吴三桂图谋反叛之事，他毫不知情。见楚昭南这样说，如晴天起了霹雳，顿时做声不得。楚昭南迫前一步，喝道：“你到底怎么样？”张天蒙心中七上八落，犹疑不定。另外两个喇嘛，见楚昭南用汉话大声呼喝，虽听不懂他说什么，但看样子似是逼迫张天蒙的样子，心中有气，双双跑上，施展“大力千斤拳”，一左一右，嗖嗖地打出两拳。楚昭南故意卖弄，不躲不闪，迎面就接了两拳。这两拳击着胸膛，“蓬！蓬！”两声，如中败革！两个喇嘛都给弹退几步，可是楚昭南也觉一阵疼痛，吃了一惊，心想这两个喇嘛果然有几斤气力。他不敢怠慢，扑地腾起，似飞鹰攫兔之势，朝两个喇嘛的后心便抓，看看到手，忽听得佛像后一声巨喝，一颗铁蒺藜流星闪电般地袭到。楚昭南好俊的功夫，在半空中一个“鲤鱼打挺”，立刻倒翻出去。那颗铁蒺藜给他在倒翻时用脚后跟一蹴，箭一样地倒射回去。佛像后韩志邦刚刚纵出，吃铁蒺藜一射，急挺手中兵刃八卦紫金刀一拍，虽然将铁蒺藜拍飞，可是虎口竟一阵发麻。这铁蒺藜给楚昭南倒蹴回来，劲度还是如此之强，韩志邦也不禁大吃一惊！

韩志邦刚站稳脚步，楚昭南已是再度扑到。韩志邦身形一矮，往前一个纵步，八卦紫金刀照楚昭南胸前疾劈，楚昭南左手袖子往外一拂，一股劲风，直扑面门，韩志邦侧一侧头，刀已搠空，楚昭南身形迅如飘风，突地绕到韩志邦背后，韩志邦也是虚实并用，招数并未使老，他一刀搠空，已疾地斜塌身形，刀锋外展，刷地旁扫楚昭南下盘。楚昭南大喝一声：“撒手！”右掌劈面打出，左手则骈指如戟，照韩志邦右臂“三里穴”点去。韩志邦刀已劈出，见势不妙，连忙变招应敌，“三羊开泰”，一招三式，刺胸膛，挂两肩，狠狠地扫来。但他快，楚昭南更快。他一刀劈出，敌人方位已变，他只见敌人右拳在面前一晃，眼神一乱，右臂已是一阵酸麻。楚昭南武功神奇，竟是方位变而招数未变，左手手指，仍然点着了韩志邦的穴道。只听得“呛啷”一声，紫金刀掉在地上。

这几招快如电光石火！与楚昭南同来的两个卫士，这时才刚刚看清韩志邦的面容，大声喊道：“这厮是天地会的总舵主！不要放过他！”楚昭南狞笑一声，正待赶上，蓦然一道乌金光芒，自佛像后电射而出，楚昭南运足内劲，横袖一拍，竟没将暗器拍飞，袍袖给刺穿了一个大洞，暗器贴肉而过，余势仍然非常强烈，射在对面石壁上，铿锵有声，一枝似袖箭而非袖箭的东西，竟然穿入了石壁。

说时迟，那时快，佛像背后，一男一女飞身而出，双双拦在楚昭南面前。楚昭南嗖的一声，拔出佩剑，并不上前，却反倒纵出一丈开外，喝道："你是晦明禅师的什么人，三番两次和我作对，你当我真的怕你吗？"

这时刘郁芳已将韩志邦救起，给他解了穴道。凌未风笑嘻嘻地站在佛像之前，不理楚昭南，先用藏话招呼那几个喇嘛道："你们站过这一边来，'舍利子'可不能让他们抢去。"那几个喇嘛依言疾退，和楚昭南同来的两个卫士，双双赶上，凌未风把手一扬，又是两道乌金光芒电射而出，那两个卫士也非弱者，一个举起鬼头刀用力一格，只听得铮然一声，火星疾飞，鬼头刀竟给暗器射缺一口；另一个用"一鹤冲天"的轻功绝技，平地拔起三丈多高，饶是他躲得这样快，暗器还是贴着他的鞋底射过，他穿的是铁掌鞋，后踭也给射掉。两人吓出了一身冷汗。楚昭南喝道："别忙料理那些喇嘛，他们逃跑不了！"两个卫士趁此一喝，也不再追，分立楚昭南左右。而张天蒙却仍不声不响，斜挨在佛像之旁，靠近喇嘛。

这时凌未风才冷冷地对楚昭南笑道："论师门渊源，我要尊你一声师兄；论江湖道义，我要骂你一声贼子！你到底愿我尊为师兄，还是甘为我骂作贼子？人鬼殊途，你该早作抉择了！"

凌未风自江南远奔漠外，在天山之巅，跟随晦明禅师习技十年，其事甚秘，莫说武林中无人知晓，就是曾在晦明禅师门下习技的楚昭南也不知道。楚昭南只道大师兄杨云骢死后，自己可以独霸天下，不料那日在五台山谷，忽然钻出了一个凌未风，使出了天山掌法中的绝招，自己骤吃一惊，竟然挨了一掌。如今听得他公然表白身份，叫自己作师兄，心中一慌，但随即又想：纵许他就是晦明禅师的关门徒弟，但他不过三十岁左右，无论如何也比不上自己几十年功力，何必怕他？

当下楚昭南横目睨视，傲然说道："谁是你的师兄？你要认我作师兄，可得先卖几手出来瞧瞧，来！来！我讨教你的掌法！"他挨了一掌，余忿未消，一定要在掌法上找回面子。

凌未风冷冷一笑，便待亮式，楚昭南正待上前，和他同来的一个卫士，忽地斜刺杀出，说道："割鸡焉用牛刀，且待俺先会会这断！”楚昭南一看，这卫士名叫古元亮，乃是河南点穴名家古家之后，他的点穴法搀杂在掌法之中，厉害异常，是大内第一流的高手。楚昭南心想，让他先去试招，对自己甚有好处，若他胜了，自己无须出手；若他输了，自己也可看清楚凌未风路道。于是微微点首，让古元亮先上。

古元亮刚才给凌未风一枝暗器，打断鞋踭，也是愤怒得很，他一上来，就大声喝道：“我也是要先讨教你的掌法，你若要比暗器，等下我也可奉陪。咱们说话在前，可不许暗放冷箭！”

凌未风知道他怕自己的暗器厉害，所以抬出江湖上比武的规矩，言明在前，要比完一样才比另一样，遂微笑道：“不用暗器，一样可以打得你乱跳！”

古元亮脚尖一点，如箭离弦，喝道：“不和你斗嘴，接招！”话声未完，一掌已向凌未风“天枢穴”按去。凌未风见他掌风甚劲，所按部位又是穴道，不敢怠慢，一声长啸，倏地一个旋身，横掌如刀，猛切古元亮脉门，古元亮大吼一声，托地跳将出去，凌未风双臂箕张，一掠丈许，向背心便抓。哪料古元亮虽吃迫退，却不是真败，他倏地身躯一矮，陀螺般地直拧转来，双掌骤发，一打凌未风胁下的“乳泉穴”，一扫腰部“关元穴”。竟是败里反攻，狠招硬拼。

韩志邦看得“啊呀”地叫出声来，楚昭南却一声大喝：“老古，留神！”韩志邦还未看清，只见古元亮已跌跌撞撞倒退出数丈开外，面色灰白。凌未风喝道：“你已输招，还赖在这里作甚？”古元亮闷声不响，双掌一错，狠狠地又攻上来。这一来只见掌风越发凌厉，凌未风倏进倏退，身法步法，丝毫不乱。而古元亮则似一只受伤的狮子，强攻猛打，掌风所到，全是按向凌未风的三十六道大穴。

古元亮一时疏忽，吃了个亏，心中大怒，再度猛扑，凌厉之中见绵密，斫截之中杂点穴，双掌起处，全是按向人身三十六道大穴，凌未风身随掌走，见招拆招，古元亮兀是攻不进去。战了片刻，凌未风蓦地大喝一声，掌法骤变，右手横掌如刃，劈、按、擒、拿，展开了天山擒拿手中最厉害的截手法；左手却骈指如戟，竟在古元亮双掌翻飞之中，欺身直进，找寻穴道。古元亮的按穴掌法给他的截手法克住，丝毫施展不得，而凌未风的左手，却如同捻着一枝点穴橛，指尖所到，也全是指向古元亮的三十六道大穴。这正是“以其人之道还治其人之身”，古元亮是点穴名家，识得厉害，心中越发吃惊。凌未风也真“损”，每向一处穴道点去，就大喝一声，“三里穴”“涌泉穴”“天元穴”……叫个不停，好像故意点醒对方。古元亮左右趋避，全身都给冷汗湿透。旁边人看来，只见他蹦蹦跳跳，形状十分滑稽。

楚昭南越看越不是味儿，叫道：“退下！退下！”他双掌一错，正待上前，只听得凌未风又是一声大喝，身形迅若狂风，猛地绕到古元亮背后，只一抓，便抓着了古元亮右臂，左手在他腰后一戳，古元亮像死蛇一样，软作一团。凌未风在大喝声中，将古元亮猛抛出去。楚昭南一把接着，只见古元亮双眸紧闭，四肢僵硬，急忙伸手在他的“伏兔穴”一拍，古元亮哇的一声叫了出来，吐出一口淤血，软瘫倒地，动弹不得。

楚昭南再也按捺不住，双掌齐出，向凌未风扑去。凌未风双肩一耸，轻轻避开；楚昭南抢步上前，右掌又旋风一样劈去，凌未风仍然不接，侧身一冲，竟翩如巨鹰，从楚昭南掌底直钻出去。楚昭南大喝一声，翻身一抓，双掌擒拿；凌未风飕地窜起一丈多高，如燕翅斜展，侧身下落。楚昭南喝声：“哪里走?”又追上来。凌未风凝身止步，双目虎虎有威，大声说道：“且慢动手，我尊你是师兄，让你三招，你若再不知进退，我只好与你一判雌雄。我若输了，从此回转天山，你若输了又如何?”楚昭南道：“舍利子随你拿去!”凌未风道：“好，发招吧!”楚昭南脚踏洪门，双掌挟着劲风，嗖地向凌未风胸膛打去！凌未风一掌格开，两人风驰电掣般地打将起来。只见手掌起处，全带劲风，石窟内多年堆积的尘土，给掌风震荡得四处飞扬，如黑雾弥漫，石窟本就阴暗，这一来更显得阴风惨惨，骇目惊心。通道上烧着的一堆火，火光在掌风烟雾中摇曳，似明似灭，旁边的人都屏着呼吸，心头似给重物压着，透不过气来。

两人打了一会，蓦然都往后退出几步，众人惊诧看时，只见两人圆睁双眼，似斗鸡一般互相瞪视。楚昭南大喝一声，在几步之外，一掌劈出，凌未风双掌合十，也是遥遥一放；两人拳来脚往，中间总隔着几步距离，掌锋连衣裳也沾不着，而且越打越慢，就真的像两师兄弟在那里拆招练式一样。刘郁芳和韩志邦等都是行家，早看出两人每一举手投足，全都暗藏着几个变化，虽然隔着几步，每一招数，也都全是带守带攻，应付对方的。这种最上乘的掌法，若是哪一方稍有疏漏，对方只要身形微动，便可立施杀手。

两人拆了一百多招，都是稍沾即走，仍是分不出上下高低。旁边的人正看得眼花缭乱之际，蓦听得凌未风也是一声大喝，楚昭南猛地向后便退，凌未风身形迅如狂飙，欺身直进，反手一掌，就向楚昭南胸膛打去。楚昭南纵身一跳，恰恰跳在大佛像的中指之上，凌未风急急撤掌，楚昭南蓦然如巨鹰下扑，自上一纵而下，双掌朝凌未风的天灵盖直按下来。凌未风迫得双掌向上一抵，四掌相交，“蓬！蓬！”两声，两人竟给碰跌一丈开外。

原来楚昭南习武的时间，虽比凌未风长，但凌未风练的是童子功，自小就把根基扎好，而楚昭南少年时曾狂嫖纵饮，功力反差了一等，更加上楚昭南近年志得意满，练习遂疏，骤遇强敌，虽然功力大致相当，也要受制。刚才凌未风本已赢了一招，正要续施杀手，不料楚昭南却跳在佛像的手指上，若然这一掌打去，会毁坏佛像。凌未风投鼠忌器，不敢损伤云冈石窟中的瑰宝，只好急急撤掌。楚昭南乘势从上压下，占了便宜，因此两人在表面看来，好像打成平手。

楚昭南心里明白，这位未见过面的师弟，功力确比自己还高，又急又怒，但利禄熏心，又不肯罢手。他仆地即起，“游龙剑”嗖然出手，微带啸声。这柄剑削铁如泥，是天山派所传的两把宝剑之一（另一把是短剑，为杨云骢所得，杨死后已归易兰珠）。楚昭南在剑法上造诣最深，又恃有宝剑在手，因此虽输了招，仍是一派狂傲，要和凌未风比剑。

楚昭南拔剑出手，略一挥动，只见一缕寒光，电射而出，刘郁芳骇然叫道：“这是宝剑！”凌未风傲然不顾，提左脚，倒青锋，欺身直进，一剑斩去，剑锋自下卷上，倒削楚昭南右臂，这是天山剑法中的绝险之招，名为“极目沧波”。楚昭南自然识得，仗着宝剑锋利，也使出险招，霍地塌身，“乌龙掠地”，刷！刷！刷！一连三剑，向凌未风下盘直扫过去。凌未风灵巧之极，身形如星丸跳掷，一起一落，楚昭南剑剑在他的脚底卷地扫过，连碰也没有碰着。楚昭南刚一长身，正待变招，凌未风瞬息之间，就一连攻了五剑，楚昭南给迫得措手不及，连连后退，竟无暇去削他的兵刃。

但楚昭南在剑法上浸淫了几十年，自是非同小可，他一看凌未风打法，就知道他是以快制慢，用最迅捷的剑法来迫自己防守，使自己没机会利用宝剑的所长。他冷笑一声，忽然凝身不动，一口剑霍霍地四面展开，幽暗的石窟中，登时涌出一圈银虹，回环飞舞。凌未风的剑是普通兵刃，一碰着便会给他削断，因此根本递不进去。而他却在银虹中耿耿注视，寻瑕抵隙找凌未风的破绽。

酣斗声中，凌未风抽剑后退，楚昭南大喝一声，挺剑刺出，剑光如练，向凌未风背后戳来。凌未风忽地回转身躯，闪电般地举剑一撩，只听得呛啷一声，和楚昭南的剑碰个正着，刘郁芳惊叫一声，以为这番凌未风定难幸免，不料响声过后，突然非常沉寂，既无金铁交鸣之声，甚至连脚步声也听不到。

原来凌未风这回身一剑，便搭着了楚昭南的剑脊，锋刃并不触及。楚昭南用力一抽，只觉自己的剑竟似给黏着一样，抽不出来！原来晦明禅师采集各派剑法之长，创立天山剑法，这一手便是太极剑法中的“粘”字诀。

楚昭南自是行家，知道若硬要抽剑，必定给凌未风如影附形，连绵不断地直攻过来，无可奈何，只好和他斗内功，苦苦缠迫！

这种斗剑，真是武林罕见。石窟里静得连绣花针跌在地上都听得出声来。过了片刻，只听得楚昭南发出微微的喘息之声，额上开始沁出汗珠，看来两师兄弟，就要生死立判，无法解救。

正在众人全神贯注之际，和喇嘛同来的军官——楚昭南的老搭档张天蒙，忽然悄悄地沿着石壁，移身走近一个喇嘛，蓦然伸指一点，那喇嘛大叫一声，翻身便倒。张天蒙一把抓着，在他怀中一掏，掏出一只檀香盒子，狞笑一声，闪电般地向石窟外面逃去！几个喇嘛大声狂呼：“‘舍利子’给劫走了！‘舍利子’给劫走了！”

凌未风大叫一声，将剑猛地一抽，转身便追。楚昭南身子向前一倾，随即一跃而起，剑光如练，也狠狠地自后赶来。这时张天蒙在前面狂奔，众人在后面紧紧追赶。楚昭南一面追一面挥舞宝剑，韩志邦等两边闪避，霎忽已给他赶在前头，只是总越不过凌未风。

凌未风轻功超卓，片刻之间，已越过通道，出了石窟，这时和张天蒙距离越来越近，他奋身一掠，挺剑直向张天蒙后心搠去，张天蒙也早已解出兵刃，他所用的是一条龙纹锁骨鞭，擅于锁拿刀剑，又可作硬兵器用，他和楚昭南并列吴三桂帐下，武功也自不弱，听得脑后风声，头也不回，反手就是一鞭，凌未风的剑竟然给他缠着。张天蒙大喜，转身用力一拉，不料丝毫没有拉动，反给凌未风将剑一挺，剑尖直向脉门划来。张天蒙大吃一惊，急急将手一抖，锁骨鞭倏地解开，凌未风的剑已如雷霆击到。

凌未风运剑如风，在长鞭飞舞中欺身直进。张天蒙拼命抵挡，给他迫得连连后退，退到了悬崖边沿，只听得水声轰鸣，两人身旁，一条瀑布冲泻而下，而下面就是深不可测的桑干河。

两人动手不过片刻，楚昭南已自赶到，张天蒙猛地用力打出几鞭，向旁一闪，凌未风挺剑便扑，忽见张天蒙左手一扬，一件东西越过凌未风，直向楚昭南飞去。凌未风起初以为是暗器，但一听风声，已知不是，而且又不是向自己打来，更感惊诧。这时只听得张天蒙一声大喝："接住!"跟着对凌未风狞笑道："你把我杀了吧!'舍利子'你可休想!"凌未风瞿然醒起，回身一跃，向楚昭南奔去，只见楚昭南刚刚接了东西，正想收入怀中，凌未风眼力极强，分明看出是个锦盒。他急得大吼一声，舍了张天蒙，挺剑直逼楚昭南，剑法迅捷之极，霎忽就斗了三五十招，这时众人已陆续赶到。张天蒙纵跃如飞，登上一个突出来的小山峰，正好在楚昭南和凌未风的头顶，他居高临下，将山石用力推下，砰砰巨响，沙石纷飞，泥土飞扬中，几块大如磨盘的巨石滚滚而下。楚昭南和凌未风在缠斗中都无法躲避，双双向前一扑，滚地葫芦般地向桑干河面直跌下去。凌未风愤恨之极，半空中一个鲤鱼打挺，将手中长剑朝小山峰脱手掷去，只听得张天蒙哎哟一声，给凌未风长剑刺个正着。

凌未风使出绝顶轻功，头下脚上，将近河面，又一个"鹞子翻身"，双脚轻轻勾住河边峭壁上突出的石笋，放眼看时，只见楚昭南已给瀑布直冲下河，他半个身子已浸入水中，用一只手拼命抓着河岸的石头，挣扎欲起，这形势，双方都是危险之极。

欲知两人性命如何？请听下回分解。

第五回　难受温柔　岂为新知忘旧好
惊心恶斗　喜从古窟得真经

正在此极端紧张之际，凌未风双足勾着峭壁的石笋，用力一翻，身子倒挂，伸手一把抓着楚昭南颈项，像捉小鸡一样，将他提出水面，楚昭南虽有宝剑在手，但刚才给百丈瀑布冲击而下，早已乏力，更兼半截身子浸在水中，更是无从抵挡。凌未风一把抓起，劈手就夺了他的宝剑，双手叉着他的喉咙，楚昭南嘶哑叫了一声，断断续续说道："我给你'舍利子'！"

凌未风看了他一眼，双手松开道："拿来吧！"楚昭南掏出湿漉漉的檀香盒子，凌未风伸手接过，楚昭南面色十分难看，这还是他有生以来第一次认输。

凌未风正待拉他同上悬崖，蓦然间，只听得"蓬"的一声，一道蓝火竟在身边炸裂开来，凌未风半身悬空，挂在悬崖之上，根本无从躲避，肩背给火焰灼得滚热，面上也着了几点火星，他急忙一手按着石壁，将身子在石壁下一滚，火焰虽告熄灭，但仍是感到疼痛。楚昭南趁势翻转身来，仰望着凌未风，凌未风瞋目大喝一声，将抢来的游龙剑拔在手中，楚昭南不敢再上，这时只听得悬崖上嘈成一片，呼喝声和兵刃碰磕声交杂传来。

这枝蛇焰箭是和楚昭南同来的卫士之一郝大绶放的，和楚昭南同来的两个人，点穴名家古元亮已为凌未风点成残废；郝大绶却杂在众人之中，一同跑出窟外，他见凌未风和楚昭南同堕崖下，竟取出歹毒暗器蛇焰箭向下面射去，蛇焰箭发时有一道蓝火，见物即燃，不能用手接，也不能用兵器碰磕，只能避开，他这一箭是立心将凌未风射死，纵便楚昭南也误伤在内，也在所不惜。

韩志邦和刘郁芳见他如此歹毒，勃然大怒，韩志邦一摆八卦紫金刀首先冲上，才打了数招，刘郁芳就脱手飞出独门暗器锦云兜，将他抓伤，郝大绶手中兵刃，也给韩志邦打落，他浴血拼命冲出，才跑了几步，就给两个喇嘛迎面截着，一左一右，大喝一声，双双扑进，一个矮身，各扯着他的一条腿，似荡秋千似的将他荡了起来，荡了几荡，又是一声巨喝，将他抛落悬崖。

楚昭南正在惶急，忽见半空中掉下一个人来，心中大喜，也不管是敌是友，伸手一把接着，向水面一抛，乘着尸体浮沉之际，提一口气，用足内劲，向江中跃去，单足一点尸体，又是拼命一跃，竟给他跃到离凌未风十余丈远的另一处河崖，他手足并用，似猿猴般地爬上了峭壁，一溜烟地逃了。韩志邦连发了几粒铁莲子，都因距离太远，没有打着。

楚昭南临危逃脱，韩志邦恨极骂道："又便宜了这奸贼!"刘郁芳道："不必理他，先看看凌未风吧，今晚可累了他了!"韩志邦默然不语，走近崖边，只见浪涛拍岸，峭壁上有一个黑影在慢慢移动。韩志邦将夜行人随身携带的千里火打开，刘郁芳在火光中看见凌未风爬行而上，显得很是艰难，大吃一惊，颤声叫道："他受了伤了，照他平日的功夫，绝不会这个样子!"她解下"锦云兜"轻轻地抛下去，"锦云兜"是数丈长的钢绳，尖端装着倒须钢网，作暗器用时可以抓人，而现在却恰好是救人的工具，凌未风已爬上一半，刘郁芳双足钩着崖边，探下身子，将钢绳轻轻一摆，恰好触着了凌未风的手指。凌未风伸手握着。刘郁芳叫声："小心!"用力一荡，钢绳抖得笔直，将凌未风凭空抛了起来，凌未风像荡秋千似的，握着钢绳，越荡越高，刘郁芳一缩身躯，将钢绳一卷，把凌未风轻轻放在地上，自己也站了起来。几个喇嘛齐声赞道："真好臂力。"他们不知刘郁芳使的乃是巧劲。

刘郁芳顾不得回答，扶着凌未风细看，只见他肩背已给烧得残破，肌肉灼得瘀红，凌未风转过面来，喇嘛们开声惊叫，他的脸本来就有两道刀痕，现在加上给硫磺火烧得又黑又肿，更显得十分可怕。凌未风笑道："我本来就难看了，更丑怪一点算不了什么。"刘郁芳道："你觉得怎样？"凌未风硬挺着道："不过烧破了点皮肉，没有什么。"他随说随把檀香盒子掏了出来，递给一个喇嘛，微笑说道："打了半夜，还幸把你们的'舍利子'夺了回来！"喇嘛们齐齐拜谢。为首的喇嘛很是小心，将檀香盒子打了开来，只见里面有几粒珍珠般的东西，吐出光芒。喇嘛细看一番，忽然大惊失色，颤声叫道："舍利子给他们掉换了！"凌未风也吃了一惊，问道："怎么？这不是'舍利子'？"喇嘛道："这是珍珠，'舍利子'没有这样透明光亮！"

原来张天蒙素工心计，他在吴三桂将礼物交给喇嘛们时，见过"舍利子"的模样，他就偷偷造了一个同样大小的檀香盒子，里面放上珍珠。他本来是准备在路上万一有人劫夺时，可以拿来顶包。当晚他听楚昭南一说，也起了背叛吴三桂之心，因此他在楚昭南危急时，先劫了喇嘛的"舍利子"，准备拿去献给皇上邀功。后来他被凌未风迫得无路可走时，又巧使"金蝉脱壳"之计，将假的"舍利子"抛给楚昭南，转移了凌未风的目标。

凌未风当下做声不得，恨恨说道："再碰到这贼子，我要剥他的皮！"他又向喇嘛们致歉。喇嘛们很不好意思，再三拜谢，说道："虽然夺回的是假'舍利子'，但凌檀越舍了性命，为我们尽力，此恩此德，永世不忘！"他们见凌未风伤重，又急于要回藏报告，不愿再扰凌未风，齐齐告辞，趁着拂晓赶路。

刘郁芳和韩志邦扶着凌未风走回石窟，一进了洞，凌未风就"哎哟"一声，坐在地上。刘郁芳急忙过去，扶着他道："怎么啦？"凌未风道："你把我的行囊拿来！"他在行囊中取出两粒碧绿色的丹丸，一口咽下，说道："没事啦，那小子的蛇焰箭是硫磺火，火毒攻心，有点难受，这丹丸是天山雪莲配成，正好可解火毒。"刘郁芳还不放心，见他面上烧起许多火泡，又将自己随身携带的治外伤的药膏给他涂抹。凌未风扭转了头，似乎很不愿意。刘郁芳以为他避嫌，笑道："我们江湖人物，还讲这套？"她一手将凌未风按着，柔声说道："不许动，病人应该听话，你不听话我可生气啦！"

凌未风闭着眼睛，让她涂抹。忽然间刘郁芳双手颤抖，一瓶药膏，卜地跌落地上，韩志邦道："你累啦？我替你搽吧！"凌未风翻转身子，将头枕在臂上，说道："我都说不用理它了。"刘郁芳默然不语，凝坐如石像，眼睛如定珠，紧紧盯着凌未风的面孔，良久，良久，突然说道："你以前一定不是这个样子！"

凌未风笑道："自然不是，我受了刀伤，又受了火烧，本来是丑陋的颜容，当然就更丑陋了。"刘郁芳摇摇头道："不对！这回我可看得非常仔细，你以前一定长得很俊，而且还像我的一位杭州友人！"韩志邦冷冷地哼了一声。凌未风一阵狂笑，说道："我根本没有到过杭州！"这笑声原就是掩饰他内心的窘迫。刘郁芳将信将疑，忽然发觉韩志邦也紧紧地盯着她，神情不悦。她瞿然醒起，如果凌未风不是那人，自己谈论一个男人的美丑，可真失掉总舵主的身份，也给韩志邦看轻了。她面上一阵热，也干笑道："我是奇怪你的武功这样高强，怎会面上带有刀痕？"她仓促之间，挤出话来，竟没想到搭不上原先的话题，韩志邦又是冷冷地哼了一声。

凌未风答道："这刀痕是我刚到回疆的时候，碰上杨云骢大侠的一个仇人，他见我带着一个女孩子，随手就给我一刀，要不是有人搭救，几乎给他毁了！"刘郁芳听得十分奇怪，问道："杨大侠的仇人和你有什么关系？你又为什么带一个女孩子远远跑去回疆？那个女孩子有多大了？"凌未风一说之后，自知失言，忙道："这些事情，将来我再对你说。那个女孩子可只有两岁。"韩志邦接口就道："只有两岁，刘舵主，你……你可没有什么话说了！"他本来想说"你可放心了"的，一到口边，可想起不能这样冲犯刘郁芳，这才临时改了。饶是这样，刘郁芳还是白了他一眼，她很不开心，也很奇怪韩志邦的神态似乎有点失常。

第二日，凌未风的伤势，果然好了许多，已经可以走动了。刘郁芳还是殷勤地看护着他。韩志邦却终日寡言寡笑。第三日早晨，刘郁芳一觉醒来，竟然不见了韩志邦的踪迹，只见尘土上有人用手指写着几行歪歪斜斜的大字。

那几行歪歪斜斜的大字写道："咱是一个粗人，不懂规矩；虽属旧交，不如新知；天地会之事，有吾姐主持与凌英雄相助，大有可为，成功可期。从此告辞，盼望珍重。"抬头一行写着："拜上刘总舵主"；下面署名"粗人韩志邦"。刘郁芳看了，黯然不语，凌未风道："他倒是个豪爽的汉子，只是误会太多了。我这个'新知'本就无心疏间'旧交'！"刘郁芳叹了一口气道："他的心眼儿也太小了，我担心他一个人乱闯，难保不出岔子。"只是不知他走向何方，凌未风又是伤势初愈，更是无法寻找。

再说韩志邦那日受了刘郁芳白眼，愈想愈不是味儿。当晚翻来覆去，整夜无眠，心想自己一个"粗人"，武艺与凌未风又是相去甚远，如何配得上她。他心中本来愤愤不平，埋怨刘郁芳刚交上一个"新朋友"，就把多年的"老朋友"冷淡；这样一想，反觉平静下来。他心中暗道：何必在他们中间，做一个拦路石头，于是不待天明，披衣便起，看着他们睡得正酣，暗暗叹了口气，背好行囊，挂好兵器，独个儿走出窟外。

韩志邦迷迷茫茫，也不知该走向何方，他信步所之，在山岗漫无目的地乱跑。这时晨露未干，晓风拂面。行走间，忽听得呦呦鹿鸣，远远望去，只见一头梅花小鹿，在山溪旁边饮水。饮了一会，又咩咩乱叫。韩志邦心想：这头小鹿，孤零零地在这里饮水，一定是失了母亲的离群小鹿，真是可怜。他胡思乱想，慢慢地走过去，自言自语地说道："小鹿，小鹿，我也是个没有朋友的人，你不嫌弃，我和你做个朋友吧。"

胡思乱想间，忽听得一声兽吼，在树林草莽之中，跑出了一只金钱大豹，一声狂吼，腾空窜起，向那条小鹿扑去，韩志邦大怒，骂道："小鹿这样可怜，你还去欺负它！"他也一跃数丈，一连发出几支袖箭，箭箭射中，只是距离过远，那豹子皮肉又厚，虽然痛得狂嗥怒吼，却并未跌倒，那小鹿吃它咬中后腿，也痛得狂奔，那金钱豹身上带箭，仍然不舍，紧紧追去。韩志邦突然一腔怒气，好像要向豹子发泄一样，也施展轻功，追在豹子之后。

追了一回，那小鹿似乎急不择路，竟窜进了一座小小的石窟。那豹子也追将入去，韩志邦赶在后面，距离已近，又是一支袖箭，射入金钱豹的肛门，那豹子大叫一声，仆在地上，尚未爬起，已给韩志邦夹颈捉着，用力一拗，把豹子颈项拗断，快意之极，说道："看你还欺负小鹿！"他将豹子一把抛进洞内，缓步进去，只听得里面小鹿叫声很是惨厉，他心中一动，忽听得里面人声喝道："是谁?”他定睛一看，只见一个人将小鹿按着，正在用刀子锯梅花鹿的鹿茸，这人一见韩志邦入来，蓦地跳起，脱手就是一口飞刀，向他掷去，韩志邦闪身避过，睁眼看时，只见这人正是张天蒙！原来张天蒙那日给凌未风一剑掷中，流血很多，因此躲到这个洞中养伤。

韩志邦见是张天蒙，想起他的狠毒，那日几乎将凌未风弄死，勃然大怒，紫金刀骤地出手，分心便刺。张天蒙刷地跳前两步，龙纹鞭也发出招来，韩志邦抡刀猛斫，张天蒙长鞭一抖，韩志邦斫在鞭上，给他用力一弹，紫金刀竟给弹了回去。韩志邦越发大怒，跃纵如风，一口刀滚滚而上，张天蒙身子却似转动不灵，只辨得招架。韩志邦看看得手，猛然间张天蒙大叫一声，身子往后一坐，韩志邦的紫金刀被长鞭缠着，给他往后一拖，紫金刀竟脱手飞去。张天蒙更不放松，疾地又是一鞭，打中韩志邦胸部。韩志邦仆在地上，滚了数滚，寂然不动。

张天蒙心中大喜，挪步上前，还想补他一鞭，正走近韩志邦身边，猛然间，韩志邦在地上大喝一声，铁莲子冰雹般地打出，张天蒙猝不及防，头面两肩给狠狠打中几颗。张天蒙往旁一跳，忽觉脚下好像踩了棉花一样，软弱无力。给凌未风剑伤的创口，又汩汩流出血来！

韩志邦在地上一跃而起，忽见张天蒙坐在地上，长鞭放在一旁，十分惊异，他粗中有细，扬手又是几粒铁莲子，张天蒙怒叫道：“你这人倒会使诈！”

这回他有了防备，双手上下一抄，把铁莲子接在手中，反打出去。韩志邦腾挪闪避，无奈张天蒙打得比他高明，右臂还是中了一粒。

韩志邦中了暗器，反而哈哈大笑。原来他刚才挨了一鞭，很是疼痛，现在给铁莲子打中，却只似自己以前在田间操作，和孩子们嬉戏时，给顽童用小石子掷中一样，一点也不痛。他知道张天蒙气力已竭，纵身一跳，猛扑在张天蒙身上，当着心口，用力击了几拳。张天蒙双掌也拍中韩志邦腰胁，两人扭作一团。

论武功，张天蒙仅比楚昭南略逊一筹，自然要比韩志邦高许多，无奈他受了凌未风的重创，伤口复裂，竟当不住韩志邦水牛般的气力，扭打片刻，便给韩志邦按在地上。他狂嗥一声，张口便咬，韩志邦肩头给他重重咬了一口，痛得叫出声来。张天蒙借势抽出右手，闪电般地拿着了韩志邦右手手腕，用力一扭，用擒拿手法，将韩志邦手掌屈了过来，韩志邦痛得要命，左手也放松了，张天蒙机灵之极，左手又闪电般地捏着了韩志邦的脉门。韩志邦两手不能用力，身子打横扑在张天蒙身上，竟咬着了张天蒙的喉咙，张天蒙伸口咬时，却只咬着他的肩头。韩志邦咬了几口，只觉血腥味直冲入喉咙，恶心欲呕。

韩志邦哇的一声把口中鲜血吐了出来，睁眼看时，只见张天蒙喉咙已裂开一个大洞，鲜血像喷泉一样涌出，只是他的两只手还紧紧揽着自己。韩志邦饶是身经百战，也不禁害怕起来，他用力一挣，分开张天蒙双手，站了起来，这时只觉四肢酸软，他行开几步，支撑不住，索性也躺在地上，掩着面孔，闭目养神。

刚才给豹子咬伤的那头小鹿，好像知道韩志邦是它的朋友似的，慢慢地挨将近来。韩志邦在昏迷中只觉小鹿在自己的胸口轻轻摩擦，悠悠醒转。他也轻轻地用手抚摸着小鹿，喃喃说道："豹子死了，恶人也死了，小鹿，小鹿，不用害怕了！"说话之间，忽然又觉有甜甜腻腻的液体滴进自己的口里，一直滑下喉咙，片刻之后，丹田似有一阵暖气升起，人也清爽了许多。那液体正是鹿血，它给豹子咬伤，又给张天蒙刀伤，流血一直未止。鹿血是补气补血的珍品，韩志邦用力过度，又受了重伤，幸得鹿血给他稍稍回复了精神和体力。

韩志邦苏醒过来，只见地上一摊摊的鲜血，血泊中浮着一只小小的盒子，他猛然醒起，精神一振，急忙在血泊中把盒子掏了起来，用衣襟抹净，打开一看，只见里面放着几粒珍珠似的东西，但却不如珍珠透明，而是灰褐色的，盒子周围刻有一些古古怪怪的文字，那是梵文，韩志邦虽然不识，但看样子，他已醒悟到这一定是舍利子，心中大喜，急忙把盒子盖上，收进行囊。

只是这么轻轻移动，韩志邦眼前又是金星乱冒，这才知道自己毕竟是用力过度，不能再行走了。他摸摸身边的小鹿，小鹿也没有了气息，敢情也是死了。猛然间他觉得非常寂寞，好像自己从来没有过亲人也没有过朋友一样，心中空荡荡的什么也没有，迷迷糊糊间，他躺在地上陷入了熟睡之中。

也不知睡了多少时候，一觉醒来，只见阳光从洞外透入，这已经是第二天的上午了，他站了起来，仍然是觉得软软的，肚子也饿得发慌，只是精神却比昨天好了许多。他想，现在走出去，自己体力还是不支，若碰到敌人，那更无从抵御，看来只好在这石窟中歇息几天再说，可是粮食哪里找呢？袋中只有一些干粮，顶不了什么用，自己又不忍食小鹿的肉，正着急间，忽然眼光一瞥，拍掌笑道："怎的把这只豹子忘了？"昨天那只大豹，给自己拗断颈骨，丢进窟中，现在不正就在身旁？韩志邦把豹子拖进石窟深处，在行囊中取出火石，把窟中的一些朽木，聚集了来，烧起了一堆旺火，用紫金刀割下豹肉，就在火上烧熟来吃。

火光熊熊，把石窟照得通明，韩志邦抬头四看，忽见石壁上画着许多人像，那些人像各有各的姿势，十分古怪。

韩志邦定睛看时，只见有的人像低眉合十；有的人像摩拳擦掌；有的人像作势欲扑，如虎如狮；有的人像作势擒拿，如猿如鹰，还有手里拿着刀剑作劈刺之状的，各种姿态，千奇百怪。但因年深日远，有的画像已模糊不清，有的图像更剥落殆尽，只余下一点点的痕迹。韩志邦闲得无聊，索性沿着石壁，细细一数，其中清晰可辨的有三十六幅，模糊不清和已经剥落的却有七十二幅之多。在清晰可辨的三十六幅之中，有六幅是打坐之像，其中三幅的姿态，都是盘膝垂手，正面而坐，好像完全一样，另外三幅，则稍稍改了一些，有一幅是侧面打坐的，有一幅是合掌胸前的，有一幅是欠身欲起的。

韩志邦饱餐豹肉之后，气力稍增，反正无事，就试照着壁上画像的姿势练习。前面六幅，他看得莫名其妙，懒得去理，只拣那些自己看得懂的来学，起先是练几个掌法，说也奇怪，照样打了一遍之后，竟然气血流通，身心舒适，精神长了许多。他越练越高兴，反正自己尚未完全复原，就索性在洞中多留几日，将三十幅画着运掌、使刀、击剑的各种姿势，练了又练，不过三天，已经滚瓜烂熟。

第四天早晨，豹肉已经吃完，窟中的朽木也已烧尽，他试着练练力气，只觉已完全恢复，心中大喜，收起行囊，便待出洞，忽然听到外面有人声和脚步声，好像向石窟行来，连忙闪身躲在一尊佛像之后。

来人行到洞口，韩志邦听得一个声音说道：“咦，怎的好像有尸臭味道！”韩志邦这才醒起张天蒙的尸体还没有掩埋，自己在石窟住了几天，鼻子已经习惯，窟中又冷，并未觉得怎样。来人是外面走进，自然一嗅就觉得刺鼻。

过了片刻，有两个人走进洞内，手中燃着火把，照见了张天蒙的尸体，哗然惊呼。其中一人指着张天蒙的军官服饰说道：“这人莫非就是楚昭南所说的，吴三桂手下的军官，据他说这人武功很高，恐怕是给凌未风害死的！”韩志邦暗暗哼了一声，心想：“你们就只知道有个凌未风！”

这时这两个人反显得有点害怕了，你推我我推你的不敢搜索。有一个人说道：“别的人还好，只怕凌未风躲在里面！”韩志邦心中有气，大吼一声，跳了出来，叫道：“不是凌未风也收拾得你们！”两人吓了一跳，将火把向韩志邦一掷，韩志邦闪身避过，双掌一错，扑上前去。

这两人乃是禁卫军教头，那日楚昭南给打得大败之后，急忙跑回去找禁卫军的副总领张承斌，叫他派得力手下，分头追踪。云冈附近更是特别留意。这两个教头，恰巧和韩志邦撞个正着。

韩志邦扑了上去，这两个教头已看清楚韩志邦面上并无刀痕，知道不是凌未风了，勇气倍增，马上迎击。

韩志邦以一敌二，大喝一声，双掌骤发，穿胸直进，敌人倏地左右一分，一个双拳紧握，打出三十六路长拳，拳风飕飕，直捣面门；一人双掌如刀，招熟势急，打的是西藏天龙掌法。一拳一掌，奇正相生，十分凌厉，打了片刻，韩志邦竟给迫到石窟一隅。

韩志邦曾为天地会总舵主，武功自非泛泛，无奈敌人也是高手，而且是左右夹击，拳掌并用，配合得十分紧密。韩志邦攻不进去，渐渐给迫得只有退守的份儿。

打到分际，左面敌人一拳向韩志邦面门捣出，韩志邦右掌上抬，正想横截来势，右面敌人已欺身抢进，左手猛拨韩志邦右掌，右手也横掌上击，向韩志邦左臂猛袭，两人来势都极凶猛。韩志邦危急之间，蓦然不自觉地使出在石壁上所画的掌法，不退反进，右腿上步，身形一斜，脚跟一转，右掌随着身形半转之势，将左面敌人的拳头一把掳着，向怀中一拖，“顺手牵羊”，将敌人横拽过来，大喝一声：“起！”将敌人横举起来，一个旋风急舞，飞掷出去，正好撞着另一敌人，那人大叫一声，向后便倒，而给韩志邦掷出去的敌人，余势未衰，仍似箭般射出，头颅碰着一尊佛像，登时脑浆迸裂，流了遍地，佛像也给撞得摇摇欲倒！

韩志邦一招得手，更不放松，双足一顿，身随掌走，迅若狂飙，那仆倒的敌人刚从地上爬起，给韩志邦一掌打个正着，再度跌倒，还没喊得出声，就已了结。

韩志邦使出新学掌法，居然三招两式，就打败强敌，大喜若狂。他见佛像摇摇欲倒，急忙抢过去扶住，忽地眼睛一亮，瞥见佛像下有一本残旧的小书，他轻轻拿了起来，吹去书上的尘埃，揭开一看，只见里面的文字，奇形怪状，和装舍利子的盒子内所刻的字体一样，他一个也认不得。揭到最后，才看到两行汉字，这两行字是：“达摩易筋经，留赠有缘者。”底下有几行小字注道：“一百零八式，式式见神奇，九图六座像，第一扎根基。”最后一行小字，是：“后学无住谨识，唐贞元五年九月。”韩志邦看了，仍是莫名其妙，但见此书古雅可爱，也就随手塞在行囊中。直到许多年后，他才知道，达摩禅师是南北朝梁武帝时，自印来华的高僧，也是“禅宗”的创立者，“易筋”“洗髓”二经是达摩禅师武功的精华，壁上的一百零八个画像，就是武学中著名的“达摩一百零八式”真本。可惜韩志邦只学了三十个式子，而最重要的，扎根基的前六个坐式，他却根本不学，以致虽有奇遇，后来还是吃了大亏，这是后话。（作者按：据近代史学家考证，《易筋》《洗髓》二经乃是明代文人假冒达摩名义的伪作。但小说是无须考证得那样严谨的。读者诸君，当“小说家言”看可也。）

韩志邦缓步走出石窟，只见阳光遍地，山谷之间，群花竞艳。韩志邦躲在石窟之中几日，不见阳光，这时在蓝天白云之下，山花野草之中，心境大为开朗，几日来的忧郁，像淡淡的轻烟，在白云间消散了。他沿途纵目，浏览山景，忽见断崖削壁之上，隔不了多远，就有人用刀刻着一枝箭头，还有一些古古怪怪的暗号。

韩志邦正惊诧间，忽听得山岗上传来叱咤之声，并有尘土砂石飞溅而下。韩志邦情知上面必是有人拼斗，好奇心起，攀着山藤，上去探望。上到上面，只见有四个黑衣卫士，围着三个喇嘛，打得正酣。韩志邦见了，又是一诧，这三个喇嘛中，有一个正是以前和张天蒙同行，护送舍利子的人。

韩志邦看了半晌，只见那四个卫士越打越凶，打得三个喇嘛只有招架之功，竟无还手之力，他忍耐不住，虎吼一声，拔刀而出。那个认得的喇嘛大喜，叫了一声，韩志邦正待招呼，只见两个卫士，已脱出战围，拦截自己，阴恻恻地笑道："我道是谁？原来是韩总舵主！"两人一使判官笔，一使锯齿刀，一照面就下毒招，笔点穴道，刀挂两肩。

韩志邦本想用新学来的运刀击剑之法对他们。但一转念间，仍是使出自己本门的八卦紫金刀法。他是想试试本门的刀法和新学的技艺，差别如何，才使出新学的招数。

八卦紫金刀连环六十四式，是明代武师单思南所创的刀法之一（另一为钩镰刀），一使开来，星流电掣，上下翻飞，也端的厉害。只是那两人的兵器，都是罕见的外门兵刃。尤其那使判官笔的，一身小巧功夫，专门寻瑕抵隙，探寻穴道。若只是以一对一，韩志邦的本身功夫还尽可对付得了，而今是以一敌二，饶是韩志邦用尽功夫，也只是堪堪打个平手。

打了半个时辰，韩志邦已感吃力，偷眼看那三个喇嘛，虽然减了压力，也不过是刚刚抵御得住。他心中烦躁，趁那使锯齿刀的一刀向自己劈来时，侧身一闪，猛地身随刀走，紫金刀扬空一闪，在使判官笔的面门上晃了一晃，那使判官笔的以为他使的是"横斩"招数，双肩一纵，正待抽笔进招，不料韩志邦刀法十分奇特，刀光一闪之间，刀尖一崩，竟然穿笔上挑，把那人的肩头戳了一个大洞。

韩志邦更不转身，听得背后风声，一个盘龙绕步，反手就是一刀，那使锯齿刀的一刀砍空，给韩志邦反手击个正着，锯齿刀呛啷一声，掉在地上。韩志邦这才转过身来，紫金刀用力劈下，将那人劈成两片。使判官笔的忍痛纵起，没命奔逃，韩志邦也不理他，径自提刀，加入战团，去援助那三个喇嘛。

那另外两个穿着禁卫军服饰的军官，和喇嘛打得正酣。韩志邦骤地闯了进来，手起一刀，分心刺进，手法迅速之极，登时把一个敌人刺倒地上；另一个敌人见状大惊，手执银枪，往外一格，韩志邦霍地回身，连人带刀一转，刀光闪烁，斜掠过去，刀锋贴着枪杆向上便削。那人急急松手，银枪掉落地上，韩志邦欺身急进，左手一抬，一把抓着敌人手腕，用力一拗，那人痛得大叫起来，服服帖帖地给韩志邦像牵羊一样牵着。

韩志邦今日连败六个禁卫军军官，所用的刀法掌法，全是从石壁上的画像学来的，每一招使出，都有奇效，真是又惊又喜。这时心中快活之极，执着那个军官道："你们平时欺侮老百姓也欺侮得够了，今儿可要你受一点苦。"用力一扭，那人大声叫道："好汉饶命！"韩志邦笑道："你要饶命也不难，你得告诉我们，你们来这里做什么？"军官道："我们奉命分途查探凌未风的踪迹。"韩志邦大笑道："你们连我也打不过，还敢去追凌未风？"那军官谄媚赔笑道："你老爷子的武功比凌未风还强！"韩志邦骂道："谁要你乱送高帽！"他口中怒骂，心中却有着一种莫名其妙的快意，心道："你们也识得我了！"当下用力一推，喝道："既然你说了实话，就饶了你吧！"那军官急急抱头鼠窜，连望都不敢回望。

三个喇嘛齐来道谢，尤其那个原先识得的喇嘛，更是一把将他抱着，吻他的额。韩志邦不惯这个礼节，忸怩笑道："算了算了，你们是来找'舍利子'的吗？"那熟悉的喇嘛，名叫宗达完真，告诉他道：他们那天失掉了舍利子后，未曾回转西藏，已接连碰到来迎接圣物的僧侣，他们天天出来查探张天蒙的踪迹。虽然料想张天蒙可能已远走高飞，但他们还是未死心。尤其那未见过舍利子的喇嘛，更是经常要他陪着，在云冈石窟附近徘徊，不料就碰到这批军官。

韩志邦听后，大声笑道："你们寻访圣物也真诚心，你们看看这个！"说着从怀中掏出檀香盒子来，打开给他们一看，宗达完真喜极狂呼："这是舍利子！"扑地就跪在地上叩头，其他两个喇嘛先是一怔，跟着明白过来，也急急叩头礼赞。

韩志邦给他们这么一闹，不知所措，忽然间，那三个喇嘛齐齐站了起来，各自从怀里取出一条丝巾，双手捧着，递到韩志邦面前。韩志邦知道这是喇嘛最尊重的礼节，名叫“献哈达”，急急说道：“这怎么敢当，这怎么敢当!”宗达完真代表喇嘛说道：“从此你便是我们喇嘛的大恩人，我们盼望你能够随我们到西藏。”韩志邦先是谦让，继着想了一想，含笑点头答应。这一去也，要直到几年后他才能再与凌未风、刘郁芳见面。

第六回　雾气弥漫　荒村来异士
湖光潋滟　幽谷出征骑

当韩志邦和喇嘛们穿越康藏高原的时候，凌未风和刘郁芳，也正在云贵高原上仆仆风尘。十多天来的旅行，在他们两人之间，滋长了一种极为奇异的感情。刘郁芳感觉到，凌未风对她有时好像是多年的老友，有时又好像是完全陌生的人。他一路上都很矜持，但在故意的冷漠中，却不时又自然流露出一种关怀，一份情意。刘郁芳有生以来，从未曾受过人这样冷淡，也从未曾受过人这样关怀。在这种错综复杂的感情中，显得是如此矛盾，又是如此离奇，她虽然是久历江湖、惯经风浪的女中豪杰，在感情的网中，也正如蜘蛛之甘于自缚了。

不错，她曾怀疑过凌未风就是她少年时代的朋友，但这怎么可能呢？当年出事之夕，她明明看到他的衣履在钱塘江上漂浮，也许他的尸体已漂出大海与长鲸为伍了！而凌未风的相貌、声音，也都与她心中多年来藏着的影子不同。只是凌未风在沉思时绞扭手指的习惯，却与“他”完全一样。刘郁芳到底是个舵主，她又不敢坦白说出她的怀疑，只是经常在旅途上默默地注视着凌未风，希望在他的身上，发现更多的相同之点，凌未风也好像发现了她的注意，时不时报以淡淡的一笑。

十多天的旅行，在苦闷、激动与奇异的情感冲击下过去了。这天他们已到了华宁，距离昆明只有三百多里了。他们拂晓起来赶路，走了一程，凌未风笑指着远方道：“以我们的脚程，今天傍晚，当会赶到昆明了。”他们正行进一个幽谷，猛然间，天色阴暗，幽谷上面雾气弥漫，越来越浓，渐渐天黑如墨，眼前的道路也看不清楚了。凌未风骇然惊呼：“这是乌蒙山的浓雾，随着浓雾而来的常是瘴气，我们可要小心！”他们屏住呼吸，摸索前行，又过了片刻，忽然眼前一亮，前面是一个大湖，在群峰围绕之间，平静地躺着，这湖迤逦如带，湖上有朵朵白云在峰峦间飘浮游荡。从山腰到山脚，满布着苍绿色的杉树和柏树，有些树木，一直插到湖里，风景端的秀丽。这时上空虽然浓雾弥漫，下面湖水却是碧波粼粼，湖面有如一片白玉，在浓雾下显得分外晶莹。刘郁芳摸出地图说道：“这是‘抚仙湖’，在这里瘴气较薄，我们不如在这里稍稍停留。”

两人边谈边行，瘴气随浓雾而来，虽说有湖中水气避瘴，也觉呼吸不舒。两人正想歇下，忽觉有一阵阵香气，远远袭来，瘴气顿解。两人大喜，迎着香气找寻，不久就发现一堆野火，有许多头上缠着包巾的男女围火坐着。凌未风见多识广，知道这是彝族山民烧起云南特产的香茅来避瘴，湖边大约有个山村，所以一遇浓雾瘴气，村民就将平日聚集的香茅烧起野火，一同避瘴。凌未风急急与刘郁芳赶上前去，和村民们打招呼，指天空，打手势，咿咿哑哑，表达来意。

彝民民风纯朴，一见就知他们来意，立刻有人让出位置来，请他们坐下。

凌未风坐下时，忽觉人群中，似掺杂有两个汉人，定睛地看着自己，凌未风心念一动，忙用两手捧着面庞，掩着刀痕，低下头来烤火。过了一会，头上的烟雾更浓，彝民们又加进许多香茅，把火弄得更旺，这时湖畔又有一个人快步跑来，凌未风看他步履矫健，便知是个武林高手。但到走近一看，却是书生打扮，生得很清秀，看样子不过二十来岁。这人懂得彝民语言，一到来，就和彝人大声说笑，似乎他在这里还有熟人。

过了一会，在幽谷里又冲出几个黄衣大汉，凌未风远远一看，低低咦了一声，用手肘碰碰刘郁芳，叫她转过脸来，不要和来人朝相。这些人很是强横，他们也不先和彝人招呼，就挤了进来，恰好坐在两个汉人的旁边。

雾气弥漫中，忽听得满空惊禽乱叫，有一大群飞鸟冲出浓雾，在火堆上盘旋低飞。这群飞鸟大约也是耐不住瘴气飞下来的。有几个彝人，手里拿着长长的竹竿，等着鸟儿飞低时，突然一竿击去，居然给他们打下十来只飞鸟。但到了后来，鸟儿也灵警了，它们虽然为了躲避瘴气，不能不低飞下来，盘旋在火堆之上，但它们低飞轻掠，一见竿影，便即高飞，彝民们奈何它们不得。先来的两个汉人，哈哈大笑，各自向彝民们讨过一枝竹竿，站立起来，只见他们竹竿舞处，矫如游龙，低飞的禽鸟，一碰着就落下来，霎忽之间，就打下了一大堆飞鸟。鸟群吓得振翅乱飞，飞出了竹竿所能到达的范围。后来的那几个黄衣大汉，发出冷冷的笑声，其中一人蓦然在地上拣起了一块石头，站了起来，只笑了声道："何必这样费事，看我的吧!"他将手中的石头用力一搓，双手一扬，只见碎石纷飞打出，空中的飞鸟，纷纷落下。那两个汉人急急放下了竹竿，抱拳请问。那黄衣人又是一声冷笑，对其中一人说道："金崖，你不认得我，我可还认得你，听说你在平南王尚之信处很是得意，这位朋友，想来也是王府中的得力人手了。"

那个唤作金崖的看了他半晌，忽然说道："前辈可是邱东洛先生，十年前似在历城见过，前辈在哪里得意?"邱东洛见他口口声声以晚辈自居，面色稍稍好转，但仍是迫近一步，大声问道："你从尚之信处来，带什么东西去见吴三桂，给我看看?"金崖面色大变，说道："这个，恕晚辈不能从命!"邱东洛阴恻恻冷笑着对同来的三个人说道："搜他!"那三个黄衣人齐齐扑去，金崖双掌疾发，觑准当前一人，一记"弯弓射雕"，左右开弓，就打过去，那人侧身一避，金崖嗖地如箭冲出，那三个大声呼喝，包抄上来。金崖的同伴方想出手相助，已给邱东洛一颗碎石，打中穴道，登时软瘫地上。这几个人一阵大闹，彝民们纷纷走避。凌未风随众站了起来，就在此时，那几个人已打近他的身边。

那三个黄衣大汉，勇猛非常，三面围攻，拳落如雨。金崖煞是溜滑，一面招架，一面闪避，溜入人丛之中，为首的黄衣大汉，暴喝一声，一掌斜劈过去，金崖往下一塌身，缩项藏颈，掌锋倏地擦头皮过去，大汉那一掌竟然打在凌未风身上。

凌未风本来是不想暴露身份的，现在突然吃了黄衣大汉一掌，本能地运出“卸力解势”的上乘功夫，身子一闪，那人的掌似打着一团棉花，无从使力，掌锋擦胸而过，收势不及，身向前倾，金崖趁势蓦地长身，一脚踢去，把那个黄衣大汉，扫出两丈开外。

和黄衣大汉同来的邱东洛吃了一惊，这时他不敢再托大了，急急赶上前来，凝目一看，恰恰和凌未风对个正着。他双眼上翻，一声怪叫，哈哈笑道：“我道是谁，原来是你这厮!”凌未风傲然说道：“幸会，幸会，十六年前，领你两刀，幸好未被剁死!”邱东洛大笑道：“你想算旧账，我可想和你算新账呢！好，好，咱们再来一场单打独斗!”这时另一个黄衣大汉，伸手一指，接声说道：“邱老前辈，浙南的女匪首也在这儿，让他们一起上吧!”邱东洛怪眼一翻，又是连声怪笑：“今日何幸连会两位男女英雄!”他侧过面，对那几个大汉说道：“你们对付那个女的，这小子我要和他见个真章!”

金崖这时也看清楚了凌未风面容，大吃一惊，知道此人就是纵横西北、武林传说中的神奇人物；而邱东洛也是昔年江湖一霸，二十多年前，突然在江南出现，谁都不知他的来历，后来突然隐去，谁也不知他的去处。这两人都不好惹。他见邱东洛率那几个大汉，正取着包抄之势，急忙抱拳说道：“邱老前辈，我和他们可不是一路!”邱东洛哼了一声道：“你的事停下再说，只要你不理闲事，咱们还有商量。”邱东洛自信可以对付凌未风，但却不知刘郁芳的深浅，而金崖也是一名好手，因此他分别缓急，立心先截着凌未风再说。

这个邱东洛说起大有来头，他是鄂亲王多铎的师叔，和当年被杨云骢杀死的纽祜卢是同门师兄弟，是长白山派“风雷剑”齐真君门下，排行第三，武功最强。他本是满洲女真族人，跟随清兵入关，化了个汉人名字，入关后，一面暗中给清廷拉拢江湖好手，一面侦察关内武林情形。他不知道杨云骢已经死去，追踪而至到天山，想找杨云骢晦气，凌未风那时刚到回疆，武功不强，挨了他两刀，后来还是晦明禅师，显了一手绵掌击石如粉的功夫，才把他吓走的。今番他远到滇中，为的就是追踪凌未风!

和邱东洛同来的三个黄衣大汉，都是大内的一等卫士。原来楚昭南云冈战败之后，回去一报，康熙皇帝也耸然动容，心念有凌未风这样的高手留在世上，终是大患，因此立命邱东洛带领一个助手，亲自出马，搜查凌未风下落。另派两个卫士，赶赴昆明。邱东洛带领助手，到了云冈，在断崖削壁之上，看见刘郁芳给韩志邦的字。其中有“盼仍继续西行，共图大业”之句，这留字韩志邦没有见到，却给邱东洛看到了。邱东洛心思颇为灵敏，一见便猜到他们必是入滇。因此急急赶来，到了滇边，会合了原先来的两个卫士，一行四人，在浓雾瘴气之下，来到了抚仙湖滨，恰恰和凌未风碰上！

这时邱东洛公然叫阵，正是仇人见面，分外眼红。凌未风拔剑便起，刚行了两步，忽又转身，左手在刘郁芳腰间一抽，将她的青钢剑拔出，右手将自己抢自楚昭南手中的游龙剑递过，说道：“你使这个！”刘郁芳愕然待问，凌未风早已飞步而出。刘郁芳猛然省起，这是他为了敌手太强，所以留下宝剑给自己防身，心中感动，拿着游龙剑怔怔地站着，眼角不觉滴出了一颗晶莹的泪珠。

这时邱东洛已经和凌未风动起手来，邱东洛左手抡刀，右手使剑，瞬息之间，就发出了十多个怪招。他手中使的虽是常见的兵器，可是两手的兵器不同，这种功夫，在武术中最是难学。尤其刀与剑因为形状相似，用法变化之间，却非常奥妙，似同实异。俗话说“心难两用”，双手使两般兵器，就等如叫人一手用笔写字，一手用针缝衣一样，该有多难？可是邱东洛的左刀右剑，施展开来，却妙到毫巅，不但没有错漏，而且明明看来，两手使出的招数相似，却又虚虚实实，变化不同。饶是凌未风天山剑法独步海内，开头十多招，也感到应付为难，落在下风！

但凌未风是何等人也，他十多招一过，已看清楚了邱东洛的路道，剑招倏变，展开了“绵里藏针”的精奇招数，身形飘忽如风，剑法虚实并用，剑到身到，每一招都暗藏几个变化，绝不把招数使老。邱东洛的风雷刀剑变化已极为繁复，而凌未风的剑法，更是鬼神莫测。两人这一场厮拼，越打越急，越打越猛，旁人看去，只见一团刀光剑气，恍惚见影而不见人，辨不出是谁强谁弱，孰优孰劣！

邱东洛是哑子吃黄连，有苦自家知，他做梦也想不到凌未风的剑法竟是如此神奇。百忙中，他看到刘郁芳一步一步移前，双目紧注斗场，似是十分关注，蓦地得了主意，大声喝道："孩子们，把那贼婆娘拿下！"

那围上来的三个卫士，一个名叫张魁，手使赤铜刀；一个名叫彭昆林，手使一枝白蜡竿子，其长七尺四寸，能当枪使，也可作棍用；另一个名叫郝继明，手使一对飞爪，最是厉害。彭昆林的蜡竿子先到，给刘郁芳举剑一挡，白蜡竿子立给切断一截，彭昆林急急掣回，叫道："这贼婆娘使的是宝剑！"郝继明不声不响，双手一扬，一对飞爪带着虎虎风声，劈面打出。刘郁芳把剑一挽，打了一个圆圈，想将飞爪斩断，哪知郝继明也溜滑得很，刘郁芳剑招方发，他的双爪忽然一抖，已是改从下三路扫到，待刘郁芳立剑下截时，他的飞爪又从两胁绕来了。这对飞爪在他手中，如同活动的暗器，刘郁芳仗着宝剑厉害，左迎右拒，兀是给他闹得手忙脚乱。

彭昆林和张魁见有便宜可拣，从两侧扑攻上来。彭昆林这时也学乖了，半截竿子使出许多花招，配合着飞爪进攻，只是不和她的宝剑相碰；而张魁的厚背赤铜刀，却是械重力沉，虽然一给宝剑碰着，就划了一道口子，宝剑却难将它削断。飞爪远攻，赤铜刀近袭，白蜡竿子侧扰，三般兵器，三种打法，刘郁芳应付得非常吃力，幸好有游龙剑在手，敌人也不敢骤然攻进来。

这时浓雾渐消，天色复亮，成群飞鸟，给这一场恶斗，吓得振翅高飞，在半空中回旋哀鸣，一见天亮，纷纷冲雾逃出，好像底下这一场恶斗，比瘴气更足令飞鸟惊心。

凌未风刚刚抢了先手，占得上风，正在步步进逼之际，听得刘郁芳已经出手，他遥辨兵器碰磕之声，已知刘郁芳受了围攻，心中暗呼不妙。他百忙中侧目窥视，只见刘郁芳一柄剑舞得风雨不透，已是只能招架，不能还招了。高手比剑，如名家对弈，全仗气沉心静的镇定功夫。凌未风这一急躁，立刻给邱东洛找着了漏洞，风雷刀剑，又紧紧进逼过来，竟然反客为主，又抢先手进攻。凌未风醒悟速战速决不是办法，急忙重摄心神，一面迎战，一面缓缓向刘郁芳这边移来。

时间一长，刘郁芳越感难以支持，她额角见汗，手心发热，呼吸渐促，心跳渐剧，剑招发出，竟每每受了牵制，不能随意屈伸。

正危急间，郝继明飞爪又搂头撤下，刘郁芳刚使出一招“举火燎天”，剑锋上指，彭昆林的白蜡竿子当胸刺到，刘郁芳剑招不变，剑身外削，彭昆林倏地将竿子往后一掣，让位给张魁的赤铜刀平胸剁来。刘郁芳无可奈何，奋力一格，与赤铜刀碰个正着，剑锋将赤钢刀斫了一个凹口，未及抽出，飞爪又已当头抓下。刘郁芳无法招架，就在此性命俄顷之间，忽听得郝继明“咦”的一声，飞爪忽然凭空荡了开去。

郝继明倏地将飞爪收回，大声怒骂道：“这算是哪路高人？何不出来赐教，却在背地里偷掷一镖，冷放一箭！”话声未了，只听得一个少年声音冷然地发话道：“你们三人围攻一个娘儿，这又算是哪路高人？”郝继明猛觑着发声之处，一扬手就是两把飞锥，联翩飞去。那少年又是冷冷一笑，只听得半空中嗤嗤两声，两柄飞锥竟互相激撞，跌落湖中。刘郁芳这时已看清少年发的暗器，形如一只蝴蝶，迎风有声，郝继明的第一枚飞锥给暗器一撞，反激回去，恰恰和第二枚飞锥碰个正着。刘郁芳认得这是四川唐家独创的暗器蝴蝶镖，暗暗惊奇，这少年年纪轻轻，竟然会用这样奇形暗器。

郝继明以飞爪飞锥两样绝技，称雄武林，飞锥给人轻轻打落，不由得又惊又怒。须知他的飞锥乃是暗器中最沉重的，现在竟给一枚小小的蝴蝶镖，反荡开去，这少年的功力可想而知，他虽然愤怒，也不敢掉以轻心了，当下，把两柄飞爪，使得星流电掣，一柄护身，一柄攻敌。

那少年的兵器却也奇怪，乃是两柄流星锤，长长的铁索，顶端系着一个钢球，不用时围在腰间，用时一抖手便飞掷而出，也和飞爪一样如同活动的暗器。这时两人相隔五六丈远，交起手来，飞爪飞锤在半空中互相碰磕，四条链索如神龙乱舞，忽而斜飞，忽而直射，好看之极。而飞锤飞爪一碰着便溅出火花，在半空中一明即灭。

刘郁芳减少了最强的敌手，精神大振，一柄游龙剑如灵蛇疾吐，寒光烁烁，冷气森森，指南打北，把张魁和彭昆林迫得连连后退。不过片刻，只听得喀嚓一声，彭昆林的白蜡竿子，又给斩断一截。

这时凌未风和邱东洛也打得十分炽热，凌未风见刘郁芳已经脱险，更无忧挂，一柄青钢剑，倏地展开，时而柔如柳絮，时而猛若洪涛。邱东洛的风雷刀剑，虽然劲度十足，变化繁多，可是在攻击时却给凌未风轻轻化去，在防守时又给凌未风直压过来，左刀右剑两般兵器，都给凌未风一柄单剑克住。战到分际，猛听得凌未风大喝一声，一剑撩去，邱东洛左手长刀，登时脱手，凌未风疾如闪电，举剑在邱东洛面门一划，再向右一旋，将邱东洛左边的耳朵割了下来，大声喝道："这是第一刀的还本付息！"邱东洛忍痛倒翻出数丈之外，没命奔逃，凌未风喝道："记着还有第二刀的本息！"说罢哈哈大笑，却不追赶。

邱东洛没命奔逃时，大呼"风紧"！百忙中还向那个独战郝继明的少年发出一块飞蝗石，叫道："郝老二，扯呼！"凌未风见他单独招呼郝继明，大起疑心，一挺青钢剑，便来拦截，这郝继明果然虚晃一晃，避过了那少年的流星锤，拔足飞奔，恰恰给凌未风截住。郝继明双手一扬，两柄飞爪，直向凌未风奔来！凌未风不躲不闪，待得飞爪呼的一声到了头上时，右手青钢剑向上一挺，给一柄飞爪缠个正着；凌未风向后微一坐身，郝继明给扯得向前移了几步。这时第二柄飞爪又已疾如闪电地掣到，凌未风头面微侧，让过飞爪钢锋，左手倏地向上一抓，将飞爪的钢索一把抓住，大喝一声"起"！左手用力一挥，右手青钢剑向外一送，郝继明猝不及防，竟给凌未风挥动飞爪，举了起来！

郝继明身体悬空，居然虽败不乱，空中一个鲤鱼打挺，落在地上，一扬手又是三柄飞锥向凌未风打来，凌未风就拿着飞爪当兵刃，迎着飞锥来路，一阵挥舞，三柄飞锥，都被反击震上高空，远远地抛落湖心，浪花飞溅！

就在凌未风恶斗郝继明的当口，刘郁芳独战彭昆林、张魁二人，也已占了上风，张魁恃着械重力沉，厚背赤铜刀横里一磕，刀锋一转，使了一招"铁牛耕地"，斜斩两刀，明是进攻，实是走势。刘郁芳冷笑一声，游龙剑蓦地一撤，让敌人抢了进来，刷的疾如星火，截斩敌人手腕。张魁刀数已经用老，正待转身，刀还未举，一条右臂，已给游龙剑硬生生齐根切断，登时痛得一声厉叫，血溅尘埃，彭昆林拖着半截白蜡竿子，向外奔逃，迎面碰着那个少年书生，两柄流星锤，当头击下，又是登时了结！

郝继明继续逃跑，凌未风大喝一声："来而不往非礼也！"扬手一道乌金光芒，电射而出，郝继明听风辨器，头也不回，反手打出一柄飞锥，想将凌未风的暗器碰落。不料凌未风的暗器劲度惊人，一枝似箭非箭的东西，和飞锥一碰，竟嵌入了飞锥之中，而且把飞锥直射得反击回去，郝继明听得背后嘶风，躲闪已来不及，肩头竟给穿了一个大洞。

这时刘郁芳距离较近，早已急步赶上。郝继明正待取出飞锥迎敌，刘郁芳已是一声清叱："看暗器！"一扬手，一件黑忽忽的网状东西迎头罩下，把郝继明罩个正着。刘郁芳双手一挽，把独门暗器锦云兜收紧，将郝继明横拖直曳地直扯过来，游龙剑一扬，正待斩下。凌未风一掠数丈，如飞赶至，将刘郁芳手腕一托，说道："剑下留人！"刘郁芳一愕，将锦云兜解开，凌未风伸手一掏，往他怀中取出一封书信，上面写着"安西将军李"，凌未风抽出信笺一看，冷笑一声，收了起来，说道："现在可以打发这厮了！"他一伸手，把郝继明抓了起来，随手一扔，将他抛下了远远的湖心！

浓雾渐收，瘴气已散，一场恶斗之后，幽谷湖滨，重又归于寂静，彝民们给这一场恶斗，吓得目瞪口呆，站得远远的，用惊惧的眼光，打量着这群陌生的汉客。那少年书生，跨前几步，用彝语叽哩咕噜地讲了几句，告诉他们被打的都是恶人，叫他们不要害怕。

这时金崖也已抖抖索索地站了起来，向凌未风当头一揖，说道："我和他们不是一路，你老眼见他们刚才想把我置于死地。"凌未风笑道："我知道你不是和他们一路，你是平南王的使者，对不对？"金崖点头说是。凌未风冷笑道："我还知道你是一只蝙蝠！"意思是说他禽兽双栖，望风使舵。金崖给他一说，面色尴尬之极。凌未风嘻嘻笑道："我也想见识你们王爷带来的东西！"说着缓缓走去。

金崖眼见凌未风的武功还在邱东洛之上，知道要逃也逃不脱，吓得面青唇白，步步后退。正在此时，忽听得幽谷一阵清脆的铃声，接着是得得蹄声，自远而近，那少年书生招呼凌未风道："别忙理会这厮，他不是什么角色。"凌未风笑了一笑，转过头来，说道：

“看你的面，我不伸手算了。”说罢，上前和那少年搭话。

凌未风尚未开声，那少年已到了跟前，右手一抬，将一柄飞锥举起，那锥头还嵌着一枝箭状的东西，少年一把拔出，递将过去，说道：“这是你的暗器！”接着哈哈笑道：“你别忙告诉我你的名字，让我猜一猜，凭着你这枝暗器，我猜你是天山神芒！”

凌未风见他一口道破暗器来历，也吃了一惊，心道：“你人年纪轻轻，见闻倒是广博！”他转请问少年的名字，那少年笑道：“远远似有军马走动，待见了他们，咱俩再细谈如何？”

凌未风见他说话很是豪爽，但却又似有许多忌讳。凌未风是老江湖了，便不再问。正说话间，幽谷已冲出一彪人马，为首的执着一支大旗，写着“平西王府”几个大字，马上骑兵，都戴着面罩，想是途中遇到浓雾，戴来辟瘴的。

金崖一见这彪人马，心中大喜，忙招呼与他同来的人，抢着迎上，大声叫道：“平南王使者拜见平西王！”马上的军官望了一望，微微点了点头，随便吩咐两员裨将去接金崖，他自己并不停留，纵马绕湖滨奔跑，游目四顾。猛然间，他嗖地下马，向着那少年书生，深深一礼，恭恭敬敬地说道：“平西王知道你老今日到来，特命卑将三百里外恭迎！”骑兵队中，立刻鼓乐齐鸣，表示敬意，此言一出，凌未风也不由得大吃一惊。

那少年书生意态悠闲，微笑说道：“何必这样多礼！”这时早有两个牙将牵着一匹白马过来，垂手说道：“请李公子上马。”少年书生望了一望凌未风和刘郁芳，举手说道：“麻烦你们再借两骑，他们是我的朋友。”他和马上的军官说话，眼睛却一直望着凌未风，眼光中显露出期待和信任。

凌未风对刘郁芳使个眼色，慨然道：“好。”上了坐骑，牙将替他们整好缰绳，递过马鞭，临行还致了一个军礼。金崖他们也讨来两匹马，但所受礼遇，却远不如凌未风。金崖他们又是尴尬，又是纳罕，心想：“我是平南王的使者，平南王与吴三桂乃是同等的藩王，他又有求于我们，怎的看情形这彪人马，却不似来接我，而似是专诚来接这个少年书生。难道这个少年书生的身份比我还高？”他心中十分不快，一路默不作声。

快马奔驰，军行迅速，日暮之后，已赶到昆明，军官带他们到平西王府安歇，王府倚山建筑，只见层楼重叠，回廊曲折，端的是气象万千。玉府的总管将少年书生和凌未风安置在一处，刘郁芳则另有王府女官服侍，金崖却被安置在另一所在。

那书生深入王府，似乎毫不在意，吃喝沐浴之后，倒头便睡。凌未风虽然是老江湖道，也兀是猜不出他的身份。

第二天和第三天，王府中人与吴三挂手下大将陪他们游玩，像捧凤凰似的，围拥着少年书生，登碧鸡山，上大观楼，赏昆明湖，游黑龙寺，遍览昆明名胜，真是待如上宾。那少年一路游览，一路口讲指划，谈论兵法，每到一处，就依着地形，纵谈攻守策略，听得那些将官，连连点头。凌未风心想，这少年虽是异人，可是却未免过于炫露，他却不知这少年是另有心意，他深入险地，故意指掌谈兵，乃是敲山震虎的计策。他本来就要吓一吓吴三桂手下的将官。

第三日黄昏时分，王府的总管，忽然来报，说是平西王吴三桂设宴相邀，少年书生和凌未风、刘郁芳、金崖等都是被邀请的贵宾。凌未风等都带好随身兵器，王府中人见他们身佩刀剑，亦是不敢干涉。

筵席设在王府的大堂，四面夹壁熏着檀香，堂下是身披甲胄的王府亲兵，堂上是吴三桂手下的大将和近臣。还有的就是在筵前檀板轻敲、轻盈起舞的歌妓和舞娘。少年书生昂头直入，却不见吴三桂其人，只见一个虎背熊腰的将军，替吴三桂在那里款待宾客。少年书生悄悄地对凌未风道："这是吴三桂的虎将保柱。"

保柱一见他们进来，立刻邀请上座，随即有一个武士过来斟酒。这个武士斟酒，却有点邪门，只见他斟满一杯之后，随手一放，每只酒杯都深深地陷进了桌面。

保柱举手道："请。"将两指拑着酒杯的边缘，轻轻一拔，将陷在桌面的酒杯整个拔起，滴酒不漏，一饮而尽。少年书生微微一笑，用中指勾着杯边一旋，那酒杯猛地跳起，少年伸口一咬，把酒杯咬着，也是一饮而尽，滴酒不漏。再轮下去是凌未风和刘郁芳，凌未风眼角暗窥，见刘郁芳秀眉似蹙，心中暗念：刘郁芳虽然擅长剑术，只恐没有这种内家功力，沉吟之间，只见保柱意态骄豪，连声向凌未风催道："这位壮士也请干杯呀！"

凌未风剑眉一扬，双眼环扫全席，两手按在桌上，轻轻一拍，说道："大家都请干杯！"猛然间，那些嵌在桌面的酒杯，一下子都跳起来，凌未风、刘郁芳、金崖等伸手接住，一饮而尽，同席的另外几人，却以事出意外，吃了一惊，没有接住，几个酒杯跌在桌上，铿锵有声，杯中的酒全泻在桌上。

保柱面色一变，随即哈哈笑道："简慢，简慢！换过另一套酒杯。"他把桌上的酒杯，分藏两袖之内，双袖一扬，一套十只酒杯，梅花间竹般整整齐齐地嵌在几丈外的墙壁上。这些酒杯都是精钢做的，他这两袖飞杯的手法，正是打暗器的上乘功夫。

席上换过另一套酒杯，保柱亲自给众人斟酒，到递给凌未风时，用掌力一迫，杯内的酒直涌起来，凌未风运掌力遥遥一按，涌起的酒，倏地又退了下去，他伸手轻轻一接，一饮而尽，笑道："多谢将军赐酒！"

保柱给凌未风较量下去，非常尴尬，干笑几声，对少年书生道："你这位跟随真好功夫！"少年书生愕了一愕，正待起立说明凌未风身份，凌未风却暗抛眼色制止，说道："山野小民，怎及得大将军神技。"

酒过三巡，保柱举手说道："平西王有事，要过一会才来，先请各位听歌看舞。"他把掌一拍，堂下出来两男两女，唱了个喏，随即分成两对，绕着大堂，且舞且歌。

歌声响遏行云，舞姿翩若惊鸿；他们越舞越急，越唱越高。歌的是南宋词家辛弃疾的一首词，只听他们唱道："醉里挑灯看剑，梦回吹角连营，八百里分麾下炙，五十弦翻塞外声，沙场秋点兵……"少年书生拍手说道："壮哉！"赞声未了，两对男女已舞到大殿之中，这时正唱至下半阙"马作的卢飞快，弓如霹雳弦惊"二句。

他们疾舞如飞，双手作出张弓之状，猛向外一放，凌未风左边桌上点着几枝大牛油烛，蓦然火焰纷飞，齐齐熄灭，他们一个旋身，双手合十，又是遥遥撤掌，向凌未风右边席上扫去，掌风飒然，虽在隔席，也自觉到。

凌未风凝坐不动，但见右边席上的红烛，给掌风迫得摇晃不定，他微一侧身，也运掌遥向右边席上打去，那烛焰正倒向凌未风这边，给两面的掌风一夹，登时又直立起来。凌未风对保柱微微笑道："华堂夜宴，红烛高烧，若令烛灭寡欢，何异焚琴煮鹤?"保柱所选的两对男女，原是擅打劈空掌的高手，以献舞为名，故意炫技。现在暗中较量，乃是合四人的掌力，才堪堪敌得住凌未风，他深觉颜面无光，给凌未风一说，趁势哈哈笑道："壮士所言，甚合吾意，叫他们停了吧。"把手一挥，两对男女，停歌辍舞，悄悄地溜下堂去。

保柱连出难题，暗中较量，都难少年书生和凌未风不倒，怫然不悦。同席的一位军官，见状昂然起立，对保柱说道："今宵盛会，不可无欢，卑职愿筵前舞剑，以娱贵宾，久闻李公子剑术精绝，愿作抛砖引玉之请。"少年书生微微一笑，并不答腔。保柱道："你先舞吧，若稍有可观，何愁李公子不肯赐教!"保柱明知以少年书生的身份，不肯和自己帐下一个军官舞剑，因此故意一唱一和，拿话挤迫少年书生出手。

这军官名叫范铮，和楚昭南、张天蒙并称王府三杰，剑术深得南派摩云剑真传，这时大步走出，双手向少年书生一拱，道声"恕罪"，佩剑铮然出鞘，右手挽剑，打了一个圆圈，左手捻着剑诀，运剑如风，越舞越疾，时而凌空高蹈，时而贴地平铺，剑气森森，冷光耀目，越舞越近。保柱得意洋洋，对少年书生说道："李公子，这人的剑术还可一看吗?"

少年书生淡淡一笑，未及答话，凌未风已蓦然起立，截住说道："一人独舞，何如两人对舞!"他将错就错，就以李公子的跟随自居，不待保柱点头，便径自大步走出。

凌未风这一走出，范铮顿地将剑势一收，圆睁双眼，盯着凌未风，按剑说道："请!"凌未风一声不响，将游龙剑嗖地拔出，只见一泓秋水，闪闪光华。范铮与楚昭南曾在王府日夕相处，一见便认出这是楚昭南的佩剑，面色大变，喝道："你这口剑从哪里得来?"凌未风将剑一抛一接，似漫不经意地说道："有一个姓楚的家伙，自夸剑术天下无敌，我和他比试，原来竟是个银样蜡枪头，不过他这口剑倒是好家伙，我不客气，就把它拿了，看在这口剑的面上，我要了他的东西，就饶了他的性命，你看，这口剑还好？”说罢又将剑抛了一抛，好像孩子玩弄心爱的玩具一样。

范铮听了做声不得。他自知剑术不及楚昭南精妙，楚昭南的剑尚且给人夺了，他如何能行？这时正是进退两难，久久说不出话，凌未风又是微微一笑，将剑插回鞘中，说道：“我这口剑是宝剑，靠兵器取胜，壮夫不为，我就空手接阁下几招吧！”说着双手一拱，连声道请！

范铮给凌未风逼得下不了台，心想便是楚昭南也绝不敢以肉掌来对我的利剑，这人纵比楚昭南还强，在摩云剑法下也须讨不了好去，心中一定，剑花一挽，说道：“你要用双掌来较量俺的剑法，足见高明。只是利剑无情，若有死伤，你们是客，这却如何使得？”他边说边看着保柱和少年书生。

凌未风哈哈笑道：“若有死伤，各安天命。咱们把话说在头里，谁也怪不了谁，你只管进招，只恐你剑锋虽利，俺这双肉掌也不易叫你剁着。”说话之间，双臂一屈一伸，睥睨而视。

保柱给凌未风激得忍受不住，心想少年书生虽不能轻易冒犯，但拿他的跟随出气，也可杀杀他们的气焰，遂大声吩咐道：“范铮，你既遇高明，就该领教，学个三招两式。武林印证，事属寻常，纵有误伤，李公子岂能怪你？”说罢向少年书生嘿嘿笑道：“李公子，我这话可没说错？”少年书生见范铮刚才出手不凡，甚为凌未风担心，只以凌未风把话说得太满，无可奈何，只好点了点头。

范铮见保柱出头，心中大喜，剑诀一领，“白虹贯日”，疾如闪电，便向凌未风咽喉刺来，凌未风双掌一拂，身随掌走，右掌一按剑柄，左掌“斜挂单鞭”，便向范铮脉门切下。范铮身手也端的迅捷，左脚一滑，剑锋一侧，寒光闪处，截掌挂肩，刷的又扫过去。凌未风一声长啸，双掌斜展，剑锋在他胸前掠过，他倏地向前一扑，右掌啪的一声，在范铮肩头击了一掌。

这一掌只用了三成力量，范铮已感一阵剧痛！急往后一纵，避将开去。凌未风笑道：“承让！”范铮咬牙忍住，一声不发，左手一领剑锋，又狠狠攻上，剑剑直刺要害。凌未风见他如此无礼，心中大怒，展开天山掌法中的截手法，挑斫拦切，封闭擒拿，双掌起处，全是进手招数。在剑光缭绕之中，蓦地欺身直进，左手骈指如戟，向范铮左乳门穴点去。范铮不料敌人身法如此奇快，只好往后撤身，他自以为退得快，哪知凌未风进得更快，如影随形，一挫身，右掌往左肘下一穿，正正按在范铮的丹田上，啪的一声，范铮身躯凌空飞起，手中剑也堕下来。凌未风将剑一把按着，范铮也自有人出来扶起。

凌未风将夺来的剑，笑嘻嘻地往上一抛，将游龙剑拔出，往上一迎，把范铮的剑截为两段，大步回转席上。

这时吴三桂手下的武士都动了公愤，霎时间出来了七八个人，围在凌未风面前，说道："这位壮士赢了范铮，我们无话可说。只是这把剑乃是我们的头领楚昭南的，他盗来此剑，又到这里卖弄，既赢了他，还要削断别人兵器，我们倒要请教请教，这是如何说法?"正纷闹间，忽然后堂三声鼓响，中军手执黄旗，大声吆喝道："平西王驾到!"正是：

筵前龙虎斗，豪气压藩王。

欲知后事如何？请听下回分解。

第七回 剑胆琴心 似喜似嗔同命鸟
雪泥鸿爪 亦真亦幻异乡人

三声鼓响，吴三桂缓缓走进来，堂上将领纷纷起立。少年书生和刘郁芳仍是端坐席中。凌未风本来是站着和武士理论的，这时也索性大马金刀地坐了下来。

凌未风冷眼看去，只见吴三桂年过六旬，头顶已经有些秃了，容颜略显憔悴，却无龙钟之态。少年书生面上冷冰冰的，双目蕴怒，双手紧紧按着桌子，似在那里强自抑制。

吴三桂见了少年书生，满面堆欢，说道："李公子真是信人，果然不远千里而来，幸会，幸会！"少年书生这才缓缓起立，微微欠身，说道："平西王，你好呀！""平西王"三字，说得特别大声，吴三桂面色倏变，尴尬之极，强笑说道："李公子快别这样称呼，今日咱们该以至诚相见！"

那几个围在凌未风旁边的武士，跃跃欲动。吴三桂见凌未风睥睨作态，旁若无人，诧异问道："李公子，这位朋友又是何人?"少年书生微笑道："他是名满西北的大侠凌未风！"保柱听了，大吃一惊，凌未风的名头他是听过的，可是却万想不到他会跑到昆明来，而且是和少年书生在一道。

凌未风昂然起立，对吴三桂道："王爷帐下不忿我拿了这把剑……"说着指一指腰中的游龙剑，缓缓说道："这口剑是我自楚昭南手中取来的，他现在是当今皇上的心腹死士，王爷也晓得这个人吗?"此言一出，武士哗然。凌未风在怀中探出一封信，递给保柱，说道："请你交给王爷！"

吴三桂拆信一看，冷汗直流。这信竟是清廷密诏，给驻昆明的安西将军李本深，叫他会同云南巡抚朱国治密谋把吴三桂除掉的。他看了，将信一团，定了定神，冷冷一笑，对随从武士吩咐几句，叫他们先退下去。

吴三桂交代完毕，面色一端，对武士歌女等一干人众大声喝道："你们通通给我退下。"片刻之间，大堂又复宁静，一众武士都在门外侍候，堂上只留下吴三桂的几个心腹将领。

吴三桂吩咐重整筵席，亲自端起酒来，对少年书生说道："令叔祖盖世英豪，功辉日月。当年俺年少气盛，一着棋差，原意也并非反对令叔祖，而是欲为令叔祖清除'君侧'，将刘宗敏牛金星等奸贼扫灭，不意弄成今日之局。三十余年来，每一念及，辄如芒刺在背。日前与令兄修函通好，今日又承公子不弃，远道前来，请尽此杯薄酒，以释两家之嫌！"凌未风听了，大吃一惊。原来这少年书生，竟是李自成的侄孙。金崖听了，也才恍然大悟，自己身份的确比他差得很远。只是谁都知道李自成功败垂成，原因就是由于吴三桂引清兵入关，这种大恨深仇，如何能够化解？他们万分不解何以李自成的侄孙居然敢来，而吴三桂又以上宾相待？

说起这次离奇的聚会，要追溯到三十三年前的往事，那时是明朝末代皇帝崇祯的末年，李自成的农民军自西安一直打到北京，崇祯在煤山自缢，吴三桂那时是辽东镇的总兵，驻防山海关，统有马步军十余万，当李自成大举进攻，京师危急之时，明朝封吴三桂为"平西伯"，叫他急急带兵回京。哪知他走到中途，京城已破，他又重回山海关观望。

李自成攻破北京后，明朝的力量已经瓦解，只剩下吴三桂这支人马还有点实力了。李自成为了尽早收拾大局，遂叫吴三桂的父亲吴襄作书劝降，吴三桂初时以势孤力薄，自念远非李自成对手，迫得答应投降。不料他未到北京，就听到爱妾陈圆圆被刘宗敏所夺的消息，刘宗敏正是李自成麾下第一员大将。他大怒之下，又想起自己若投降李自成，一定要屈居刘宗敏、牛金星（李自成的宰相）等人之下，利禄未如己意，夺妾之恨难消，于是遂幡然变计，竟然勾引清兵入关，把李自成的军队和南明的残余政权都消灭了。得回陈

吴三桂吩咐重整筵席，亲自端起酒来：“令叔祖盖世英豪，功辉日月……”

圆圆的代价是做了头号汉奸。

李自成在清兵和吴三桂夹击之下，在湖北九宫山战死。但他死后还留下各地的农民军四十万之众，由他的侄儿李锦率领，因以大敌当前，农民军决定和南明政府合作，南明政府还曾封李锦的军队为“忠贞营”，封李自成的妻子高氏为“忠贞夫人”。不过李锦虽和南明政府合作，却仍是保持独立，仍奉大顺（李自成建国的国号）正朔，称李自成为“先帝”，称高氏为“太后”。后来李锦又在湖南战死，军队由李锦的养子李来亨率领，转战至四川云南的边区，十余万军队都分散藏匿山岭之中。清朝后来封吴三桂为平西王，命他管辖云南四川两省，用意之一，就是要他对付李自成的残部。（羽生按：李来亨据说是在康熙三年因力竭矢尽，自焚于湖北茅麓山九莲坪的，但小说不同于正史，而且说不定他是“假死”，因此我写他在康熙十三年之后仍然生存。作者姑妄言之，读者姑妄听之可也。）

吴三桂开府昆明之后，也曾屡次派军“进剿”，可是川滇边境，深山大川，地势险峻，李来亨部队又神出鬼没，飘忽如风，因此在明亡之后一直成为清廷的隐患。

这样的僵持之局，继续了二十余年。李来亨虽然限于实力不能出击，吴三桂也不敢深入“剿匪”。这少年书生名唤李思永，是李来亨的幼弟，文才武略，出色当行，虽然他不是主帅，名气还在担任主帅的哥哥之上。

到了康熙十三年，吴三桂为清廷所迫，急图谋反自救，这时想起了李自成的余部，正是自己背后的一把尖刀，若然得不到他们的谅解就冒昧举兵，他们自山区一出，自己就将背腹受敌，因此极为焦虑。

“山雨欲来风满楼”，这时光，昆明正处在大风暴的前夕，清廷的人，西南各省督抚的人，平南王、靖南王的使者，李来亨的部属，各方面的人都在昆明勾心斗角地活动。吴三桂苦思无计，最后听了一个谋士之言，厚着面皮，遣使者带密信到川滇边区，致函李来亨，要求弃嫌修好。李来亨和手下大将，密议三日，众论纷纭，有的说吴三桂是逼死“先帝”（指李自成）的大仇人，如何能够合作？有的说他既决心抗清，就大可联合一致。最后李思永一言而决，提出八个大字："以我为主，先外后内。"上句意思是若和吴三桂联合行动，必须自己这边握着主动的大权；下句意思是，为了先对付满清，不妨把吴三桂的旧仇暂抛开一边。计策一定，李思永不惜亲身冒险，单枪匹马，前往昆明。

书接前文。话说吴三桂见了李思永，满面堆欢，连连解释。李思永冷冷说道："王爷不用多言，我们若是记着前仇，今日也不会到此！"

吴三桂拍手作态，连声赞道："是呀！所以我们都佩服李公子的度量！今日之事，该先驱逐胡虏出关。"凌未风听了，忽然唱起一段戏曲道白："这叫做——解铃还须系铃人，成也萧何，败也萧何。"意思十分明显，讥笑当日引清兵入关的是吴三桂，现在要驱逐清兵出关又是吴三桂。

保柱双目喷火，按捺不住，大声说道："你这厮说什么？"凌未风嘻嘻笑道："无聊得紧，唱唱曲儿。"吴三桂怕事情弄僵，干笑几声说道："这位壮士真好闲情，不过咱们还是先谈谈正事。"接着他就说出一大堆督抚的名字，并道："平南王尚可喜和靖南王耿精忠也将在南方响应，我看除非义旗不举，一举大事必成。喏，这位就是平南王的使者。"说着指了一指金崖，金崖受宠若惊，躬腰说道："我们都唯平西王的马首是瞻。"吴三桂瞪了他一眼道："以后别再称我平西王了，我现在的官衔是天下水陆大元帅，兴明讨虏大将军！"说罢又换过笑脸对李思永道："贤昆仲一向以讨虏为己任，这回该没第二句啰！"

李思永淡淡说道："'义旗'说得倒容易，只是这檄文可很难下笔呀！"凌未风突然又插口道："敢问这'天下水陆大元帅，兴明讨虏大将军'是谁封的？若有人问起永明王的下场，大将军又该如何对答？"永明王是明朝的宗室，也是南明抗清的最后一支，永明王是吴三桂亲自追到缅甸，捉来绞杀的。凌未风这一当面嘲骂，吴三桂尚未做声，保柱已倏地拔出剑来，隔座刺去，李思永站起袖子一拂，拦在两人中间。吴三桂大叫："住手！"保柱涨红了面，硬将刺出的剑撤回，仍是怒目而视。

李思永双手据桌，缓缓说道："大将军暂请息怒，凌大侠所言虽然冒犯虎威，却也不无道理！"吴三桂凝坐不动，阴阴沉沉地说道："什么道理？愿见教于高明！"

李思永道："大将军既愿坦诚相见，必不以直言为罪。以大将军的身份，今日若仍以反清复明为号召，恐大有未便。名不正则言不顺，明朝断送在将军身上，天下共知，今日将军自称'兴明灭虏'，恐百姓难以信服！"

吴三桂尴尬之极，满肚怒火，却又不便发作出来，眉头一皱，强忍问道："然则公子又有何高见？"李思永坦然说道："与其用'反清复明'，不如用'驱虏兴汉'，而且以大将军名义昭告四方，不如由家兄出面。"保柱怒道："原来说来说去，却是你们想自己作主！叫我们替你打江山！"李思永愤然说道："我只知择于天下有利者而为，只求能驱除胡虏，并不计较其他，也不避嫌退让！"

吴三桂拂袖而起，干笑几声说道："李公子确是直爽男儿，但此事一时难决，容日再议如何？保柱，你替我送客！"给保柱打了一个眼色，便即带领两旁文武离开。

保柱心领神会，端茶送客。此时大堂上除李思永、刘郁芳、凌未风三人外，便只有保柱一人。保柱端起茶杯，却只是作出送客的姿态，并不陪他们外出，也没叫人带路。李思永只道是彼此言语冲撞，所以他们故意冷淡，心中暗笑吴三桂量浅；凌未风老于江湖，却是满腹狐疑。他走了十余步，回头一看，只见保柱一脸狞笑，凌未风大叫："李公子留神！"保柱已在墙壁上一按，蓦然间"轰隆"一声，大堂中央的地面，突然下陷，凌未风施展绝顶轻功，身子一弓，箭一般朝保柱冲去，保柱双袖一扬，打出一套金杯，凌未风半空中身子拳曲，一个倒翻，避过金杯，像大鹰扑下，朝保柱便抓。他来得疾如闪电，保柱刚自一怔，已给他冲到面前。保柱急得双拳如风打出。凌未风不闪不躲，一把将他抱住，两人一同跌下地牢。

地牢里黑沉沉的伸手不见五指，凌未风一待脚踏实地，立刻嚷道："刘大姐，你们都在这里吗？"角落里有一个清脆的声音答道："是凌大哥吗！我们都在这里。"凌未风放开保柱，循声找去。哪知保柱一脱身，劈面又是一拳，凌未风奋力格开，喝道："你想找死?”保柱气呼呼的一言不发，霎忽之间，打出七八拳。

凌未风刚才受了保柱几拳颇感疼痛，知道此人功力，不能小视，如何能让他再度打中，黑暗中展开八卦游身掌法，绕着保柱，乘隙进击，那保柱也煞是了得，听风辨形，拳势丝毫不缓，每一拳都是打向凌未风的要害，就像周身长着眼睛一样。

凌未风知道他打的是少林罗汉拳，讲究的是势劲力足，招数迅捷，不能硬接。他叱咤一声，双掌翻翻滚滚，专从“空门”进扑，把一双肉掌，当成三般兵器使用，右掌劈按擒拿，如同一支五行剑，左掌掌劈指戳，如同单刀配上点穴橛。保柱在黑暗中，只觉掌风呼呼，凌厉之极，而敌人每一招数，又都是向自己穴道打来，不禁大骇，心想，这凌未风果然名不虚传，在黑暗之中，认穴还是如此清楚！

李思永、刘郁芳在暗黝里听噼噼啪啪的拳掌声，打得十分热闹，也不知凌未风和什么人打，只是听得两方的拳声掌声，竟似功力悉敌。

李思永道：“刘姑娘，你带有火折子吗?”火折子是江湖人随身携带的物件之一，刘郁芳给他提醒，应了一声，将随身火折子亮起，走近一看，凌未风见了火光，瞧见刘郁芳缓缓向自己行近，奋起神威，大喝一声，掌按指戳之中，猛地飞起一腿，把保柱踢倒地上。保柱懒驴打滚，一翻身，亮出折铁刀便斫，凌未风掌势一引，又再起一腿，正踢中保柱手腕，折铁刀凌空飞起，凌未风赶上一步，啪的一掌打在保柱背上，把保柱再度跌翻，右脚照腰眼一踩，喝道：“你这厮还想打?”保柱给他踩着“涌泉穴”，只觉百骸欲散，痛彻心脾，嘶哑叫道：“你把我杀了吧！我死了，你们也不能活。”凌未风听了眉头一皱，把脚抽开，一脚把他踢过角落，喝道：“谁耐烦杀你！”凌未风正待和刘郁芳相见，忽听得周围有潺潺的流水之声。

凌未风苦笑道：“这是水牢！”保柱躲在角落里哈哈大笑。李思永心头火起，将他一把提起，伸出窗外在水中一浸，保柱一向生长在云贵高原，从未下过水，给这么一浸，登时杀猪似的惊叫起来。李思永浸了几浸，再将他提起，笑道：“看你还嚷?”这时外面水声忽然停止，有人大叫道：“请李公子答话！”

凌未风从刘郁芳手上火折子所发出的火光中，看出这座水牢只是木板砌成，造得并不坚固，窗户虽然用粗大的铁枝相间，也容易拗断，只是屋子外全是水，又是深藏地下，就是毁了这座屋子，也插翅难逃。他挨近窗户，攀着铁枝，大声喝道："什么人?"外面的人倒很能分辨口音，又是大声喝道："不要你这厮插嘴，叫李公子出来!"

李思永缓缓走到窗前，朗声说道："你们王爷想的好计谋，只可惜你们就弄得死我们几个人，也弄不死我们十万兄弟!"外面的人声调一变，温语劝道："王爷岂敢怠慢公子，只是公子也太执拗了，王爷的意思，想公子修函令兄，请他出兵湖北，我们两家仍结盟好！公子如肯答允，立刻便可出来!"李思永知道他们想以自己作人质，让自己这一支军队，替他先打硬仗，好让他从中取利。冷冷一笑，哼了一声，说道："这有什么可以讨价还价的?你们若有诚意抗清，那就得马上改番号，易服饰，奉大顺正朔，至于吴三桂这厮，纵不自杀以谢国人，也当交出兵权，从此退休!"外面的声音寂然不响，水声又哗啦啦地响起来，快要浸到窗口了。李思永怡然自若，不住冷笑，忽然间水声又告停止，水牢牢顶忽然揭开一个大洞，有人把一篮食物吊下来，传声说道："请李公子进餐。"

刘郁芳对食物看了一眼，不敢动手。凌未风一把接了过来，大吃大喝，笑道："他们此刻还不敢下毒!"说罢看了保柱一眼，将一份食物抛过去，保柱心念一动，竭力喊道："上面不要再吊食物下来，我饿得起!"李思永飞起一脚，把他再踢一个筋斗，他还是恶毒地笑着。保柱料定，在这种形势之下，他们互相要挟，吴三桂不敢杀他们，他们也不敢杀自己，乐得大家挨饿，到饿得慌了，不怕他们不就范。而且他算定，如果大家都饿得晕软无力，外面的武士，就敢闯进水牢，那时自己当然可以逃出他们的掌握。

经保柱这样一嚷，上面果然停止供食了。一连过了四天，大家都已饿得发慌，凌未风忽然生起病来，全身痉挛，抖个不住。刘郁芳也虚弱无力，慢慢地挪近他的身边，执着他的手，凄然地望着他!虽然是在黑暗的水牢，凌未风也能从她晶莹的眸子中，感到一份凄冷。他感到心灵的战栗，与心灵的痛苦比较起来，他身体的痉挛真不算得什么一回事了，虽然身体的痛苦也在折磨着他。

刘郁芳挪近身子，执着他的手问道："未风，我们都恐怕不能活着走出去了！答应我，你能够告诉我实话吗？"凌未风将手挣脱出来，又习惯地绞扭着手指，喟然叹道："如果确知我就要死的话，在临死前我会将一切告诉你。"

刘郁芳屏息呼吸，一见他绞扭着手指，突然又把他的双手握着，用一种突然爆发的、又好像自言自语的声调说道："你生平曾干过一宗真正残酷的事情吗？如果你干过，你就知道这要比死还难受！我'杀'死的那个童年朋友，如果他真的死了，我会遗憾终生。但如果他像你那样，没有死去，只是跑到远远的地方去，而他又一生在恨着我，那么我就不止是遗憾，而将是每一个白天和每一个黑夜，都处在恶梦中，在梦中周围都是黑漆漆的，就像这个水牢一样……"

凌未风痛苦地回答道："你说得已经够残酷了！我但愿你那位朋友还是死去的好，活着回来，恐怕真是更残酷的。啊，我从来没有告诉过你我的童年是怎样的，是吗？我们现在都是大人了，但有时也还会回忆起小孩子时候是怎样的，是吗？"

刘郁芳用一种期待的眼光望着他，低声道："你说吧！"凌未风再度将手挣脱出来，又绞扭着手指说道："我的母亲很爱我，但有时她也很严厉。有一次有个大孩子欺侮我，我把他打了一顿。我的母亲责备我，我觉得很委屈，我突然偷偷地离开了家，躺在附近的山顶，在那里想：母亲一定以为我死了，这时候她一定在哭泣了。这样地想着想着，孩子的心好像是既感到快意，又感到凄凉……啊！郁芳，你在笑还是在哭？你感到这个孩子想法很可笑吗？"

刘郁芳哽咽着说道："你为什么要折磨你所爱的人呢？"凌未风道："我自己也不知道，我那时大约是觉得母亲这样爱我，就不该不问皂白责备我，孩子的想法常常是这样的，是吗？"刘郁芳呼吸迫促，第三次将他的双手握着，说道："可是你现在不是孩子了！"凌未风忍受着痛苦，故意笑出声道："我不是说我们的事。当然我不是你那位朋友。不过我想他也许有过这样孩子的想法，而且如果他像我那样，很小的时候，就跑到寒冷的异乡，啊！我忘记告诉你，我常常突然会发生痉挛症，就是小时候在寒冷的异乡造成的。我想你的朋友如果像我那样，假如他是活着的话，他想起来也许会发狂的!”

刘郁芳突然紧握他的双手，以充满绝望的声音说道：“真的一点也不能原谅吗?”凌未风忽然低低地说道：“我想是可以原谅的……”话未说完，忽然水牢上面吊下一个人来。

李思永虽然饿了几天，还能走动，这时见上面吊下一个人来，忙迎上去问道：“什么人?”那人披着一件斗篷，遮过头面，一言不发，缓缓走来。李思永等他走近身边，猛地伸出右手，一把捏着来人脉门，拇指食指紧扣在“关元穴”上。李思永虽然久饿之后，气力不佳，但点穴功夫到底还在，“关元穴”又是三十六道大穴之一，要是常人被这样一扣，马上就得软瘫下来。可是来人只轻轻咦一声，李思永只觉捏着的是一堆棉花，软绵绵的无从使力，心中大骇，这正是内家最上乘的闭穴功夫，便是李思永也只一知半解，心想：如何吴三桂府中，竟有如此人物?

来人咦了一声之后，忽然凑近李思永耳边说道：“公子别慌，我绝不会加害于你。你别叫嚷，只请你悄悄告诉我，有位凌未风可在这里?”李思永面红耳热，忙把捏着他的手放开，向凌未风躺处指了一指，来人双眸一亮，就向凌未风走去。

刘郁芳正自中心如醉，有人进来，她也浑如不觉，仍是紧紧握着凌未风的手问道：“你说什么?再说一遍……你是不是说可以原谅?那么你是……你是那个人吗?”凌未风突然挣扎着又把手脱了出来，推开了她，轻轻说道：“有人来了!”刘郁芳茫然坐在地上，被凌未风这么一推，方如恶梦初醒，也不知哪里来的力气，突然站了起来，向来人一掌打去。来人轻轻一闪，刘郁芳收势不住，身向前倾，来人将她扶住，在她耳边说道：“侄女，你醒醒!是我来了!我给你治病!”说了两遍，刘郁芳才听出那人的声音，忽然“哇”的哭了出来。

来人武功深湛，练就一双夜眼，他朝刘郁芳面上一看，又朝躺在地上的凌未风一看，轻轻地拍着刘郁芳肩膊说道：“你别心急，我先给凌未风治病。”他只道刘郁芳是受不住苦楚而哭出声来，却不知她另有心病。

提到凌未风的病，刘郁芳倒清醒过来了，哽咽道："叔叔，我不要紧，你先看看他吧，我并不是心急……"她说到这里又说不下去了。来人非常惊异地看了她一眼，摇了摇头，就蹲在地上，替凌未风把脉。

凌未风这时也看出来人是谁，正想张口招呼，来人却摆了摆手，示意叫他别嚷。把脉之后，来人自怀里取出一支尺余长的银针，在黑暗中闪闪发光，把凌未风的外衣脱掉，忽然用针在凌未风的身上乱刺。李思永见状大惊，急忙喝道："你做什么？"来人取出银针，解掉凌未风外衣时，刘郁芳已把头别过一边，这时见李思永欲上前拦阻，急忙伸手拦道："他是替凌未风治病，他是神医！"李思永见银针刺入凌未风背脊，几没入一半，凌未风却若无其事，一声不嚷，这才半信半疑。

过了半晌，凌未风"哟"的一声叫了起来，来人将银针抽出，笑道："好了，好了！"凌未风霍地翻身坐起，纳头便拜，赞道："针疗神技，名不虚传！"李思永愕然回顾，只见保柱也行了近来。

凌未风见保柱行近，突然骈指一点，正正戳中保柱腰间的昏眩穴，保柱未及出声，已倒在地上。来人向水牢上面一指，李思永抬头上望，隐约可见水牢上火光闪映，人影绰绰。来人忽然大声说道："李公子，王爷命我好意替你们治病，一心仍欲结盟，公子何必如此强项！"说罢随即悄声说道："公子快唱双簧！"李思永聪明绝顶，心领神会，随即大声喝道："医者闭口！治病之劳，理当感谢，若谈大事，岂是你可插言！"来人叹了口气，又故意大声唠叨，李思永声调转温和，说道："我愿结交你这样一位朋友便是了，但你若作吴三桂这厮说客，可是白费心神！"来人又重重叹了口气，牵动绳索，水牢上的人又把他吊上去了。

凌未风与李思永相视而笑，随手解开保柱的穴道，笑道："你想把我们饿死？你的王爷偏偏不听你的话。"话声未了，果然上面又把食物吊下来了，李思永等大吃大喝，却把骨头残余，丢给保柱，把保柱气得要死，白白陪他们饿了几天，结果上面又不依自己原来的计策行事。

自此之后，那医生每隔两天，就下来一次，给他们四人都食了些补中益气的药茶，每次下来，都故意和李思永等大声说笑，到最后两天，上面的人影已没有最初的多了。

十天之后凌未风等已完全复原。一日，那医生忽然飘然而下，一见面就大声嚷道：“快随我走！”保柱惊诧之间，已给他一掌击倒，他使的是分筋错骨手法，把保柱弄得全身麻软。跟着随手在药囊中取出一把匕首，向刘郁芳道：“借你的锦云兜一用！”李思永知道用意，将缠在腰间的流星锤解下，递给他道：“这个比锦云兜更合用！”医生赞道：“李公子真是解人！”手中匕首向上一掷，插在十余丈高的石壁上，用力一跃，宛如大雁腾空，右掌在匕首上一按，左手一撤，流星锤朝下面一晃，刘郁芳一跃数丈，刚刚握着锤头，那医生用力一挥，刘郁芳凌空飞起，借着这一挥一送之力，飞身脱出水牢。

医生这手名叫“金刀换掌”，原来自牢底至上空有三十余丈高，以他的功力，虽然不藉匕首，也可在石壁上换掌飞出，但他料刘郁芳未必有如此功力，因此才用匕首来支持身体的重量，以绝顶轻功，将刘郁芳送出水牢。跟着李思永也以同样方法飞出。第三个轮到凌未风，他把保柱夹在胁下，不接飞锤，平地拔起，跃到十余丈高之处，用足尖一点石壁，换势再起，那医生赞道：“好轻功！”收起飞锤，随同他一同跃出！

出了水牢，只见地上横七竖八地躺着五六个武士，不问而知是这怪医生用重手法点倒的了。只是刚才在水牢下丝毫不闻打斗之声，可以想见他动手的迅速。用重手法点穴不难，难在他俄顷之间，将这些人完全制服。

李思永好生敬佩，以前在水牢中看不清楚，现在光亮之处，只见这医生童颜白发，长须三绺，飘飘若仙。李思永正欲请问姓名，刘郁芳已笑着说道：“以前在水牢中不便说给你知，他就是我的师叔傅青主先生！”李思永哦了一声，欢然说道：“原来是终南派老前辈，怪不得武功如此精纯！”正待施礼，傅青主一把将他拉住，微笑说道：“这里不是叙话之地。快随我走！”

傅青主对于王府的道路似乎很熟，带领众人，上了瓦面，直向后园奔去。正奔跑间，凌未风挟着的保柱忽然大喝一声："孩儿们还不出来!"猛然间，下面暗器如飞蝗般打上，凌未风怒喝一声："你找死!"右臂用力一挟，保柱登时痛得晕了过去。他游龙剑早已出手，左臂一抡，舞起一圈清光，把那些暗器碰得满空乱飞，如同洒了一天花雨。下面的暗器还是不断打来，这时李思永也已舞起流星锤，那些钢镖蒺藜之类较有分量的暗器，给飞锤碰着，发出一溜溜火花，在高空激荡，十分好看。傅青主应付暗器的方法更是特别，只见他挥动双袖，或拂或接，任是暗器纷纷攒击，也奈何他们不得。

凌未风趁李傅二人碰接暗器之际，宝剑归鞘，随手探出几支飞芒，大喝一声："来而不往非礼也!"左手一扬，几道乌金光芒，电射而出，下面连声惨叫，几个武士给飞芒对胸穿过，登时了结。一阵大乱，傅青主已率众越过几重瓦面，直奔后园。

这时保柱已悠悠醒转，李思永在后面，见他虽然被凌未风用力挟着，却是一面狞笑。心念一动，忽见前面呼的一声，一股烈焰，迎面喷来，众人知道这种硫磺火焰十分厉害，急忙四下走避，猛然间前后左右都射出这种火焰，而且都是向凌未风扫来，宛如几道火龙，要将凌未风吞噬。凌未风怒吼一声，飞身一晃，"一鹤冲天"，在火光中凌空而起，扑下花园，在地面上和身一滚，将身上火星扑灭，而保柱也给摔出几丈之外，头面都给火焰灼伤。他一脱出凌未风掌握，立刻从武士手中，夺过一条杆棒，像发狂的狮子一样，率领武士上前包围，真是名不虚传的一员悍将。

傅青主等人紧跟着凌未风跃下花园，只见花园里影影绰绰的四面是人，当前的十几个武士手持喷火筒，交叉扫射，火焰到处，树木花草，都熊熊地焚烧起来。凌未风等四人施展绝顶轻功，在火光中窜来窜去，还要对付随着火焰射出的各种暗器，形势确是十分危险!

在王府武士们硫磺喷火筒乱扫之下，凌未风等四人闹得个首尾不能兼顾，各自分开，以绝顶轻功，轻登巧纵和他们周旋，但只要他们跑到哪里，火焰便随着喷来。凌未风勃然大怒，脱下外衣，振臂一抖，呼呼带风。一股烈焰如火蛇般射到，凌未风并不躲避，迎着火头，将布衫一罩，身子凌空跃起，左手手心扣着的"天山神芒”，也就在掠起之际飞出，烈焰给布衫一扑，火头也给扫了回去。虽然在这一挡一扑之间，布衫已熊熊地燃烧起来，可是凌未风因有布衫掩蔽，竟是毫发不伤。

那个武士绝未料到凌未风如此厉害，猛然间见他怪鸟似的凌空掠起，目定口呆，说时迟那时快，一道乌金光芒杂在火光中电射而至，他躲闪不及，本能地将喷火筒一挡，只听得“啪”的一声炸裂开来，火星纷飞，火焰倒射，登时给烈焰包围了全身，像烤猪一样的烧焦了！火焰飞处，附近的武士纷纷走避，凌未风这时已凌空下击，将着火的布衫四下一扫，顺手向人丛中抛去，右手拔出游龙剑，狂风暴雨般地直杀过来。喷火筒只宜远攻，不宜近取。人丛中有几个手持喷火筒的武士，也只得放下火器，拔出兵刃应敌。

凌未风这一路冲开缺口，傅青主等急展开身形，自缺口涌进。三男一女如四头猛虎，锐不可当。只是花园中的卫士可真不少，一见四人要想冲出重围，立刻四面八方包围而来，前后左右都成了刀山剑海。凌未风一马当先，傅青主仗剑殿后，李思永和刘郁芳夹在当中，李思永舞起流星锤，将近身的敌人迫开；刘郁芳则偷空施放暗器，助凌未风闯路。

游龙剑虽有断金截铁之能，无奈敌人太多，截不胜截，而且碰着一些重兵器，还真不敢硬接，虽然打得翻翻滚滚，地转天旋，却竟是冲出三步，退后两步，无法脱身。

打到紧处，傅青主忽然连连怪啸，随着怪啸之声，一阵号角呜呜长鸣，王府武士愕然四顾，猛然间，轰天震地的一声巨响，花园的四面城墙在轰雷声中，给炸得砖石纷飞，附近的武士，纷纷伏下，凌未风趁势大展神威，杀出一条血路！

巨响过后，自园外闯进了二三十条大汉，为首的竟是一个青衣少女和一个黄衫少年。这群人一闯进来，立刻弩箭如连珠疾发，专拣人多之处射去，弩箭中还夹杂着灰瓶石子，一同放射，硝烟滚滚，火焰熊熊，王府的武士们虽然训练有素，也给杀得手忙脚乱！

刘郁芳认得那带头的少女正是以前和傅青主同到武家庄，后来又和他夜探五台山的冒浣莲。至于和她一道的黄衫少年，却不识是何等人物。

李思永则除了为首的那对男女不认识外，其余的全都认识，那些人正是自己的部下，在他单身应约来昆明之前，先派来卧底的。只是他万分不解，何以自己的部下，竟会听这对陌生男女的指挥？

这群人越杀越勇，尤其那个黄衫少年，使着一对长剑，银光耀眼，施展开来竟是隐隐带着风雷之声，当者辟易！保柱气红了眼，觑准李思永直扑过去，手中杆棒一个盘旋，直抖开来，舞成一道丈许方圆的棒花，当头罩下。李思永的流星锤飞舞过去，给杆棒绊住锤索，用力一拉，李思永竟给拉动两步。凌未风距离稍远，未及来救，只见那个黄衫少年，虎吼一声，如飞扑至，不问皂白，双剑交叉一劈，杆棒给劈去半截，流星锤的锤索也给斩断。锤头直飞上半空！保柱、李思永都大惊失色，各自退后几步。青衣少女指着李思永大声叫道："那是自己人！"黄衫少年一声不发，扭转了身追上保柱，又是一剑劈去，保柱一个绕步侧身，半截杆棒以"长蛇入洞"之势，硬插进来，黄衫少年右剑劈出，左剑却按着不动，这时突然往上一兜，喀嚓一声，又把保柱的杆棒斩断一截，右剑改劈为刺，又疾又准，把保柱的肩头刺了一个大洞，保柱一阵狂嗥，连连倒纵，按着伤口便逃。王府三杰之一的范铮，急忙过来抵挡，他的摩云剑法以轻灵迅捷见长，飞身掠起一剑向黄衫少年头上刺下，在下落之际，一个"蹬脚"向黄衫少年胸膛猛踢。黄衫少年双手"举火燎天"，只一撩便把范铮的剑磕上半空，可是他的胸膛也给范铮结结实实地踢了一脚。凌未风这时正回身援助，见他给踢个正着，大为着急，急忙一个"龙形飞步"飞掠数丈，哪知尚未赶至，只见范铮已给弹出数丈开外，跌得头破血流，这少年竟有一身横练功夫！凌未风也不禁暗暗吃惊，看那少年不过二十多岁，竟是内外兼修，三招两式就将保柱和范铮打败，武功之强，竟似不在自己之下！

王府这边，两员主将一去，众武士纷纷逃窜，冒浣莲打个胡哨，带领众人便向花园缺口闯出，花园外系有二十多匹骏马，冒浣莲道："两人一骑，快快撤退！"凌未风将黄衫少年一扯道："我和你共乘一匹。"扯着他的手拉上马背。黄衫少年仍是一声不响，上了马背却用力一夹，那匹马负痛怒奔，在长街狂嘶而过，霎忽之间，就跑出郊外，竟远远抛开了众人，凌未风心想："这少年好怪！"他用手轻轻一按少年肩头，说道：“慢些好吗?”少年微微一震，哼道：“你好!”身子腾空跃起，跳下马背，说道：“你嫌快，我不和你同骑好了!”说罢发足狂奔，快逾奔马，凌未风无奈，只得催马赶上，不一刻跑到一处丛林，他在一棵柳树下一站，忽然自顾自地轻轻哼起小曲来，凌未风走近跟前，他也不理不睬!

凌未风听他唱道：

“河边有个鱼儿跳，只在水面飘，岸上的人儿，你只听着，不必往下瞧。最不该手持长竿将俺钓。心下错想了，鱼儿虽小，五湖四海都游到，也曾弄波涛!”

凌未风听他唱这支曲，情歌不像情歌，感叹不像感叹。心想：难道他也像自己一样，在青春的岁月里，经历过百劫沧桑?他迈前几步，对黄衫少年道：“我叫凌未风，是从回疆来的。敢问兄台尊姓大名，何方人氏?”

凌未风自报姓名，以为他必定耸然动容，不料他竟似没听过凌未风的名头一样，定着眼神冷冷漠漠地点了点头，跟着答道：“我不知道我姓什么，也不知道我是从哪里来的，我还想找人告诉我呢!”

凌未风不禁愕然，又想：莫非他是伤心人别有怀抱，不肯将姓名相告?上去拉他的手道：“同是天涯沦落人，相逢何必曾相识?兄台不肯见告也就罢了。只是今日既承相救，大家总是朋友，咱们谈一谈如何?”黄衫少年把手一甩道：“你叫我谈什么?我真像刚刚出生的婴儿一样，什么也不知道呀!”他见凌未风满脸不悦之情，重重地把手一摔，说道：“我讲的都是真话呀，你要不信我有什么办法?”

凌未风从未见过这样怪的人，不禁也有点火气，少年将手重重一摔，他也暗运内力，紧紧一握，少年“哟”的一声，突然手腕下沉，运用腰力将手挣脱出来，叫道：“你好不讲理!”凌未风给他沉腰一顿，把握不住，也不自禁“哟”了一声，两人功力，竟是半斤八两。他见少年怒容满面，以为他必定翻脸，不料他又独自行开了去，倚在一棵树上，双手抱头，似在那里苦苦思索!猛然发狂般地喊道：“什么人见我都要问我的姓名，我却去找谁告诉我：我是谁?”喊罢虎目中竟然滴下了眼泪来!

凌未风见他这样，不知所措。遥遥一望，只见尘头大起，傅青主、冒浣莲、李思永等一干人众，飞骑赶至。冒浣莲一下了马，就笑着对傅青主道：“傅伯伯，我猜他是在这儿，你看是不是?他还记得起我们和他约好的地方，怎会没法医治?”傅青主摇了摇头，说道：“我看很难!”冒浣莲嘟着嘴道：“难并不等于绝望!”

冒浣莲上去，柔声对那个黄衫少年道：“你随我们去安歇，我们有很多朋友，这些朋友也是你的朋友，朋友的家就是你的家!你听我话，过几天我就会告诉你：你是谁。我一定会把‘失掉’的你‘找’回来的。”说罢又替他介绍李思永道：“这位是李闯王的侄孙!”黄衫少年喃喃地道：“李闯王，李闯王!”冒浣莲急忙问道：“你听过这个名字吗?李闯王!”黄衫少年道：“记不起来了，不知道有没有听过，只是好像比别的名字熟!”说罢又双手抱头苦苦思索。

冒浣莲嫣然一笑，说道：“想不出暂时就不要去想他。好，咱们走!”那黄衫少年，竟然很听她的话，拉着凌未风跨上马背道：“你是她的朋友，就是我的朋友，我愿和你共乘这匹马!”傅青主朝冒浣莲一笑，冒浣莲面上绯红，傍着刘郁芳催马便走。

他们投奔的是李思永一个父执的家，这人以前是李锦手下的牙将，闯王死后，他奉李锦之命，隐居昆明郊外，二十年来都和闯王旧部保持联络。

大伙到达这家人家时，已是黄昏时分，主人早已有了准备，当即设酒置饭，款待群雄。

这家庭院里有两株丹桂，昆明气候温和，初秋时分，桂花已然盛开，香气馥郁，中人如醉。黄衫少年在经过庭院时，忽然双眉紧皱，显得很是焦躁，冒浣莲看在眼内，也不做声。食完饭后，主人取出桂花蜜饯献客，黄衫少年忽然发起脾气，将蜜饯扫落地上，主人大为惊诧，傅青主在他耳边低低说了几句，黄衫少年也即刻赔罪说道：“见了桂花，我好像要想起什么事似的，可是想来想去又想不出，不知怎的就烦躁起来，主人家你可别怪!”众人虽觉黄衫少年举动怪异，但他今日闯进王府，出力最多，谁也不愿当面怪责他。

李思永和凌未风都是满腹疑团，李思永想问自己的部下，怎样会和黄衫少年他们会合一处；凌未风也想问傅青主怎么忽然到了昆明，而且混进了王府冒充医生。傅青主好像知道他们的心事似的，酒席方散，就对他们说道："兄弟们闹了一天，也够累了。还是趁早休息，待明日再将前因后果，告诉二位如何?"傅青主是老前辈，凌未风见他这样说，只得满肚子纳闷着，自去歇息。

这一晚，凌未风思潮起伏，无论如何也睡不着。一忽儿想起刘郁芳在水牢中激动的神情；一忽儿又想起黄衫少年怪异的行状，睡不着觉，遂披衣起床，在庭院的月光下独自徘徊。

他的房门外就是厅堂，他一出来可又碰到了件奇事。厅堂上傅青主独自秉烛读书，一见他出来，立刻说道："凌壮士，你进去，等阵不论碰到什么事你都不能声张，也不能动手!"凌未风见他面容庄肃，郑重其辞，只好退回房内，注视着外边的动静。

这样约摸又过了半个时辰，已经是下半夜了，凌未风见外面毫无动静，傅青主仍是端坐如石像，眼睛不离书本，好生纳闷，倦疲欲睡。忽然间，听得楼梯声响，有人一步步地下来，凌未风急忙睁眼看时，只见黄衫少年，手提双剑，挺立如僵尸，眼睛如定珠，面上隐隐含有杀气，一步一步向傅青主走来。凌未风这一惊非同小可，想去拦阻，却又想起傅青主的话。放眼看时，只见傅青主好像全无知觉似的，仍在端坐看书。正是：

深宵逢怪异，豪侠也心惊。

欲知后事如何？请听下回分解。

第八回　恩怨难明　空山惊恶斗
灵根未断　一语醒迷茫

凌未风闯荡江湖，经过无数劫难，真是什么惊险之事都曾遇过，多凶恶的敌人，他也是视若无物，但看着这黄衫少年像僵尸般直挺挺走来，眼珠动也不动地发出冷冷的光芒，不觉也是有点毛骨悚然。眼看着他越行越近，就快走到傅青主跟前了，面上的杀气也更显露了，他几乎要喊出声来。可是他知道傅青主早有准备，看他这样神色自如，丝毫不当做一回事儿似的，他也稍稍放下心来。心想：虽然这黄衫少年武功极强，但傅青主也是武林中顶儿尖儿的人物，绝不会一下子就为黄衫少年所乘，若然他一动手，自己上去相助，合二人之力，无论如何也制服得了他。

傅青主一直等到黄衫少年走到了身边，这才缓缓起立，若无其事地问道："睡得好吗?"黄衫少年直着眼神，呆呆地望着傅青主。傅青主微微一笑，拿起了一杯茶，递过去道："你喝一杯。"黄衫少年右手一松，长剑呛啷堕地，接过了茶便喝，傅青主拍掌笑道："你且再睡一会儿。"话声未了，黄衫少年颓然倒地，不一刻就发出了鼾声。

凌未风正待纵出，忽听得又是格登格登的下楼梯之声，心想："难道又有一个失魂的家伙?"只是这脚步声却急得多，只见一个少女匆匆奔下，这少女正是冒浣莲。

冒浣莲一见黄衫少年睡在地上，长剑堕在身边，失声问道："他没有伤着你吗?"傅青主道："没有，他根本没有和我动手。"说罢微笑道："姑娘，我把他废了，你看好吗?"冒浣莲喊道："这怎么成?”傅青主道:“我不是杀他,也不是把他弄残废,我是说把他的武功废了,我只要略施手术,就可以使他空有一身武艺,却毫无力气使得出来!”冒浣莲哽咽着道:“你怎能这样忍心?你平生替人治病,现在不替他治也罢了,还要捉弄他干吗?”傅青主道:“就是因为我治不了他的病,他这个‘离魂症’(作者按:这是中国以前医学上的名词,相当于近代医学的所谓‘梦游症’)一定是受了什么刺激,所以才发作出来,偏偏他又把什么都忘记了,没法探出他的病源,这叫我如何能治?尤其可怕的是,他在发作的时候,根本就什么也不知道,他虽然白天里是个好人,晚上发作时,很可能杀了人也不自知,他的武功又这样厉害,我不把他废了,谁制服得了他?”冒浣莲问道:“他刚才想杀你吗?”傅青主道:“我还看不出来,只是见他面上充满杀气。”冒浣莲道:“我记得你以前和我谈过‘离魂症’的症候,有一些人心里埋藏着的事情,平时连自己也不知道,到了梦中,世俗的束缚没有了,会突然升起来,如冰山之上浮,可是他只是为满足自己被压制的欲望,在梦中欲求逞快于一时,真正的恶事还是做不出来的。这时他虽然是另外一个‘他’(作者按:相当于近代医学上的‘精神分裂症’),却并不危害世人,这叫做善性离魂症,是吗?”傅青主听到这里,忽然摆了摆手,倏地站了起来。

冒浣莲惊问道:“傅伯伯,你干什么?”傅青主道:“这个时候,亏你还有耐心谈医学上的问题。他究竟会不会害人,谁也不知道,我不能够冒这个险,让他留着一身武功,晚间乱闯。”说罢,缓缓向黄衫少年行去。冒浣莲急得两行清泪,夺眶而出,说道:“傅伯伯,你不疼我了?”傅青主未及回答,忽见一条黑影似大雁般的飞掠而来,傅青主退后一步,哈哈笑道:“我知道你忍不住要跑出来了,你怎么不听我的话?”这飞掠而来的黑影,正是凌未风。

凌未风呼吸紧促,急声说道:“别的我听你的话,你要把他武功废掉,我可不答应。你想他这身功夫是容易练成的么?医好了对我们有多大好处!我实在不忍见这样的人才给你毁掉!”冒浣莲接声说道:“傅伯伯,你看凌大侠也这样说,你还忍心下得了手?”

傅青主又是一阵哈哈大笑,忽然敛手坐了下来,说道:“我苦苦思索怎样医治这个少年，现在可找到办法了。”冒浣莲诧然问道：“怎么……?”傅青主道：“你当我真的要把他废掉吗？我不过是想试试你对他心意如何？现在可试出来了!”冒浣莲嘟着嘴道：“你又拿我开玩笑。”傅青主一本正经地道：“一点也不开玩笑！你知道‘心病还须心药医’，他现在需要一个温柔体贴的女孩子在他身边，而这个女孩子，又是他肯信服的人，这样他才会听她的话，也只有这样一个耐心的女孩子，才会探出他的病源。可是他又是这么危险的人，如果那个女孩子不是真心愿为他牺牲一切，不是对他极好的话，她就不敢陪伴着这样的一个病人，就是肯陪伴他，也不会得出什么结果。这样的病人，他的感觉是最敏锐的，谁对他是不是真正关心，他会感觉出来的。他需要一个母亲，一个姐妹，一个朋友，一个可以把任何话都告诉给她的人。而你就是最适合去照顾他的人。可是在此之前，我还不知道你对他的心意，所以故意要把他废掉，试一试你。”傅青主说了，冒浣莲默然不语，傅青主又笑着说道：“你看傅伯伯是疼你不是?”凌未风也给这句话引得笑起来了。

傅青主看了凌未风一眼，又笑着说道：“我今晚不但试了浣莲姑娘，还试了凌大侠。”

凌未风诧然问道：“你试我干吗?”傅青主笑道：“唯英雄能重英雄，你的武功是顶儿尖儿的人物了，所以一定特别怜才。今晚一试，果然你对他极为爱惜。还几乎要和老夫翻脸呢！老实说，我虽然试出浣莲愿陪伴他，但还担心他万一发作时，真个行凶的话，没人能制服得了他。若有你和浣莲在一起跟着他，那就万无一失。当然在跟着他时，你得让浣莲和他多亲近，你只能是在旁边保护。”说罢又哈哈大笑。

凌未风道：“傅老先生的医术，我是佩服极了，若有差遣，在所不辞。可是傅老先生也能将病人的来历，告诉我一点吗？比如说你们是怎样遇到的?”

傅青主在烛光摇曳之中，说出了一段惊心动魄的遭遇。

原来当日傅青主和冒浣莲，在武家庄与群雄分手，自山西经陕西取陆路入川。行了多天，到了剑阁，这剑阁是有名的险峻地方，“蜀道难，难于上青天”，这句脍炙人口的名句，所指的就是剑阁这一段路。

这一日，他们通过丛山中矗立的“剑门关”，在历史上有名的“栈道”上行走。所谓“栈道”，是在悬崖峭壁上，开山凿石辟出来的羊肠小径。有些地方根本无路可通，于是在峭壁千仞处凿穴架木，就在这些横柱上架起凌空的道路；有些地方则沿着山壁，凿成几千步的梯级。傅冒二人在栈道上行走，仰看是遮天蔽日的丛山，下看是涛声轰鸣、深不可测的山谷。傅青主还不觉怎么，冒浣莲却觉得有点怵目惊心，如履薄冰。其时虽是初夏，在栈道高处，也觉山风迫人，衣不胜寒。

傅青主的故事，就从这里说起。他对凌未风道：“那一日，我们在栈道上行走，说也惭愧，我们都算是有点功夫的人，行了一天，还未曾走完山路，眼看暮霭苍茫，山色欲暮，我的心可有点急了，若在深山野宿，我自然毫无所谓，只是浣莲却是个年青的女孩子，而且我看她面上似有病容，更是焦虑。”

冒浣莲插口道：“你总是把我当小孩子，其实那时我并不是生病，而是自从夜探五台山之后，半个月来，总感到心里难受!”凌未风听了，暗暗嗟叹。五台山之夜，冒浣莲寻找母亲，却找到了亡母的衣冠之冢。这一幕悲剧，他也曾经暗中目睹。他自然懂得冒浣莲为什么心里难受。

傅青主黯然说道：“我何尝不知道你心里难受，我就是怕你抑郁成病呀!”冒浣莲眼圈一红，忽然望着熟睡在地上的黄衫少年，滴下泪来。凌未风心想：怪不得她会爱上黄衫少年，这两人一个是无父母的孤女，一个是不知自身出处的青年，相同的命运像一根红线把他们联起来了。

傅青主继续往下说道：“正在着急之时，忽然我们看到山坳处有一个少女在采集山藤，她随便用手一扯，就是一条。这种山藤十分坚韧，寻常人用刀割，也还得花一些功夫，她竟是这样的毫不费力，我看着也有点惊奇。浣莲叫了一声，那个姑娘回转头来，见了浣莲，高兴得什么似的，走过来拉浣莲的手，问她究竟是不是仙女，突然被风吹落荒山？因为她在深山中已经很久看不到外面的人了。”

冒浣莲接着道：“其实她才长得美呢！那个样儿呀！就像幽谷

中的百合花！我告诉她我们是普通的旅人，她急得什么似的，赶忙招呼我们到她家中住宿。我想，这样的险峻峰巅，居然还有人家，那这人家也一定不是普通人家了！”

傅青主接着说道：“这位姑娘的家就在附近，可是我们在远看却一点看不出来。原来她的家竟然是建在两峰夹峙之间的悬崖峭壁上，峭壁上突出的两株虬松刚好把屋子遮着。我们走进屋内，只见一个六旬左右的老者，生得又黑又瘦，手指如鸟爪一样，指甲很长，精神健铄。我们见到他很惊诧，他见到我们，也很惊诧。我们告诉他是迷了路的行者，他将信将疑，但毕竟把我们招待下来。我看他面上带有愁容，和我们谈话时，也好像有点心不在焉的样子。我以为他是不高兴我们打扰，要不就是怀疑我们是坏人。可是他招呼又很周到。

“我们饱餐一顿，入夜之后，他突然对我们道：‘客官，我看你们不是普通的客人，大约都会点武功，只是今晚若有什么事发生，你们都不许声张，也不许动手！’”

凌未风听到这里，插口笑道：“就像你今晚吩咐我一模一样？”傅青主说道：“我和你是开玩笑，他可严厉得多，那神气可怕极了！”

冒浣莲道：“当时那位姑娘问道：‘爸爸，妈妈还没有回来呢！是不是上次那个坏人又来了，这回我长大了，我帮你的手。’那个老人听了，面色大变，斥责她道：‘不许你动手，你若动手，我就不认你是女儿，就算我给人打死了，你也不准和来人动手，若然他要带你走，你也得跟他走，绝不许替我报仇，你听见吗？’那少女哭道：‘爸爸，你说的是什么话？’那老者厉声说道：‘你若违背我言，我死不瞑目！’我听到了，觉得这个老人不近情理。我看着傅伯伯，他却一句也不出声，我想说要拔刀相助，但又觉得这是不自量力，因为那个姑娘比我还强。屋子里一片愁云惨雾，我的心也像铅一样又沉又实。”

傅青主道：“我在江湖行走，也有几十年了，从未遇过这样的怪事。这个老者看来练就大力鹰爪的功夫，两眼神光奕奕，一看便知是内家高手，可是我却丝毫不知道他是什么人。我猜大约是江湖上的寻仇报复，刚好给我们碰上。可若是江湖寻仇，当事人绝没有不欢迎助拳之理，这老人连女儿也不准帮忙，这可叫我怎样也猜不透!”

这时窗外夜风呼呼，鸱枭厉鸣，凌未风忽然拍掌说道：“我猜得出这个老者是什么人!”话声未了，忽然窗外有人接声说道：“我也猜得出这老者是什么人!”凌未风一跃而起，只见一条黑影蓦地穿窗而入。

那跳进来的人是李思永，他也是心有疑团，终宵未寐，为冒浣莲奔下楼梯之声所惊动，跟了下来。凌未风听得出神，竟未发现他伏在窗外。

这时，傅青主见凌未风和李思永都同声说知道这老者是谁，大为诧异。凌未风道：“我曾听过师父谈起各派名宿，据说在剑阁栈道的绝顶之处，隐居有一位老者，名叫桂天澜，在大力鹰爪功和绵掌上有绝顶功夫，鹰爪功是外家绝技，绵掌则是内家最难练的一种功夫，这人能内外兼修，可算是武林中的怪杰。”冒浣莲听了，嘘了一声，急忙问道：“他姓桂?”凌未风点了点头，冒浣莲眼波流动，手托香腮，似在思索什么事情一样。

李思永道：“我也听先父说道，有一个名叫桂天澜的人，武功极强，当张献忠主川时，曾投在张部大将李定国帐下，不久张献忠、李定国相继败亡，此人就不知踪迹。后来有人说他隐身剑阁，先父派人去找了几次，都没有找着。傅老前辈说有人找他寻仇，我想也许不是私人寻仇，而是清廷的高手踩到了他的踪迹。”

傅青主摇了摇头道：“你只猜到了一半，最初来寻仇的不是清廷的人。”接着他往下说道：“那老人正在和女儿说话之时，屋顶上空突然掠过三支响箭，一声接着一声，怪声摇曳，甚为凄厉。这是江湖上寻仇示警的讯号，而且若非自信能够把对方手到擒来，决不会使用这种先行传声示警的方式。我正觉十分诧异，这对父女的武功，已是武林同道中所罕见，难道又有什么高人，敢如此托大?响箭过后，果然外面传来暴雷也似的喝声：‘兀你还不出来答话?’

“那老者愁容满面，缓缓起立，对女儿道：‘你千万听我的话!’又向我们道：‘你们也千万别理闲事!’说完，便冲出屋外，我忍不住也跟着出去，回头一看，那个小姑娘和浣莲也出来啦!

“屋外站着的是一个红面虬须的老者，一见我跟着出来，翻起怪眼瞧了瞧，冷笑道：‘你居然这样不要脸，还找人助拳！’我急忙说道：‘我只是过路的客人！’我知道这类的江湖仇斗，若只是一人出面，那就必定是约好的单打独斗。外人若偶然撞上，也得避开。除非自问不敌的一方，预先邀好至亲至近的师友，那才另当别论。但也得让正点（事主）先见了真章才能出手。我本该避开，但敌不住好奇心的吸引，仍然在远远地看他们怎样较量。这时我忽然看见栈道下面，山腰处似有黑影移动。正注视间，那红面老者大声喝道：‘就是有人助拳，我也不怕！’双掌一错，更不打话，就狠狠地向黑瘦老人打去，我站在十余丈外，也听见呼呼的掌声。”

凌未风对掌法剑法均有极深的造诣，听傅青主说到两位老前辈在剑阁千级栈道之上对掌，不禁心向往之，说道：“以桂天澜的武功，居然有人敢登门挑战，可惜我看不到这样的对掌。”他顿了一顿，又对傅青主道：“我看你在剑阁碰到的黑瘦老人，九成是桂天澜。他后来出手是不是以绵掌为主，而夹以鹰爪功夫，是的话，更准是他。”

傅青主点了点头道：“好，我就当黑瘦老人是桂天澜吧，说起来容易记些。我刚才说到那红面虬须的老者，见了桂天澜就如发狂一样，双掌一错便狠狠扑上。桂天澜却不动手，双足一垫劲，人便像飞箭一样，射出两三丈外，口里尽嚷：‘你慢点动手行不行？也得让人把话说个清楚！’那红面老者却不理不睬，竟是如影随形，步步进迫。桂天澜退得几退，已到了峭壁的边缘，再也不能往后退啦！那红面老人双掌齐发，向桂天澜迎面推来。桂天澜双臂倏地一分，斜身上步，右掌横挡，左掌一翻，向红面老人腕下一撩，同时右手骈指如戟，一探身，势捷如电，双指向红面老人腰胁点去。红面老人双掌一封，接着左掌下劈，举腿横扫。”凌未风闭目静听，忽然说道：“红面老人这招拆得不行。桂天澜用的是绵掌中孔雀抖翎的家数，中途未待变尽，又渗以点穴法。红面老人这样解法，只能化去对方掌力，避不开点穴。他那一腿只是虚招，以攻为守的，桂天澜只要往左斜身进步，红面老人就算完了。看来红面老人来势汹汹，说到真功夫，还要比桂天澜差一筹！”

傅青主道："老弟掌法果是高明，桂天澜往左斜身上步，手指已然点到红面老人胁下。可是桂天澜好像有意让他似的，虚虚一戳，乘着红面老人斜闪之际，自己却猛地往右窜出，离开了峭壁边缘。"凌未风道："红面老人输了一招啦，该停手了？"

傅青主道："他才不停手呢！我在月光下，看到他的红面变紫，一个箭步又扑过来，好像拼命似的，他也真有点邪门，拳法展开，身似飞鱼，步如流水，绕着桂天澜身子滴溜溜乱转，两手忽拳忽掌，疾逾风轮，身法手法也越来越快，脚下走的却是九宫八卦方位，丝毫不乱。"凌未风道："他使的一定是九宫神行掌，这种掌法，暗藏八九七十二手点卸法，点是点穴，卸是卸骨。切斫点拿，奇正相生。正是同时对付内外两家的上乘掌法。哎！这红面老人不弱，他刚才输的那招，大约是欺敌过甚。他的九宫神行掌，可是武当派镇山的掌法呢！"

傅青主道："桂天澜的功夫也俊极了，红面老人身子滴溜溜地转，他也随着红面老人转，他发掌好像软绵绵的，可是对方的凌厉掌法，都给他随势化解。"

凌未风道："这场对掌，一定好看极了。"冒浣莲道："可不是吗？这两人身法，就宛如走马灯一样，倏左倏右，忽逆忽顺，过了一阵，我只看到月光底下，两条黑影，联成一圈，闪电般疾转，莫说分不出招数，连哪个是红面老人，哪个是桂天澜也分不清楚了。"

傅青主笑道："他们出手是快极了，但细看之下还分得出强弱，红面老人如怒狮搏击，而桂天澜则如灵鹤回翔。红面老人每一招都是重手，凶狠极了，而桂天澜却闪避得恰到好处，有好几招连我都看不清他是怎样避开。按说，以他那样的功力，敌人一击不中，他就可以乘虚反击，但奇怪得很，他却又是老守不攻，甚至敌人明明有了破绽，他也是点到即止。我明明看到有一招，红面老者使用'牵缘手'左右夹击，桂天澜避过正面，反抢进去，只要一掌切下，红面老人非受重伤不可，他却使出花招，临时变式，放过了机会。"凌未风道："这样非吃亏不可！红面老人的功力、掌法仅稍逊于桂天澜而已，他这一放松，很容易给对方反乘。"傅青主道："可不是吗？我看得紧张极了，恨不得想提醒他。再打了一阵，红面老人忽然一腿飞起，踢桂天澜胁下的穴道，桂天澜右掌一兜，正正兜住了对方的左足足跟，只要用力一送，立刻可以将敌人抛落悬崖，他却手腕一沉，大约是想将敌人按落地上，哪知缓得一缓，立刻给红面老人施展鸳鸯连环腿，左足猛地向桂天澜胸膛踢去，桂天澜大叫一声，双掌一松，红面老人已掠出数丈，一反身又是三枝弩箭，桂天澜这时面色渗白，身法迟滞，避不了第三枝，竟给弩箭射中了小腹。”

冒浣莲紧张地接下去道：“那个小姑娘本来是站在我身旁的，这时突然冲了出去，右手一抖，一根长长的山藤向那人抛去，左手也打出三枚钢镖。那个红面老人奇怪极了，一见这个小姑娘冲来，丝毫不避，反迎上前去说道：‘坏人打死了，宝宝你跟我走！’小姑娘猛然出手，他仍像毫无所觉似的缓缓走来，那可糟啦，他的双足给山藤绊着，左肩也中了一镖！桂天澜忽然大声叫道：‘竹君，别动手，他是你的爸爸！’红面老人连声惨笑，那个小姑娘，就如受了雷击一样，在月光下全身颤抖。这时我忽觉脑后风声飒然，蓦然间傅伯伯一掌就将我推出三丈开外，我回头一看，只见四个穿着黑衣的人，似飞鸟般扑了进来！有一个已冲近那个小姑娘了，红面老人怒吼一声，双足一跳，山藤裂成几段，横飞出去，那个黑衣汉子大手刚抓到小姑娘的肩头，就被红面老人一把抱住，倒在地上一滚，竟然一同从削壁滚下去了！”

凌未风听得血脉贲张，“啊”了一声道：“这个红面老人竟然和敌人同归于尽，可惜！可惜！”冒浣莲不理凌未风打岔，往下说道：“那个小姑娘见红面老人抱着一个黑衣汉子滚下悬崖，呆了一呆，蓦然发狂一样，飞奔向前，在悬崖边踊身一跃，大叫一声，也跳下去了！我跳出去救，已来不及啦！耳边只听得桂天澜的惨叫声，接着是一阵金铁交鸣之声，接着是傅伯伯大声呼唤，叫我回来！哎呀！那小姑娘真美，而跳下悬崖之前的神情又真可怕！”冒浣莲说时，面色惨白，声音颤抖，屋子里蓦然像死一样的沉寂，静得听见各人的心跳声！

过了一会，傅青主缓缓说道：“来的那四个黑衣汉子，都是清宫大内的高手，给红面老人抱着滚下悬崖的那个我认得，绰号叫做

‘八臂哪吒’焦霸，以前是横行江湖的大盗，清兵入关之后，他带领一帮流寇投效清军，后来听说做了大内侍卫，他的功夫绝不在我之下。我来不及说话，只好一掌将浣莲推开。另三个黑衣侍卫，我不认得，但一看身法，都是一等高手。他们在剑阁上一现身，立刻就向桂天澜奔去，我再也按捺不住，急忙拔剑飞身，抢在头里，替桂天澜挡了一阵。”他停了一停，叹了口气，说道：“幸亏那个武功最强的焦霸，给红面老人抱着滚下绝壁，要不然，我们那晚，恐怕都会血溅荒山！”李思永愤然说道：“满洲鞑子也真狠，几十年了都不肯放过先祖和张献忠手下的知名之士，他们都要斩草除根。桂天澜也真是，先父曾几次派人找他，如果他和我们大伙在一起，就没有事啦，偏偏他却要去‘隐居’，这个时候国家都已不保，又怎容你做世外高人?”

傅青主道：“我就是见那些卫士这么狠，就豁出性命和他们拼啦！但那三个卫士，武功实在高强，我没法全数拦住，结果还是给一个冲过去打桂天澜，我给两个卫士绊住，脱不了身，连分神看望也不可能。打了一会，听见浣莲高声叫喊，我才知道那个去捉桂天澜的卫士，已经给除掉了。”

冒浣莲道：“我跑过去帮桂天澜，谁知反是他帮了我，那个卫士，手使一把红毛刀，非常厉害。我的剑碰不上他，只给刀风一荡就荡开啦！我也不管，展开小巧功夫，看他快要得手时，就从旁边给他一剑。那桂天澜的武功真是惊人，他面色已惨白如纸，身子也摇摇晃晃了，他还是一手掩腹，单掌应战。那个卫士刀光闪闪，只在他身边乱转，还不敢真个逼近身去，大约是怕他的大力鹰爪的功夫。打了一会，那个卫士好像焦躁起来了，猛然一个旋身，‘云龙三现’，刷！刷！刷！一连三刀，向我剁来，大声叫道：‘先把你这个小丫头除去！’在他发出第二刀时，我的剑就给磕飞了！”

冒浣莲说到手中的青钢剑给黑衣卫士一刀磕飞时，李思永不由得喊出声来。凌未风却吐了口气，闲闲地说道：“这黑衣卫士要糟了！”冒浣莲惊奇道：“凌大侠，你怎的好像当场看见一样！那黑衣卫士第一刀将我迫退两步，第二刀将我的兵刃磕飞，第三刀马上当头劈下，我毫无办法抵抗，只有闭目待死。不料就在此时，只听得那卫士惨叫一声，我睁眼一看：只见桂天澜已一手将那个卫士抓起，那个卫士也真了得，蓦地头向后弯，反手向桂天澜腰间一戳，桂天澜怒吼一声，把掩着小腹的手也伸了出来，双手一撕，立刻把那个卫士撕成两片，血淋淋的可怕极了。我吓得全身瘫软，桂天澜把那两片血人抛下深谷，用手推了我一下，指一指傅伯伯这边，好像叫我去帮手似的。我一看他，腹部血如泉涌，全身的衣服都染红了。我急忙把头巾撕下，给他包扎，他坐在地上，再也说不出声啦！但还是连连指着傅伯伯，好像很生气的样子，催我前去！”

冒浣莲说到这里，才松了口气，凌未风赞道：“好个大力鹰爪神功！敌人只要一分神，立刻就被他乘虚而入了。可惜他受了重伤在前，转动不灵，得手之后，还是受了敌人暗算。”

傅青主接着说道：“我和另外两个卫士厮拼，正感吃力，忽听得浣莲大呼：‘我们已打死一个了！’她也真精灵，远远地把铁莲子拼命打来。她知道我有双袖接暗器的玩意，不怕误伤，那两个卫士却给铁莲子打得东躲西避，虽然无法伤着他们，也够他们受啦。那两个卫士一面避暗器，一面扭头张望，大约是果然发现同伴不见了，齐齐惊呼，连道：‘风紧！’我乘势飞身扑去，用无极剑中的‘展翼摩云’绝招，一剑一个，全部了结！真想不到这两个棘手强敌，被我如此容易地刺掉！”

傅青主停下来喝了一口茶，用手指敲击桌面，得得有声，黯然说道：“敌人是全数打死了，可是桂天澜也已奄奄一息。我急忙跑过去看他，只见他全身浴血。我用金创药给他止了血，再用山边的泉水给他揩抹干净，只见胸衣已破，胸膛上有个鞋印，这想来就是给红面老人连环腿踢伤的。红面老人这脚真狠，可是桂天澜居然能挺得这么些时候，还能重伤之后掌毙敌人，功力的深厚真是我平生仅见！除了胸部的伤外，他的小腹也给弩箭穿了一个洞，连肠子也看得见啦，另外胁下还给黑衣卫士点中了‘愈气穴’。我看他的神情，知道他已极力运功闭住穴道。我急忙给他解开，只是时间过久，解开了穴道，他也只能抖动，话已是说不出了。我抱他回转屋内，再仔细检视，我的医术虽然自信并非庸手，可是到底不能真个起死回生，他伤得这样重，精神气力都耗尽了，这叫我如何能救。我望着他流泪，他却忽然挣扎着用手指在地上用力地划！抖抖索索地划了一行大字，那行字是：‘请到滇东五龙帮，有一个……’初写时泥土纷飞，每个字都入土数分，后来越写越慢，泥土上只能稀稀浮浮地看到一点字迹，尚未写完，他就忽然断了气啦！”

傅青主讲完之后，听众黯然。良久，凌未风抬头问道：“那么这个黄衫少年又是怎样来的？他和桂天澜又有什么关系？”

傅青主道：“我也不知道呀！当时我连桂天澜的姓名还不知道，他又写得没头没尾，不过我想这位武林侠隐，临终时还殷殷以此为念，他今晚之事，一定是和五龙帮有关系的了。我若不替他办到，他一定死不瞑目。”接着他又在烛光摇曳中说出第二个动人心魄的故事。

原来傅青主和冒浣莲入川，是当日群雄大闹五台山之后，在武家庄中分派的（见第三回）。傅青主在桂天澜死后第二日过了剑阁，一路南行，沿途见兵马往来，他猜测四川巡抚罗森一定已和吴三桂有了联络，因此调兵遣将，准备应变了。他依着韩志邦在武家庄给他的地址，找到了四川天地会的舵主，交代了一下，告诉他们吴三桂图谋反清的事情，叫他们也准备应变，交代完毕，就自川入滇。行了二十多天，到了滇东，一路打听，却探不出五龙帮的所在，甚至五龙帮是一个什么样的帮会也不清楚。一日到了滇东的霑益，在离城百余里的一个小村镇，忽然见有十多个大汉，一个跟着一个，走进一间酒店。这十多个汉子，个个步履矫健，一看就知是江湖人物。傅青主好奇心起，也和冒浣莲跟了进去。入到酒店，只见一个人躺在地上，面如金纸，那些大汉围着他，有人给他推血过宫，可是这人仍是昏昏迷迷地睡着，丝毫没有起色。

傅青主背着药箱，本来就是江湖郎中打扮，他就不客气地挤开了众人上前看望。有一个汉子道：“你看什么？他的伤不是你能医的！”傅青主一看，就知道这人是受铁砂掌伤了穴道，的确不是普通郎中所能医治，就微笑道：“这伤我还能治，他受伤之后，到现在还未过二十四个时辰嘛！”此言一出，周围的汉子都吃了一惊，急忙恭恭敬敬地请他医治。他过去替那个受伤汉子推拿，一下子就解开了穴道，三五下就活了血脉，不过一会，那汉子突然哇的一声吐出了一口淤血，张口骂道："我要踏平你这五龙帮小小的山寨！"傅青主听了，不禁大喜，正是：踏破铁鞋无觅处，得来全不费功夫。找了这么多天的五龙帮，竟然从这个汉子口中，说了出来。

这个受伤的汉子悠悠醒转，见一众弟兄，围在身边，又有一个陌生的老者给自己推拿，十分惊诧。傅青主笑道："不妨事了，再将息两天，包保你行动如常。"众人见他医术如此精妙，又是惊奇，又是佩服。一个短小精悍的中年汉子，好像是这伙人的大哥，走过来唱了个肥喏，说道："多谢先生救了我的二弟，敢问尊姓大名？"自怀中抓了一把金瓜子，递过去道："这一点东西，不敢云酬，只是聊表敬意而已。"傅青主微微一笑，推开了他的手道："酬劳我是要的，只是不要金子！"那汉子愕然问道："你要什么？"傅青主道："我要的是'五龙帮'，请你告诉我五龙帮在什么地方，你们和它有什么过节？"

此言一出，四周的十几条大汉，都哄动起来，七嘴八舌地说道："你问这个干吗？""你和五龙帮有什么关系？""你是什么人？"……为首的汉子怔了一怔，随即压着众人道："按说你救了我们的兄弟，我们应当告诉你。可是这事关系太大，我们得先知道你的来历。"傅青主笑道："我姓傅，贱字青主，和五龙帮也有点小小的过节。"为首的汉子"啊呀"一声，叫了起来，拜将下去，说道："你何不早说，原来大水冲到龙王庙，都是一家人！"说罢又对众人说道："傅先生就是我们总头目常常提到的人，他是武林前辈，又是当今的神医国手。我们总头目几次想派人向你问候，只是我们僻处边陲，你老却远在江南，山河阻隔，不能如愿，不料今日却在此相见。"

这为首的汉子自报姓名，姓张名青原，是李来亨手下一员将领，他还怕傅青主不明白，又说道："我们的总头目，就是李锦的养子，李闯王的孙子辈。"傅青主听得他是李来亨的部下，说道："我和你们的头领神交已久，早就想拜谒他了。"

当下张青原说出他们为什么和五龙帮作对的事来。原来在李思永单身到昆明会见吴三桂之时，就布置得力人手，分批从各路混入昆明，以为接应。他们就是取道滇东的一批，共有十八个人，由张青原率领。不料到了此地，不知怎的，给五龙帮知道了风声，出头阻梗，把张青原的副手蒋壮打伤，又将他们两个兄弟擒去。

张青原道："这五龙帮原是一个小小的帮会，却并不'安窑立柜'（没有固定地址），实际只是一帮劫掠商旅的游匪，最近一年，始躲到霑益的六樟山中。我们曾派人叫他们入伙，他们不愿，我们也不勉强他们。不料这次他们如此大胆，居然敢截劫我们兄弟。事后我们也捉着了他们的一个人，追问口供，才知五龙帮上个月才给吴三桂收买，只是还未正式改编而已。"

傅青主问道："五龙帮的首领是什么人？有多少帮匪？"张青原道："五龙帮的首领倒有点'硬份'（本事之意），他们是滇南已故的老武师葛中龙的五个徒弟，据说葛中龙有五种绝技，他们各得一种。"

傅青主好奇问道："哪五样绝技？"张青原道："葛中龙以铁砂掌著名，除铁砂掌外，他还有一种独创的武功，叫'地堂腿'。本来'滚地堂'这种功夫，一向是以拳为主，所以只有地堂拳而无地堂腿，但葛中龙这派却是用腿为主，可算是另辟蹊径，另外加上他擅长的兵刃三节棍，暗器毒蒺藜和拳法中的五行拳，便称为葛门五绝。"傅青主微微一笑道："这五样功夫除'地堂腿'较新鲜外，其他也很平常嘛，哪能就称为'五绝'？"张青原道："以前的武师多喜欢标榜，他一个人能懂得这几样武功，也算难得了。"张青原停了一停，又继续说道："葛中龙的五个弟子以数字排行，叫做张一虎、李二豹、赵三麒、钱四麟和唐五熊，各得一门功夫，就以师父的名号标榜，称为五龙帮。后来他们沦为匪帮，人数也不很多，大约只有四五百人。"

傅青主看看天色，问明了去六樟山的路，起立说道："快入黑了，我们今夜就探它一探，明天才正式拜山，斗一斗这五龙。"临走又留下一些药给受伤的蒋壮，说道："再食下这些药，你明天就可以跟我们去斗五龙。"

傅青主和冒浣莲轻功绝顶，以前夜探五台山，在千万禁卫军的巩卫下也来去自如，何况这小小的山寨。三更时分，他们摸到了六樟山的大寨之中，说是大寨，其实也很简陋，茅草木片搭成的房子，东一排西一排，倚山形建筑，既不整齐，也不相连，当中有一座青砖的屋子，大约是大寨的议事厅。傅冒二人趁着月黑风高，展开迅捷的身法，在茅屋上飞掠而过，一直扑到当中的青砖屋子，屋上有两名巡逻，给他们以迅雷不及掩耳的手法，点了哑穴和软麻穴，动弹不得。他们探头下望，只见屋中心坐着五个人，想必就是所谓“五龙”了。其中一人道：“擒了李贼所派的人，送给平西王是一项大功哩！”另一人道：“又听说平西王要和李来亨商谈。”原先说话的人道：“你听这些谣言，平西王处处防着他们，就是商谈也谈不出个道理。”又一人道：“李来亨手下，兵多将众，我们可得早早准备。”最老的一个道：“他们远在边区，我们明日拔寨便行，径投昆明王府，他们哪追得及。”又一人道：“我就担心他们突派高手来袭击。”老者道：“反正是今晚和明早的事，就是他们交游广阔，一时也请不来许多高手。而且我们也有一个功夫绝顶的高手，怕什么哩？”另一人问道：“这个活宝贝你哄得他服帖吗？”老者道：“当然哄得。我只说谁是坏人，叫他去杀，他就会去杀。”傅青主在房上听了大为惊奇，怎的有功夫绝顶的高手，会像小孩子一样听人哄的？正思疑间，冒浣莲不耐久伏，动了一下，忽然屋内有人喝道：“房上来的是哪一路朋友，昏夜到来，有何指教？”

屋子内的人出了声，傅青主轻轻地碰了冒浣莲一下，小声说道：“你快去东面放火。”

冒浣莲一展身形，飞掠过几间茅屋。傅青主艺高胆大，在檐头一站，现出身来，哈哈笑道：“我是个过路的，来访朋友来了！”“五龙”中的老大张一虎怒道：“妈巴子的，访朋友访到我的大寨来了，你当我五龙帮是好欺负的吗？”五人一齐抢出屋来，唐五熊喝声：“打！”两手齐发，四颗毒蒺藜向傅青主两边射来。傅青主又是哈哈一笑，双袖一卷，把四枚毒蒺藜完全卷去，黑夜之中，唐五熊看不出傅青主如何收去他的暗器，他见蒺藜飞去，落处无声，十分惊骇。他想就算是敌人双手会接暗器，也不能同时接去四枚蒺藜，何况蒺藜有毒，根本就接不得，这可有点邪门，他不禁喊出声道：“这是个硬点子！”傅青主单足点着屋檐，用个“金鸡独立”之势，俯视下来，傲然说道：“是硬点子又怎么样？”李二豹大怒，一摆三节棍，飞身上屋，呼的一声，朝傅青主下盘扫来。傅青主知道三节棍是“逢硬即拐”，只要用兵器一隔，第一节就会垂下来，拐弯打到。他剑也不拔，李二豹一棍打来，他把双手缩入袖内，大袖一舞，把三节棍卷个正着，大喝一声：“下去!”把提着的左足用力一蹬，李二豹给踢得四脚朝天跌落地上，几乎爬不起来。傅青主正在大笑，忽地又是一条黑影窜了上来，掌挟劲风，劈面打到。这人正是老大张一虎。

张一虎深得葛中龙铁砂掌的真传，骈掌可洞牛腹，他用足十成力量，志在必得。傅青主缩后半步，举掌相迎，张一虎一掌打去，只觉如打着一团棉花，无处使力。傅青主轻轻用个“拿”字诀，施展擒拿手，三指把他的脉门关寸扣住，运掌一挥，又把他摔到地上。

老四钱四麟见几个把兄，都遭挫折，火爆爆地冲了上来，五行拳疾如风，霎忽就打出了七八拳，傅青主暗道：“这小子倒比刚才那个强。”五行拳完全采取攻势，傅青主又退了一步，用无极拳随势化解。无极拳善以柔克刚，不到十招，钱四麟攻势已完全顿挫下来。

这时寨内帮匪已闻警扑到。但冒浣莲所放的火也已熊熊地燃烧起来。秋高气爽，山风又烈，霎忽之间，一排茅草木片搭成的房屋就没在火焰之中。帮匪又急急分人出去救火，顿时乱成一片。傅青主见是时候，喝道：“五龙亦不过如此，领教！领教!”大笑声中，腾身便起，这时冒浣莲也已在屋面现身，两人汇合一起，在弓箭攒射中，飞身退出了大寨。那些近身的箭，全给傅青主双袖拍落!

傅青主退出大寨，走下山谷，一路笑“五龙”浪得虚名，忽然从山涧处传来一声怪笑，星光下忽见一条黑影直挺挺地向自己行来!

傅青主开声问道：“什么人?”只见那人双手掩面，像梦游人一样，浑然无觉地一直走来。傅青主待他走近，又陡然喝道：“你是谁？你哑的吗?”那人撒下双手，茫然反问道：“你是谁？你怎么这样凶呀?”傅青主蓦然出手，使个擒拿手法，左臂一起，向他肋下一架，右臂斜穿，势如卷瓦，拿着他的手腕便扭。那人左臂一沉一拂，右臂向后一顿，立刻化解，傅青主一翻掌，改为“拨云见日”，乘势打去，那人举掌相迎，双掌一抵，傅青主失声叫道：“好功夫！”接连退出六七步去，那人也给傅青主的掌力，迫得踉踉跄跄，斜窜出丈许，才稳得住身形。

傅青主这时已看清楚来人是个美少年，穿一件杏黄衫子，很是潇洒，只是在星光下看他面孔发白，眼神散乱。心念一动，正待再问，黄衫少年已发怒说道：“你是坏人吗？一见面就乱动手打人。”傅青主迈前两步，柔声说道：“我们不是坏人，只是见你向这边走来，以为你是五龙帮的。你是五龙帮的吗？”少年道：“什么叫五龙帮？”傅青主用手一指：“就是这个山寨里的人。”少年道：“这个山寨吗？啊，我晓得，我就是住在那里的。那些人难道是坏人吗？”傅青主道：“当然是坏人。”黄衫少年摇摇头道：“我不信。”傅青主道：“你知道什么叫做坏人吗？”少年道：“不大清楚，先打人的大约就是坏人。”傅青主笑道：“不对，比如你知道一个人是大恶人，你会先打他吗？”少年点点头道：“会！”傅青主道：“这就是了！这个山寨里的人和清廷勾结，你知道什么叫做‘清廷’吗？‘清廷’就是满州鞑子的朝廷，专欺负我们汉人的。”黄衫少年双眸闪闪，想了一会，说道：“清廷？鞑子？啊，好多年前，似乎有人常常对我说这个，是不错，鞑子是坏人。”

冒浣莲这时轻轻地走了上来，低声说道：“现在你可以告诉我们你是谁了吧？”黄衫少年道：“我是谁？没有人告诉我，我不知道！”声调苦恼异常。冒浣莲不禁道：“你的爸爸和妈妈呢？”少年一听，突然全身颤抖，面色越发惨白，忽地啜泣起来。冒浣莲见他像个小孩子似的，不觉用手抚一下他的头发，抚了之后，才想起对方是个英俊少年，面红红地缩手说道：“是我说话恼了你吗？你别怪啊！”少年止泪抬头，望着冒浣莲温柔的脸，忽然说道：“你很好，我好像有一个很亲的人，也像你的样子。”

说话之间，忽见山上许多人下来，手里拿着火把，大声呼喊：“黄衫儿，黄衫儿，你在哪里？”少年应了一声，对傅冒道：“他们来叫我了！”

冒浣莲星眸欲滴，悄声说道：“你跟我们走了吧！”黄衫少年从未听人用过这样关怀的声音说话，心头一阵暖烘烘的，呆呆地看着冒浣莲两颗黑溜溜的眼珠，想了一想，行了一步，忽然又停下来道：

“不成，我得弄清楚这山寨中的人确是坏人我才走。”这时山谷又传来了呼唤的声音，傅青主忽然说道：“好！那你就先回去吧，明天我们再来看你！”黄衫少年举手道别，扭转身躯，飞鸟般地跃上山去。傅青主赞道：“这少年真好武功，只可惜患了心病！”冒浣莲道：“这个病也真古怪，连自己的来历都忘记了！伯伯，你为什么又放他回去呢？”

傅青主道：“这人准是受了绝大的刺激，或做了不能挽救的错事，因此精神上有一种潜在的力量压迫他忘记过去。这种病假若找不出病源，很难医好，不过他只是忘记‘过去’，却没有忘记‘现在’，你不听他说，他还要回去想一想，他还能够想，就证明他灵根未断。这样的人，我们一点也不能强迫他，只能听从他的意愿。”

傅冒二人在谈论黄衫少年，黄衫少年这时果如傅青主所料，在苦苦思索过去。他只记得这三年来跟这山寨中人在一起的事，更远的就记不得了。他依稀记得自己好像是在一个冬天的日子，躲在大雪覆盖的山岭上，昏昏迷迷，忽然给这群人发现，当时有两个人持刀要杀他，他还能动弹，只一抖手，就用雪块打了那两个人的穴。后来那个叫做张一虎的人止住了众人，拿东西给他吃喝，就叫他跟随他们走啦。至于为什么躲在雪地上，却又想不起来了，只记得自己好像杀过一个跟自己最亲密的人，至于到底是什么人，却记不起来了。而每逢自己思索过去，一想到这里时，精神就非常不安，非常痛苦，怎样也没法想下去了。

他又想起跟随这些人奔跑，起初这些人盘问他的来历，盘问不出，恫吓他，他不理，那些人最初很失望，后来又很高兴，到什么地方，都安顿自己独住一间房子，而且总有人陪着，叫自己不要到处乱走，只碰到有武功很好的人和他们作对，他们打不过时，才叫自己出来帮忙。但自己因为非常不愿意杀人，也从未帮他们杀过人，只把来人打跑就算了。

他又想起最近这些人是常常讲起些什么“清廷”和“招安”之类的说话，但见他来时又不讲了。什么是“清廷”，什么叫“招安”，自己也懒得去想。今夜给这老人和少女点醒，才依稀又记起很久很久以前，似乎有人常常叮嘱自己要推翻清廷，驱逐鞑子出去。那个人似乎也是自己一个很亲的人。这样一想，“清廷”当然是坏东西了，“招安”是什么，自己不懂，但和清廷连在一起，大约也不会是什么好字眼。

不说黄衫少年这晚苦思不已，直到天明。且说傅冒二人深夜回到原来的酒店，只见黑压压的堆满了一屋子人，有些人没地方站，就在屋子外席地而坐。

张青原见傅青主有点惊诧，笑道：“来的这许多兄弟，都是我们在这里的人。”傅青主心想：霑益是一个荒凉的地方，他们能在指顾之间，纠集了这许多人，也真是难得。

当下傅青主将夜探六樟山的情形，约略一说，大队立刻起程，中午以前，便已赶到。只见六樟山顶，寨门大开，“五龙”带着数百帮匪，竟自迎了下来。傅青主、张青原并肩而上，张青原展出“闯”字大旗（闯王死后，其部下仍以“闯”字旗为号），上前喝道：“我们与你五龙帮远日无冤，近日无仇，你何故扣留我们兄弟？今日若然放出，万事皆休，否则不待大军到来，也可将你这小小的山寨，踏为平地。”

“五龙”中的老大张一虎，见傅青主同来，倏然变色，听了张青原的话，圆睁双目，大声说道：“谁不知道你们是闯贼遗孽，你们吓倒别人，须吓不倒我！”说罢又忿忿地横睨了傅青主一眼，恨恨说道：“你这老贼，欺我太甚！”把手一摆，唐五熊在背后一抖手便打出了三颗毒蒺藜，两颗奔傅青主，一颗奔张青原。傅青主横里一跃，大袖展处，将奔张青原的一颗先行拍落，再回过身来，双掌向外一震，把两颗毒蒺藜都震了回去，李二豹大叫一声，急抖三节棍将反射回来的毒蒺藜打落。傅青主错步晃肩，索性冲入对方阵中，双袖飞舞，赛如两条软鞭，把“五龙”迫得手忙脚乱。

这时张青原带来的人，也和五龙帮帮匪混战起来，帮匪虽然人数较多，但张青原的人都是精选的壮士，越杀越勇，五龙帮已镇不住阵脚，看看就要溃败。

就在此际，山脚下号角齐鸣，又上来了一彪人马。而“五龙”也连连大叫：“黄衫儿！黄衫儿！”张青原正手执大刀，身先士卒，冲入阵中，忽见一个黄衫少年，双手空空，垂着头一直走出，好像饭后散步，凝思冥想什么事情似的，战场上兵刃交响，金鼓齐鸣，他都似丝毫未觉，而五龙帮匪，一见他出来，就两面分开。张青原大为诧异，不暇思索，大斫刀扬空一闪就照黄衫少年头颅劈将下来，不料黄衫少年微微一闪，竟是一下子就抢了进来，也不知他用什么手法，只一照面张青原的大斫刀就给他抢去，黄衫少年随手将刀抛落地上，叫道："你不要这样凶啊!"右手三指扣住张青原脉门，左手握拳，便待打下。张青原也是李来亨手下一员勇士，不料转瞬之间就给黄衫少年制住。张青原带来的人，都不禁惊呼起来。正是：

　　两军方激斗，怪杰显神功。

　　欲知后事如何？请听下回分解。

第九回　扑朔迷离　耐心详怪梦
　　　　寻幽探秘　无意会高人

张青原正在惊慌，忽听得一声清脆的女子声音："你不要打，他是好人！"黄衫少年微微一笑，放下拳头，道声"得罪"，不理张青原，便迎将上去，张青原回头一看，见是冒浣莲持剑赶至。他弄得莫明其妙，吁了口气，随手打翻上来偷袭的几个帮匪，抢过一杆大枪，再杀出来，看他们两人到底是怎么一回事。

这时山脚下那彪人马，大约有三五百人，也杀了上来，打着"大清平西王"旗号，原来领这支兵马的是吴三桂手下的一个裨将，原驻霑益县城，奉吴三桂命，代表王府来收编五龙帮的。这时吴三桂尚未正式举事反清，所以旗帜上仍然有"大清"字眼，冒浣莲指着那面旗说道："你看看那上面写的是什么字？我没有骗你呀！"黄衫少年瞧得分明，又见五龙帮已分出人迎上去，拉着前面那个带兵官的马，打躬作揖。那带兵官大声呼喝，立刻指挥清兵，兜拿张青原的人。黄衫少年不禁勃然大怒，忽然飞步冲入阵中，五龙帮匪四散退让。片刻之间，他已冲到那个带兵官的面前。

那带兵官见五龙帮匪四下分开，一个少年怒目握拳，自阵中冲出，兵丁竟拦他不住，给他空手扑到，又惊又怒，一提马缰，斜刺冲出，黄衫少年迅疾如风，几个起落，已拦在马前，睁目猛喝，如绽春雷，那马给他喝得前蹄踢起，人立起来，军官急忙一按马头，将长矛一挺，在马背上用力刺下。黄衫少年毫不退让，一伸手就接着长矛，喝声："你下来！"用力一扯，清军军官应声落马。附近一员副将舍命扑来。黄衫少年又是一声大喝："你回去！"左掌一扬，在敌人胸口上猛力一击，那员副将给震得躯体腾空，手中朴刀也脱手飞出。

黄衫少年挟着清兵统带，抢过朴刀，喀嚓一声，将头割下。清兵和帮匪都给吓呆了，没人敢再拦阻，黄衫少年纵横战阵之中，竟然如入无人之境。

五龙帮五个首领起初听得黄衫少年声音，喜形于色，心想：援军已然赶到，黄衫少年又来，敌人再厉害也不怕了。过了一会，在后面用毒蒺藜助阵的唐五熊，见黄衫少年提着一颗人头，怒冲冲跑回，大喜叫道："黄衫儿来啦！"李二豹急忙喊道："黄衫儿，你快过来，对面这个老的是坏人！"黄衫少年右手一扬，一颗血淋淋的人头，飞入阵中，扑的一声，正打在李二豹面上。

黄衫少年掷出人头，凝身怒道："你才是坏人！"李二豹骤出不意，给人头掷中，三节棍打出已不成章法。傅青主趁势抢进，长袖一卷，三节棍呼的一声给抛了出去。钱四麒从右面一拳捣来，傅青主更不回头，双袖向后一拍，使出"流云飞袖"中的"反手擒羊"绝招，只一拍就将钱四麒拍晕地上，同时他右脚也已飞踢出去，将李二豹踢出三丈开外，登时毙命。

"五龙"已去二龙，阵势顿时瓦解。以"五龙"之力尚敌不住傅青主，何况只余"三龙"？连逃也逃不了。赵三麒双手支地，全靠两腿发招，时间一久，已自觉累，这时正待翻转身来，给傅青主觑个正着，起腿横扫过去，喝道："叫你也尝尝地堂腿滋味！"赵三麒两脚朝天，尚未翻转，给傅青主一腿扫去，两脚齐根截断，顿时变成了个血葫芦，在地上团团乱滚。

唐五熊发出最后三枚毒蒺藜，掩护退却。傅青主把袖一卷，露出双手，他练过"铁指禅"功夫，不怕蒺藜芒刺，皮肤不破损，有毒也无妨。只一捉，便捉住了两枚毒蒺藜，哈哈大笑道："你也接接它玩玩。"双手一抛，将两枚毒蒺藜反打出去。第一枚与唐五熊打来的第三枚撞个正着，双双跌落，第二枚径取唐五熊上盘，其疾如矢，唐五熊虽然是毒蒺藜的能手，却躲不开自己暗器。给蒺藜在肩头穿了一个大洞，惨叫一声，又是翻身倒地。

张一虎见势头不好，连忙逃跑。黄衫少年冷冰冰地拦在他的面

傅青主瞧了一下，若有所感，不再理会他们，径自将张一虎放在地上，说道：“现在，我……”

前，张一虎急道："你赶快帮我呀，我养了你这么多年！"黄衫少年面无表情，摇了摇头。张一虎往左一窜，脚未落地，黄衫少年身形微动，已自站在他的面前；张一虎再向右一窜，仍是脚未落地，又见黄衫少年冷冰冰地站在他的面前。张一虎发起急来，猛地双掌齐发，用足十成力量，向黄衫少年打去，他练就的是铁沙掌功夫，这一击力量何止千斤，黄衫少年举臂一挡，叫道："你真的要打？"手臂一振，张一虎就似打在铁石上一样，竟给反弹出去。傅青主刚好赶上，一手捞着，顺势就点了他的软麻穴。

这时"五龙"已四死一伤，清军军官也给黄衫少年宰掉，清军和帮匪哪里禁得住张青原等一帮人冲杀，满山奔逃，张青原等也不穷追，片刻之间，他们已逃得干干净净。

黄衫少年这时双手背在后面，自顾自地低头漫步，冒浣莲从后赶上，和他并肩而行，喁喁细语，好像是安慰他一样，黄衫少年抬起头来，眺望远方，虎目蕴泪，忽然又咧嘴傻笑，对冒浣莲低声说道："你真好，我听你的话！"

傅青主瞧了一下，若有所感，不再理会他们，径自将张一虎放在地上，说道："现在，我问你话，你若据实回答，我可以饶你一死。"张一虎喜出望外，道："请说。"傅青主道："在剑阁栈道的绝顶，住有一个黑瘦老人，你可知道他是谁？"张一虎诧然答道："我连剑阁都没有到过！"傅青主喝道："你这厮说的可是真话？"张一虎道："我为什么要骗你？"傅青主伸手在他背后一拍，用分筋错骨之法，弄得张一虎惨叫起来。这分筋错骨的手法，比什么酷刑拷打都厉害，受的人全身筋骨似欲寸寸碎裂，煞是难挨。张一虎叫道："你叫我说什么？我实在不知道。"傅青主见他身受剧痛，尚说不知，又想以他的本事，就是走上黑瘦老人住处，恐怕也难办到。看来他确实不知黑瘦老人其人。但何以黑瘦老人临死，却殷殷以五龙帮为念，叫自己替他在五龙帮内找一个人，这人又究竟是谁？莫非就是黄衫少年。他又一掌打在张一虎肩头上，再喝问道："这黄衫少年又是哪里来的？"一掌打下，张一虎忽然"哇"的一声，张口喷出一大口鲜血，他为了怕受折磨，竟自咬断舌尖死了。

这时张青原等已聚拢了来，向傅青主道谢，问道："傅老前辈可愿和我们到昆明去?”傅青主一想五龙帮之事既查不出来，到昆明去也可顺便访访凌未风和刘郁芳，而且还可以有助于李来亨，当下慨然答应。

就这样，傅青主、冒浣莲和黄衫少年都和张青原等一班人到了昆明。一到达，立刻就给一件意外的事情惊骇住了。

张青原等一到昆明，找着了李思永预先埋伏在昆明的人，这才知道事情已发生了变化。

李思永初到昆明那几天，游山玩水，和他们暗中还保持着联络。自第四天起，便音讯杳然。十多天后在王府中“卧底”的人才探出，李思永和另外一个面带刀痕的男子，已经被困在王府之中了，张青原等急得如同热锅上的蚂蚁，欲偷袭王府，势所不能；欲飞骑调兵，又是关山阻隔。

幸好天无绝人之路，又过了几天，王府中人传出消息，吴三桂最宠爱的孙子吴世璠得了怪症，半身麻痹，不能起床，征聘各地名医，都束手无策。傅青主一听，就背起药囊，径自投到平西王府应聘。

王府的管门，起先还不许他进内，傅青主索性自报姓名，把他吓了一跳。傅青主医名满全国，真是谁个不如，哪个不晓，吴三桂也久闻其名，只是不知他除了是个名医，还是个武林侠隐。当下即刻延见，待为上宾。傅青主自称是仰慕滇中山水，所以不远千里来作壮游。适逢王府征聘名医，特来应试。

以傅青主的神医妙技，自然是药到病除，服了一剂，吴世璠身子就能转动，五天之后，便如常人。吴三桂敬如天人，而傅青主又曲意奉承，因此不久就可以在王府自由走动。这时适逢保柱被凌未风挟着，同陷水牢，过了多天，吊下去的食物，每回都剩下许多，看守的人报说，水牢里的人似乎已病了。吴三桂想要挟李思永结盟，自然不想他死，何况还有自己的爱将保柱在内。若请第二位名医去看，又恐防泄漏机密，想来想去，只有傅青主适合，他既是国手，又是异乡人，即算知道机关，也无大碍。

就这样，傅青主藉行医为名，救出了李思永和凌未风，而且透过王府中卧底的人，预先约好黄衫少年和冒浣莲接应，把平西王府闹得不亦乐乎。

书接前文，傅青主和冒浣莲将前因后果，细细道来，剪烛清谈，曙光欲露，谈完之后，黄衫少年还是熟睡未醒。李思永先谢过傅青主相救之恩，再指着黄衫少年道："此人身世，必有隐秘，可惜他一身武功，却得了如此怪症。当今用人之际，傅老前辈和冒姑娘可得把他医好才行。"傅青主笑道："我也多谢李公子，李公子和凌大侠都已证实那黑瘦老人名叫桂天澜，只要知道这个老人姓桂，黄衫少年便有法子医了！"李思永诧然问道："这是怎么个说法？"冒浣莲盈盈一笑道："你不见他昨晚经过桂花树下，神情突感不安吗？后来吃桂花做的蜜饯，又突然发怒，将蜜饯扫落地上吗？"

傅青主拍掌笑道："好姑娘，你越来越行了，我这点本领都快要给你掏去了！"说罢站了起来，捻了一张纸条，在黄衫少年鼻孔，撩了两撩。

黄衫少年轻轻地唔了一声，手脚颤动，傅青主对冒浣莲笑道："我们都出去，现在要看看姑娘的医术了！"

黄衫少年动了几下，忽然直跳起来，叫道："老虎！老虎！"冒浣莲盈盈走过，柔声叫道："别怕，我在这儿。你发了什么恶梦？"黄衫少年用手轻拍头颅，睁大眼睛，四围一看，看见自己的两把长剑，堕在地上，惊骇问道："我真的和人打架了吗？我杀了人没有？"冒浣莲摇了摇头，说道："没有！你从楼上走下来，在这里睡了一觉。"

黄衫少年定了定神，屋内灯光摇曳，屋外夜风低啸。冒浣莲盈盈地站在烛旁，一双如秋水的眼睛盯着自己。他又困惑地用手搔了搔头，问道："这是不是梦？"冒浣莲笑道："当然不是，不信你咬咬手指。"黄衫少年道："那你来这里做什么？"冒浣莲道："我来告诉你你是谁！"

黄衫少年骤吃一惊，摊开两手叫道："请说！"冒浣莲道："你先把你做的恶梦告诉我，然后我才告诉你！"黄衫少年想了一想道："好，我先告诉你。"

他说道："梦中我在一个大山中，山中有一棵桂树。"说到桂树，他面色苍白，歇了一下，再往下道："树下有两只绵羊，一老一幼。突然间空中飞来了一只老虎，这老虎有翅膀的。这老虎很和善，和小绵羊玩起来啦。后来不知怎的，那老绵羊和它打架，老绵羊的角把老虎触得直退，那老虎飞了起来，张开大口就咬，样子非常可怕。我一颗石头打过去，把老虎的翅膀打断，两只绵羊咩咩大叫。后来一阵狂风吹过，把桂树吹折，树干正正打中我的鼻梁，我就醒了！"

冒浣莲一面听一面想，听完之后，眼睛一亮，说道："听着，我现在告诉你，你是不是怀疑自己以前杀过一个很亲的人，但却想不起这人是谁?"黄衫少年全身战抖，点了点头。冒浣莲道："你不敢想，因为这人是你的父亲，你以为你自己杀了父亲！"

黄衫少年一听之后，面色大变，伸开大手，朝冒浣莲当头抓下。冒浣莲凝立不动，镇定地看着他，黄衫少年的手已触着冒浣莲头上秀发，以他的功夫，只要往下一抓，十个冒浣莲也不能再活。

冒浣莲微微笑着，定着眼睛看他。黄衫少年踌躇一下。冒浣莲缓缓说道："但你并没有杀死自己的父亲！你赶快放手，别弄乱了我的头发，你再不放，我要生气了！"

黄衫少年吁了口气，突然像斗败的公鸡似的，颓然倒在地上，掩面啜泣。冒浣莲理好秀发，让他哭了一会，这才过去将手搭在他肩上，轻轻说道："你起来，你想起了自己是谁吗?"黄衫少年随着冒浣莲的声音站起，说道："还是想不起！我只是记起了我真的杀死了父亲呀！"冒浣莲说道："我说你没杀死就是没杀死，你不信我的话？好，我给你看一样东西！"

冒浣莲坐了下来，在桌上取过纸笔，吮墨挥毫，不过片刻，便画成了一幅绝妙的山水画。画的是剑阁栈道绝顶处的景象。栈道之旁，有一奇峰突出，底下是两峰夹峙的幽谷。画完之后，掷笔一笑，对黄衫少年道："你看看，这地方你可熟悉?"

黄衫少年咦了一声，凝眸说道："这地方真熟，我好像在那里住过。"冒浣莲又提起笔来，在突出的山峰间画上两株虬松，在松树下又添上一间茅屋。黄衫少年嚷道："你画错了，这间茅屋靠近右边的松树，不是在两棵松树的中间。"冒浣莲道："你对了，这地方你比我熟，我故意画错一点点，你都看得出来。"

黄衫少年这时也坐了下来，支头默坐。冒浣莲也不理他，再在茅屋前面画了一个黑瘦老人和一个红面老人。冒浣莲是一代才子冒辟疆之女，丹青妙笔，得自家传，画起来神似得很。画成之后，推了黄衫少年一把，叫道："你再睁开眼睛看看，哪一个是你的父亲?"

黄衫少年睁大眼睛，只一看便跳了起来，冒浣莲叫道："你静静，不要发慌!"黄衫少年面色大变，在这幅画侧站着，动也不动，好像化石一样僵在那儿。

良久，良久，黄衫少年突然指着图中的红面老人道："我杀了这个人!"冒浣莲道："他是你的父亲吗?"黄衫少年颤声说道："好像是，又好像不是!"冒浣莲道："哪会这样?"黄衫少年又指了指图中的黑瘦老人道："这个人好像和我还亲，不过我一见到他的像，心中就有一种说不出的滋味，好像是讨厌他，又好像是可怜他。"他掩着双目呻吟道："你把画拿开，总之，我不想看见他，也不愿想起他。冒姑娘，你怎么认识他们?你又怎么好像熟悉我的过去?"

冒浣莲将他的手轻轻握了一下，用姐姐的口吻说道："你听我说，你以为你杀死父亲，其实你并没有。你不愿想起那个黑瘦老人，其实你无时不想着他。你刚才发的那个恶梦，梦中的老绵羊就是他，小绵羊是你，有翅膀的老虎是红面老人。只因为你极力不准自己去想，所以他们在梦中化了形状出来，你掷的那块石头，大约是颗暗器。"黄衫少年道："那么桂树被风吹折，树干打中我的鼻梁又怎样解释呢?"冒浣莲道："桂树也是代表那个黑瘦老人，他本来的名字就叫做桂天澜，难道你不知道吗?大约你又爱他又恨他，所以他既像和善的老绵羊，又被风吹折，至于树枝打中你的鼻梁，那不关事。那是我和傅伯伯用纸条在你鼻孔撩了两撩，得出的幻觉。"

黄衫少年听了，做声不得。过了一阵，突然哭道："除非你带我见着那红面老人，否则我不信他不是死在我的手上。"冒浣莲听了，秀眉深锁，想了很久，毅然说道："好，我带你去。"她虽然没有把握能替黄衫少年找着父亲，但为了医好他，也不能不尝试了。

一个月后，在绝险的栈道上，又出现了三个风尘男女，迎晓风，踏残月，飘然地来到了剑阁之巅。他们正是凌未风、冒浣莲和黄衫少年。

他们是在大闹平西王府之后，和李思永等人分手的。李思永估计吴三桂的反清，就将发动，因此在脱险之后的第二天，就率众返回防地。傅青主、刘郁芳等也接受了李思永的邀请，到他军中暂住。傅青主临行前，悄悄地将冒浣莲拉过一边，对她说道："自你父亲死后，十多年来我和你相依为命，情如父女，但父女也不能一世相依。黄衫少年如未雕的璞玉，一旦恢复灵智，必将大露光芒。而且这人虽然在迷失记忆之中，心地也表现得极为纯厚。你好生照顾他吧!"他还指点了冒浣莲几个关于医治精神失常的法子，两人这才唏嘘道别。刘郁芳也悄悄地和凌未风道别，说道："如果你帮忙浣莲姑娘，医好了黄衫少年之后，就赶快回来。我但愿有一天能和你到钱塘江看潮！也看看波涛冲去的往事。"凌未风怔了一怔，随即说道："我并没有像黄衫少年那样失掉记忆，有一天我会告诉你的。"刘郁芳两眼潮湿，不再言语，便即道别。

凌未风和冒浣莲都是一样的和自己平生最亲爱的人小别。可是冒浣莲离开了傅青主之后，和黄衫少年一道，却是神采飞扬，越来越像个成熟的少女了。爱情的光辉，消灭了她身世的阴影。凌未风内心却仍是非常沉郁，以前在王府水牢之中，他几乎就要说出他是谁，在此次临别之时，也几乎要对刘郁芳承认往事。然而他按捺住了。他喜爱自己倔强的性格，而此刻，却又有点憎恨自己倔强的性格了。

一路上，他总是跟在冒浣莲和黄衫少年后面，看他俩并肩而行，心中暗笑，自己所担当的真是个最奇怪的差使。傅青主和李思永是恐怕黄衫少年迷失理性，或者突然半夜梦游，会伤害了冒浣莲，所以要借重他的武功，以防万一。但现在看他们两人亲热的样子，凌未风心想，就是黄衫少年再迷失理性，全世界的人都不认识了，他还是会听冒浣莲的话的。而事实上，一路行来，黄衫少年也是一天比一天清醒，并没有闹过什么意外。

这天黄昏时分，他们到了剑阁之颠。黄衫少年双目炯炯发光，披荆觅路，很快就找到了那两株虬松交覆下的茅屋。他冲进屋内，屋内已阒无一人，他抚弄着屋内剩下的东西，一几一凳，一弓一箭，好像对这些东西都充满了感情。忽然间他嚎啕大哭起来，跑出屋外，指着下面的幽谷道："我就是在这里杀死我的亲人的。我在这间茅屋里长大，那个黑瘦老人教我武功，他起初是我的父亲，后来忽然又不是了。莲姐姐，如今我回到故居了，我的亲人却在哪儿？你赶快给我找出来吧！"

冒浣莲以为他到了生长的地方，就会完全清醒，哪料还是这个样子，正在踌躇，忽然凌未风走了上来，向幽谷一指……

幽谷远处，有星星爝火，不是目力极好的人，根本就看不到。凌未风心想既有爝火，便当有人家，他站在峭壁边缘，俯视黑黝黝的深谷，脑子里突然闪过自己和楚昭南在云冈恶斗的一幕，两人也曾滚下削壁，但却都没有毙命。剑阁栈道虽比云冈峻险得多，但若武功极好的人，又设使有人接应的话，滚下去也未必毙命。

他心念一动，回头看黄衫少年还是呆呆哭泣，神志迷糊。他对冒浣莲招呼一声道："你伴着他，我下去看看。"双臂一振，向幽谷下面跃去。

凌未风施展绝顶轻功，在跃下之时，已看准山腰突出的一块岩石，足尖一点，换势再跃，忽落在第二块石上，似这样，连换了十几次身形，才脚踏实地，到了谷底。

幽谷下怪石嶙峋，凹凸不平。凌未风点燃了火折子，四围察看，并无异状，正待向爝火所在走去，猛然间，一股锐风，斜刺扑来。凌未风惯经大敌，轻轻一跃，就避开了来袭的暗器，但手上的火折却给来人打熄。

凌未风大吃一惊，将火折掷在地下，说时迟，那时快，又是锐风斜吹，带着啸声，劲而且锐，凌未风听风辨器，腰肢一扭，一枚暗器，贴着身傍，倏然穿过，凌未风回身借势，一掌劈出，将第二枚暗器打落，再伸手向上一捞，把第三枚暗器，接在手中。

这三枚暗器打的都是凌未风致命穴道，在黑夜之中认穴奇准。凌未风双指一捻，只觉接着的暗器，形状甚小，内部中空有如耳环。凌未风喝道："来者何人？昏夜之中，偷袭暗算，这岂是好汉所为？"

一个低沉阴恻的声音远远接着道："你们这些贼子，昏夜之中，无耻伤人，还敢和我喊话，讲道义、论规矩？呸！你再接三枚。”话声未了，又是三枚暗器，联翩飞来，凌未风仍用听风辨器之术躲避，不料这次来人不知用了什么手法，竟是后发的先到，而且其声在左，忽地奔右，凌未风上了大当，只避过一枚，其他两枚都打中了穴道。

幸好凌未风内功深湛，在第一次接暗器时，已知来人是个高手，早有准备，躲闪不及，便马上运气闭了穴道，饶是如此，还是觉得很痛，哼出声来。

这时十余丈外的丛蒿茂草之中，一个黑衣妇人长身而出，她以为凌未风已给打中穴道，厉声骂道：“小贼，叫你知道姑奶奶的厉害。”哪知话声未了，凌未风已是在她面前现出身形，三支独门暗器亦已电射而出，喝道：“叫你这老贼婆也尝尝我天山神芒的厉害！”

那老妇人猛见三道乌金光芒，劈面打来，身子一摇，手中剑疾地向前一荡，只听得“当的”一声，火星飞溅，她顺势右足撑地，左足蹬空，头向后仰，想用“铁板桥”身法闪过第二支神芒。不料凌未风的手法也怪异之极，第一支神芒飞来尚无异状，第二支速度稍缓，刚飞到头上时，第三支电也似的追上，两枝一撞，斜飞出去，老妇人施展惊人武功，半身悬空，头颅一旋，单足仍点地面，身子已转了一个大圈，方位立变。但饶是如此，还是给第三支神芒，飞掠而过，打飞了头上的包巾，露出满头白发！

老妇人站了起来，心里说声“好险”！再一看剑尖已给第一支神芒打缺了一个小口。她平生从未遇到如此强敌，又疑来的乃是仇家，身子平空飞掠，如怪鸟一般，朝凌未风扑去，用的是五禽剑法，凌空下击，厉害异常！

凌未风倒提青锋，向后一纵，身方落地，未及回眸，只觉金刃劈风之声已到背后，他反手一剑，电光石火之间，与对方的剑碰个正着。两人都觉得剑尖嗡嗡作响，剑身颤动不休！凌未风心想，可惜我的游龙剑已换给了刘郁芳，要不然准能将她的兵刃截断；老妇人心想，可惜我的五禽剑法击下时未加变化，否则准能叫这小子挂彩。

凌未风横剑回身，急忙喝道："先别动手，你是何人？"老妇人呸了一声，毫不理会，刷！刷！刷！一连几剑，剑剑直指要害。凌未风怒道："我看在你是个老婆婆份上，让你几分，你以为我怕你不成！"老妇人道："谁要你让？"手中剑左决右荡，竟如疾风暴雨，将凌未风罩在剑光之下。

凌未风身躯一摇，手中剑如风飘落叶，倒卷而上。他认得老妇人的五禽剑法，五禽剑法是剑剑取势，从上空劈刺下来，总之要使自己的剑压在敌人的剑上，若敌人要争取位置，则必被乘虚而入。凌未风剑法却刚好相反，剑剑倒卷上去，自下而上，寻击敌人中路，而每发一剑，都是天山剑法中的精妙招数。天山剑法本是集各家剑法之长，不拘一格。他使出这路专制五禽剑法的招数，却仍保有其他剑法之长，端的厉害无比。

但老妇人功力深厚，剑法虽稍逊一筹，凌未风迫切间也不能取胜，两人攻守劈挡，霎忽间拆了一百来招，凌未风刚刚化去敌人先手攻势，正想转入反攻。忽然间，只见山上两个黑影下来。一个银铃似的声音远远喊道："凌大侠，你和谁打呀？"

凌未风叫道："浣莲姑娘，你们也来了吗？这里有一个疯婆子，很是扎手，你们先别上来，待我和她斗完再说。"他是恐老婆婆武功精强，暗器厉害，怕冒浣莲撞上，会吃了亏。

凌未风说话之间，被老婆婆连攻了十数招，险象环生。老婆婆忽地一翻右腕，"旋风扫叶"，改变凌空下击的战法，一剑压下，顺势便贴地往凌未风右足内踝扫来，这记险招，狠辣之极，凌未风迫得回剑防守。老婆婆明是进攻，实是走势，凌未风回剑一挡，她已拔身而起，纵出数丈开外，愤然说道："你们这班贼子，我们与你何冤何仇，几次三番前来缠绕？你想群殴，我们也有人奉陪。有胆的你追来！"

凌未风一听话里有因，飞身追上，大声叫道："老婆婆，我们不是坏人，你把话说清楚！"这时黄衫少年也已自山脚行来，大声叫道："谁在说话？谁在说话？我来了啊！"老妇人回身举剑，凌未风以为她又发辣招，一剑刺去，不料老妇人竟似呆了一般，只举剑平挡胸前，竟然不知转动，凌未风急急将剑掣回，只听得老妇人喊道：“是你吗？我的儿啊！”

冒浣莲本来是和黄衫少年在剑阁之巅徘徊，她见凌未风下去之后，久久不见回音，便拉黄衫少年下去。可是她没有凌未风的功力，靠黄衫少年的扶持，也只能运用峭壁换掌的功夫，一路爬下，不能像凌未风那样，径以绝顶轻功，片刻便到谷底。黄衫少年刚和冒浣莲并肩行入幽谷，忽听得老妇人大叫“儿啊”！全身战栗，蓦然挣脱冒浣莲的手，飞奔上去，凌未风身躯一闪，黄衫少年整个身子扑去，老妇人手中剑当的一声掉在地上，伸开双臂，接着黄衫少年，哭道：“你怎么去了这么多年，也不想念我们吗？”

母子相逢，恍如隔世，良久，良久，黄衫少年才站了起来，冒浣莲已在他的身边，含泪微笑。黄衫少年忽然道：“这位是冒浣莲姑娘，妈妈，你看她多好！”老妇人执着冒浣莲的手，问道：“姑娘，是你陪他来的？多谢你了。”浣莲道：“伯母，他已清醒了！你带他去。”黄衫少年道：“是啊！你带我去见父亲，你们也同去！啊，妈妈，那个红面老人是我的父亲吗？我那天没有杀死他吗？”老妇人颤声急道：“没有！没有！你先见着他再说。”“啊！上天作弄得我们好苦啊！”她掩着面，眼泪簌簌地直滴出来。

冒浣莲弯腰将她的剑拾起，递过去道：“伯母，你的剑！”老妇人瞿然醒起，收泪说道：“是啊，我是该带你们去了，只怕贼子又来了呢！”

凌未风以尊长之礼见过老婆婆，连声赔罪。老婆婆拍拍凌未风的肩膊道：“啊！你们是一同来的，我失眼了。你的剑法真好，今晚再帮我们一个忙吧！”

凌未风道：“伯母，有事小辈服其劳，只管差遣好了。”老婆婆指了指黄衫少年道：“他爸爸受了重伤，我在这里服侍他，已三个多月了。这地方极其隐秘，不知怎的，最近竟常有生人到访，我曾以金环暗器，吓退过几个人。我一出手，这些人就飘然远去，也不知是友是敌。山谷中却常常发现符号标记。”凌未风道：“伯母刚才所说的贼子，就是指这些人吗？”老婆婆摇摇头道：“不是，这些人好像不是一批的，每次发现的都是一两位好手。也不像是白道的鹰犬。”凌未风道：“那么贼子是另外一批人吗？”老婆婆接着说道：

“前昨两晚就不同了，竟然发现了清宫卫士光临荒谷!”冒浣莲道：“清宫卫士？哦，他们或者以为桂老前辈未死，再来到访；或者是访寻当日他们的四个同伴。”

老婆婆听冒浣莲提起“桂老前辈”，白发飘动，满面悲苦之容，哽咽说道：“他和那四个清宫卫士都已埋骨此地了!”说罢黯然不语，黄衫少年这时忽然哭喊起来，说道：“我记起来了，桂、桂……”老婆婆抢着说道：“他是你的养父。”黄衫少年呆了一呆，两眼发青，直望着老婆婆。正是：

廿年如一梦，身世最离奇。

欲知后事如何？请听下回分解。

第十回　叱咤深山　黄衣藏隐秘
纵横双剑　幽谷会群豪

老婆婆用袖子替黄衫少年抹了眼泪，说道：“这些事情，等下让你父亲和你说。”顿了一顿，回头对凌未风道：“前昨两晚，有几个清宫卫士竟自寻到我们石屋，第一晚，我和他父亲的徒弟合力驱退。第二晚他们又来，竹君一个不小心，给他们用甩手箭伤了左臂，幸好只是轻伤。哦，忘记告诉你，竹君就是他的妹妹。”冒浣莲道：“我认得令媛，她长得很美。”老婆婆拍拍脑袋说道：“我老糊涂了，刚才姑娘谈起当日之事，我就该想到。当日我虽然不在剑阁，但听竹君说起，有一位儒冠老者和一位少女当晚投宿，拔刀助战，把那几个卫士杀死，那少女想必就是姑娘了！”冒浣莲点了点头，说道：“那儒冠老者是我的伯父傅青主。”老婆婆诧然道：“啊，原来是当今国手傅老先生，江湖上群豪敬仰的‘无极剑’傅青主，当晚若不是你们，他的养父说不定还要受许多凌辱才能死去。”

一行人边走边说，爝火已越来越现。猛然间，老婆婆飞身一掠，说道：“贼子果然又来了！”凌未风紧跟着转过一个乱石斜坡，耳边已听得叱咤之声，放眼看去，只见一个魁梧的黑影和两个卫士斗得非常吃力，凌未风大喝一声，两支神芒抢在老妇人的金环之前，飞射出去，前面两声惨叫，一个卫士拔步飞逃，老婆婆金环出手，已自打他不着。

老婆婆当先奔到，只见一个卫士尸横地下，想是被神芒打死的。那魁梧汉子一把拉住老婆婆说道：“师娘，赶快回去看看师父。”

众人随着那魁梧汉子走进石屋，只见屋当中放着一张床，床的周围竖立着十多根柏木桩，当着正中的三根柏木桩已连根折断。床上睡着一个红面老人，床边有一个少女持剑守卫。石屋中还有着一个清宫卫士的尸体。

老婆婆一进去就问道："不妨事？"少女道："哎，不妨事，爸爸把这个贼子一脚踢死了！"这时黄衫少年也已冲入，少女一见，惊喜交集，拖着黄衫少年的手，大叫"哥哥"！黄衫少年应了一声，便甩开她的手，旋风般地向床上扑去，一把抱着红面老人，哭喊道："爸爸，你没有死吗？"

红面老人刚才用力过度，小睡养神，这时一听叫声，倏地张开双眼，大声说道："谁打得死我？啊！啊！……怎么是你回来了！"他双目放光，蓦然跳起，跌在床上，昏迷过去。老婆婆大惊失色，冒浣莲已抢在前头，张眼一瞧，将脉一抚，朗声说道："伯母，他很快便会醒来，你们不要哭喊，他这是过于激动所致，并不碍事。"

那持剑少女这时已放好宝剑，拉着冒浣莲的手谢道："姐姐，还记得我吗？多谢你两次援救我们。"冒浣莲道："客气话不必多说了，看样子，老伯是半身不遂，刚才又曾与敌人激斗，是吗？"少女指一指地上的尸体说道："也没有怎样激斗，这个贼人向他扑去，在柏木桩前阻了一阻。我的爸爸手肘支床，扑地腾起一脚，一连扫断了三根柏木桩，贼人也给震倒地上，死了。"凌未风心中暗道："这老人的下盘功夫真高，怪不得桂天澜当日伤在他的腿上！"

大约过了一盏茶时刻，红面老人果然悠悠醒转，揽着黄衫少年痴痴看着。屋中的人屏息呼吸，冒浣莲眼角且有晶莹的泪珠。良久，良久，黄衫少年低声说道："爸爸，你告诉我我的来历吧！"

红面老人面色倏转苍白，招了招手，说道："叫你妈妈先讲，她遗漏的地方我再说。"老婆婆颤巍巍地扶着黄衫少年，说道："你的名字叫做石仲明……"红面老人忽然抢着道："应该叫做桂仲明。"老婆婆圆睁双眼，红面老人道："我是要他念着他的养父。"老婆婆吁了口气，平静下来，这才接着说道：

"你的爸爸叫石天成，他和桂天澜都是你外祖的徒弟。桂天澜是师兄，他是师弟。你的外祖是五十年前的川中大侠叶云荪，我是他唯一的女儿。

“你外祖膝下无儿，把他们两人都看作儿子一般，我和他们同时习武，更没有什么避忌。他们两师兄弟十分要好，只是天成脾气暴躁，天澜却极沉静。我对他们都像兄弟一般，但天成直率，虽然暴躁，却和我更合得来。

“过了多年，我们三人都长成了，一天你外祖父悄悄问我：‘妮子，你也该有个家了，你实在对我说，他们两人你喜欢哪一个？’”

红面老人听得出神，痴望着老婆婆说道：“这段故事我也没有听你说过呢！”老婆婆对黄衫少年继续说道：“你外祖父问我，那时我还只像浣莲姑娘那么大，一个女孩儿家哪里敢说。你外祖父自言自语地道：‘天澜人很老成。’我忍不住插口道：‘就是太老成了，年纪轻轻，像个老头子啦！’他又自言自语道：‘天成却是火爆爆的性子。’我道：‘就是这一点不好！’你外祖父哈哈大笑，说道：‘他两师兄弟，一先一后，恰好在这几天，都托人向我求亲。我正自决断不下，现在行啦！姑娘自己说出来。’我羞得急急跑开，第二天你外祖父就收了天成的聘礼。”红面老人听到这里，咧开口笑了一笑，很是高兴！

老婆婆面色却很阴沉，叹口气道：“没多久，我就和你的爸爸结了婚，第二年生下了你，取名仲明。日子过得很快活，霎眼就是六年，桂天澜已三十出头，一直没有结婚。我们都住在你外祖父家里，仍然像兄弟姐妹一样往来，非常要好。你爸爸问他为什么还不结婚，他没有说。我有点猜到他的心事，却不便说。可是他对我却一点芥蒂都没有，更从来没说过半句风言风语。

“在我们结婚的时候，满洲兵早已入了关内，可是我们僻处四川，四川还是张献忠的天下，我们也不知道外面的事情，张献忠后来战死，他的部下孙可望和李定国仍然占着四川，满洲军队忙着收拾中原，也没有打来。我们就像住在世外桃源一样。到你五岁的时候，满清开始攻打四川，你爸爸的老家在川南，要回去迎接家人到川北去避难。那时我又有了两个月身孕，当然不能随行。他临走时嘱托天澜大哥照顾我们，放心回家。

“不料他去后还不到半月，满清的大军便涌进四川，交通断绝，百姓流离，你外祖暮年，惨遭大变，满洲军队尚未打到，他就死了，临死前叫天澜保护我们逃难。

“逃难的日子可惨极啦，没吃没喝那是常事，住宿更是不便，有时许多人挤在一处，有时露宿荒野，天澜又要极力避嫌，偏偏我又怀着身孕，离不开他，那些苦处真是一言难尽。你的妹妹就是在荒野竹丛中产下来的，所以叫做竹君。

“满洲军打进四川后，连年混战，我们逃难两年，形销骨瘦，到处探访你爸爸的踪迹，都没着落。后来听得武林同道传言，说他已在兵荒马乱之中死去。我们兀是将信将疑。

“逃难的生活越来越苦，我携带你们兄妹和天澜同行，又极其不便，那时天澜和几百个比较壮健的难民聚在一起，商量去投张献忠的手下李定国。天澜顾虑我和你们兄妹，有些难民就告诉他道：李定国那里，设有女营，可以收容战士的眷属，但也只限于战士的眷属。他们都说道：在逃难中哪管得这许多，你们两人不如成了婚吧！”

老婆婆说到这里，又看了红面老人一眼。红面老人道：“你说下去吧，我现在明白了，这不是你的错。”老婆婆叹口气道：“咱们也是几十岁的人了，还有什么忌讳，当着儿女的面，说个清楚也好。”换了口气，继续说道：“当晚，天澜问我道：‘你的意思怎样？’我想了好久，回答他道：‘天成音信毫无，儿女俱都年小，逃难没吃没喝，河山又已残破，这日子也真难过。除了投奔李定国，恐怕也没第二条路好走罗！’天澜道：‘本来我视天成和你，如同弟妹。在师门学艺时，不瞒你说，我是对你有心。可是自你们成亲后，我早就死了这条心了。为了怕天成起疑，我还处处防微杜渐。可是现在的日子迫得我们非在一起不可。我们江湖儿女，又不是孔夫子的门徒，你不在乎贞节牌坊，我也不在乎寡妇再醮，这些礼法，我们都不放在心上。妹子，我们撮土为香，禀告天成贤弟，求他谅解吧！’

“事已至此，形势迫然。我和天澜都愿意结为患难中的伴侣。虽在逃难之中，我们也不愿草率，第二天对难友们一说，大家都很高兴。他们挖了许多可食的草根树皮，还幸运地打到了两只山猪，在小村镇上找到一座无人住的砖房给我们做新房，有人还用木炭在门上写了两个大喜字。他们说，长年都在愁云惨雾，趁这个日子欢乐一下吧。等天澜大哥成亲后，给我们领头，到李定国那里去。

“谁知道事情就有这么巧，就在那天晚上，我们尚未圆房，你的爸爸就回来了!”

红面老人点点头道：“若不是那么巧，就不至有以后悲惨的事了。我和你妈分开后，到川南去接家人，在路上就碰到清兵，一路提心吊胆，专拣小路行走，哪料到了家乡，我的家已成了瓦砾，家人全都死了，我悲愤之极，想投义军，但又念着妻儿，于是又折回头寻访。

“可是那时处处战火，地方糜烂，我找不到妻儿，只好随着流民走难，穿州过府，一面觅食，一面寻找你们。

“逃难逃了两年，仍是一点也不知道你们的踪迹，这一天黄昏时分，我和十多个难友也逃到那个小村镇，见另外一帮难民兴高采烈，又唱又跳，非常奇怪，我找着一个人问，他说是他们的大哥桂天澜难中成亲。我急忙问新娘子是什么人。他说是带有两个儿女的寡妇，还听说是川中大侠叶云荪的女儿哩!

“我一听后血液沸腾，心头火滚，扭转头便跑。我那时痛失家人，又经忧患，不如意事太多，本来暴躁的性子就更暴躁了，也不晓得想想别人的处境，只恨得牙痒痒的，自思：我尊天澜如亲哥，托妻寄子，他竟乘着我妻子在难，迫使成婚，贼子狼心，真不可恕!只因我和妻子一向极为恩爱，所以一听到此事，就把罪过全推在天澜身上。但停下一想，不知我妻子变心没有？当晚我不加考虑，就夜探他们的洞房。”

红面老人停了一下，继续说道：“我还记得那是个月黑风高之夜，我满脸擦上煤烟，就去夜探他们的洞房，提防他们认得。心想，看他们到底怎样？如果我的妻子是被天澜强迫成婚的，我就把这人面兽心的东西杀掉；如果是她自己愿意的，我就把他们两个都杀掉。

“我本想过了三更才去，但入黑之后，自己就像热锅上的蚂蚁一样，怎样也忍受不住，远远瞧见那群难民贺客陆续走出新房之后，我就展开夜行术，到他们‘新房’外面偷听。

“这一听，更把我气得肺都炸了。我的妻子在里面吩咐孩子说：你记得从明天起改叫桂伯伯做爸爸。她的声调一如平常，听不出有什么悲苦的感觉。我正想动手，忽听得天澜大叫一声有贼，我一怒就射进几枝甩手箭，我的妻子，也一扬手打出了几枚耳环，那是她自小练就的独门暗器！”

老婆婆面色苍白，接下去道：“那时我们做梦也料不到是你。我的苦楚在两年逃难中，什么也挨过了，要有眼泪的话，泪也流尽了。那时我们以为你已死去，就是不死，也难以生逢了。天澜对我好极，我既愿意嫁他，自然该叫孩子唤他做爸爸。料不到你突然到来，而且不分皂白，一扬手就是暗器纷飞。我们只道你是坏人，因此我才用耳环打你的穴道。”

红面老人凄然一笑，说道：“你不必讲了，现在我一切都已明白，那是我的过错。但那时怒火攻心，什么也不知道。天澜纵身出来，我一照面就给了他几记辣招。

“哪料天澜功力比我深厚得多，几招一过，我就知不是他的对手。那时你也跑了出来助阵，我更是气愤之极，心想：好！你们两人既联成一气，今晚我只好忍辱逃跑，再在江湖投奔名师，练成绝技，怎样也得报夺妻夺子之仇！

“这时天澜避过我几记险招，大约已看出是同门家数，大声叫道：你是谁？快点说来，以免自误！在他大喝之时，你一枚耳环，又取我的三里穴，还有未走完的贺客打来的石头和射来的箭。我闷声不答，脱下了身上的黄衫，那是你新婚后给我做的，我舍不得穿，那天晚上，特地穿上，想气气你的。可叹你竟看不出来。我脱下黄衫，展开铁布衫功夫，把石头羽箭，纷纷打落，但为了避你那枚耳环，缓得一缓，竟给两枝箭射伤，鲜血染在黄衫上。我把黄衫向天澜兜头一罩，大声叫道：有胆的，你把我杀了吧！他‘咚’的一声，倒在地上。我转过身便跑，以后你们怎样闹法，我都不知道了。”

老婆婆道：“那时我也听出了你的声音，整个都傻在那儿，等到清醒时，哪里还瞧得见你的影子？我只好把天澜救醒过来。”

老婆婆说到这里，大家都感到心头沉重，空气都好似凝结起来。冒浣莲轻轻叹口气道：“这都是为了战争！”老婆婆喃喃自语道：“是的，谁都没有错，错的是战争。是战争拆散了家庭，分离了好友，引起了误会，造成了惨剧。这笔账要记在满洲鞑子身上！”

老婆婆缓了口气，继续说道：“天澜醒来后，眼泪直流，过了许久，才对我说：‘妹子，天成既还在人间，咱们无论如何也得寻着他，让你们家庭团圆。’我当然也是这样想，可是天成火爆的性子，我知道得最清楚，这件事情，恐怕他至死也不会原谅我们。

“我们冷静下来之后，再从长计议。天澜道：‘事已至此，妹子，要委屈你，咱们还是做挂名夫妻吧。人海茫茫，天成一时难于寻找，逃难的日子，又实在过不下去，何况你还有两个小孩绊着身子，也只有先投奔李定国再说吧！’就这样，我们带领着一群难民，投到李定国军中，我们表面上是夫妻称呼，实际上却以兄妹相待。现在我也不怕说出来，几十年来，我和天澜可都是玉洁冰清，没有过半点苟且之事！”

红面老人轻轻用袖子揩了揩眼泪，说道：“妹子，这个我早已知道！”老婆婆看了他一眼，正待发问，红面老人却不停口地说下去道：“可是那时我却把你们恨透了。我仗着单身一人，无牵无挂，四处漂流。后来直走到回疆，在天山之南，遇到了也是万里投荒、隐身漠外的武当名宿卓一航，跟他学了九宫神行掌和鸳鸯连环腿两样绝技。当时我为了恨你们，发誓不再用你父亲传授的功夫。我也自知，若论到本门功夫，天澜和你都要比我高。”

凌未风这时插了句话道：“卓一航我小时候也见过，他是我师父晦明禅师的好友。可惜我到天山没多久，他就死啦。”红面老人睁大眼睛看看凌未风，噫了一声道：“原来你就是晦明禅师的关门徒弟。我飘流到回疆时，也听得晦明禅师大名。想跟他学剑，可是三上天山，他都不肯收我。后来给我磨得太多，才叫我另投名师，指引我去见卓一航。他老人家现在恐怕已近百岁大寿了。”老婆婆也点点头道：“怪不得你剑法这样厉害！算起来你这小伙子竟跟我们两老是同辈。”凌未风微微一笑，连道“不敢”！

红面老人继续说道：“卓一航是晦明禅师的好友，武功自然也是顶儿尖儿的人物。我学了七年，自信两种绝技已得真传，就赶回四川寻找你们报仇。这时四川早已被清军平定，只有李闯王的残部，还占在川滇边区。大劫之后，面目全非，亲戚故旧，半登鬼域，我怎样也找不到你们，也无从打听。后来辗转寻访，偶然听武林名手说起，剑阁绝顶，隐有高人，我猜是天澜，这才两番到来寻仇打斗！”

老婆婆道：“我们投奔了李定国后，不久便得重用。天澜成了李定国的心腹爱将，我也帮着管理女营事务。本来高级将领是可以和家属同住的，但我们却自愿离开。李定国有一天问及，天澜把全部事情都告诉了他，李定国慨然说道：‘我必定帮你的忙，要令你们兄弟和好，夫妻重圆。’他也真够义气，在军务繁忙中，还派人到处查访天成的下落，谁知天成竟是到了回疆呢！

“那件黄衫，那件我新婚后亲手所做送给天成的杏黄衫子，我把它珍藏起来。衫上还染有天成的几点鲜血，我要把它留给仲明。仲明从小至大，我给他做的衣服，也都是黄色的，军中叫他做黄衫儿。有人奇怪问我，为什么总是做黄衫给孩子穿？我只是苦笑不答。这原因，我一直没有对仲明说过，我发誓要等他父子见面后，才告诉他知道。天可怜见，今天他们父子到底是见着面了！”

黄衫少年听到这里，泪流满面，低低唤了一声“妈妈”！老婆婆用手轻轻抚摸他的头发，继续说道：“李定国初时占据川黔，力抗清兵，声势也很浩大，可惜夕阳虽好，已近黄昏，清军平定中原之后，兴兵三路，大举来攻，洪承畴、吴三桂等大汉奸都是满军的前驱，而张献忠余部的另一股主帅孙可望忽然又阵前叛变，投降了满清。李定国一路败退，直给追到缅甸，在孟腊吐血而亡。临死前他在病榻上交代军务之后，将一封信交给天澜，说道：‘若你他日见着天成，将这封信交给他看吧！天成既是武林名家弟子，他不相信你，也该相信我！’李定国是一军主帅，英风侠气，当时真可说是万流景仰。他的话一言九鼎，真难得他在临死时还没有忘记天澜的事！

“李定国死后，我们从缅甸回来，那时川省义军已全部瓦解。天澜叫我与他同到剑阁隐居。他说他以前曾奉李定国之命，到过剑阁几次，那里果木野兽很多，可以不愁生活。至于他以前去剑阁做什么，他没有说，我也没有问。”

红面老人接下去道：“我探出他们在剑阁隐居之后，就攀登栈道去寻找他们，那时我也收了一个徒弟，名唤于中，功夫也还过得去。我带他到剑阁，叫他在谷底等我，我是准备若万一不敌，埋骨荒山，也得有个人料理。

“我半夜到来，大出天澜意外。他要向我解释，可是我二十年来忍辱负重，积忿极深，哪里肯听他的话，一见面就用九宫神行掌的绝招打他，他被迫招架。我自以为学成绝技，胜券可操，不料他的功夫也没搁下，不但本门的大力鹰爪功已练得炉火纯青，而且学成了武林中的绝技‘绵掌’，比我的九宫神行掌还要厉害！他与我过招时一味退让，可是，我却以为他内疚于心，所以才会如此，更是气愤，越发紧迫，准备与他同归于尽。我们越打越急，他一路退让，我一路进逼，看看把他挤到悬崖之边。忽然有人大叫天成，我凝眸一看，正是我的妻子和一个黄衫少年来啦！我情知这少年一定是我的儿子，他自小与我分离，我也不知他长得怎样，不禁呆了下来，迎上前去看他。不料他一抖手，发出三枚金环，他的暗器功夫，已全得母亲所授，劲道更是比他的母亲还要厉害！天澜跃起一拍，替我打落一枚，我失魂落魄，不知躲避，其他两枚，全都结结实实地打中了我，我闭了穴道挺住，还是十分疼痛！那时我悲愤之极，自思妻不以我为夫，子不以我为父，还合力谋我，我还在此做甚？一扭身就向悬崖跃下！耳边只听得我的妻子大声喊叫和儿子的哭声！”

红面老人讲述至此，话语一停，低低喘息。他的徒弟于中托了一盘果子过来，并倒了一杯山茶，递过去道：“师父，你吃点东西！”红面老人低低说道：“好徒弟，师父也亏了你，大家都吃点东西吧！”

过了一阵，于中接着说道：“我奉师之命，在下面接应，师父事先也没告诉我到底是为了什么，只说所找的是他平生唯一的强仇大敌，我在下面遥听师父在上面呼喝之声，一颗心卜卜地跳个不休，没多久，忽见师父从上面滚下，我急忙上去接着，幸好师父受伤不重，他一起来，就挥手叫我快走，星夜离开了剑阁。我问他，他什么都不说，只是要我和他一道，苦学绝技！”

老婆婆啜了一口山茶，接下去道：“那晚我和竹君同睡，半夜醒来，忽听外面似有打斗之声，我急忙跳出，只见仲明已跳出去，我还没有来得及告诉他，他已骤然出手了。天成，你别怪我，我本意是要到死时才告诉孩子的，因为我不愿孩子纯真的心灵，蒙上阴影。所以他一直不知你是他的父亲。他一出手，天澜就大叫：这人是你的爸爸，可是已经迟啦！”

黄衫少年道：“我在剑阁长大，也觉父母神情有点奇怪，他们虽很和睦，可是晚上我跟父亲，妹妹跟母亲，十余年来如一日，日常相处，他们也都客客气气，和我小时在军中所见的叔叔婶婶大不相同。可是我也绝未料到，里头有这样复杂的情节！那晚养父和妈妈流着泪将事情告诉我，俨如晴天起了霹雳，我也不知恨谁才好，我只能恨我自己！我迷迷茫茫，手提双剑，飞奔下山，养父在我背后，叹了口气，也不拦我。下山之后，我什么也不懂，也不知从哪里找寻我真正的父亲，只是白天黑夜，无时无刻，都好像有一个声音，在耳边叫道：你杀死了你的父亲啦！我再也忍受不了，一天晚上我在荒野到处乱跑，自己折磨自己，那是一个大雪纷飞的冬天，没多久我就昏倒在原野上！”

说到这里，忽听外面有微微声响，老婆婆一指凌未风，未待开言，凌未风青钢剑已嗖地出手，轻轻一掠，似大雁一般穿出屋外。老婆婆道：“这声响未必是人，但有防备总好一点。有凌大侠在此巡视，我们可不必再怕小贼来骚扰了！”

黄衫少年继续说道：“我在雪地上昏迷了也不知多少时候，后来才给五龙帮的贼人救醒。以后就迷失了记忆，连自己的名字和来历都忘记了。”

冒浣莲道：“以后的事情我替你说吧。”她将遇见黄衫少年和怎样医治他的经过，一一告诉给老婆婆和红面老人，老婆婆又悲又喜，拉着她的手轻轻说道：“浣莲姑娘，我真不知道要如何感谢你才好！”

红面老人也定睛看着冒浣莲，又啜了一口山茶，继续说道：“姑娘，我记起你来了，你就是当日在剑阁观战的人。听竹君讲，你还帮了我们大忙呢!

“你在剑阁那夜，是我第二次来找天澜师兄算账。事情也真有这样巧，竹君长大了，也像她的哥哥一样，用暗器伤了我。而我为了救她，又抱着清宫卫士，江湖以前闻名的巨盗‘八臂哪吒’焦霸，同堕深谷，我虽然把他杀死，但他也把我弄成残废。”

竹君一手轻掠头发，一手拉着冒浣莲的手道：“我当晚急痛攻心，自悬崖跃下，幸好我在深山长大，长日与猿猴为伍，虽不敢说轻功绝顶，但身手也还灵活，我翻翻滚滚，直下深谷，发现了爸爸已给于中师兄救醒，我就过去见他。那时他虽然伤重，见了我还是高兴得很，拉着我问长问短。我告诉他，十多二十年来，我都是和妈妈睡在一起，妈妈怪疼我的。他听了喃喃说道：‘那么难道他们只是挂名夫妇?’我也听不懂他说的意思。”

老婆婆暗暗点首，心道：“怪不得他刚才说早已知道。”红面老人尴尬一笑，接着说道：“过了几天，仲明的妈妈回来了，那时我因为伤重，不能动弹，于中和竹君只好在谷中服侍我。她到了之后，才合力造起这间石屋。

“我们夫妻重逢，恍如隔世。她一路在我病榻边含泪诉说，我明白了一切，火气也都消啦！末后她还怕我不相信，拿出了一封信来。这封信是李定国临死前留给天澜师兄，叫他交给我的。这封信写得非常恳切，他以一军主帅身份，担保天澜不是坏人。并证实天澜和她只是对挂名夫妻。”

红面老人说至此处，伸出手抚着黄衫少年的头发道：“要不是我还想着见你一面，那时我就真想了此残生！天澜师兄对我恩深义重，我却迫死了他！我实在不是人！儿啊！我要你今后改姓桂，就是为了报答他。你将来结婚生子，第一个算是桂天澜的，承继桂家香火。第二个才算是我的孙子，承继石家香火。儿啊！你要一世记着你养父对你的恩德!”

红面老人石天成与桂天澜之间的恩恩怨怨，至此大白，众人均不禁黯然神伤，唏嘘叹息！老婆婆忽然一手取过黄衫少年背上的行囊，解开一抖，抖出几件黄衫。红面老人叹道：“儿啊！这几年难为你了，亏你还能体谅你妈的苦心，虽然失了记忆，黄衫服饰还是未改。”老婆婆闷声不响，忽然拣出了一件杏黄衫子，递过去道：“天成，你看看这件黄衫，可不就是当年我给你做的那件，上面还沾有你几点血迹！”红面老人接过一看，流下泪来。老婆婆道：“我们一直珍藏着这件衫，在仲明十八岁那年，才交给他保存，我们告诉他这是一件家传信物，将来凭这件衣服可以找到一个遗失了的亲人。他当时很是疑惑，也曾发问，我们告诉他还未到时候，不必多问。这个孩子很听话，果然珍藏起来，你看他流浪了这么多年，还是藏得好好的！”

红面老人把黄衫展开，三十年前的往事在泪光中摇晃，一时只觉万箭攒心！这件黄衫，现在已经陈旧不堪了，可是在他眼中，还像当年妻子新缝好交给他的样子。他忽然吩咐黄衫少年道：“你把一枝点着的松枝拿来。”荒谷无灯，石室中点着一扎松枝照明。黄衫少年如言取过一枝燃着的松枝，红面老人将黄衫在火上一罩，顿时燃烧起来，说道：“今日一家团圆，这不祥之物，再不要保存它了！”

众人望着黄衫在火中冉冉焚化，满怀凄怆，忽然冒浣莲叫道：“你们看，那是什么？”众人定睛看时，只见那件燃烧着的黄衫，忽然在火光中现出一幅图画，图中现出一个瀑布，在瀑布的尽头，水像珍珠帘子一样，挂在一个山洞前面。山洞石门紧闭，火光中还现出一行大字，“左三右四中十二”。众人诧异非常，都不懂这是什么意思，黄衫燃烧得非常迅速，霎忽之后，化为灰烬，冒浣莲将画默记心中，准备他日重绘。

红面老人莫明所以，问道：“这是怎样搞的？”冒浣莲道：“我听傅伯伯说过，有一种野草，烧成灰后，和水调匀，用来写字，字迹不显，但一经焚化，就露出来。有一些秘密的帮会，曾利用过这种野草，制成隐形墨水，来传达极秘密的信件。可是这种草很难找，用法也很少人知道。”

红面老人道：“上面的字，我认得是天澜师哥的，可是他这幅图却是什么意思？”老婆婆也诧异道：“我也未听他说过。他自从到剑阁隐居之后，越发沉默，常常整天都难得说一句话，我也不知道他是什么时候画的！”

不说众人在屋内乱猜，且说凌未风受老婆婆之托，仗剑在外面巡视。山谷中幽泉呜咽，萤火隐现，他想着屋中人悲惨的遭遇，又联想到自己的身世，不禁悲从中来，无可断绝。正思想间，忽见远处有两条黑影飞驰而来。

凌未风心中暗道："这两人想必就是老婆婆所说的贼人，且看看他们的行径。"身子一伏，隐在草莽之中。这两人身法好快，霎忽到了面前，只听得其中一人说道："闻说桂老头儿躲在剑阁，何以找不着他，只见一间残破的茅屋?"另一人道："等韩大哥来就有办法了，就是怕他不来。"说话之间，两人已离开凌未风四五丈地。凌未风暗暗搓着一小块泥土，团成小小的泥丸，双指一弹，正正打在后面那人的肩上，那人蓦然惊起，游目四顾，杳无人迹。这时恰值一阵风吹过，旁边一棵大树，飘下几片树叶。那人也是内家高手，起初以为是树上落下的泥土，继而一想，是树上落下的，自己不会感到一阵酸痛。他拍拍前面的人道："并肩子站着，有线上的朋友来了!"前面那人回头说道："陶大哥，你见了什么啊!"被唤做"陶大哥"的闷声不响，一掖衣襟，飞掠上树，正待瞭望，忽然足踏的那根树枝，又是喀嚓一声，齐根折断。幸而他的轻身功夫很俊，一个"细胸巧翻云"，轻飘飘地落在地上，兀是张目四顾。凌未风不禁笑出声来。

这两人回声骂道："是线上的朋友，请出来指教个三招两式，鬼鬼祟祟暗中捉弄，算什么英雄?"凌未风笑着站了起来，说道："我就在这里啊！谁叫你们看不见?"

这两人一个名叫八方刀张元振，一个名叫黑煞神陶宏，都是陕西的独脚大盗，论功夫倒不是庸手，只是轻功暗器之术，却逊于凌未风，这番被凌未风暗中考较，都很生气，一左一右，猛地向凌未风扑来!

凌未风单掌护胸，凝身不动，左面的张元振一拳打到，他才突地沉掌横截，张元振微吃一惊，一记"手挥琵琶"，将凌未风的横劲化开。陶宏在右面骈指如戟，旋身扑进，伸指便点凌未风的"涌泉穴"。

凌未风侧身闪过，反手一点，也向陶宏腰间的"璇玑穴"点来，口中笑道：“你这厮也会点穴?”凌未风出手如电，陶宏含胸吸腹，虽未给真个点中，衣裳已给凌未风戳了一个小洞，趁势双指一钩，撕开了一大片。

陶宏往旁疾退，喝道：“你是什么人?”凌未风道：“你又是什么人?”张元振这时已看清楚凌未风脸上的刀疤，吃了一惊，叫道：“你是不是名唤天山神芒的凌未风?”凌未风傲然说道：“你也知道我的名字?”张元振道：“你在西北混得好好的，何苦来趟这趟浑水?”凌未风听不懂他的话意，喝道：“什么叫做浑水？天下人管天下事，你们敢来欺负残废老人，我可不能不管!”

陶宏急忙抱拳说道：“凌大侠，你是说桂天澜残废了？我们不是他的仇人，他在哪里？烦你引见引见。”

凌未风未及答话，远处又有三人飞奔而来，凌未风一看，全是上了五十岁的老汉。张元振、陶宏二人作了个罗圈揖，说道：“罗当家、达土司和卢舵主都来啦。咱们合字的朋友，一瓢水大家喝啦!”凌未风一听，便知是绿林中的切口，绿林中人在下手抢劫一票财物时，若碰到另一帮的也来拦截，如不想火拼，就得答应“见者有份”，大家分赃。“合字”是指“同道中人”，“一瓢水”是指“财货”。凌未风十分诧异，这些人到荒谷中做什么“买卖”?

张元振指着凌未风道：“这位是西北游侠天山神芒凌未风。”那三人漫不经意地点了点头，张元振又对凌未风一一介绍道：“这位是在川北眉山安窖立柜的罗当家罗达，这位是石砥土司达三公，这位是青阳帮的舵主卢大楞子。”凌未风一听，知道这三人都是四川响当当的角色，自己在西北名头虽大，却从未到过四川，怪不得他们听了自己名字，也只等闲视之。但却不知何以一夜之间，竟有这么多位绿林高手到此，而且其中还有一位以铜筋铁骨闻名武林的外家高手达土司!

当下张元振又道：“这位凌大侠，是桂老头儿的朋友，他说桂老头儿残废啦，我们正想请他引见。”后来的三人齐声道好。凌未风本想将桂天澜已死之事告知，随后一想，却又忍住。心想他们既自称是桂天澜的朋友，且先带他们见石老太太再说。

且说红面老人和老婆婆等正在猜测桂天澜遗下的怪图。忽闻外面人声脚步声响成一片，老婆婆拔剑说道："难道有什么贼子到来，连凌未风也挡不住？"她迎出屋外，只见凌未风一马当前，高声叫道："石老太太，有几位朋友要来看你，他们说是桂老前辈熟识的！"

张元振和达土司听凌未风口叫"石老太太"，都觉诧异，他们唱了一个肥喏，说道："桂老嫂子，还记得我们吗？天澜兄在这里吗？"老婆婆面色一沉，随即说道："桂天澜已给清宫卫士害死啦，你们来迟一步了。我的当家石天成倒在这屋子内，只是他现在已是废人，可不敢请老朋友们进去！"说罢横剑在门口一站。

张元振和达土司，都是桂天澜和她在李定国军中之时，所认识的人。张元振是一股山匪头领，当时也听李定国的号令，达土司则曾有一次借路给李军通过，那次接洽借路的人正是桂天澜，那时她还是桂天澜的挂名妻子。

张元振和达土司听老婆婆这样一说，全都怔着！他们根本就不知道老婆婆另有一位"当家"，只疑她是说谎，可是见她横剑挡在门前，又不敢贸然就动手。要知道这老婆婆当年是李定国军中第一名女杰，五禽剑法，驰誉川中。达土司还不怎样，张元振已是有点心怯。正迟疑间，忽见远方又是一簇簇的人影。

众人正凝视间，忽听得青阳帮舵主卢大楞子道："是石老嫂子吗？我叫卢大楞子，当年曾受过令尊的恩典，也曾叨扰过贤伉俪的一席酒，石大哥若在此处，理当容小弟进去拜见。"卢大楞子是峨嵋派的俗家弟子，少年时酗酒使气，得罪过两个极厉害的江湖人物，幸得石大娘的父亲川中大侠叶云荪出头排解，才告无事。经此一来，他的气质也改变了许多，因此对叶云荪很有好感。后来石天成结婚时，他也来作贺。自吃了那顿喜酒之后，一别三十余年，石大娘和桂天澜的事情，他就全不晓得了。

老婆婆重睁双眸，仍是横剑当门，瞧着卢大楞子道："谢谢这位朋友的好意，只是我们当家的已被清宫卫士弄成废人，昨晚他们还曾到荒谷搜查，打伤了我的女儿，我们当家的正等待这班鹰犬再来，可不愿连累朋友。"卢大楞子气冲冲道："有这等的事？"

说话之间，远处的那簇人影，已到了石屋之前。老婆婆厉笑一声道：“你看，这不是卫士老爷们来了！”卢大楞子扭头一看，果然是五个穿着一色青衣服饰的卫士，散了开来，采取包围之势。

卢大楞子道：“我给你打发他们！”身形方起，却给眉山寨主罗达拉着道：“卢大哥，且慢，咱们别忙犯这趟浑水！”

这五个卫士中，有三个是大内一流高手，为首的叫王刚，曾以金刚散手名震武林，另外两人一叫申天虎，一叫申天豹，是两兄弟，以沧州洪四把子真传的吴钩剑法，称为武林一绝。又另外两人则是川陕总督府的卫士，一叫洪涛，一叫焦直，以前也是川中的绿林人物，后来给川陕总督网罗了去的。这两人此来是给王刚他们带路。

洪涛、焦直和罗寨主、达土司、张元振等都是相识，知道他们的武功不凡，当下对王刚说了一声，随即打招呼道：“咱们奉命捉拿钦犯石天成，其余不相干的人都没事。朋友们，借个路！”

卢大楞子暴声喝道：“这不成！”罗达却道：“大哥，别人正点子还没开腔呢，你急什么？”罗达、张元振、陶宏、达土司等，虽则是绿林人物，雄霸一方，可却只是普通的绿林道，与李自成、张献忠不可同日而语。他们只是啸聚山林，但求立足而已，因此与官兵素来河水不犯井水，有时还互相孝敬，各保平安。若要他们与大内卫士作对，包庇钦犯，他们可不大愿意，而且他们与桂天澜、石天成也没有什么过命的交情。

老婆婆抱剑当胸，向卢大楞子一揖说道：“我老婆子多谢这位热心的朋友，可也不敢叫好朋友为难。我虽年老，还不含糊，我接下来好了！朋友们，请闪开！我要会一会这些皇帝老贼的狗爪子！”

老婆婆一展剑锋，飞身欲出。凌未风抢先一步，拦在前头，高声叫道：“老大娘，这几个兔崽子留给我吧，我有许久没有吃兔子肉了，你若手痒，我就留两个给你！”说罢，足尖一点，俨如巨鸟飞腾，掠起一阵风声，单身落在五个卫士的前面。老婆婆哈哈笑道：“好，我让你，你有胃口就全吃掉好了！”

凌未风单足点地，身子一旋，对蓄势待发的五个卫士，环扫一眼，冷然发话道：“这里的事情主人交托给我了，你们冲着我来吧！”洪涛面向群豪，高声说道：“你又不是正点，凭什么要替人挑大梁？朋友，咱们河水不犯井水，各管各的吧。青山常在，绿水长流，哪里不套个交情，我们认你是个朋友好了！”

凌未风说话十分冲撞，你道何以洪涛对他却如此客气？原来刚才卢大楞子那么一嚷，而洪涛又认得罗达、达土司等和他一路，只恐凌未风一出手，这些人会帮他。这几个人全是绿林高手，凌未风他虽不识，便只看他亮出的这手轻身功夫，就非同小可，自己这边五个人，若只对付石天成夫妇，加上他的女儿和徒弟，那是绰有余裕。但若群豪联起来合斗，可就讨不了好去。因此他虽闷着一肚子气，还是不能不套交情，说好话。他只道凌未风也是像罗达一样，乃是绿林人物，可以笼络，可以利用的。

哪料他不说犹可，一说之后，凌未风猛然喝道：“放屁，谁是你的朋友！”他见洪涛望着群豪，亢声说道：“你们只冲着我一个人来好了！”说罢转过面对罗达等人说道：“各位朋友，若看得起我，请不要助拳，免得他们说我们以众凌寡。”

这时黑夜渐逝，曙色初开，晨光曦微中，大内卫士的首领王刚看清楚了凌未风面容，忽然跨前一步，阴恻恻地道：“你这厮是不是凌未风？”凌未风傲然说道：“是又怎样？”王刚怪笑几声，向众卫士招手道：“你们看清楚了，这位就是大名鼎鼎的天山神芒凌未风，夜闹五台山，抢走舍利子，全有他的份。凌未风，别人怕你，我们可不怕你，你乖乖地跟我们走吧！”

原来楚昭南在云冈逃脱之后，回京报告，清廷把凌未风绘图造像，分发各地，列为头等钦犯。比较起来，他比石天成夫妇更为重要，清廷更欲得而甘心。王刚诸人无意之中，碰着了他，又惊又喜。王刚自恃金刚散手，平生无对，他本想钻营禁卫军统领的地位，不料楚昭南回京后，康熙却把这位置给了楚昭南，连副统领张承斌都升不上去。王刚大为不服，早就想找机会斗斗凌未风，间接煞住楚昭南的气焰。

凌未风冷笑一声，青钢剑拔在手中，剑尖一指，正待发话，猛听得背后有人高声喝道：“凌大哥，留下我的一份！”屋中一人，手提双剑，旋风也似的飞奔出来，此人正是黄衫少年桂仲明。

凌未风将剑抛起接下，嘻嘻笑道：“他是石老前辈的公子，他可就是你们要找的点子之一，他这一来，我可不好意思独吞了。”

王刚板着面孔，冷冷说道：“你们既然替石老儿出头接着，那就划出道儿来吧，你两人若输了又怎样？”

桂仲明说道：“我若输了，全家让你们拿去！”凌未风笑着接道：“连我也算在内。”卢大楞子在旁插口道：“这不公平，还没有说他们输了又怎样？”凌未风道：“这可不必说了，反正他们逃不出去。”

王刚怒道：“好小子，你们有多大本事，敢如此目中无人？咱家不惯耍嘴，外面见真章去！”洪涛却道：“且慢，我们虽说是捉拿钦犯，大家可都是武林中人，我要请在场的罗大哥、达土司等做个证人，这规章可是他们自己定的，免得各位大哥说我们以强欺弱，以大压小。”洪涛终是顾忌在场的达土司诸人，恐怕他们会帮凌未风，因此拿话先压着他们。既然请他们做证人，他们当然就不能出手。

卢大楞子哼了一声，罗达抢着说道：“这个自然，我们也想开开眼界！”凌未风抱剑一揖说道：“承各位看得起我，两边都不助拳，那好极了！石老大娘，你也不必来了。”老婆婆仍是横剑当门，高声说道：“我来干什么？我老婆子信不过你，还肯把全家大小付在你的身上？你们要打，可就快打，要离开远一点打，我当家的养病，不许你们在这里嘈吵！”

凌未风哈哈笑道：“你们听见没有？老大娘不许我们在这里打，外面山谷宽阔，咱们外面打去。”王刚把手一挥，五个卫士同时向外面谷中盆地跑去。申天虎悄悄问道：“他们会不会逃跑，敢不敢跟来？”王刚道：“那不会。”申天豹回头一望道：“王大哥，这可说不定，他们现在还未起步呢！”

二申陡地凝步，正待喝骂激将，猛然间，只见两条黑影，快如闪电，直扑过来，还未看清，已觉衣襟带风之声，拂面而过。王刚身形骤起，疾如飞鸟，往前便追，申家兄弟也猛地醒起，急忙飞跑。

二申转过山坳，刚到盆地，只见那两条黑影已立在当中，凌未风单剑平胸，桂仲明双剑交错，冷冷笑道：“卫士老爷们，这几步路，你们都走得这样慢！”二申又惊又恼，知道这是敌人故意较量他们，心里骂道：“你们别狂，轻身功夫算得什么？等会叫你尝尝咱们的吴钩剑法的滋味!”

过了一会，罗达等人也已到齐，其中还多出了一位红衣少女，一对秋水盈盈的眼睛，注视着黄衫少年桂仲明。

这红衣少女正是冒浣莲，她腰悬佩剑，手里还握着一把夺命神砂。她本意是想出来助阵，但一跨出门，老婆婆就告诉她，如非敌人伤害她，千万不能出手，免得损了凌未风的名头，因此她也杂在群豪之中，两眼紧紧盯着桂仲明。王刚突见多出一个少女，又见她这副神情，不觉瞧了她好几眼。

这时朝日初升，晓霞映照，幽谷中的巉岩怪石，豁然显露，群豪和冒浣莲箕踞作壁上观，在凹凸不平的山谷盆地中则两阵对圆，剑拔弩张。正是:

荒山剑气冲牛斗，万木无声待雨来。

欲知后事如何？请听下回分解。

第十一回　一女灵机　桂仲明无心获宝剑
群豪慑服　凌未风赌技夺黄金

凌未风大喝一声道：“你们想怎样打法？是并肩子上呢？还是一对一的车轮战？”王刚在群豪之前，不甘示弱，高声答道：“我众你寡，由你们先划出道来吧！”凌未风剑眉一扬，说道：“请在场的武林前辈一言！”卢大楞子道：“凌大侠这边仅两个人，以二敌五，那不公平，顶多每边只能出两个人，是联手或是独斗，悉随尊便。”

王刚听了，正想派申家兄弟叫阵，川陕督府的卫士焦直、洪涛已抢了出来，高声叫道：“我们久闻石老前辈武功精强，想请教他的公子几招，凌师傅要上来也可以。”这两人颇工心计，他们自知武功不及大内高手，又怕被人轻视，因此一上来就拿话扣着凌未风，指名索战黄衫少年。他们虽说“凌师傅上来也可以”，但他们知道以凌未风的名头，一定不会听了这种似迎实拒的话后，还来和他们相斗，而黄衫少年，他们却并未放在心上。

凌未风淡淡一笑，果然按剑不动。黄衫少年桂仲明，哈哈大笑，手提双剑，满不在乎地就上前去，叫道：“发招吧！你们两人哪值得我凌大哥动手！”

焦直使的是一对方天画戟，在川陕督府之中，武功第一。见桂仲明懒洋洋的不立门户，乘他说话之际，突地双戟一分，“指天划地”，戟上白森森的五寸多长的鸭嘴尖锋，呼地刺向桂仲明左臂。洪涛使一柄花鳞紫金刀，一个搂膝绕步，转到桂仲明后侧，顺势疾展刀锋，横斩敌手后腰。前后夹攻，想一下子就把桂仲明置于死地。

桂仲明陡地一声大喝，如晴天起个霹雳，舌头绽出春雷，右剑向上一抬，只听得喀嚓一声，焦直方天画戟的鸭嘴尖锋，登时截断！他头也不回，左手往后一撩，搭着了洪涛攻来的刀锋，顺势一推，洪涛只觉一股大力压来，二十八斤重的大刀几乎脱手飞去。焦直急忙叫道："洪二弟，你走左面偏锋，上！"他一对方天画戟，抡转如风，使出许多花招，拼命架住桂仲明的双剑。

这是桂仲明自灵智恢复之后，第一次与强敌相斗。他见冒浣莲倚着岩石，笑盈盈地望着他，精神大振，双剑施展开来，精芒电闪，不过一会，焦直、洪涛二人就全被剑光裹着。罗达等人，在旁边看得目眩心惊，料不到石天成的儿子，也有这样功夫！

又过了一会，桂仲明已看出焦直的戟法全是花招，不敢和自己硬碰，哈哈大笑，觑准来路，一招"巧女穿针"，闪电般地刺将出去，焦直右腿往后一撤，左戟一晃，"举火燎天"，右臂一沉，"白鹤掠翅"，右戟向下一兜一扫。右戟主攻，乃是虚式，左戟主守，方是实招。不料桂仲明那招也是虚式，焦直左戟一抬，他就疾吐疾收，步法一变，身形一挫，倏变为"猿猴摘果"，连挑带刺，青光一闪，便到面前，挑裆刺腹，猛下杀手！焦直大叫一声，双戟同时回救。桂仲明一声大喝，剑光起处，把一枝方天画戟劈成两段，右腿起处，又把另一支画戟踢上半空。他右手剑也并不迟缓，从"猿猴摘果"，疾变为"旋风扫叶"，惨叫声中，焦直的一条手臂已与身体分家，桂仲明一腿把焦直水牛般的身躯横扫出数丈开外，刚好撞着岩石，眼见不能活了。

这几招快如电光石火，待洪涛看得清时，急忙后退，已来不及，桂仲明腾空一跃，好似平地飞起一头巨鹰，向洪涛当头罩下，洪涛紫金刀往上一挡，哪挡得住！只听得喀嚓一声，手腕先断，身子也跟着被劈成两边。这是五禽剑法中的绝招，名为"苍鹰扑兔"，都是他母亲所授。

王刚等三个大内高手，虽看不起这两个川陕督府的卫士，但也料想不到只不过一盏茶的功夫，两人就都了结，而正点子凌未风还未出场。王刚眉头一皱，正待亲自出场，用金刚手去硬抢桂仲明的双剑。只见申家兄弟二人，已联袂而出。桂仲明双剑一立，严阵以待。凌未风高声叫道："桂贤弟，你已够本有赚了，这两个让给我吧!”

申家兄弟的吴钩剑法是沧州洪四把子的真传，乃是两人合使的。申天虎使一对护手钩，用以锁拿敌人刀剑，守中带攻；申天豹使一柄长剑，则完全是进手的招数。这对兄弟的吴钩剑法，所以称为武学一绝，乃是因为他们攻守配合，恰到好处。三十年来，弟兄出手，从未落过下风。就是在京城之时，楚昭南和他们比试，用尽功夫，也只是勉强打个平手。

凌未风久历江湖，见多识广，深知沧州洪家吴钩剑法的厉害。一见申家兄弟的兵刃和联袂出场时的身形，就知是洪门弟子。他恐怕黄衫少年武功虽强，但经历尚浅，不懂应变，因此急急赶上，替回了他。

申家兄弟立好门户，喝声：“接招!”申天豹一口长剑疾地便向凌未风胸前扎去。凌未风知道他们一攻一守，专找破绽，微微一笑，兀立如山，待得申天豹的剑尖刚一及胸，身子突然摇动，手中的青钢剑“当”的一声便荡开了申天豹的剑尖，望都不望，反手一剑，又恰恰把申天虎攻来的双钩格过，他拿捏时候，恰到好处，申家兄弟都吃了一惊，三人一触即分，斗鸡似的互相盯着。

三人丁字站立，屏神敛气，都不敢贸然进招。众人看得十分纳罕。达土司三十年前见过洪四把子吴钩剑表演，悄悄对卢大楞子说道：“这是碰到极强的对手时，才会如此。这两兄弟是想等凌未风先发招，才找他的空门进击。看来这个‘天山神芒’，敢情真有点本事。”话犹未了，只见凌未风大喝一声，青钢剑一震，向申天豹横扫过去，剑尖颤动，寒光点点，如浪花般直洒下来，申家兄弟布成犄角之势，双钩一剑，攻势也是有如暴风骤雨。剑光电闪，钩环山响，打得难解难分!

斗了一百余招，申家兄弟额头见汗，凌未风则仍是神色自如。旁边的人还未看出什么，王刚已知不妙，双掌一错，奔了出来，高声喝道：“两位兄弟请退，待我领教一下凌师傅的剑招。”

申家兄弟拼命疾攻数招，掩护撤退。凌未风蓦地一声长笑，大声喝道：“你们要认输也不行!”剑法一变，翻翻滚滚，申家兄弟只觉冷气森森，寒光闪闪，四面八方全是凌未风的影子。

王刚奔出阵来，见三人仍是苦斗不休，剑光挥霍，剑气纵横，哪里插得进去？而且两方有言在先，以二打一已是有失面子，自己再插进去，纵能打胜，也令天下英雄齿冷。何况王刚乃是成名人物，以金刚散手享誉三十余年，在各路高手之前，更不欲为人所笑。

王刚正在踌躇，忽见对面的黄衫少年桂仲明，缓步而出，高声叫道："凌大哥没空和你打，我来接你几招。"王刚正苦无法下台，见他出来，心中大喜，说道："既然如此，拔剑吧！"桂仲明道："小爷从不先亮兵刃，你的兵器呢？你要单打独斗，我就让你先进三招。"王刚哈哈大笑，心想这少年一定是未曾出道的雏儿，自己以金刚散手名震武林，从来不用武器，他竟然叫自己取出兵刃，真是不知天高地厚。当下双手一摊，笑得前俯后仰，说道："你问在场的叔伯，几时听见我王刚用过兵刃？你尽力把双剑斫来吧，看我接不接得住你？"

桂仲明面色一沉，冷冷说道："你笑得早了点儿，见过胜负你再笑吧！那时你笑得出来算你好汉。好！你既然不用兵刃，小爷也空手接你几招。"说罢把双剑拔出，猛然掷向山崖，登时碎石纷飞，两口剑直没到剑柄，说道："现在，我身上也没了兵器，你放心了吧？咄，你还不进招是何道理？你到底想不想打？"

桂仲明亮了这手，旁观的群豪都大吃一惊。他们虽见过桂仲明斗焦直、洪涛时的武功，但他们更知道王刚的厉害，他们想桂仲明仗剑相斗，还未必得胜，如何这样狂妄自大，小小年纪，竟要赤手空拳对付武林中的成名人物？

冒浣莲见群豪窃窃私语，面露骇容，又见王刚出场时的声势咄咄迫人，知道此人必是五个卫士之首，定有非常武功，不觉向前移了几步。卢大楞子以为她是石天成的女儿，轻声叫道："你把你的哥哥叫回来吧，这人外家功夫登峰造极，金刚散手，天下无对。让凌大侠和他打，也许可以招架得住。"冒浣莲听了，先是一惊，听完了心头反而稍宽了。她想：桂仲明的功夫比凌未风的功夫差不了多少，这人说凌未风招架得住，那他纵最不济也可以支持一些时候，那时凌未风早已把那两个家伙收拾了。但，虽然如此，冒浣莲还是心头鹿撞，正所谓情非泛泛，分外关心，不知不觉地仍然一步步移近斗场。卢大楞子虽然发觉，但想：让她出去，待事急之时相救也好。反正那边大内三个高手都已出齐，若她上去帮黄衫少年，也只是三对三，不算犯了规章。

王刚听得桂仲明叫他先行发招，怒不可遏，心想：我一掌下去，不把你打成肉酱才怪。桂仲明懒散散地又呸了一声道："还不动手，等交代后事吗？"王刚怒吼一声，伸开蒲扇般的大手，掌挟劲风，一掌便向桂仲明太阳穴打去。桂仲明身躯一闪，轻轻避过；王刚左掌随发，桂仲明再退三步，仍然闪开。王刚蓦然向前一跃，双掌化拳，"二鬼拍门"，猛地夹击桂仲明双颊，这招急如星火，卢大楞子惊叫起来，冒浣莲一颗心突突跳动，闭了双目，不敢再看。在场的各路高手，都以为桂仲明必遭毒手，不料桂仲明身法奇快，间不容发之际就在王刚拳头之下钻了过去，大声叫道："我说要让你三招，你看是不是？"

原来桂仲明自幼跟随义父桂天澜，练习大力鹰爪功。大力鹰爪功和金刚散手是同一路数，他听义父说过，这类硬功夫讲究的是一鼓作气，连环猛扑，最怕是强攻不下，消了锐气。桂仲明又仗着自幼在剑阁绝顶之处长大，镇日与猿猴为伍，天生就一副绝顶的轻身功夫，因此故意拿话来激王刚，连避三招，挫折他的骄焰。但肩头还是给王刚的拳风扫着，感到一阵火辣辣的疼痛。

王刚却不知桂仲明也受了挫折，见他连避三招，果然锐气大折，又惊又怒，当下再不敢轻敌，左掌护胸，右掌又是"呼"的一声向桂仲明胸口打来。他用的是金刚散手中的"排山运掌"的功夫。桂仲明只觉一股大力向胸前击来！

桂仲明奋起神威，凌空扑起，运大力鹰爪功，朝王刚劈面抓去，两人碰个正着。桂仲明大喝一声，十指如铁钩一般，抓着了王刚手腕。王刚双掌一翻，用金刚散手中的"摔"字诀，掌背向上一挥，桂仲明身子悬空，在运力上先吃了亏，他第二次使出怪招，竟以五禽掌中绝险的身法，悬空向后一仰，左脚一个"蹬脚"蹬到王刚胸前，疾喝一声"起"！王刚用力一挥，桂仲明双手一松，一个"细胸巧翻云"，向后倒翻出数丈之外。在桂仲明使出怪招之时，王刚也迫得矮身躲避，虽闪过胸膛，左胯还是给结结实实踢了一下，同样在地上滚出数丈开外。

桂仲明落地一看，自己给王刚反掌一挥，指尖碰着的地方，已经皮破血流；王刚站起一看，手腕上也如同给火绳烙过一样，烙起十条红印。两人都极为骇异，料不到对方功力如此深湛！

两人虽各吃了对方的亏，但在旁观的人看来，桂仲明是以绝顶轻功解开险招，而王刚却要滚地闪躲，明明是王刚输了一招。各路高手都不禁啧啧称奇，先前瞧不起桂仲明的，而今都刮目相看。

王刚自成名以来，从未碰过如此劲敌，绝料不到会在一个“后生小子”手底，折了锐气。他这时已不敢急于求胜，抱元守一，调好内力，以金刚散手的厉害招数，带攻带守，与桂仲明的大力鹰爪周旋！

这样一来，形势顿时逆转。本来论功力两人都差不多，桂仲明天赋极高，王刚则火候老到。但王刚横行江湖三十余年，手底下不知会过多少英雄好汉，经验之丰，远非桂仲明可比。一“稳”了下来，立刻以避实击虚、专抢空门的战法，迫得桂仲明转攻为守！两人都是掌风虎虎，掌到即收，不敢把招数用老。在高手看来，虽然身体并未接触，可是却比刚才的险招，还要令人怵目惊心。只见地上沙石纷飞，掌风所到，附近的树叶都簌簌落下。

战到分际，桂仲明渐感处在下风，突然大喝一声，双掌疾发，两人都给对方掌力震退数步。桂仲明趋势一缓，待王刚再扑来时，掌法突然一变，掌风发出好似没有以前凌厉，但每招每式，都是含劲未吐，王刚偶尔掌锋触及，只觉对方的手是软绵绵的，然而却又有极大的潜力向自己反击。这一惊非同小可，急忙更用足精神，以平生绝技与桂仲明相斗！

桂仲明这手是绵掌的内劲配上鹰爪的硬功。原来他的义父桂天澜除精于本门的大力鹰爪功外，又以二十年的苦功，熟习了内家绵掌。在武林中二者兼修，而又具有上乘功力的，只他一人！

这时，凌未风和申家兄弟，也正打得火炽异常。凌未风一剑快似一剑，将申家兄弟迫得满头大汗。二申也施展出平生所学，所使的尽是吴钩剑的精妙招数，配合得天衣无缝，招招都是毒着。但饶是如此，到底还是落在下风。凌未风的剑法是海内第一名手所授，精微超妙之处，实出一般人意料之外。

凌未风以天山剑法，恶斗申家兄弟号称武林绝学的吴钩剑，本来是武林中旷世难逢的比剑，但自桂仲明一出，群豪反而把他们冷落了。卢大楞子叹口气道：“这样的比剑真是人生难得几回看！只可惜今日好戏连台，那边的比掌，更是武林的奇迹，真恨不能生多一对眼睛！”

正当各路高手屏神静气，注目桂王恶战之际，凌未风和申家兄弟，已到了强存弱亡，生死立判的地步。申天豹正使到一招“横江截斗”，拦腰一剑，想阻止凌未风连绵不断的攻势。哪料凌未风“嘿嘿”两声，身随剑走，迅逾狂飙，右手剑一翻，青光闪处，剑光已向申天豹颈项勒下。申天虎双钩在凌未风背后疾上，凌未风身子一拧一旋，申天虎双钩扑空，未及变招，已给凌未风一掌击中前胸，与此同时，申天豹亦给凌未风的青钢剑自后心直透前心。

凌未风在衣襟上揩掉剑锋的血迹，旋首四顾，弹剑长啸，山鸣谷应，回声悠悠。群豪相顾骇然，王刚更是大惊失色。

这时桂仲明愈斗愈勇，绵掌与鹰爪连环运用，双掌起处，全带劲风！王刚已是无心恋战，忽使狡计，虚晃一招。桂仲明掌如刀削，直劈下去，快若流星。王刚突然左肩向前一撞，“蓬”的一声，吃了桂仲明一掌！他也乘势身向前倾，五指如钩，擒着了桂仲明右腕，用手便扭。王刚竟是拼着肩受掌伤，企图败中取胜，施展金刚手中最厉害的擒拿手法，想把桂仲明活擒，挟作人质。他见申家兄弟，两人合攻，还是丧在凌未风剑下，自知不是敌手，因此想拿着桂仲明来要挟凌未风。

哪知桂仲明虽因经验尚浅，中了敌人诱敌之计，但到底功力深厚，临危不乱，右臂一振，硬如铁棒，虽然挣不脱手，王刚也扭他不动。他左手也不闲着，一个冲拳，又是“砰”的一声，击中了王刚下巴，王刚“哇”的一声，满口鲜血，直喷出来，两排门牙，全被震碎，痛彻心肺，右手不能不松开来，向后倒翻出去！

冒浣莲因关心过甚，一步一步，移近斗场，当桂仲明遇险之际，她竟然不顾一切，飞纵上来，王刚一个倒翻，站起来时，恰与冒浣莲劈面相逢，心中大喜，右手一抓抓去，冒浣莲迎面就是一把夺命神砂，王刚毫不躲避，粒粒都嵌入皮肉之内，他冲着神砂，仍是飞身扑去，一抓抓下，将冒浣莲脉门扣住，大喝一声，将冒浣莲整个身躯，当成兵器，抡了起来，四面一荡，桂仲明手扣金环，正想发射，投鼠忌器，迫得又放下来，飞身追去，在王刚背后，大声叫道："你把她放下，我饶你一死！"

王刚连连狞笑，发力狂奔，桂仲明在岩边顺手拔起双剑，旋风飞扑，凌未风挺剑追上，各路高手，也不自觉地跟上来，但看着王刚凶狠的神情，没有一个人敢于出手。

瞬息之间，已追出两个山坳，前面豁然开朗。这时朝阳普照，众人猛听得水声响若郁雷，山顶一条瀑布，如白练般直冲而下，在谷底汇成一个水潭，水潭边有一个山洞，瀑布给周围岩石，激起一大片水花，山洞之前，就似挂了一幅水帘，朝阳辉映，幻成七色的彩带，奇丽无俦！但众人谁也无心赏玩风景，大家都不发一言，只顾前追！

凌未风身法迅疾之极，早已越过群豪，这时已追上了桂仲明，与王刚相距不远。他拍一拍桂仲明肩膀，低声叫道："你且闪开，待我救她！"桂仲明如言往旁一闪，只见凌未风右手一扬，三支天山神芒，电射而出。桂仲明大骇叫道："你做什么？"要想阻止已是阻止不及！

王刚自以为挟着冒浣莲掩护，万无一失，哪料凌未风的暗器手法，神妙异常，三支神芒全是虚发，王刚舞起冒浣莲作为盾牌，一扫不中，缓得一缓，第四支神芒又如流星赶月般射来，王刚正待抡起冒浣莲再挡，啪的一声，右臂已给神芒穿过，登时奇痛彻骨，手掌一松，将冒浣莲跌在地上。王刚耳边听得凌未风叱咤之声，哪里还顾得再伤害冒浣莲，急得向前一掠数丈，拼命狂奔！

凌未风一跃而前，将冒浣莲轻轻扶起，伸手一拍，解开了她的穴道，微笑着对追上来的桂仲明道："交回给你，她毫发未伤，你可放心了吧！"

王刚发劲狂奔，除了右臂奇痛之外，猛然间又觉全身麻痒，神志渐渐迷糊。这一惊非同小可，急急振摄心神，这才想起，刚才所中的那把砂子，竟然都是喂毒的"暗青子"（暗器），吓得亡魂直冒，而后面凌未风又是如飞追来！他冷汗直流，人也陷入狂乱的状态之中，急不择路，竟然一跃数丈，跳过瀑布汇成的水潭。凌未风大喝一声，又是一支天山神芒，自后射来，王刚避无可避，迫得向前猛力一冲，越过了山洞前的水帘，全身力量，都集中在左臂之上，劈啪一声，“单掌开碑”，一掌击在山洞的石门上。王刚的金刚手有几十年功力，拼死一击，力量端的惊人，只见手掌劈下，碎石飞扬，轰隆一声，石门轧轧地开了半扇，里面原来是用千斤石条当门栅一样拦住，现在给王刚掌力震断，石门也就开了。而王刚的掌力用得过猛，也给石门反弹出来，手腕打断，给瀑布一冲，跌入了无底深潭，挣扎几下，片刻没顶。到凌未风与各路高手赶到潭边之时，只见水潭上几圈波纹，四外荡开。这个武林叛逆，外家高手，已随浪花消逝了！

各路高手，伫立潭前，默然不语。他们目睹这一场惊心动魄的恶战，又目睹王刚惨死，尸骨无存，目定口呆，各有感触。良久，良久，卢大楞子吐口气道：“活该！活该！这贼子早该有人收拾他了！”达土司向凌未风瞧了两眼，暗暗想道：“我虽未与王刚比试过，但看他金刚掌力，外功之强，似不在我铁布衫的横练功夫之下，而今竟给凌未风几支暗器迫死，看来这个天山神芒，真是名不虚传。”罗达却圆碌碌地睁大眼睛，看着石洞出神。

冒浣莲这时已随黄衫少年缓缓行来，看着水帘如彩带一般映日生辉，而底下潭影悠悠，波光胜雪，猛然想起一幅图画，跳将起来。

桂仲明心念一动，拉着冒浣莲道：“这不就是我义父在黄衫上留下的隐形图画？”冒浣莲低声说道：“一点不错，水帘洞就是图画中的所在。”说罢招手叫凌未风过来，凌未风见他们喁喁细语，轻轻笑道：“我不想做牛皮灯笼。”冒浣莲面上一红，说道：“凌大侠，我说的是正经事。”

昨晚焚化黄衫，现出图画之事，凌未风并不知道。那时他正在石屋外仗剑巡视，现在听冒浣莲细说一遍，闭目凝思，过了片刻，开声说道：“桂老前辈留下隐形图画，连石大娘也不给知道，其中定有极重要的物事，我们何不进去探探？”冒浣莲道：“且慢，画上的‘左三右四中十二’七个大字，却是什么意思？你替我端详一下。”凌未风道：“也许是什么暗号，也许就是指所藏物件的件数和位置。”

这时群豪都在隔洞注视，见他们三人窃窃私语，互相交换眼色，眉山寨主罗达尤其显得心焦，忽起忽坐，一会儿看看水帘洞，一会儿看看凌未风。

正在众人屏神注视，各有所思之际，忽地里幽谷上空，“呜”的一声，掠过一枝响箭，接着又是两支，罗达蓦地站起身来，撮唇怪啸。凌未风正觉奇异，半盏茶后，谷中已现出一个驼背老人，他相貌虽然丑陋，身法却利落之极，飞跑奔驰，脚下竟是片尘不起，霎忽就到了群豪之前。罗达大喜过望，迎上去叫道：“韩大哥，等死我们了。”卢大楞子和达土司也起来招呼，陶宏、张元振虽不认识此人，见罗达等人这样尊敬，也随着出来迎接。凌未风、桂仲明和冒浣莲却仍是端坐潭边，不动声色，细察这几个绿林豪雄和驼背老人的来意。

被称做韩大哥的驼背老人，顾不及请问凌未风的姓名，一见水帘飘动，山洞门开，面色紧张，拍拍罗达肩头说道：“贤弟，就是这个地方了！有人进去过吗?”罗达摇了摇头。达土司道：“我们一齐进去，一瓢水分六碗端，大家喝啦!”卢大楞子指指凌未风他们道：“那边还要分三碗呢!”达土司低声道：“他们不知道，没他们的份!”凌未风耳朵极灵，远远听得他们又打绿林黑话，说什么分水喝，心想：难道这山洞里竟藏有什么奇珍重宝，以致惊动这些魔头，群集此地，合议分赃?

达土司、罗达等正想邀陶张二人进去，驼背老人忽然说道：“且慢，先让一个人进去看看。谁肯去的，我们让他多喝一碗!”罗达一跃而起，说道：“我去!”振臂一纵，跳过六七丈宽的水潭，冒着瀑布冲击的水花，穿过水帘，向山洞里窜去。群豪凝神相待，凌未风等三人，也站了起来看望。这气氛就似万木无声，密云待雨，紧张之极。过了一阵，忽听得山洞里一声厉叫，众人定睛看时，只见罗达披头散发，浴血奔出，山洞内还有弓箭嗖嗖射出，竟似隐隐伏有甲兵。罗达身手确也不凡，受了箭伤，仍然冲到潭边，单足点地，施展“一鹤冲天”的轻功，便待飞越水潭。但潭面宽达七丈有多，他受伤之后，功力已减，到了半空，突然身子一堕，飞坠潭心。卢大楞子大叫一声，身子一弓，箭一般地直射出去，掠到水潭中央，正好赶上，单掌一托，竟然将罗达的身子托着，同登彼岸。众人轰然叫好。凌未风见了，也暗暗称赞卢大楞子的轻功，已到了炉火纯青之境。

卢大楞子和罗达是三十多年的朋友了，起初两人都是酗酒使气、杀人越货的绿林豪强，后来卢大楞子受了川中大侠叶云荪的教诲，气质渐变；而罗达却变本加厉，连本来还有的那几分豪侠之气，也渐渐消失，越来越贪财货，心眼狭窄，渐渐和卢大楞子分道扬镳，但，虽然如此，卢大楞子还是极重友情，临危将他救出险境。

卢大楞子托着他到了彼岸，低头一看，见他身上受了许多处箭伤，血如泉涌，气息吁吁，黯然说道："罗大哥，你定一定神，调好呼吸，不要害怕！"说罢将他挟在胁下，再次施展绝顶轻功，跳过水潭。

过了这边，群豪都来探望，卢大楞子向达土司要了一些云南白药，敷上箭伤，血流虽止，人仍昏迷，想是受了重伤之后，狂冲逃命，力气用尽，以至如此。卢大楞子黯然说道："罗大哥恐怕难保性命！"凌未风突然从怀中取出一粒碧绿的药丸，递过去道："给他服下！"卢大楞子看了一眼，凌未风道："这是用天山雪莲炼成的碧灵丹，就是中了毒箭也可保住性命。"群豪听了都吃一惊，天山雪莲乃极难得之物，比云南白药，更胜许多，白药只治外伤，它连内伤都可医治，料不到凌未风萍水相逢，出手便赠奇药。卢大楞子尤其感激。

众人料理好罗达之后，又静了片刻。达土司叫道："李定国这么多心眼儿，敢情他竟料到我们几十年后会来要他的东西？"张元振道："我们还去不去？"驼背老人沉吟半晌，说道："且再待两个人来！"

凌未风听他们吱吱喳喳谈论，心里料到几分，正思索间，忽然冒浣莲盈盈起立，拉着桂仲明，碰碰凌未风，开声说道："我们三个先去！"张元振心想，让你们三个先去"挡灾"也好。翘起拇指说道："着！有凌大侠去探，万无一失！"卢大楞子却叫道："凌大侠，你还是再待一会儿。”

凌未风瞧了冒浣莲一眼，见她眼光充满自信，心念一动，高声说道：“不要紧！”振臂一跃，便跳过水潭。

桂仲明和冒浣莲也联袂跃过水潭，紧跟着凌未风，飘身穿越水帘，到了山洞之前。冒浣莲一看，凌未风身上只溅了几点水珠，桂仲明也只是疏疏落落地挂着一些水点，只是自己身上湿了一片。心想自己跟随傅伯伯学艺，以轻功最有心得，连怪头陀通明和尚也对自己佩服，不料今日一比就比下去了。怪不得凌未风名满西北，他竟是每样功夫，都到了出神入化的境地。

三人到了洞前，停下步来，凌未风横剑守在洞口，对桂仲明道：“你推开左边那扇石门，让我们看得仔细一点。”桂仲明应声道好，双掌运力，在石门上一推，喝声：“开！”那扇石门登时移动，直拍到墙边。这时洞门大开，外面的阳光，穿过水帘，照射进来。三人凝眸探视，只见有两行石人分列石洞左右，每个石人之间，相距约有丈许，有的手上拿着刀剑，有的手上拿着戈矛，那些石人雕得奇形怪状，相貌狰狞，配上洞中阴沉的气氛，令人更加感到神秘可怖。

再仔细看时，又见地上弓箭散乱，还有一些折断了的矛头和刀剑，这时才看清楚有些石人手上的兵刃只剩下半截。而石洞的中间通道却是空旷旷的什么布置也没有。外面虽有阳光照入，但因石洞深幽，内里黑黝黝的，再也看不清楚。

凌未风沉吟半晌，对桂冒二人说道：“我看这里面藏有机关，连石人都可能是受操纵而会活动的。地上的弓箭，当是罗达刚才进来所触发的，那些折断了的矛头和刀剑，则是他在挣扎时运掌力打断的。我们应该小心一点，不要蹈罗达的覆辙。”桂仲明道：“我们已势成骑虎，若然退出，必定受他们耻笑。”

冒浣莲微微一笑，随手在地上拣起几块石头，叫凌桂二人退后几步，将石头递给凌未风道：“你的暗器手法最有准头，你试将第一块石头掷在洞口左边，第二块石头掷在普通人一步远之处，第三块石头再掷在距第二块石头一步远之处，看看有什么变化。”又叫桂仲明道：“你仗剑守在凌大侠身边，若有弩箭射出，你就用剑拨打。”凌未风如言掷了三块石头，一点事情都没有。冒浣莲道：“你再掷第四块。”凌未风依言掷出。只见石落处“蓬”的一声，地面陷下少许，突然间发出一排弩箭，前后左右乱射，有两三枝且射出洞口，未待桂仲明拨打，已给凌未风掌风震落。

凌未风欣然说道：“冒姑娘，你真聪明。照这样算法，若掷在石洞的右边，应该是前头四块石头都没事，第五块就会触发弩箭了。我再试试。”说罢又在地上拣起五颗石子，向洞口丢去。不料第一颗刚刚落地，弩箭便飞蝗似的迎面射来！

这排弩箭骤然不意地射出来，相距又近，凌未风来不及运掌力震落，往旁边一窜，迅如飙风，避过正路。桂仲明双剑疾舞，弩箭纷纷折断，跌落地上。

凌未风皱眉苦笑，望着冒浣莲道：“姑娘，左边的算法对了，右边却又不对，怎么办呢？”冒浣莲将“左三右四中十二”念了几遍，想了一阵，忽然说道：“凌大侠，你再试。这回若还不对，我们只好退出了。”凌未风道：“怎样试呢？”冒浣莲道：“你从石洞左边第三步算起，设想你在那儿，横里一跃，正正跳落右面两个石人之间，然后再走四步，假如四步都没事，那就对了。你仍用石头比试。”凌未风如言比试，第一块石头掷在右边距离洞口三步远之处，果然没事。第二、第三、第四块连续掷出，每块石头落地之处都距离一步，仍是全无异状发生。冒浣莲大喜叫道：“完全对了，你再掷第五块石头，这回一定又有弩箭发出。”凌未风如言掷去，果然又是蓬的一声，发出一排弩箭，相距较远，弩箭没射到洞口就碰落了。

凌未风道：“照这样算法，在右边行了四步之后，马上要跃到中路，再连续行十二步，然后又转到左边行三步，对不对？”冒浣莲点点头道：“应该这样算法。”凌未风在地上再拣起一大把石子，用重手法一一掷去，果然在中路掷到十三粒才有弩箭发出。凌未风笑道：“成了！我们进去吧。”冒浣莲道：“且慢，我们还要算一算石人的位置，是否也要算步数。”凌未风将石子掷在石人的侧面，弩箭纷纷飞出，但若算准步数，则掷在石人前面，也没弩箭。凌未风拍掌说道：“现在完全弄清楚了，碰到石人之时，不能从侧面绕过，应当从头顶飞越，但又不能跳得太远，要刚好落在石人前面一步，才合原来的算法。”冒浣莲道：“对了。你再试用石头掷那些石人。”凌未风随便选择一个石人，一石击去，只见那个石人身子突向前倾，手中的大刀一刀斩下，斩在地上，激得尘土飞扬。过了一会，又转了几转，仍复原状。冒浣莲道：“那些石人可碰不得。”凌未风笑道：“碰碰也不要紧，那些石人就只有那一下子，又不会走动，碰了它避开就是了。当然，若要避免麻烦，还是不碰的好。”

桂仲明道：“现在可以进去吧？”凌未风道：“可以了。亏得冒小姐机灵，居然想通了黄衫上的隐语。”冒浣莲道：“幸得你在这儿，要不然就试不出来，莫说想通了。你的石头可掷得准极了。”桂仲明笑道：“冒姐姐，你这可是外行话了。石头掷得准不难，最难得的是他用内家重手法掷去，一粒小小的石子，碰着地面时，就等于一个大人踏在上面一样，这才能激发弩箭，你当随便掷一粒石子，就试得出来吗？”冒浣莲笑道：“总之我佩服就是了。我们进去吧！”

凌未风一马当前，桂仲明仗剑殿后，冒浣莲夹在中间，鱼贯从左面进入山洞。走了三步，凌未风打横一跃，跳在右面两个石人之间，这时冒浣莲已踏上一步，站在凌未风原先的位置，与凌未风遥遥相对，恰恰成一直线。

凌未风在右边再踏上一步，招手道：“你过来！”桂仲明蓦然想起，打横跳过不难，但要落足之点，恰到好处，若非轻功已到炉火纯青之境，却是不能。他不禁轻轻拉着冒浣莲的手道：“你在这里留守吧，让我和凌大侠去探也就行了。”冒浣莲回眸一笑，见他眼光注定自己，又是感激，又是好笑。低声说道：“你放心，这点功夫我还有。”说罢，摔开了桂仲明的手，轻轻一跃，果然踏在凌未风让出的空位上。她的轻功虽比不上凌桂二人，但在武林中也已经算是第一流的了。

三人按照“左三右四中十二”的步法，迂回走进，不久便到了山洞深幽之处，凌未风亮起火折，再向前行，在黑暗中三人越发提心吊胆，又走了一会，只见眼前许多佛像，凌未风举火一照，细细一数，原来是十八罗汉的塑像。每尊罗汉都有一丈多高，这时已经是走到石洞的尽头了。

按照步法，三人此刻恰好鱼贯站在主座佛像之前。凌未风向桂仲明道：“你取出几枚金环向左右两侧打去，看看如何?”桂仲明依言打去，凌未风、冒浣莲都仗剑防卫，桂仲明每边打了三枚金环，毫无异状。凌未风道：“如果山洞藏有宝物的话，一定是在佛坛之上，或者是在罗汉之下了。所以这一列佛像前面，毫无埋伏，想来就是留给当时埋宝的人，工作方便的。”桂仲明道：“那他们为什么不在埋宝之后，再设机关呢?”

冒浣莲皱眉苦想，缓缓说道：“事情古怪得很，如果埋有宝物的话，宝物可能是很笨重的，要许多人才抬得动，所以这一带才不设埋伏，以便出入。但依常情而论，是宝物就不该笨重，这可怎么解释?”停了一停，她又说道：“当然，这只是我的猜度之词。这列罗汉前面，既没有机关，我们就一一察看吧。”说罢与凌未风分头察看。桂仲明却兀立正中不动，双目注定罗汉，不知在想什么。

凌未风艺高胆大，他细细察看右面的九尊罗汉，见每尊罗汉外表都是黑漆漆的，用手去摸，坚硬结实，似是生铁铸成，与西北普通寺院的罗汉，毫无二致。他叫冒浣莲在左面照样察看，亦无异状。凌未风正想随手把一尊罗汉搬开，忽然听得冒浣莲高声叫道：“仲明，你做什么?”

原来冒浣莲在察看罗汉之时，偶然回头一望，见桂仲明痴痴地立在当中，端详着主座的佛像，动也不动。她只道桂仲明旧病复发，又变痴呆，因此不禁惊叫起来!

你道桂仲明为什么仔细端详主座的佛像?原来那尊佛像的相貌，竟不是一般罗汉的形象，而是一个他所熟悉的人，起初他想来想去都想不起，后来仔细回忆，才想起这尊佛像竟然就是当年川滇义军的主帅，统领张献忠遗部联明抗清的大将李定国。他幼年随义父桂天澜在李定国军中有四五年之久，李定国还抱过他呢。冒浣莲以为他旧病复发，其实不是，恰恰相反，他正在逐渐恢复灵智之中，对童年事情，也都记得起来了。

桂仲明欢喜之极，用手抱着佛像的腰，摇撼几下，高声叫道：“李伯伯，还记得我吗?”忽然他的手掌触着长蛇一样的滑溜溜的东西，竟会滑动，他大吃一惊，双掌用力一按，人向后面便倒纵出去，刚刚越过禁区的边缘，蓬的一声，乱箭射出。幸得他轻功超卓，脚跟方触实地，已自醒起，急又向前一纵。凌未风双掌齐发，一把碎石将乱箭碰落地上。

在他向前纵跃之际，又一奇事发生，主座佛像腰间突然飞出一道白光，劈面射来，凌未风一支神芒打去，碰个正着，白光缓得一缓，仍然射来，桂仲明这时已趁势拔出双剑，向上撩去，只听得一阵金铁交鸣之声，自己两把长剑，全给截断，而那道白光也已堕在地上。

这时凌未风和冒浣莲一同赶到，只见地上躺着一支似剑非剑的东西，蛇一般地在地上颤动不休，剑身很窄，剑尖钝形，剑柄极短。桂仲明轻轻提着剑柄，捉将起来，只觉软绵绵的似条腰带，他试着轻轻一卷，居然卷成一团，大失所望，说道："这算得什么兵刃？"凌未风双眼闪闪放光，大喜叫道："桂贤弟，你试用力抖动，将它伸直，看看如何？"桂仲明依言一抖，那团东西骤地伸出四五尺长，试一挥动，只见光辉流动，剑风扑人，一点也没有软绵绵的感觉，桂仲明舞了一阵，将剑收起，说道："怎么这把剑如此奇怪！"

冒浣莲急不及待，赶忙问道："先别管它是不是宝剑。你现在怎样？记得起以前的事吗？"桂仲明道："我现在什么都记得起了，小孩子时候的事也记得起。"他指一指主座的佛像说道："这尊佛像塑的是李伯伯。"凌未风问道："哪个李伯伯？"桂仲明道："还有哪个？就是李定国将军嘛！"

凌未风喜道："这就是了，你拿剑给我看看。"桂仲明将剑递过，凌未风眼睛一亮，指着剑柄上的小字道："你看这里写的是什么？"桂仲明读道："腾蛟宝剑，传自前贤，留赠英豪，李定国拜。"冒浣莲道："那么这是李定国的佩剑了，怪不得如此厉害。只是他为什么要留下这行小字？这把剑又如何会藏在山洞之中？而且更奇怪的是，它怎会突然飞出？难道世间真的会有什么飞剑不成？"凌未风道："飞剑是绝不会有的。它会飞出，那是桂贤弟用力触发的，你若不信，且随我来。"

凌未风在地上拾起那支被截为两段的神芒，说道："天山神芒，坚逾钢铁，又经我用重手法打出，还是给截为两段，你这把宝剑，看来还在楚昭南的游龙剑之上。"边说边走，到了主座佛像之前，桂仲明和冒浣莲跟在他的背后。凌未风指一指神坛上的一条东西道："你们看这是什么？"桂仲明拿起一看，只见黑漆漆的似一条腰带，用手一捻，才知是夹层的，试用刚得的宝剑往里一插，正是一个极好的剑鞘。凌未风笑道："这剑鞘是可以卷起来的，你试试看。"桂仲明依言一试，果然不虚。

凌未风在主座佛像的周围察看一下，向桂仲明道："你这把剑本来就是围在这尊佛像腰间的腰带，你刚才双掌用力一按之时，触动弹簧，剑就离鞘急射出来了。"桂仲明道："凌大侠，你怎的好像很知道这把剑的来历？"凌未风道："我在天山学剑之时，晦明禅师曾将著名的武林人物和著名的宝剑讲给我听。他说有一把'腾蛟剑'乃是明朝辽东经略熊廷弼的佩剑，这把剑用东北的白金（铂）精炼而成，屈伸如意，可以当作腰带围在腰间。真可称得是'百炼钢如绕指柔'，熊经略曾仗这把剑杀了许多鞑子，后来熊廷弼给奸阉魏忠贤害死，这把剑就不知下落。想不到现在竟在此处发现。看剑上的字，大约后来是为李定国所获，李定国兵败之后，就交给心腹爱将保存，叫他留赠英豪的。留字所说的'得自前贤'，这前贤就是指熊廷弼。"桂仲明骇然道："我常听义父说起，熊廷弼是可以媲美岳武穆的爱国名将，他的剑李定国配用那是得其传人，我怎敢使这把剑？凌大侠，你的剑法独步海内，还是你要了吧。"凌未风笑道："这是你发现的，理应归你所有。再说一句僭越的话，我和你所学的剑法不同，我所学的剑法，随便用一把普通的剑，都可以敌得住对方的宝剑。我要了这把剑，对我没多大帮助，而对你却很有好处。若你怕配不上这把剑，那就留在身边，待以后再送给适当的人吧。"桂仲明见他说得如此直率，也就不再推让。

正在桂仲明和凌未风论剑之时，洞口忽然又发现火光。凌未风拍拍桂仲明肩头道："你准备试试这把剑吧！外面有人来了。"三人屏息以待，只见洞中有几条人影，左右跳跃，不过一会，就到了佛像之前。一个是驼背老人韩荆，一个是达土司，另一个人他们却不认得。

原来在凌未风等进了洞口，外面群豪，更是紧张。过了许久，还未见他们出来，达土司就想闯进洞去。韩荆听得远处有口哨声隐隐传来，接着达土司道："别忙，让他们三人开路，我们包保可以手到拿来！"

张元振、卢大楞子等定睛看时，只见一个老汉已和韩荆打上招呼。韩荆举手说道："贺老兄来了，这事情就好办了。贺老兄就是当年奉李定国所派，协助桂天澜建造山洞机关的人。"当下韩荆两边介绍，群豪才知此人就是三十年前颇有名气的巧手匠人贺万方，他擅制各种暗器，武功也很不错。贺万方也久闻群豪大名，当下各自叙礼相见。韩荆问道："还有两位呢？"贺万方说道："在进入山谷时，我们分路的。他们去找桂老头儿，我却径自来这里。"韩荆笑道："我们来时还怕桂老头儿阻挡，故此遍约高手，谁知到了这里，才知道他已经死了。"

贺万方道："早知如此，不约他们来，还可以少分两份。"达土司道："不然，桂老头儿虽然死了，但恐怕还有阻碍。刚才进山洞的那个什么'天山神芒'和黄衫少年，硬份恐怕不在桂天澜之下。人多一些，有备无患。"卢大楞子道："每人分他一份好了。"

韩荆来时，已在王刚等伏诛之后，没有见过凌桂二人身手，"嗤"一声笑道："亏你还是外家拳顶儿尖儿的人物，怎的会怕起两个晚生后辈来！"达土司怒道："谁人害怕？但别人真是高手，也不容你轻视。你拿图样过来，我一个人进去。"贺万方急忙说："我们正要入洞探视，人多去也不好，就三个人去吧，达土司是一片好意，我们是该小心一点好。"韩荆冷冷点了点头，和达土司、贺万方跃过水帘，飘身进了山洞。

贺万方深悉洞中机关，自然知道走法。不一会他就带领两人到了坛前。韩荆一眼望去，见桂仲明正在摩挲佛像，心中一跳，以为他们已经发现了秘密，不假思索，奋力一跃，举起手中的兵器龙头拐杖，向桂仲明头顶上拍下，这根拐杖是用百炼精钢打成，十分坚硬。桂仲明反手一抖，腾蛟宝剑猛地伸长，只听得"当啷"一声，那根拐杖登时给截去一半。韩荆大吃一惊，怔了一怔，勃然大怒，半根拐杖横里一扫，暗运内力震动，桂仲明见面前似有十几根拐杖打来，大喝一声，平地跃起，避过拐杖，腾蛟剑一个盘旋，剑花错落，当头罩下，这正是五禽剑法中的绝招“展翼摩云”。韩荆的杖法虽然迅疾已极，仍然避不开与剑接触，“唧”一声，又截去一段。韩荆双眼血红，未待桂仲明脚落实地，忙用天魔杖法中的绝招“披星赶月”，斜斜一跃，手中那截短杖宛如银蛇乱击，竟向桂仲明丹田穴打来。桂仲明剑招未收，迫得运绝顶轻功，将剑一旋，剑尖点着杖头，便借着这一点之力，向后倒纵出去。冒浣莲惊呼声中，他已倒翻在左侧一尊佛像之旁，收势不及，手中剑碰着佛像的手臂，“喀嚓”一声，竟把佛像的手臂切了下来。手臂跌下，发出金光，桂仲明低头一看，只见竟是外面包着铁皮的赤金，不禁叫道：“这些是金罗汉！”

驼背老人韩荆哈哈大笑，高声说道：“是的，十八尊罗汉都是黄金铸成，但这是有主之物，你们觊觎，那可不成！”凌未风喝道：“谁是主人?”韩荆指着自己的鼻子说道：“就是咱家，你们给我滚出洞去！”

凌未风冷笑一声，走了过来，说道：“看你这驼背老儿财迷心窍，我们可以分给你几两做买棺材的本钱。”韩荆大怒，看凌未风走过，突然伸手往主座佛像一推，那佛像摇摇摆摆，便待后倒。凌未风大喝一声，双掌一挡，“轰隆”一声，佛像跌落地上。韩荆又是大吃一惊，他本想把佛像推倒，谁知却气力不够，凌未风这一反推之力，比他强了许多。

佛像倒后，座下现出一只锦盒，凌未风打开锦盒，拿出一张信笺，桂仲明仗剑纵了过来，守在他的身边，腾蛟剑光芒四射，韩荆拿着被截短了的拐杖，轻轻喘气，不敢走近。他看看达土司，达土司却冷冷地站在当中，并无出手之意。

凌未风拿起信笺一看，只见上面写道：“乙酉之年，孟秋之月，大盗移国，宗室南迁，滇边奔命，有去无归，中兴之望，期于后世，定国奉大西王之遗命与永历帝之御旨，以黄金十万八千斤，铸成十八罗汉，藏于此洞。留待豪杰之士，以为复国之资。若有取作私用者，人天共殛。”

这批黄金正是李定国逃奔缅甸之前，遣桂天澜建洞收藏的。大盗指的是吴三桂，大西王则是张献忠的王号，永历帝就是后来给吴三桂追到缅甸擒杀的桂王朱由榔（崇祯时封永明王，明神宗之孙）。李定国原是张献忠手下的大将，后来奉桂王为帝抗清的。张献忠在溃败之时，一怒之下，将金银珠宝沉落川江，其时，尚有几万斤金砖在李定国军中，张献忠驰书叫他将黄金毁灭，他不肯奉此乱命，遣使回报，力陈应该保存这批黄金，其实张献忠已是兵败受伤，奄奄一息，闻言对来人说道："咱老子本要天下财富与我同归于尽，李定国这小子却把这点点黄金，看得如此重要，也罢，你回去告诉他，不毁掉也行，但不能让敌人得去。"张献忠沉在川江的金银珠宝，比这批黄金的价值，不知高出多少倍。他哪里将这点点东西看在眼内，因此对李定国的"抗命"，也就算了。否则照他的性格，哪容得李定国不依。

李定国拥立永历帝之后，又被吴三桂大军一路追击。永历自知复国无望，又将所藏的黄金几万斤，交给李定国叫他设法收藏。两项一共十万八千斤，李定国于是挑选心腹三百人，每人歃血立誓，誓不泄漏。这三百人就交由桂天澜率领，秘密将黄金运进山谷，在洞中铸成十八罗汉。

桂天澜亲自督工，一面辟洞，一面铸像。在佛像铸成之后，许多工匠已遣回军中，最后只剩下六七个巧匠，在里面布置机关，贺万方就是参与其事的巧匠之一，而驼背老人韩荆则是桂天澜的副手。到工程接近完成之际，桂天澜连韩荆都差遣回去，不让他知道机关秘密，当时韩荆心里就不大舒服，但又不能说出来，这口气已闷了二十多年。

十万八千斤黄金藏好之后，桂天澜和巧匠们也回到军中，经过连年激战，直退到缅甸，李定国的三百亲信剩下的已寥寥无几。李定国一死，这些人也就星散了。

桂天澜奉遗命，隐剑阁，一为避清廷搜索，亦为保护藏金。因他曾歃血立誓，所以在未死之前，连石大娘也不告知。这样年复一年，流光如矢，眼见清廷已抵定中原，各地的零星义军又未成气候，桂天澜极目山川，心伤逝者，抚髀兴叹，复国难期。因此在黄衫上留下隐形图画，原想待桂仲明长大之后，将秘密告诉与他，让他去闯荡江湖，图谋复国，日后好按图索骥，取出藏金，却不料平空插进石天成这段恩怨风波，桂仲明弃家远走，桂天澜也惨死荒山。

再说韩荆，自李定国死后隐居川东，二十多年，也练就一身技业，隐隐成了川东的武林之雄，各路武林高手，对他都很尊敬。他本来已无意再图大事，也不想偷取藏金。不料当日参与其事的一个工匠劫后余生，几经艰苦投到眉山寨主罗达手下，竟然起了贪念，将藏金之事告诉罗达，怂恿他去取，并告诉他，韩荆就是当日的主事人之一。罗达听了大喜，亲自拜门，求韩荆相助。他的说词非常巧妙，一面激起韩荆英雄垂暮之心，叫他取出金来，好在绿林称霸；一面挑唆他与桂天澜决一雌雄，以增他的武林声望。韩荆本来是一个心高气傲的人，临老糊涂，想起这批黄金反正已无主人，自己取来，立刻富可敌国，竟然也起了贪念，和罗达做了一路。并且另外邀约两个高手，准备去对付桂天澜。

事情虽秘，不知怎的，却也泄漏出来，四川武功最强的几个武林人物，竟不约而同地到了剑阁，这些人和罗达一样，哪里有什么大志，只是想夺取黄金。

至于那柄腾蛟宝剑，也是李定国临死时交给桂天澜，叫他代为收藏，留赠英豪的。桂天澜就将它系在主座佛像的腰间，作为腰带。他为了纪念李定国，把这座佛像塑成李定国的相貌。那宝剑无巧不巧，也落在桂仲明手中。

凌未风看完李定国遗书之后，对藏金来历已是明了，于是，对着韩荆嘿的一声冷笑，懒洋洋说道：“失敬，失敬，你原来是这批黄金的主人？那么你就是李定国将军了？我早就听说，李定国已客死缅甸，想不到他居然还活在人间！”

韩荆满面通红，怒道：“是李定国的，也不是你的，我和李定国同生共死的时候，你这娃娃还在吃奶。怎样说，我和李定国都沾上一点边，你算老几?”凌未风嘻嘻笑道：“曾和李定国同生共死那更好了，你当然知道他的意思。”韩荆半根短杖向凌未风骤地掷去，疾喝道：“凭你想伸手拦阻，那可不行。”凌未风扬手就是一道乌金光芒，把那根短杖激射得直飞回来，说道：“我就是要拦你!”韩荆慌忙侧身一闪，将短杖接回手中，只见杖头嵌着五六寸长的一根似箭非箭的东西，又是一惊，心想：这小子居然凭着如此细小的暗器，就能将我的半截龙头拐杖反撞回来，这功力真是非同小可，和他比划，要赢他大约是很难了。只是自己乃武林中顶儿尖儿的人物，如何忍得下这口气。凌未风叫道："你想拿黄金就过来！"将青钢剑在手中抛了两抛，睥睨斜视。桂仲明也仗腾蛟宝剑，立在凌未风身旁。

贺万方是始终参与藏金之事的人，他知道每座金罗汉重六千四百斤，六千斤是赤金，四百斤是铁皮，韩荆只能将罗汉摇动，凌未风却能把罗汉推倒地上，看来已是胜了一筹。当下急忙说道："要比划也不能在洞中比划，这里面遍是机关。还是到外面去，数海底，讲规章，作个了断吧！""数海底"是黑道中的切口，武林中人物有纠纷之时，将自己的来历、目的、要求等一一讲出来，叫做"数海底"。贺万方这话是想请凌未风他们到外面去好好商量。达土司道："对呀！何必为这点黄金伤了和气，到外面去请武林同道共议，一碗水大家分来喝就是啦！"其实达土司何尝想将黄金分给凌未风，只是他见凌桂二人，都是扎手的劲敌，心想，若在洞中动手，自己这边准处下风，不如到外面再说。

凌未风将青钢剑插入鞘中，说道："着呀！要打架也得找个好地方，到外边去吧。请！"韩荆一言不发，按着"左三右四中十二"的步法，就向洞口奔出，一行人跟着也到外面。

六人跃过水帘，谷中群豪纷纷围上，七口八舌探听结果。贺万方道："黄金十万八千斤全在里面，咱们是财星照命啦！"达土司道："黄金是有了，只是怎么个分法，咱们可还得好好谈谈。"张元振道："我们七个人都是早已知道黄金藏处，特地赶来的，那当然是有份了，他们三人嘛……"卢大楞子截着说道："凌大侠等三人当然也有一份，我们就按十份来分，大家都不要争。"罗达箭伤方止，在地上呻吟道："我最先进洞，为了大家受伤，你们有言在先，可得给我两份！"韩荆哼了一声道："你若探出结果那当然给你两份，可是你一进去就给箭射出来啦！"顿了一顿，又道："黄金可不能这样分法！"

群豪愕然问道："该怎么个分法？"韩荆指一指贺万方道："此金是我埋，机关是他设，我们每人该占两份。你们五人每人一份，另外我邀有两位好友与贺老弟一同来的，虽然尚未见到，也该算他们一份。至于那边三位客人……”

他指一指凌未风，继续说道：“照道中规矩，只能合起来算一份。他们只是误打误撞上的，不能照我们这个分法。”

罗达听了，十分不服，他受了箭伤，只分到一份，而韩荆两个尚未露面的朋友，却也要占一份。但流血方止，浑身无力，不敢开声。达土司也不服，他正想说话，却给卢大楞子抢在头里说道：“韩大哥和贺大哥各要两份，那我们没说的。只是凌大侠他们三人，合起来才算一份，那却不公平。依我说，既然是有水大家喝，那他们也该各占一份。至于韩大哥的两位朋友，按说没有露面，本来碍难准他们插手。但既然韩大哥邀了他们，这点面子咱们弟兄可还要卖，我说就让他们合起来算一份吧，一共是十三份平分。大家以为如何？”罗达感激凌未风救命之恩，首先道好，达土司虽然不愿凌未风他们插足，但他却想激怒韩荆和凌未风作对，坐收渔人之利，因此也跟着道好。韩荆一看，自己这边已有三个人主张凌未风他们有份平分，心中又是一慌，暗想若再坚持，他们联起档来，自己可吃不了，当下干笑几声道：“好，咱们不打不相识。钱财小事，义气为先，就照卢舵主说的，十三份分开。”达土司一听，他居然扔下了这几句门面话，意欲与凌未风化敌为友，十分失望。

绿林群豪七嘴八舌争论分金之际，凌未风在一边冷眼旁观，懒洋洋的毫不在意，到了此刻，忽然双眼一翻，霍地站起，喝道：“谁与你这样分法？你们这是自说自话。”韩荆诧然问道：“依你说又是怎么个分法？”凌未风道：“这些黄金全是我的，谁想要就冲着我来！”此言一出，不但群豪失色，就是桂仲明和冒浣莲二人也感诧异，心想：“怎么凌大侠一反本性，也爱起黄金来了。”桂仲明轻轻地扯一下凌未风衣袖，悄悄说道：“我们要这么多黄金干什么？”凌未风在他耳边说道：“你们别管。我要凭此批黄金收伏这班魔头，干一桩大事。”

凌未风要独占藏金，这真大出群豪意外，他们一时间都说不出话，后来又见凌未风和桂仲明窃窃私语，以为两人是商议对付他们，个个愤怒，就是卢大楞子本来是感激凌未风的，这下也很不以为然，心想：“‘天山神芒’原来竟然是虚有其名、见利忘义的家伙。”他不待韩荆说话，就迈前两步，拱手说道：“凌大侠，凭你‘天山神芒’的名头，要黑白全吃，咱们本该退避三舍。其奈弟兄们苦哈哈地远道前来，凌大侠要教他们空手回去，这可有点说不过去！”

群豪轰然叫道：“是呀！这可是哪门规矩？”凌未风翻着白瘆瘆的眼珠，“嘿”的一声笑道：“这是你们黑道的规矩。黄金是我们先发现的，一碗水是不是分来喝，那可得由我作主！”绿林中抢财物之时，若有另外的同道中人撞上，按规矩他们可要求分赃，见者有份。不过这可得征求先在场者的同意。若他们不同意，要求分赃者又不肯缩手的话，那就只有武力解决了。所以武林中要求见者有份和原先在场者的拒绝分赃，都不算不合规矩。凌未风此言，分明是向群豪挑战。

卢大楞子给凌未风的话横里一截，倒觉难于开口，他虽不服凌未风要强行吞占，但又不愿与凌未风真个厮拼，当下退过一边，默然不语。韩荆与达土司气得双眼通红，冷笑说道：“那么咱们只好见个真章了，你划出道来！”凌未风道：“这批黄金现在全算是我的，你们谁要，就来和我比试。不论比哪种技业，我都奉陪。咱们这是赌技夺金，每样技业赌注都是一尊罗汉，赢了的就是你们的赌本，可以加注再赌。你们若肯这样赌法，我就一个人全接下来，你们若要群殴，那我们三人也可奉陪。”

韩荆心想：“我们每人都有独门武功，纵你凌未风再强，也不能精通各家技业。这样赌法，倒比群殴还上算。”在场的都是成名人物，势无以众凌寡之理，而且若然群殴，桂仲明那把宝剑，可就克住了所有的兵刃，卢大楞子心想：“这样比法，轮到我时，可以文比，可以保全和气。”当下也表赞同。

凌未风见绿林群豪都已答允，微微一笑，飞身落下谷中盆地，在一块大岩石上一站，高声说道：“你们哪位先上？”达土司一个箭步跳出，说道：“你下来，我和你先玩一样把戏。”

凌未风抱拳说道：“什么把戏？”达土司将外衣一脱，露出黑铜也似的肌肤，双臂一震，筋骨格格作响，高声说道：“我们来一套借三还五的把戏！你先给我打三拳，我付你利息还你五拳，打时大家不许用轻功闪避，也不许还击。若有死伤，各安天命!”达土司是外家第一流高手，铜皮铁骨，练就铁布衫的绝顶功夫，寻常的刀枪都插不入，何况拳头。他想：“凌未风若受我三拳，不死也伤。纵然不伤，他打我五拳我也不怕。”

卢大楞子听了，心想达土司这个粗人倒会占便宜，他要先打三拳，这凌未风一定不肯答应。果然凌未风道：“这不公平。”达土司道：“那你就先打我三拳，我打你五拳。”岂知凌未风不是这个意思，他不理达土司插嘴，不停地说下去道：“这不公平，我何必多占你两拳？我不要利息，你先打我三拳，我再还你三拳好了!”达土司大怒，心想：“你敢轻视于我。”高声叫道：“那你下来，咱们比试!”

凌未风在那块大石上，单足独立，双拳一伸，也叫道：“你上来，在这块石头上比试要好得多，谁要落下石头，也就算输。”达土司一看，那块石头仅能容两人站立，别说不能用轻功躲避，连回身闪避都难。心想：“这你更是自己讨死。”双臂一振，跳上石头。凌未风仍是单足独立，说道：“你站稳了！这石头上窄得很呀！好，你发拳吧!”

达土司见他单足独立，分明是让自己在石头上多占一些地方，自己享誉武林三十多年，几曾受过如此轻视，怒火冲天，大喝一声：“你也站好了!”呼的一声，劈胸一拳打去，凌未风挺胸相迎，只听得“蓬”的一声，如击巨木，凌未风单足摆荡，身子摇了几摇，似欲跌倒，桂仲明大吃一惊，正待过去救时，凌未风已站稳了身形，“哎呀”一声笑道：“没伤着!”

达土司一拳打出，就似打着一块钢铁，拳头隐隐作痛，身子也给反碰得摇晃不定，但是桂仲明只注意凌未风，没见着他的狼狈相，群豪可是大吃一惊。

原来这拳凌未风故意硬碰硬接了下来，看他的劲力。结果凌未风虽未跌倒，胸口也是隐隐作痛。急调好呼吸，运气一转，气达四肢，知道没有受着内伤，心内一宽，又嘻嘻笑道：“第一拳打过了。第二拳来吧!”达土司一言不发，运起神力，呼的一拳，又向凌未风小腹丹田之处打去。凌未风把身子向左微微一侧，达土司一拳贴肉打过，滑溜溜的无处使劲。凌未风用“卸”字诀，把他的劲力化于无形，又是嘻嘻笑道：“第二拳也打过了，还有最后一拳，好生打吧！”达土司睁大双眼，怒吼一声，双拳齐发，凌未风身子突然向后一仰，单足悬空，头向后弯，半边身子已悬岩外，达土司双拳之力，何止千斤，但凌未风这向后一仰，踏着岩石的右足纹丝不动，腹部却凹进三寸，达土司两只拳头都打中了，却被凌未风腹肌吸着，达土司手臂亦已放尽，无从使力，凌未风身子一挺，喝声：“撤手！”达土司只觉一股大力反击回来，拳头“卜”的一声弹了出来，身子摇摇欲倒，幸他功力也极深湛，双足一顿，“力坠千斤”，才把身形稳住。群雄瞩目惊心，竟禁不住轰然喝起好来！

凌未风接了三拳（按：最后一次虽是双拳齐发，但仍算是一拳，武家所讲的“一拳”是双手都算在内的），神色自如，双足踏实，与达土司面面相对，嘻嘻笑道：“现在轮到我发拳了，你站好没有？”达土司心内发毛，说道：“你等一下。”他调好呼吸，用力一绷，全身骨骼格格作响，他这才定下神来，心想：“你凌未风功力虽然深湛，也未必破得我铁布衫横练的功力。”双足用力钉在石上，叫道：“你打吧！”凌未风微微一笑，左掌一扬，右拳在掌下直穿出来，叫道：“第一拳来了！”

达土司突地身子一矮，肩头向前一撞，凌未风“蓬”的一声，击个正着，也觉一股大力反击回来，他疾地将拳头一收，达土司哼了一声，竟给他在收拳之际，用“黏”劲将身子带动两步。凌未风从旁微微一闪，喝道：“站稳了！”达土司满脸通红，强用重身法稳着身形，一言不发。

原来达土司接这一拳，取巧到极。本来“借拳还拳”是规定别人发拳时不许反击的，他肩头向前一撞，其实已是反击，只是他不动手脚，因此不算是犯规。

凌未风一拳打他不倒，用内家黏力，也只把他带动两步，亦是颇感诧异。心想：“这家伙名不虚传，虽然取巧，功力也真深厚。我倒要再试试他的铁布衫功夫怎样？”又是微微一笑，脚跟一旋，拳头自侧面向他右乳打出，叫道：“第二拳来了！”

这回达土司不敢再取巧反击，硬挺着胸，迎面接了这拳。凌未风一拳打出如中铁石，他拳头打中，再用力一按，达土司也觉如千斤铁锤打来一样，又是“哼”了一声，身子摇晃了几下，用力挺着。凌未风这拳用的是硬功，见达土司虽然给打得摇晃，仍无损伤，亦是不禁暗暗佩服。心想，此人的铁布衫功夫在江湖之上，也可坐第一把交椅了。

达土司接过两拳，心神稍定，想在群雄之前，捞回面子。强自作态，哈哈笑道：“老夫虽老，这几根骨头倒还硬朗，你还有一拳，好生打吧！”笑声未毕，凌未风忽然双拳开发，朝他两胁打来，达土司运气一接，哪知凌未风双拳一到，便改拳为掌，用力一折，双掌拍两胁的“涌泉穴”，达土司虽有一身横练功夫，不怕点穴，其奈“涌泉穴”乃是人身三十六道大穴之一，再加上凌未风的神力，如何禁受得住？只觉全身麻痹，给掌力震得断线风筝一样，飘飘荡荡直跌下去。卢大楞子站在就近，抢过来扶，达土司也好生了得，一个“鲤鱼打挺”，翻起身来，满脸通红，叫道：“黄金我不要了！”一扭头便往外走，想回转故乡，再练绝技。

韩荆急忙拦着他道：“别忙，还有小弟们呢。”他乃是想留着达土司，准备万一群殴之用。

达土司道：“我是认输了，何必还在这里看人脸色？”

凌未风也高声叫道：“达土司，你的铁布衫功夫，其实我赢不了你，我只是仗着打穴功夫，巧胜一招，待会我还要向你领教。”达土司虽然明知凌未风是给他面子（既然互相赌拳，当然不能限制别人打在穴道上），但也不能不留下了。

第二个上去与凌未风赌技的是黑煞神陶宏，他的下盘功夫最稳，与凌未风比摔跤。但论功力却要比达土司差得多，那禁得凌未风神力，不过几个回合，便给凌未风摔倒。

第三个上来，凌未风却不能不有点踌躇了。来人乃是卢大楞子。凌未风心想这人却是个豪爽汉子，若他不知分寸，要比兵刃拳脚，伤了他那可不好。

正踌躇间，卢大楞子客客气气地拱手道：“凌大侠，我想领教你的轻功。至于黄金，那我卢大楞子虽穷，也还有两口饭吃，凌大侠你既然要金子用，那我可不敢提赌技夺金的话，不论输赢，我名下的那尊罗汉，你都拿去好了！”凌未风心内暗笑，情知卢大楞子不忿他要独占黄金，把他看成贪财的人，心想：“待会我说出来你就明白了，现在且由得你误会。”把拳一拱，也客客气气地说道：“卢舵主言重了，黄金的事，比试之后再说吧。请你划出道来，轻功怎么比法？”

卢大楞子指着对面一个小山峰，说道：“我们跑上这峰顶去，中途不许歇息。一上一下，轻功如何也就看出来了。在这里的都是成名人物，断不致判优为劣。”凌未风道：“好，就这样吧，卢舵主，你先请！”

比轻功看来虽较缓和，其实却不大易。剑阁乃出名天险之地，每个山峰都是光溜溜的削壁，就是猿猴爬上去也难，功夫差一点的准会跌死。卢大楞子轻功有极深造诣，刚才救罗达之时已显过一手，现在听得凌未风叫他先上，道声“有僭”！脚一撑地，便如离弦弩箭，直冲上四五丈高，双足一点石壁，便向左右盘旋而上，只见他在削壁之上如陀螺一般，左拧右转，霎忽到了峰顶。凌未风知道这叫“盘陀功”，是用“之”字形的身法来平衡身体的，难得的是他在削壁之上，居然回旋如意，这功夫可真到了炉火纯青之境。

卢大楞子到了峰顶更不停留，又似陀螺一般盘旋而下，到离地五六丈处，忽然振臂一跃，似大雁一般飞落下来，身法巧妙之极。群豪高声喝彩。桂仲明心想：“我在剑阁长大，论轻身功夫也还逊他一筹，可不知凌未风怎样胜他。”

凌未风待他落地，道声：“前辈身手果然不凡，晚辈献丑，幸勿见笑。”说罢，足尖在地面轻轻一点，身子平地拔起，“一鹤冲天”，竟掠起了十余丈高，到了削壁之上，竟然双足不落地，只用手掌在石壁上轻轻一拍，身子又再腾起，这样的接连换掌，快似流星，下边的人看上去，只见他就似飞鸟一般，一直“飞”上，到了峰顶，一个转身，仍用削壁换掌之法下来，至离地十五六丈之处，忽然头下脚上，像流星陨石一般直跌下来，在众人惊叫声中，至离地不到一丈的时候，忽然一个筋斗，四平八稳地落在地上。群豪虽然和凌未风作对，这时也不禁轰天价地叫起好来。卢大楞子道：“我输了！”退过一边，更不发话。

凌未风连胜三场，韩荆沉不住气，半截拐杖插在裤头，拔步便出，高声叫道："凌大侠，咱们来比划比划！"正是：

燕雀安知鸿鹄志，竟轻仁义重黄金。

欲知他们如何比法？请听下回分解。

第十二回　幽谷缔良缘　喜有金环联彩笔
江湖偕俪影　争看宝剑配神砂

凌未风道："敢问如何比法?"韩荆道："凌师傅的轻功暗器都见识过了，老朽想再见识你的内功。"凌未风抱拳说道："任凭尊便。"韩荆在地上取来一些枯枝，扎成五捆，用火石把它燃点起来，分插地上。五堆旺火，熊熊燃烧，韩荆道："就比试劈空掌的功夫吧。"说罢双袖一卷，驼背前俯，双臂青筋，条条坟起，全身骨节，格格作声，一看就知是内家高手。

韩荆运口气后，双掌交加，来回游走几圈，越走越疾，猛然间脚尖一点，也不见怎么耸身作势，便窜到中间那捆火把的面前，距离不足五尺，一个"推窗望月"招式，掌风呼响，把火焰打得向后平吐出去，就在火焰摇摇欲灭之际，韩荆右掌疾发，只见火星乱飞，火光全灭。跟着身子一转，反手一掌，仍是一招两式，左掌先发，把火焰拉长，右掌压下，将火光熄灭。韩荆灭了两捆火把之后，又作势盘旋，疾绕数周，这次更加厉害，一个"双龙出海"，两股劲风同时发出，把第三捆火把一下熄灭，火星射出五六尺远，煞是惊人，接着一个翻身，仍是双掌齐出，运用前法，把第四捆火把熄灭。韩荆连用四个不同的招式，打灭了四捆火把，仰天大笑，得意之极。他身如飞鱼，步如流水，左右盘旋，演了几路拳法，才突地掌心向外一吐，这回竟在距第五捆火把七八尺之处，呼的一声，火焰便即应手而灭。各路高手，喝彩不已！韩荆打完之后，睥睨斜视，对凌未风道："老朽就是这点点功夫，你也试试吧！"

韩荆这样的劈空掌功夫，也可算是内家的一流高手了，可是在凌未风看来，功夫却尚欠纯厚。他要借行拳飞步之势，才能将火焰熄灭，而且打五捆火把，要分三次，可见他的内力不能持续。因此，待他说完之后，微微一笑，叫桂仲明也点起五捆火把，分插地上，缓缓走出，走到距离当中火把五尺之处，倏一长身，左手一扬向火把遥击，火光应手而灭，迅捷异常。群豪不禁大吃一惊，凌未风霍地翻身，右手一抬，又把第二捆火把打灭。凌未风打灭二捆火把之后，漫不经意的刷地一个旋身，左右两手一挥，三四两捆火把同时熄灭。韩荆在打前三捆火把时，要连换两掌的功夫，才能打灭。凌未风却能一气击灭两捆火把，只此一端，胜负已判。尚有最后一捆，凌未风却并不迫近前去，就在距离丈许之地，猛地脚下一滑，一个“鹞子翻身”，反掌挥去，呼的一声，最后一捆火把熄灭了。群豪轰然叫好，凌未风道：“你还有什么话说?”

韩荆面色铁青，浓眉倒竖，狞笑说道：“劈空掌的功夫，我是输了。凌大侠刚才说过，比试一样技业，赌注就是一尊金罗汉，有这话吗?”凌未风道：“有。”韩荆道：“那么我名下有两尊罗汉，我还要再赌一样。”凌未风道：“再赌什么?”韩荆道：“比轻功、内功、暗器之类，都是雕虫小技，咱们干脆在兵器上见个输赢吧。”凌未风道：“悉听尊便，你亮招!”韩荆伸手向腰间一掀，把被腾蛟剑截断的半截拐杖取了出来，抢站着上首，一亮门户，说道：“请赐招!”

韩荆的龙头拐杖，本来深得西藏天魔杖法的真传，虽给截短，但仍可用。而且他又精于点穴功夫，截短之后，正可用来作点穴橛和五行剑用，是以有恃无恐。

凌未风心想，在这群绿林高手之中，达土司虽然粗鲁，却还是个爽直的人，愿打服输。韩荆却心高气傲，非把他折服不可。见他拐杖斜指，冷冷一笑，缓缓上前，举手贴额，看了一看，说道：“你这支拐杖都给人截断了，还比什么兵器?”韩荆傲然应道：“我就是用这样的兵器!”凌未风随手在地上拾起一扎枯枝，这正是刚才比试劈空拳时，给掌风熄灭了火焰所留下的枯枝，上面还有烧焦了的黄叶。

凌未风拾起一扎枯枝，也亮着与韩荆同样的招式，向前斜斜一指，说道："我也就是用这样的兵器，你进招！"

韩荆近廿年来，雄霸川东，几曾受人如此蔑视过。他心头火起，右手倒握拐杖，喝了一个"打"字，半截拐杖倏地翻起，猛向凌未风头顶劈落。凌未风不慌不忙，看定敌人来势，等他的拐杖，距离头顶不足半尺，刷地往右一斜身躯，一扎枯枝，微微一拂，劲风扑面，便向韩荆面上拂到，韩荆脚跟一旋，转了半个圆圈，避过这招，但凌未风又已如影随形，紧紧跟上。

十数招一过，韩荆这才深知厉害。凌未风手上的枯枝竟似灵蛇一样，滑不溜秋，如软鞭，又如杆棒。他咬着牙根，展开天魔杖法，用力一震，只见四面八方，好像有十几根拐杖同时打来的样子。凌未风知道这是天魔杖法中的"颤"手法，身形一变，枯枝一拂，龙蛇疾走，流水行云，群豪看来，同样也见四面八方，都是凌未风的影子。

韩荆的一百零八路天魔杖法，几乎使完，兀是讨不了便宜，霍地变招，半截拐杖东指西划，避实击虚，专探凌未风的三十六道大穴。凌未风微微一笑，说道："你这厮原来也会打穴！"韩荆怒道："你嚷什么？怕的就退下去！"凌未风连避三招厉害的点穴招数，在闪展腾挪之中高声笑道："会打穴有什么稀奇？你看我的！"话声未了，凌未风一个"旱地拔葱"，凭空跃起数丈，韩荆短拐一指，在他脚底划过，凌未风一扎枯枝，已向他的面门拂到，韩荆踉踉跄跄，倒退数步，凌未风抢了先手，已如暴风骤雨般攻来。

这时日近中天，瀑布在日光照射下，泛出霞辉丽彩，凌未风一连十几辣招，把韩荆迫得向日而立，抢先占了有利地势。韩荆耀眼欲花，莫说找不着凌未风的穴道，连招架也感为难。正想拚命挡过几招，抽身便逃。凌未风大喝一声，枯枝起处，已是一招"玉带缠腰"，向韩荆腰胁拂去。韩荆"盘龙绕步"，方待闪过，凌未风攻势绵绵不断，横里一扫，早已变招，枯枝拂到胸部。韩荆心想，一扎枯枝，其力有限，拼着受他拂中，然后抢攻，图谋逃脱。哪料心念方动，骤感胸部一阵酸麻，"啊呀"一声，全身瘫软，扑地便倒。

原来凌未风除了剑法精绝之外，还得了晦明禅师"拂穴"的真传。关于点穴功夫，从来只分两派，一派是用兵刃来"打穴"，例如韩荆以短拐当作点穴橛，来打穴道便是。一派是“点穴”，以“空手入白刃”的功夫，用手指去点对方穴道。而晦明禅师却创造了以拂尘“拂穴”之法，用拂尘扫，同样也能封闭敌人穴道。

韩荆扑地不起，群豪哗然大呼。凌未风早已抛掉枯枝，抢在来援救的达土司等人之前，将韩荆拉起，轻轻在他腰际的“伏兔穴”一拍，将封闭的穴道解开，抱拳说道：“韩老前辈，请恕无礼，凌某在这厢赔罪了！”

韩荆面如赤砂，青筋毕露，惊惭交并，不发一言，让达土司扶着便走。凌未风叫道：“韩老前辈，请留步！”韩荆停了下来，正待扔几句门面话，凌未风又招呼其他几个未交手的人道：“你们还要不要再赌？”

未交手的人中，罗达身受箭伤，自然不能比试。贺万方是一个工匠，虽然功夫在寻常江湖道中，也算好手，但如何敢与凌未风比试。尚有一个八方刀张元振，武功尚在把弟黑煞神陶宏之下，陶宏也不过三招两式，便被凌未风摔倒，他更是不敢作声。

凌未风说罢，众人噤若寒蝉，韩荆怒道：“弟兄们，咱们走！黄金全留给你好了，看你享受得几年！十万八千斤黄金，你带进棺材去？”说罢挥手领先，正待撤退，凌未风忽然大叫：“慢走！”

达土司瞪眼回顾，哼了一声道：“凌未风，你不许我们走？”凌未风哈哈大笑，大声说道：“这批黄金，大家都有份！”此语一出，听者愕然。韩荆道：“你找我们穷开心！”卢大楞子翘起拇指说道：“这才是英雄本色，黄金粪土，仁义千金！”达土司板着面孔叫道：“你送给我，我也不要，我可不是乞儿，要在你手里讨东西。”桂仲明与冒浣莲则觉得凌未风行径奇怪，既然不想要这批黄金，却又何苦与这班人打生打死？

群豪七嘴八舌，凌未风振臂叫道：“各位武林同道，请听我一言。”正说话间，谷中又传来几声胡哨，凌未风停下一望，只见几条人影，疾如奔马，从山谷那面，霎忽就走了近来，凌未风大吃一惊，心想：“怎的一下子又来了这么多高手？要是他们一路的话，这可真应付不了！”定睛看时，来人已到谷中，为首的是石大娘，随后的竟是傅青主和李来亨手下的将领张青原，殿后的两人，他却不认得。凌未风不禁大声叫了起来。

韩荆也惊喜交集，叫了起来道："朱三哥、杨四弟，怎么你们现在才来?"这殿后两人，原来是他约来的，准备对付桂天澜和石大娘的高手，一个叫做朱天木，一个叫做杨青波，也是李定国旧部，武功技业，不在他下。

朱天木越众而出，高声对韩荆道："这批黄金不应是我们的，黄金的主人来了!"韩荆诧然问道："谁是黄金的主人?"朱天木对傅青主一指，说道："他就是黄金的主人派来检视黄金的!他也是名满天下的神医傅青主，你快来见过!"

群豪全都大吃一惊，傅青主除了是神医国手，又是武林名宿，成名远在凌未风之前，这，他们自然知道。韩荆不知傅青主与凌未风的关系，还以为傅青主也是知道黄金的消息，远从江南赶来，要独占黄金的。他心念一动，忽然嘴角挂着冷笑，说道："这可热闹了!这里有一位凌大侠自称是黄金的主人，现在傅老先生也代表黄金的主人来了!"他说这话，分明是想挑拨傅青主和凌未风交手，好坐收渔人之利。

哪料他话未说完，傅青主和凌未风都哈哈大笑起来。傅青主笑罢问道："凌大侠，这么说，金罗汉你已经找到了!"

凌未风道："全靠冒姑娘的机灵，是找到了!你又怎么知道消息，远远赶来?"傅青主道："说来话长，你先招呼这班朋友。"

凌未风这时从袋里取出一纸信笺，高声叫道："各位朋友，这批黄金不是我的，也不是你们的，应该是大家都有份。黄金的旧主人在信上已说得明明白白!"傅青主问道："你拿的信是谁人写的?"凌未风道："这是李定国将军的遗书!"说罢大声念诵起来!

凌未风念到"留待豪杰之士，以为复国之资，若有取作私用者，人天共殛"之处，停顿下来，虎目环扫全场，朗声说道："韩老前辈是李将军旧部，应该体念将军遗志，这批黄金是拿来作复国之用的!"达土司叫道："那你又怎说大家都有份?"凌未风微微一笑，指着傅青主说道："你知道傅老前辈是为谁而来?他代表的可不是一个人，而是李来亨将军手下的十万兄弟!李来亨将军是李闯王的侄孙，李闯王当年和张献忠是结义兄弟。张献忠和李定国遗下的黄金，除了他，还有谁有资格动用？……”凌未风尚未说完，傅青主就接着说道：“着呀，凌大侠说得对极了！这批黄金，说起来嘛，谁也不该觊觎，但谁也有份，只要他参加复国的大业。李来亨将军久仰各位大名，特地叫我来邀请各位合作。”朱天木迈前两步，拉着韩荆的手说道：“韩二哥，傅老先生的话全是真的！”韩荆道：“你怎么知道?”朱天木用沉重的声调，一字一句地说道：“韩二哥，咱们也有几十年交情了，你别怪我。是我专程赶去告诉李将军的。我为的是你好！我愿你晚年有个归宿，回到义军之中，李将军他们，可都念着你们这班前辈。”韩荆听了，两眼潮湿，默不作声。

原来朱天木、杨青波、桂天澜、韩荆等四人，当年在李定国军中，称为“四杰”，四杰之中，又以桂天澜武功最强，其次就要数到朱天木了。朱天木和韩荆交情最好，但那次藏金之事，李定国只派桂天澜和韩荆去主持，朱天木和杨青波却因另有公务，没有参与其事，所以全不知情。李定国事败之后四杰星散，韩荆隐在川东，朱天木隐在川西。朱天木遥闻韩荆近年和绿林高手往来颇密，又不愿正式揭起义旗，心中颇为担忧，害怕他走上歧途。到韩荆给罗达说动，准备夺取黄金，特地来找他助拳时，他大吃一惊，但他知道韩荆脾气，当时不便劝告，因此也佯允相助，并和韩荆约好日期，同会幽谷。他等韩荆一出门，紧跟着就悄悄去通知李来亨。

至于杨青波眼光却没有朱天木来得远大，他答应相助韩荆之后，真的如期赶到剑阁，先去找寻桂天澜，准备劝桂天澜同分黄金。不料劈头就遇到石大娘，一听他说什么要分黄金之事，心头火起，一阵旋风也似的五禽剑将他迫得手忙脚乱。幸好朱天木这时已会齐傅青主和张青原等前来，才给他解了围。杨青波听说桂天澜二十年来护卫藏金，以及惨死之事，既受感动，又忆旧情，心中也自又悔又恨。

朱天木将前因后果说完之后，紧握着韩荆的手，低声说道：“韩二哥，你听我们的话，和这班英雄，同到李来亨军中去吧！”韩荆尚未回答，卢大楞子忽大声道：“凌大侠，你何不早说？早说了，我跟你争这些黄金干吗?”凌未风喜道：“那——你……”卢大楞子朗声说道：“我回去带青阳帮的全帮兄弟跟你们走好啦！”他说完后，拉着罗达的手问道："罗大哥，你呢？"罗达心感凌未风赠药之恩，踌躇了一阵，也慨然说道："我和眉山寨的兄弟，听从凌大侠的吩咐！"凌未风上前把他一把抱住，说道："罗寨主，别这样说，咱们今后都是一家人啦！"达土司拍掌说道："我是个直肠直肚的人，我说实话，我可不能像他们两位那样跟随李来亨将军。"傅青主微笑着望他，凌未风道："这位是达土司达三公。"达土司道："就因为我是个土司，这可把我缚死了。我不能离开族人。但，我向你们立誓，我达某人，以前怎样对李定国，今后一样对李来亨。"他这话即是声明愿和李来亨合作。凌未风高声叫道："好！一言为定！"达土司一掌向旁边一株小树劈去，将那株树劈为两段，说道："若背誓言，有如此树！"

韩荆两眼潮湿，朱天木还在紧握着他的手，他手心感着一股暖意，面前又有那么多期待的眼光。他倏地也将短拐拗折，说道："我和你们大家一齐走！"

韩荆和卢大楞子等都愿到李来亨军中，剩下的张元振、陶宏等人，自然也无异议。凌未风收服了这班魔头，心中极其高兴。

当下由石大娘带路，大家都回到那间石屋，石大娘笑道："今早我不许你们进去，现在我却要请你们进来了！"石天成和群豪相见，既有旧识，也有新知，同叙契阔，互道仰慕，心中郁闷，不觉全消。他以肘支床，抬起头来说道："自从我明白事情真相之后，我心里一直就在难过。我深悔自己迫死师兄，原想待见过仲明之后，就自尽以了罪孽。如今见你们这样为复国大事奔跑，我忽然想明白了，心里的死结也解开了，原来我除了迫死师兄之外，还做过一件更大的错事！"石大娘奇怪问道："还有什么更大的错事？"石天成道："三十年来，我都是为着个人恩怨，东飘西荡，从来没有做过一件值得称道的事。天澜和你的事业，我完全不理不睬。这三十年算是白过啦！我死了也对不住师兄，不如活下来继承他的遗志还好，我伤好之后，一定也到李来亨军中。在伤未好之前，我想和你留在这里，守卫黄金，待李将军派人完全把它搬走为止。师兄守卫了二十年，这担子也该我们代挑了。"石大娘想起天澜，泪流满面，一面流泪，一面笑道："是该如此！"傅青主正在担心一时搬运不了，留很多人守卫，又恐误了其他的事，听他这样一说，极为欢喜。

这时石天成的徒弟于中走了过来，笑着说道："师父，还有一件大事呢！"

石天成道："什么事情，这样神神秘秘的？"于中笑道："师父，他们打了大半天，都还没吃东西呢。咱们是主人，只顾和客人聊天，不顾他们的肚子，那怎么成？人不吃东西就会死，你说那不是大事么？"群豪都笑了起来。一室融融如春，紧张的气氛，也在笑声中缓和了。

笑声中，竹君捧着一大盘糌粑和烤羊肉进来，糌粑是把炒熟的稞麦磨成粗面，吃时加入酥油，用手拌匀捏成馄饨的样子，倒是别饶风味。那烤羊肉则是石大娘前两天猎获的山羊烤成的。这时一并捧了出来，群豪手团糌粑，拔刀割肉，吃得十分高兴。

进食时傅青主一直注视着桂仲明，见他神情已完全恢复正常，心中大慰。悄悄地对冒浣莲道："姑娘，你真行，这个病人，也只有你才医得好！"冒浣莲面上绯红，"啐"了一声道："伯伯你又来和我开玩笑。"傅青主在她的耳边说道："不是和你开玩笑，等会我有话跟你说哩！"石大娘对冒浣莲极为好感，不时地切羊肉给她。竹君鼓着小嘴巴道："瞧，妈妈，你见了冒姐姐，就只疼她不疼女儿了。"说得众人又都笑了起来。

这晚桂仲明午夜醒来，看着自己的父亲睡在身边，不禁思潮起伏，再也无法安眠。他想着自己离奇的身世，想着教养自己成人的养父桂天澜，今日一家团圆，真是做梦也想不到。他又喜又悲，看着熟睡的爸爸，觉得他很是可怜，但想起养父，却更是可怜。他忽然想起："明天我就要和大伙一道到李来亨那里了，我该去拜别养父的坟墓。"他听冒浣莲说过，桂天澜是她和傅青主亲手埋葬的，刻有"义士桂天澜之墓"几个大字，只不知葬在哪里。他感情如波潮激荡，顾不了避嫌，竟偷偷地起来，悄悄地往用板间开的内室一瞧，只见母亲和妹妹睡得很甜，冒浣莲的影子却不见了。他大吃一惊，一闪身就出了石屋，在微弱的星光下，在幽谷中四处找寻。只听得猿猴夜啼，松涛过耳，秋虫如私语，山瀑若沉雷。处处秋声，汇成天籁，桂仲明虽在剑阁长大，却不曾领略过如此境界，他在幽谷里踽踽独行，思潮起伏。猛然间肩头刷地给人按了一下，他瞿然跳起，只听得有人在耳边轻轻说道：“你找谁?”桂仲明回头一看，原来是凌未风，不禁赞道：“凌大侠好俊身手！”凌未风道：“我见你从石屋里跳出来，就缀在你的身后，你只向前面和两边张望，显得心神不属，我猜你大约是找什么人来了，你完全没注意到我跟在你的后面。”

桂仲明道：“你可见着冒姑娘?”凌未风笑道：“我猜你准是找她来了，你随我来。”说罢领着佳仲明翻过几处山坳，猛然推他一把，说道：“你把耳朵贴在地上静听。”

伏地听声，可以听得好远好远。桂仲明凝神静听，只听得一个老者的声音说道：“浣莲，他的神志既完全恢复，那你看他能担当得这件大事吗?”桂仲明讶然对凌未风道：“那不是傅老前辈的声音?”凌未风笑道：“他们正在说你呢！”话声未了，傅青主忽然哈哈大笑，传声说道：“你们不必偷听了，快过来吧。”凌未风一跃而起，拉着桂仲明过去，说道：“到底姜是老的辣。”

傅青主和冒浣莲倚着一块岩石说话，见他们过来，招招手道：“我早料到你们会来的。”桂仲明抢着问道：“傅伯伯，冒姐姐，有什么要紧事情，要在半夜商议?”傅青主笑道：“今天白天我对她说了一番话后，累她睡不着，半夜里起来要找我谈呢！”凌未风讶然问道：“到底是什么事?”

傅青主笑道：“你们在这幽谷里面，不知道外面又已换了一番世界呢！”凌未风道：“吴三桂这厮起事了？这样快?”傅青主道：“就是，你们把李公子救出来，他怕风声泄漏，提前起事了呢！”凌未风道：“他不和我们联络了?”傅青主递过一张纸道：“你看这就是他的檄文。”凌未风道：“好，我倒要看他怎样着笔。”

只见檄文上先叙当年之事，骂李闯王为贼，说李闯王入京之后，“普天之下竟无仗义兴师、勤王讨贼者，伤哉国运，夫复何言?本镇独居关外，矢尽兵穷，泪干有血，心痛无声；不得已歃血订盟，许虏藩封。暂借夷兵十万，身为前驱。”凌未风哼了一声道：“亏他说得出来，还想洗脱罪名。”再念下去道：“不意狡虏逆天背盟，乘我内虚，雄踞燕都，窃我先朝神器，变我中国衣冠！方知拒虎进狼之非，莫挽抱薪救火之误。”底下自然就是写因此要起兵了。凌未风把吴三桂檄文掷在地上，恨得牙齿咬得格格作声。傅青主道：“正是因此，所以我才要仲明和浣莲去干一桩大事。”

凌未风道：“那李来亨将军准备怎样应付?”傅青主道：“按说吴三桂和我们有不共戴天之仇，我们决不能轻轻放过他，但他这次举事，到底打了满奴，因此李思永说，纵许吴三桂一面反清，一面反对我们，我们现刻也不宜与他为敌。李公子定下的策略是：趁这个时机，我们也扩大反清。我们和吴三桂各干各的，他若不犯我们，我们也不犯他。一面保持川滇边区，一面发动各处英豪，揭竿起义。”凌未风鼓掌赞道：“李公子眼光真非常人可及，那李将军是不是听他弟弟的话?”傅青主道：“李将军已将兵符交给他的弟弟，任由他处置了。”凌未风道：“既然如此，我们都愿助他一臂之力。但仲明贤弟虽然英雄，却是初次出道，不知李将军要派他干什么大事?”他是担心桂仲明经验太少，会出岔子。

傅青主笑道：“正因他是初次出道，江湖上无人识他，这件事才适合他去做。”说罢问冒浣莲道：“你还记得易兰珠姐姐和张华昭公子吗?”凌未风心头一震，急忙问道：“易兰珠她怎么了?”傅青主道：“当日群雄大闹五台山，张华昭失手被擒，易兰珠自告奋勇，愿入京救他。谁知她赴京之后，就如泥牛入海，全无消息。倒是张公子有消息传来了。”冒浣莲问道：“他在什么地方?”冒浣莲初上五台山时，曾给张华昭撞过一膀，印象甚为深刻。

傅青主道：“据前明降官传给在京的鲁王旧部的消息，说他竟是在纳兰相府!”冒浣莲道：“是被监禁了?”傅青主道：“不是，有一个降官到纳兰相府作客，见纳兰公子有一个书童，非常像他。这个人以前跟过张公子的父亲张煌言，偷偷说了出来。”冒浣莲又道：“以张公子的武功，亦非泛泛，既然不是受监禁，为什么不逃出来?”傅青主道：“这就不知道了！所以才要你和仲明进京一趟，去探访他们。倘若无法助他出走，你就联络那边的天地会和鲁王旧部，把他救出来。”

凌未风问道："这可是刘郁芳的意思?"傅青主点点头道："李将军也赞同她的意见。张煌言是前朝的抗清大将，鲁王就是他一手拥立的，江南一带，不少鲁王旧部，许多降官也曾是他的部下。刘郁芳现在不能回去，因此，请我们帮忙，设法救张公子出来，由他号召他父亲的旧部，在江南和我们作桴鼓之应。我们想来想去，人选只有你们两人最为适合。仲明武功极强，又没人识他，混进京城，料非难事。浣莲跟我走了这么多年，江湖上的事情，大半懂得，可以做他的助手。"

冒浣莲听了，低首沉思，过了半晌，面泛红潮，低低地向桂仲明道："你怎么样?你说话呀!"

桂仲明仰起了头，定睛地望着冒浣莲，许久才道："我，我是在想……"冒浣莲嘟起小嘴，乍怒佯嗔，呸了一声道："你失魂落魄的在想什么?"桂仲明低头接下去道："我是在想与姐姐万里同行，不知方不方便?"凌未风与傅青主"噗嗤"一声，笑了出来，冒浣莲红晕满面，直红到脖子。

傅青主咳了一声，故意端正面容，说道："这倒是真话，我也在想……"话声未了，忽然在崖边横出的一棵虬松树上，轻飘飘地落下一条人影，接声笑道："你们都不用想了，由我来作主。"这人正是石大娘。桂仲明起身时，她已醒觉，仗着地形熟悉，轻功超卓，借物障形，远远地跟着他们，傅青主他们聚精会神地谈论吴三桂之事，竟然没有发觉。

石大娘道："傅老先生，你和冒姑娘情同父女，她的终身大事，你当做得了主。我看就让他们俩定了婚吧，正了名分，路上同行也方便得多。"傅青主笑道："这还得问问他们的意思，喂!你们说，愿不愿意?"两人都低下头来，不敢说话。凌未风哈哈笑道："别作弄他们了，他们都是小孩子嘛，你要他们锣对锣鼓对鼓地明说出来，他们可没有你那样厚脸皮!"说罢，一手拉着桂仲明，一手拉着冒浣莲，将他们靠拢起来，说道："主婚的是傅伯伯和石大娘，大媒就由我做了吧!"他悄悄地在桂仲明耳边说道："你有什么好东西，快拿出来给冒姑娘呀!"桂仲明给他摆布得昏头昏脑，不假思索地取出了三枚金环，递过去道："你替我给她吧。我可没有什么好东西，身上只有母亲传给我的暗器。”凌未风大声说道：“成了，这个订婚礼物好得很，浣莲姑娘，接过了！”他将三枚金环向冒浣莲抛去，冒浣莲不由自主地接了过来。傅青主道：“你也得交回一件东西给别人呀！”冒浣莲红着脸，在怀中掏出了一幅画来，交给傅青主，默不作声。傅青主打开一看，只见画的是剑阁绝顶的风景，两株虬松覆盖着一间茅屋，那正是冒浣莲为着要点醒桂仲明，特地给他画的。这幅画，对桂仲明来说，可是极不寻常。桂仲明一见，不待傅青主给他，就伸手拿过去了。傅青主笑道：“你们交换的礼物可真有意思，以后桂贤侄可要教浣莲金环打穴的功夫，浣莲也要教他文章字画。”

桂仲明和冒浣莲虽然羞态可掬，却都是心花怒放，好像生命陡地充实起来，彼此都有了依靠似的，双双抬起头来，幽谷秋声，也变成了天上的仙乐。正是：

喜见金环成聘礼，愿将彩笔画鸳鸯。

欲知后事如何？请听下回分解。

第十三回　一剑败三魔　宝玉明珠藏相府
清歌惊远客　澄波碧海赞词人

第二天，石天成知道了这事，非常高兴，亲自把他们的婚事宣布，群豪纷纷道贺。傅青主和石大娘并带领他们，攀登剑阁，祭扫桂天澜的墓，韩荆等一干人众，也在墓前流泪致词，忏悔前非，愿以有生之年，竟老友未成之业。

扫墓之后，傅青主凌未风带领群豪，投到李来亨军中。石天成夫妻和徒弟于中、女儿竹君以及张青原等人则留在谷中，守卫藏金，等候搬运。桂仲明和冒浣莲随他们出了剑阁之后，便即分道扬镳，径赴京华。

其时吴三桂的大军已自云南而出湖北，桂冒二人只好取道甘肃，经陕西转入河南，再出河北。冒浣莲易钗而弁，与桂仲明兄弟称呼。

在迢迢万里的旅程之中，桂仲明灵智初复，样样都觉得新鲜，时时傻里傻气地问这问那，冒浣莲一一耐心解释，活像他的姐姐一般。漫长的旅程，在轻颦浅笑、蜜意柔情之中，一段一段地过去了。桂仲明虽然不解江湖险恶，但有细心谨慎的冒浣莲在旁，总算没有闹过乱子。

月缺月盈，冬去春来，他们走了四个多月，在第二年初春时分，踏入河北。冒浣莲舒了口气道："大约再走十多天，就可以到京城了！"桂仲明道："一向听说燕赵自古多慷慨悲歌之士，怎的我们一路行来，都没碰过什么人物？"

冒浣莲念了一句"阿弥陀佛"！纤纤玉指抵着他的面颊，说道：

"我的大爷，咱们干什么来的？你倒希望碰到什么江湖人物来了！我只巴望安安静静到达北京，只有这一段路了，可千万别惹出乱子来！"桂仲明道："你瞧，我只随便那么说一声，就惹出你一大篇教训来！我又不是三岁孩子，你怕什么？"两人口角生风，说说笑笑的又踏上旅途。

这天他们到了钜鹿，这是一个大镇，他们刚进了城，就见六辆大骡车，在街上行走，把街道都塞满了，车的两旁绒幕低垂，骡夫和跟随骡车的人都是精壮的汉子。冒浣莲瞧了一眼，悄悄地对桂仲明道："这些人一定别有来历，咱们绕道而过，别沾惹他们。"她曾和傅青主到过钜鹿，熟悉道路，带桂仲明通过横街，找了一间最大的客店投宿。

不料他们刚歇息下来，就听得客店外人声嘈杂，马铃叮当，那六辆大车，竟然也到这间客店投宿。桂仲明好奇心起，忍不住出来张望，只见六辆大车，直推到院子里才歇下来，车门一开，每辆大车走出六名如花似玉的少女，共是三十六人，花枝招展，把桂仲明看得呆了！冒浣莲在他背后轻轻一捏，叫他回房，好几条大汉的目光都向他们射去。

回到房间，冒浣莲也颇道奇怪，这三十六个少女，个个姿色都不寻常，冒浣莲在苏州长大，苏州美女，自古有名，她都未曾见过这么多佳丽！

桂仲明怀疑道："莫不是抢来的？"冒浣莲笑道："绝对不会，抢来的哪会大摇大摆从闹市经过！"桂仲明又道："莫非是大户人家的女儿，请人保送到哪里去？"冒浣莲又摇摇头道："虽然大户人家，十房八房同住在一起的，有几十个少女，并非奇事。但也绝不可能个个都是这样年青貌美。"说着"噗哧"一笑，伸出食指在桂仲明脸上一刮，道："怪不得你刚才看得灵魂儿都飞上九天！"桂仲明道："你别胡说。她们三十六个人加起来都没你这样美。"冒浣莲道："哎唷，居然懂得讨人欢喜了？不肉麻？"

小两口子吱吱喳喳的猜了一阵，桂仲明又道："莫非是皇帝挑选的秀女？"冒浣莲笑道："你真是没见过世面，假如是皇帝挑选的秀女，穿州过县，大小官儿都要来接应，哪会住这个客店？皇帝的威风哪，你想都想不出！”桂仲明奇道：“难道你见过皇帝不成，说得这样嘴响?”冒浣莲面色一沉，低声说道：“就是见过！”桂仲明见她本来有说有笑，好端端的忽然郁闷起来，慌道：“你这是怎么了？管他皇帝不皇帝，咱们谈咱们的。”冒浣莲叹了口气道：“你的身世已经够凄凉了，我的比你的还要凄凉。你好坏都有父母，我的亲人却只有一个傅伯伯。”桂仲明急忙指着自己道：“还有一个我呢！”冒浣莲给他逗得忍不住又笑起来，推他一把道：“你别歪缠了，我说见过皇帝，那是真的，日后我再细细地告诉你。现在嘛，我要你早点睡觉，明早鸡一叫，我就要你起来赶路。”桂仲明道：“干吗?”冒浣莲道：“咱们有大事在身，少惹闲事。这班人路道不明，别和他们在一起。老实说，和他们同住这个客店，我也担心。”桂仲明拍拍腰间的腾蛟宝剑道：“怕什么?”冒浣莲一把将他推倒地上，道：“赶快睡，我不和你斗口了。”她自己也和衣攒上床去。两人同行万里，凡是住店，都是桂仲明睡在地上，冒浣莲独占大床。

桂仲明果然很听话，乖乖地睡了，这晚一点事情都没有，第二天一早鸡鸣，冒浣莲就催桂仲明起来，结了房钱，继续登程。

两人走了三二十里，天色大明，眼前忽然现出一片亮晶晶的水泊，港汊交错，就在大路的旁边，而路的另一边又是高岗密林。桂仲明道：“这地方形势倒很不错。”冒浣莲道：“啊，我们已到了苏村了。这地方是冀鲁豫三省边境有名的险要之地。我听傅伯伯说，以前有一股强人在这里落草，兼做水陆两路生意，为首三人都是江北大盗，只是行为不正，贪财好色，绿林英雄鄙其为人，后来又给官军打了一阵，没人帮他们，听说站不住脚逃了，不知是也不是。”桂仲明道：“就是有强盗也抢不了咱们！”正说话间，忽然背后车辚辚，马萧萧，回头一看，那六辆大车和乘马护送的一干人，已赶了上来。

冒浣莲眼利，只见第一辆大车前面挂着一面镖旗，上绣“武威”二字，迎风飘荡。六辆大车过后，殿后的一人，年约四十岁光景，拿着一杆大旱烟袋，口喷青烟，斜着眼睛，看了桂冒二人一眼，似颇惊异，但也不停留，策马疾驰而过。

冒浣莲待大车过了少许，笑着对桂仲明道：“你成天嚷着要见江湖人物，这便是一个人物。武威镖局是南京最出名的一间镖局，镖头就叫孟武威，年纪比我的傅伯伯还大一点，善用独门兵器旱烟袋打穴，我十一二岁时，和傅伯伯到南京曾见过他。听说他的绝艺只传给儿子孟坚，刚才那人想必就是他的儿子。”桂仲明道：“昨天为什么没见着镖旗，也没见这扛旱烟袋的汉子？”冒浣莲道：“昨晚他们进城歇宿，用不着挂出镖旗。你不知道，成名的镖师都有一些怪规矩，比如孟武威，他总是在险要的黑道上，预知有强人伏伺时，就狂吸旱烟，口喷奇形怪状的烟圈，表示是他亲自押镖，平时倒不大吸烟的。这人完全学了他的样儿。我也是见了他的旱烟袋才想起他的来头，昨晚根本就不留意到他是谁。”

桂仲明哼了一声道：“你看走眼了，会打穴有什么稀奇？据我看，傍着大车走的两个瘦小汉子，功夫就要比这人高。”冒浣莲凝眸细看，看不出什么异样。桂仲明道：“我是练大力鹰爪功的，懂得一些路道。你看那两人这样瘦小，坐的马这样高大。那马却像不胜负荷似的，刚才他们与我擦身而过，我听那沉重的马蹄之声，就知这两人外家功夫已有相当火候。”冒浣莲奇道：“为什么只说相当火候呢？”

桂仲明道：“凡是练鹰爪功、金刚手这类内外兼修的功夫，到了随时随地，或站或坐都浑身是力，不克自制的时候，外家功夫就已到家了。可是内家功夫还没到家。若内家功夫到了家，那股劲力随心所欲，能发能收，根本就看不出来。这两人外功不错，内功可还未够火候。”冒浣莲笑道：“我连他的外家功夫都看不出来，那更差了。”桂仲明正色道：“不然，你的功力据我看和那两个人差不多，却要比那个孟坚高。你学的无极剑法，是上乘的内家剑法，怎可妄自菲薄？”冒浣莲抬头再望，大车已过去约半里之遥，那吸旱烟袋的汉子，还不时回头看望。冒浣莲不觉笑道：“这人疑心我们是强盗呢！只不知这南京的名镖头，为什么给三十六个少女保镖，这事可奇怪透了。莫非这批少女，真是什么大户人家的女儿，请人保送的？可是看来又不像呀！”

说话之间，猛然前面六辆大车，倏地都停下来。前面尘头起处，两骑骏马，迎面驰来，掠过大车，快近桂冒二人时，才猛地勒马回头，又狂奔过去。冒浣莲拉拉桂仲明的袖子道："是那话儿来了!"桂仲明脚步不停，一直向前走去。

骤然间路旁高岗上，射出了几枝响箭，其声呜呜，甚为凄厉，响箭过后，密林中涌出一批人马，约莫有一百多人，霎忽就截断了大路，拦在车队之前。

武威镖局的镖师孟坚本来是押队殿后的，这时已催马上前，狂喷烟圈，起初是一个个的圆形烟圈，接着喷出的几口烟其直如矢，射入先喷出的烟圈之中，烟圈也渐渐四散，漫成烟雾。这是孟老镖头传下的讯号，圆烟圈套交情，直烟线表武力。意思是说："好朋友们，给我们圆圆面（卖人情）吧，不然若用武力，落个两败俱伤，可坏了江湖义气。"

对方阵中缓缓地走出一个中年汉子，袍袖飘飘，意态潇洒，眉目姣好，很像一个女人，他在袖中取出一把折扇，迎风一扇，把孟坚喷出的烟雾，扇得一干二净，阴声细气地说道："我道是谁，原来是武威镖局的少镖头亲自押这支镖。"孟坚也道："我道是谁，原来是郝寨主还在此间。既是熟人，请恕礼仪不周，容日后补上拜帖吧!"说罢又喷出几口烟圈，等待对方答话。

在他们两人打话之际，冒浣莲和桂仲明远远地站在路边。冒浣莲道："果然那三个魔头又回旧地。"桂仲明道："那不男不女阴阳怪气的是谁?"冒浣莲道："我听傅伯伯说过，这人料是三魔之首，十几年前的江湖败类人妖郝飞凤。"桂仲明奇道："为什么叫做人妖?"冒浣莲道："因他生得眉目娟秀，常常扮成女人，专迷惑大家闺秀，有人还说他真是个阴阳人，所以叫他做人妖。可是他的武功也真好，有几个侠客想除他，都给他逃掉了。后来大约是年纪大了，扮女人不灵了，这才落草为寇的。"桂仲明又好奇问道："什么叫做阴阳人?"冒浣莲粉脸通红，大力拑了他一下，说道："别问了，赶快看吧，你看他们就要动手了。"桂仲明出其不意地给她拑了一下，"唷"的一声叫了出来，幸得那两批人都很紧张，谁也没有注意他。

郝飞凤慢条斯理地又举起扇来，扇了两扇，低声笑道："少镖头和我们搭什么架子，猛喷烟圈?咱们开门见山，你要我们替你圆这个面子，那也成，但你也得替我们圆个面子。"

孟坚接了这支镖后，一见要保送的竟是三十六位美艳如花的少女，心里当然觉得十分奇怪，但他恃着父亲的威名，插了镖旗，也竟挑起大梁，从苏州直保到此地，一路虽碰过三四次黑道人物，但只须喷出几口烟圈，也就把对方吓退了。不料一踏入河北，却碰上这三个硬对头。正在忐忑不安，一听郝飞凤的话似有商量，急忙问道："郝寨主有什么吩咐，我孟坚做得到的，一准办到。"

郝飞凤又阴阳怪气地笑了一笑，将扇一指大车，说道："我们不劫你的镖，只是要一些无伤大雅的东西。"

孟坚听郝飞凤说不劫他的镖，心中大喜，连底下那句话都未听全，就拱手说道："多谢寨主借路。"郝飞凤冷冷一笑，尖声说道："你车上的红货（金）白货（银）我全不要，这三十六个女娃子，你可得给我留下，少一个也不成！"孟坚强抑怒火，一摆烟袋，亢声问道："郝寨主，这是怎么个说法？"郝飞凤阴恻恻地说道："从来保镖的都是保红白财货，没有保人的。我不要你的货，只要你的人，这怎能算是劫镖？"孟坚给他气得须眉倒竖，骂道："怪不得人家骂你是江湖败类，武林人妖，冲着我武威镖局的镖旗，你要放肆，那可不成！"郝飞凤将折扇扇了两扇，大笑道："就是你老子出马，也得给我留下。你招子（眼睛）放亮一点，凭我这把铁扇，要你这三十六个女娃子，可不过分。"孟坚瞥了一眼，见那扇子乌漆漆的闪光，哼了一声道："原来你还是铁扇帮的，那更好了，我就凭这杆烟袋，斗斗你那把铁扇。"

铁扇帮是长江以南的一个秘密帮会，帮主尚云亭有一身惊人的武功，可是手底极辣，黑白两道全不买帐，碰到财物就要拦截。郝飞凤穷途落魄，曾去投他，他本待不收，不知怎的，却给郝飞凤迷惑住了，终于让他做了帮中的一个香主。郝飞凤也就是靠了铁扇帮的名头，才能重回旧地，再立门户的。

孟坚年虽四十，可是一向靠着乃父声威，保镖以来，从未与硬手动过真刀真枪。而他那铁烟杆打穴的功夫，也的确算是一门绝技。因此久而久之，他也自以为可以称雄一时了，今日碰着这三个魔头，虽然不无顾忌，但一给他们挤得下不了台，也自动了真气，烟杆一指，便待扑上。

郝飞凤轻轻一闪，并不接招，笑道："你要和我动手呀，那可还差着点儿，三弟来把他拿下。"背后一个粗豪汉子，应声而出，右手单刀，左手铁盾，拦住孟坚喝道："我倒要看你孟家的打穴功夫！"这汉子正是三魔柳大雄。

孟坚心头火起，更不打话，铁烟袋当胸打去，柳大雄举盾一边，烟锅当的一声打在盾上，未烧完的烟丝，给碰得直飞出来，点点火星，倒溅回去。柳大雄单刀在盾下倏地攻出，斩孟坚手腕。孟坚武功也非泛泛，手腕一顿，铁烟杆横里一荡，把单刀荡了开去，大喝一声，斜身滑步，烟锅已自向柳大雄背后"魂门穴"打去。柳大雄反手一迎，烟锅碰在盾上，他顺着这拧身之势，刀光一转，反取中盘。孟坚连跳了两跳，才避开这招。

桂仲明和冒浣莲伏在路旁，看这两人厮拼，只见孟坚如怒狮猛搏，铁烟袋点打敲劈，可总打不着敌人的穴道。柳大雄以铁盾掩护单刀，带攻带守，打得十分激烈。

再打了一会，孟坚渐渐落在下风。本来论功夫技业，他和柳大雄原不相上下。只是柳大雄是个剧盗，见过许多阵仗，孟坚和他一比，可就差得多了。

打到分际，柳大雄左手盾牌虚晃一招，身形向下一扑，单刀绕处，直向他下三路斫去。孟坚霍地退步，铁烟杆"倒打金钟"，指向敌人背脊"天枢穴"，柳大雄大吼一声，身形暴起，铁盾"横托金梁"，用力一磕，右手单刀，顺着烟杆，向上猛削，孟坚若不撒手，手指非给削断不可。

桂仲明伏在路旁，见到孟坚危急，偷偷地对冒浣莲说："且待我助他一下。"冒浣莲未及拦阻，桂仲明已倏然出手，一枚金环，径自飞去。

这枚金环，打得正是时候。柳大雄看看得手，忽听得"当"的一声，单刀已给金环荡开。收刀一看，只见刀锋也被碰损，缺了一个小口。孟坚莫名所以，拖着烟杆，踉踉跄跄地退了几步。

桂仲明暗器打得十分神妙，两边的人又全都注意孟坚和柳大雄的厮斗，竟然没人知道暗器从何而来。柳大雄横刀举盾，高声喝道："哪个不要脸偷袭大爷的站出来，咱们明刀明枪决个胜负。"

孟坚幸得这一枚金环，保了武威镖局的声威，情知自己不是人家对手，拖着烟杆疾退。郝飞凤撮唇打了个胡哨，只见一骑健马，倏地冲去，马上人往下一落，拦着孟坚，笑嘻嘻地道："孟少镖头，你别走！"这人是江北三魔中的第二魔沙无定，也是刚才策马探镖的人。

才解困厄，又遇强敌；孟坚正在心慌，猛然间大车队中，也飞冲出两骑健马，孟坚一看，却是那两个黑瘦汉子，这两个汉子下马叫道："孟爷请退！"其中一人赤手空拳便去强抢沙无定手中的大枪。另一人也以赤手空拳，迎上了追来的柳大雄。

孟坚惊异得几乎喊出声来，这两汉子就是当日请他来保镖的人，当时他们自称是一个富户的管家，名叫陆明、陆亮，是两兄弟，倚靠南京另一个武林前辈的面子，来央求武威镖局保镖的。孟坚看他们骨瘦如柴，当时还暗笑怎的这个富户却用"烟精"来作管家，根本就料不到他们身怀绝技。

这两人一出手竟是北派的鹰爪功夹以擒拿手，十数招一过，看得孟坚目定口呆。沙无定的大枪，长七尺有余，一簇血挡四面戟张，足有斗篷大小，挑扎扑打，虎虎生风，论功力比柳大雄还强许多，但陆明只凭一双肉掌，已是足以抵敌。沙无定一枪紧似一枪，兀是刺他不着。那边的陆亮独战柳大雄，竟然欺身直进，硬用空手入白刃的功夫，去抢柳大雄的单刀，不过片刻就占了上风。

孟坚在一旁看得倒吸凉气，心中叹道："休了，休了！这两人身怀绝技，我却一点也看不出来，还夸大口，作保镖，传出去岂不笑折别人牙齿。今番纵保得着这支镖，也折了名头！"看两人越打越烈，鹰爪功擒拿手，招数精奇，自己见所未见，越看越怪，不禁皱眉想道："这两人功夫远在我上，怎的颠倒请我来做保镖，若不是存心戏弄，一定内有隐情。"

这时刻，两对厮杀，功夫也已分出强弱。沙无定招熟力沉，还自抵挡得住，柳大雄的单刀在酣战声中，却竟给陆亮一把抢去，只剩下一面铁盾，且战且退。

郝飞凤相貌像个女人，功夫却极利落，轻轻一纵，拦在陆亮面前，铁扇一指，直点陆亮面门，左掌一立，轻轻向上一托，陆亮双肩一晃，急忙倒纵出去，郝飞凤这招名叫“颠倒阴阳”，与擒拿手有异曲同工之妙，胳弯若给他一托一拗，这条手臂就算卖给他了。

郝飞凤救出了柳大雄，尖声怪气地叫道：“二弟请退下。”沙无定力刺三枪，把陆明迫过一侧，撤枪疾退，气喘吁吁，站在郝飞凤身边。

陆明、陆亮并肩站立，郝飞凤展开铁扇，扇了两扇，怪声笑道：“陆家兄弟真好功夫，我不自量力，要请两位一同指教！”陆明、陆亮都是心头一震，想道：“这‘人妖’真个‘神通广大’，我两兄弟早已退出江湖，他竟一口就能喝破来历。”

郝飞凤铁扇一指，又再尖声叫道：“两位陆师傅不肯赐教么?”陆明、陆亮大怒，左右一分，双双扑上，喝道：“今日定要擒你这个人妖!”郝飞凤嘻嘻一笑，滑似游鱼，在两人掌底钻了出去，说道：“你们有这能耐?”反手一扇，就和两人斗上了。郝飞凤扇子使开，也是一派点穴家数，但却比孟坚的打穴厉害许多，他身法又极其轻灵，一把扇子指东打西，指南打北，全是指向两人的致命穴道。他左手也不闲着，右手扇子打出，左手跟着就是一掌，用的竟是刀剑路数，这种怪招，陆家兄弟还是初次遇上。幸得他们的鹰爪功擒拿手也有了相当火候，而且相互配合，威力更增，郝飞凤这才不敢过分迫近。

三人走马灯似的厮杀了一百来招，郝飞凤怪招层出不穷，陆家兄弟拼命支持，兀是守多攻少。桂仲明看了许久，摇摇头道：“这两个汉子要糟。鹰爪功擒拿手原是利于攻而不利于守，他们给敌人迫得要撤掌防守，只怕没多久就要落败。”

果然再打一阵，两兄弟蓦然狂叫，往后便跑。但郝飞凤身法比他们更快，身形一起，又绊着他们。口中叫道：“二弟三弟，你们去抢大车!”

沙无定、柳大雄一声呐喊，率领百余帮匪，狂风一般卷将过来。郝飞凤尖声叫道：“只要人，不要货，算留给孟老头子一点面子。”孟坚气得焦黄了脸，抡铁烟袋拼命敲击，混战中沙无定一枪将他的烟杆挑上半空，旁边的帮匪抛出绊马索，将他绊倒，柳大雄双手扣住他的脉门，将他缚在路旁的树上。其他护车的壮汉，虽然也有武功，怎禁得帮匪人多势众，转瞬之间就给迫到一隅，眼睁睁地看着沙无定、柳大雄领着帮匪，扑奔大车。

桂仲明和冒浣莲伏在路旁，离大车约有十来丈远。冒浣莲本来屡次禁止桂仲明出手，这时见帮匪拉开大车绒幔，里面少女尖声哭叫，不禁柳眉倒竖。桂仲明道："这帮贼人欺侮娘儿，咱们揍他！"冒浣莲一跃而起，叫道："好，你对付那两个头领，我去赶开匪徒。"

桂仲明解下腾蛟宝剑，如巨鸟腾空，几个起落，已是落在车队之前。十多个帮匪舞动刀枪，上前拦阻，桂仲明圆睁双眼，大喝一声，腾蛟剑向前一抖，银虹疾吐，把十多把刀枪全都削断，沙无定见状大惊，斜刺里一枪刺出，桂仲明一个旋身，又是一声大喝，宝剑起处，只听得"喀嚓"一声，沙无定四十二斤重的大枪，也给斫断了，震得他虎口流血，拖着半截枪急忙奔命。

在桂仲明大显神威之际，冒浣莲也已赶到现场，那些帮匪正在撕绒幔、砸车门，冒浣莲扬手就是一大把夺命神砂，宛如洒下满天花雨。那些帮匪也都是老于江湖的了，一中暗器，只觉又麻又痒，有人叫道："这是毒砂子！"冒浣莲一声冷笑，玉手连扬，喝道："不是毒砂子你们也不知道厉害！"帮匪发一声喊，四下奔逃。冒浣莲双眼滴溜溜地一转，只见第三辆车上，还有几个帮匪，站在车顶，他们已抢出几名少女，用作掩护。冒浣莲大怒，放下神砂，拔出佩剑，一跃而上，剑走偏锋，捷似灵猫，娇叱两声，两名帮匪中剑扑倒，冒浣莲一腿将他们从车顶扫下，挺剑便奔第三名帮匪，那名帮匪将挟持着的少女向前一推，冒浣莲手腕倏翻，剑锋左倾，向空档奔去，剑法迅疾异常，本意这名帮匪也易了结，不料一剑刺去，只听得"当"的一声，碰了回来，原来是刺在一面盾牌上。

这名帮匪是柳大雄，他领头抢上中间的大车，砸开车门，只见六名少女美艳如花，眼都呆了。他看了一阵，将其中最美的少女挟出，冒浣莲已抢了上来。他舍不得放开，竟然在车上负隅顽抗。

冒浣莲连刺数剑，都被柳大雄巧妙挡开。他挟少女为质，以铁盾掩护，冒浣莲武功虽比他强，投鼠忌器，急切间却是奈何不得。柳大雄见冒浣莲一剑紧似一剑，应付也感为难。蓦然间他抓起少女往外一抡，以进为退，引开冒浣莲的剑，哈哈大笑，往后一跃，便待翻下大车。哪料笑声未绝，后心忽然一阵剧痛，不由得双手松开，人也像断线风筝一样跌了下去。原来桂仲明在追赶沙无定时，百忙中回头一瞥，见冒浣莲尚在大车上与人拼斗，随手发出一枚金环，打中了柳大雄后心穴道。

冒浣莲正自气红了眼，也待挺剑跃下大车，那少女刚好落下，她只好插剑归鞘，双手接下，轻轻抚拍少女，说道："姐姐受惊了！"那少女惊魂稍定，发觉自己在男子怀中，急忙双手一推，哪料手所触处，却是软绵绵的一团东西。

冒浣莲扬砂拒敌，拔剑救人，紧张中竟自忘记了自己易钗而弁，是个"男儿"。给少女一触，才猛地醒起，急忙放开了手，在少女耳边低声说道："姐姐，你别声张，我和你一样，是个女人。"

那少女裣衽致谢道："多谢姐姐救命之恩。"冒浣莲红着脸说道："你别叫我姐姐，我就领你的情了。"那少女也算机灵，急忙换过口道："多谢公子！"冒浣莲笑道："你叫什么名字？怎样来的？这些姑娘是你的姐妹吗？"那少女眼圈一红，答道："我叫紫菊，是苏州城的歌女，给人买来的，这些姑娘，我早先都不认识，听说也是买来的。"冒浣莲还待再问，忽见下面乱成一片，帮匪四下奔逃，桂仲明向她大声呼唤。

那边，桂仲明在发出金环，打倒柳大雄之后，再向前追，帮匪畏惧宝剑，纷纷躲避。郝飞凤放开陆家兄弟，赶了过来，也兀自镇压不住。

郝飞凤未见敌人，先见剑光，心里一惊，已觉冷气森森，寒光劈面。他仗着身法轻灵，连避三剑，自知不是敌手，待第四剑斫来时，急忙向后一跃，铁扇子倏地出手，迎着剑锋抛去。

桂仲明正杀得性起，忽听得剑尖嗡嗡作响，火星乱飞，十几支短箭向自己飞来，他双足一点，平地拔起三丈来高，宝剑在半空划了一道弧形，把那些短箭扫断，这才轻飘飘落在地上。只这样被挡了一挡，郝飞凤已跑到河边，扑通一声，借水而逃。原来这手是郝飞凤救命的绝招，那把铁扇子藏有机关，给宝剑截断后，十几条铁扇骨，都化成利箭，向敌人发射。他以往曾有几次被侠义道追杀，就是仗着这手绝技，得以死里逃生的。幸好桂仲明武功深湛，要不然还真避不开这突如其来的暗器。

沙无定最先逃跑，却及不上郝飞凤迅捷，刚刚奔至河边，桂仲明扬手一圈金环，将他后脑打裂，登时毙命。帮匪呼啸，没命奔逃，桂仲明顾不得追赶，先自回来寻觅冒浣莲。

冒浣莲听得呼唤，跳下大车，顺手一剑，挑开孟坚的缚绳，孟坚瘀红了脸，在道旁拾起那根铁烟袋，低声道谢，敲燃火石，狂吸旱烟，掩饰窘态。

陆家兄弟周围检视一番，只有两辆大车，被砸烂车门，撕破绒幔，其他全无损失。急忙拱手向桂冒二人称谢，请问姓名。他们心中极其骇异，尤其对于桂仲明的武功，更是佩服得五体投地。看桂仲明年纪不过二十来岁，但剑法和暗器的精妙，简直是闻所未闻，见所未见。

桂冒二人未及答话，孟坚忽在背后冷冰冰地说道："两位陆大爷，这趟镖我们退了。此去北京已是坦途，用不着我来保，也不需要我来保。"陆明将他一把拉住，急忙说道："孟镖头，这是怎么说的？全仗贵镖局威名，我们才能从苏州一直平安至此。在这个地方，虽然遭了一点挫折，胜败也是兵家常事嘛。咳，莫非你怪我们兄弟两人，我们替你赔罪。"说罢兄弟两人双双作揖。孟坚尴尬得很，可又不能再发脾气，桂仲明也上前来劝，孟坚叹口气道："两位陆大爷武功真高，这两位达官武功更高，武威镖局得保声名，全靠你们。回去我就禀告家父，把镖局歇了。然后再酬谢各位。"他这说的可是真话，他眼见今日诸人，武功一个比一个高，不禁心灰意冷，再不想吃这口江湖饭了。

两陆微微一笑，将事揭过。桂冒二人，随便捏了个假名，寒暄几句，也待告辞，另走小路。陆家兄弟却拉着不放，力劝他们一道，同路进京。桂仲明瞧了冒浣莲一眼，冒浣莲忽慨然说道："既然两位这样热心，咱们就叨光托荫吧。"两陆大喜，立刻让出两匹马，修好大车，就请桂冒二人一同上路。

一路上两陆拿话套问桂冒二人，冒浣莲机灵得很，含糊应过。她拿话套问两陆，两陆也含糊应过，问得紧时，只是答道："到了京城，我两兄弟自当请尊驾到我主人家中，赔罪道谢。”冒浣莲知道“交浅言深”，乃是江湖大忌，也就不再追问下去。至于孟坚，则一路默不作声，兴趣索然，虽然满腹疑团，却不愿开口说话。

走了十多天，到了北京，桂仲明见城墙高峻，西山巍峨，宫殿连云，屋宇栉比，端的是雄伟壮丽，气象万千。他久处深山，几曾见过如此景象。正自心胸舒畅，眼花缭乱之际，忽听得孟坚冷冷问道：“陆大爷，镖已押到京城了，请问在哪里交卸？”陆明扬鞭一笑，说道：“纳兰相府！”

孟坚吃了一惊，反复问道：“纳兰相府？”陆明又微微笑道：“正是纳兰相府。”孟坚沉着脸道：“那么两位是相府的教师爷了。”陆明、陆亮同声说道：“不敢！”孟坚心中愤怒，口里可不敢说出来。陆明何等老练，早已看出，急忙陪话道：“不是我兄弟俩故意戏耍老哥。这是我们相府师爷的主意，我们只是依令而行。”冒浣莲问道：“那么这三十六位少女，也是相爷买的了？”陆明道：“正是。相府的老师爷叫我们出面，央求南京的童镖头，转请贵镖局保护，就是怕路上出麻烦，所以借你们的镖旗镇压一些不三不四的小强盗。”孟坚哼了一声，想道：“原来你们只是把我们看作纸糊的姜太公，顶看不顶用，只可用来吓小鬼的，真正碰到硬把子，还得你们两兄弟出阵，所以你们不动声色地跟在车旁。只可惜真碰到硬把子时，连你们俩也抵挡不住。”他拨转马头，拱拱手道：“按规矩，我们该亲到镖主家里交卸，但相府门高，我辈小民可不敢进去。两位教师爷替我们美言一句，这镖你们自己去押回吧。我孟坚领情了。”说罢，对桂冒二人，再深深一揖，表示谢意，不听劝阻，拨马便走。他心中对二陆和童镖头都很不满，只是深深感激桂冒二人。

桂仲明见他负气而行，心中暗道：“这人倒也是个血气男子。”他拉着冒浣莲正想告辞，陆明却又上前拦阻道：“这次多得两位兄台出手，小弟交浅言深，如两位兄台尚未有落足之处，就请到相府里去谋个差事如何？”桂仲明怫然不悦，几乎就要发作，不料冒浣莲却是喜形于色，连声笑道：“多得两位教师爷关照，我们也不客套推辞了，若然得在相府安身，那可是求之不得！”桂仲明猛然会意，立刻装出笑容，连声道谢。

大车在京城街道上长驰而过，向相府前行。路上冒浣莲再问相爷买这三十六个少女干吗？陆家兄弟这时已把两人当作自己人，不再隐瞒，告诉他们道：“这三十六个少女都是相爷暗中请人在苏杭两地搜买的，有些是出名歌女，但大多却是贫寒人家的标致女儿。也难为买的人选得个个都是这样如花似玉。至于为什么买的，那我们可不知道了。”

列位看官，你道是为什么买的，说起来却有一段故事。原来纳兰容若虽是当时第一才子，尤以词名冠于全国，他的父亲纳兰明珠，却是个不通文墨，庸俗不堪的人。他仗着是宗室内亲，又善奉承，从部曹微职一直升到当朝的大学士（宰相）。他见顺治和康熙两个皇帝都很注重文学，便暗地里招纳了许多文人供养在家，做了许多文章，冒充是自己做的，献进宫去，博取皇帝欢心。纳兰容若自幼在许多人才熏陶之下，加以天资聪敏，因此年纪轻轻，便成一代才子。康熙皇帝和他年龄相差不远，见他如此才学，宠爱异常。因此有人说，明珠之能做到大学士，得他儿子之力不少，可算是官场一件异事。

有一天纳兰明珠陪着康熙在西书房闲话，说起庄子南华经里的一段故事，记不清楚，叫内监取书来查，那内监错拿了老子的道德经，康熙跺着脚骂道：“蠢虫!”又叹口气对明珠道：“这班蠢物真是讨厌，从来说的‘红袖添香夜读书’多么有趣，朕富有四海，就是缺乏那么几个冰雪聪明的女孩替朕添香夜读。想那南唐李后主，虽是亡国之君，却有大小周后，娴熟词章，精通音律，风流韵事，万古流传。朕反而比不上他呢!”明珠听了，因事涉内廷，不敢作声，但心中却有了一个打算。

明珠回府之后，想起苏杭二州，山川秀美，灵气所钟，素多美女，立刻打发家人到苏杭一带挑选那些体态苗条，面貌清秀的标致女孩儿，准备收在府中，请文人学士教会诗书，琴师舞娘训练歌舞。训练成功之后，再偷偷献给皇上。但明珠为了沽名钓誉，不敢公然出相府之名，请地方官派兵护送。因此，才由相府的师爷定下计策，叫陆明、陆亮两个武士出面，转请武威镖局，护送来京。

陆明、陆亮将三十六名少女，送到相府之后，明珠自然十分高兴。但因他一心盘算怎样训练的事情，对陆明、陆亮保荐桂冒二人，却不耐烦细听下去，随便把手一挥，说道："既然你有两个朋友要进来，就安插他们在园子里看园吧。"这个差使，等于仆役，两陆对桂冒说及，都觉不好意思，却不料二人一口就答应了。

桂冒二人进了相府之后，一心想见纳兰容若，好探听张华昭的消息，不料一连两三个月，都没见着。看守花园，又不能随便出去，闷得桂仲明什么似的。冒浣莲虽然不时安慰他，但想起吴三桂举事之后，外头大局不知如何，亦是不禁心焦。

春来春去，转瞬到了榴花照眼的五月。一日清晨时分，桂仲明被遣去监督修理园子的工人，冒浣莲一人独自在花径徘徊。不知不觉，通过假山石洞，来到了园子深幽之处，只见林木葱郁，奇花烂漫，一带清流，从花木深处泻于石隙之下，两边飞楼插空，雕栏绣槛，皆隐于山坳树梢之间，景色美丽极了，也幽雅极了！冒浣莲心中暗道："天上神仙府，人间宰相家。这话说得果是不错！"正呆想间，忽听得有音乐之声远远飘来。她不觉循着乐声寻去，绕过几处假山，只见面前豁然开朗，一面水平如镜的荷塘横在面前，池塘上千百朵红莲，都已开放。四面红莲围绕中，池中心又有几十朵特别盛开的白莲，宛如素衣仙女，立在水中央。池塘周围有白石为栏，池上有小桥九曲，蜿蜒如带，直通到池中的一个小亭。上面有几个舞娘翩翩起舞，亭中有一个少年公子，独自弹琴。那几个舞娘，就随着琴声，且歌且舞。

冒浣莲妙解音律，远听琴声，只觉一片凄苦情调，不禁呆了。心想："纳兰容若富贵荣华已到了顶点，年纪轻轻，才名绝代，更是古今罕见，他还有什么不满足的。"她不觉步上小桥，向池塘中央的亭子走去。走到一半，亭上歌声戛然而止。只听得纳兰容若说道："这一首不宜合唱，只宜清歌，紫菊你给我按谱唱吧。"说罢，又弹起琴来，根本没注意到有人走下小桥。

冒浣莲听得"紫菊"二字，觉得这名字好熟，正思索间，琴声已起，其声凄苦，比前更甚，宛如三峡猿啼，鲛人夜泣。一个少女，面向纳兰，背向浣莲，按谱清歌。歌道：

"瞬息浮生，薄命如斯，低回怎忘？记绣榻闲时，并吹红雨；雕栏曲处，同倚斜阳。梦好难留，诗残莫续，赢得更深哭一场。遗容在，只灵飙一转，未许端详。　　重寻碧落茫茫，料短发朝来定有霜。便人间天上，尘缘未断，春花秋月，触绪还伤！欲结绸缪，翻惊摇落，两处鸳鸯各自凉！真无奈，把声声檐雨，谱出回肠。”

歌声方停，一声裂帛，琴弦已断了几根。纳兰容若推琴而起，叹了口气。冒浣莲听得如醉如痴，心想：“怪不得我一进园子里来，就听得人说，纳兰公子是个痴情种子，他夫人已死了一年，他还是这样哀痛。这首悼亡词真是千古至性至情的文字！”她咀嚼“梦好难留，诗残莫续”几句，想道：“难道年少夫妻，恩深义重，真是易招天妒吗？”想到这里，不禁心里笑道：“怎的这样容易伤感，我和仲明就是一对天生爱侣。”她想着想着，自觉比纳兰容若“幸福”多了。

这时那个歌女回转头来，见冒浣莲站在亭前，忽然“咦”的一声，低低叫了出来。冒浣莲一看，认得她就是当日自己在大车上救出的少女，怪不得名字这样熟。冒浣莲急忙向她打个眼色，跨进亭来。

纳兰容若听得紫菊低叫，抬起头来，见一个俊俏少年，卫士装束，不觉也有点惊诧，问道：“你是谁？你喜欢听琴？”冒浣莲道：“我是看园的。公子，你这首《沁园春》做得好极了，只是太凄苦了些。”纳兰容若奇道：“你懂得词？”冒浣莲微微一笑，说道：“稍为懂得一点。”纳兰容若请她坐下，问道：“你觉得这词很好，我却觉得有几个字音好像过于高亢，不协音律。”冒浣莲道：“公子雅人，料不会拘泥于此，古代之词，先有音乐，而后按声填词，尤以周美成、姜白石两大词家更为讲究。但其弊病却在削足适履，缺乏性灵。所以苏（东坡）辛（弃疾）一出，随意挥洒，皆成词章，倚声一道，大增光彩。但有时却又伤于过粗。公子之词，上追南唐后主，具真性情，读之如名花美锦，郁然而新。又如碧海澄波，明星皎洁。何必拘泥于一字一音？”纳兰容若听得睁圆了眼！

冒浣莲对词学的见解和纳兰容若完全一样，令纳兰容若惊奇的是：以冒浣莲这样一个“看园人”的身份，居然讲得出这番话来。

一面水平如镜的荷塘横在面前，池塘上千百朵红莲，都已开放。…… 上面有几个舞娘翩翩起舞，亭中有一个少年公子，独自弹琴……

他不禁喜滋滋地拉起冒浣莲的手，说道：“你比那些腐儒强得多了！怎的却委屈在这里看园？”冒浣莲面上发热，紫菊在旁边“嗤”的一声笑了出来，冒浣莲不自觉地把手一挥，纳兰容若只觉一股大力推来，蹬！蹬！蹬！连退三步，连忙扶着栏杆，定了定神，笑道：“原来你还有这样俊的功夫！”他还以为冒浣莲是怀才不遇，所以故意炫露，文的武的都显出一手。

冒浣莲一挥之后，猛地醒起，自己已扮成男子，却还不自觉地露出女儿本相，岂不可笑？纳兰容若又道：“我有一位书童，也像你一样，既解词章，亦通武艺。你有没有功夫？我倒想叫你和他见一见面。”冒浣莲大喜，连忙答应。纳兰容若洒脱异常，携着她的手，步下小桥。他是把冒浣莲当朋友看待，以相国公子和“看园人”携手同行，在当时可是个震世骇俗之事。

冒浣莲见他纯出自然，就让他牵着自己的手，走出亭子。

两人走出亭子，转过山坡，穿花拂柳，盘旋曲折，忽见迎面突出插天的大玲珑山石来，上面异草纷垂，把旁边房屋悉皆遮住。那些异草有牵藤的，有引蔓的，或垂山岭，或穿石脚，甚至垂檐挂柱，索砌盘阶，或如翠带飘摇，或如金绳蟠屈，幽香阵阵，扑人鼻观。比刚才的荷塘胜地，更显得清雅绝俗。冒浣莲赞叹道：“这样的地方，也只有像公子这样的人才配住。”纳兰容若骤遇解人，愁怀顿解，兴致勃勃地替她解释：那牵藤附葛的叫“藤萝薜荔”，那异香扑鼻的是“杜若衡芜”，那淡红带绿的叫“紫芸青芷”。这些异草之名，都是冒浣莲在《离骚》《文选》里读过的，却一样也没见过，这时听纳兰容若一一解释，增了不少知识。

两人一路清谈，不知不觉穿过藤蔓覆绕的游廊，步入一座精雅的清厦。这间大厦，连着幪棚，四面回廊，绿窗油壁，群墙下面是白石台阶，凿成朵朵莲花模样，屋子里是大理石砌成纹理，门栏窗户，也都细雕成时新花样，不落富丽俗套。四面香风，穿窗入户。纳兰容若说道：“在这里煮茗操琴，焚香对弈，当是人生一乐。”说罢拍了几下手掌，唤出几个书童，说道：“上去请昭郎来。”不一会上面下来一个英俊少年，冒浣莲一眼瞧去，正是当日在五台山相遇的张华昭，只是他比前略为清瘦，从抑郁的目光中看出，似另有心事。张华昭见着冒浣莲也是一呆，心想，这人面貌好似在哪里见过，却一时想不起她是谁来。

三人在庭院中荼蘼架下，围着一张大理石镂花桌子，盘膝而坐，旁边水声潺潺，出于石洞，上则藤萝倒垂，下则落花浮荡，院子外有一丛修竹，高越短墙。蝉声摇曳其间，宛如音乐，浣莲道："真好景致。"纳兰容若见桌上有棋枰一局，未敛残棋，忽然起了棋兴，对冒浣莲道："你们两人下一局如何？我做裁判。"张华昭道："公子既有棋兴，何不和这位兄台对下，让我开开眼界。"纳兰容若笑道："局外观棋，更饶佳趣。"说着已把棋子摆了起来。张华昭瞧了冒浣莲几眼，越看越觉面熟，心念一动，拈着棋子说道："好，待我输了，公子再给我报仇。"他第一步就行了个当头炮。

纳兰容若在旁一面看一面笑，张华昭一开首便着着进攻，进中兵起连环甲马，出双横车，七只棋子，向对方中路猛袭。冒浣莲沉着应战，用屏风马双直车坚守阵地，着法阴柔之极，行至中变，已带攻带守，反夺了先手。纳兰容若笑道："昭郎，你这是吴三桂的战法！"张华昭愕然问道："怎么？"容若道："吴三桂这次举事，声势汹涌，王辅臣在西北起兵，尚耿两藩又在南方遥为呼应，吴三桂亲自率领大兵，攻出湖北，想沿江而下，攻占全国心脏。攻势是猛烈极了，但依我看来，非败不可。"张华昭道："那你是说，我这局棋也像他一样，输定了？"纳兰容若笑道："那还需说？"说未多久，冒浣莲大军过河，张华昭子力分散，果然已呈败相。纳兰容若忽正色说道："按说我们满洲人，入关占你们的地方，我也很不赞同。只是吴三桂要驱满复明，那却是不配！"冒浣莲冷冷说道："这不像是皇室内亲说的话。"纳兰容若蹙眉说道："看你超迈俗流，怎的也存种族之见？满汉两族，流出的血可都是红的，他们原应该是兄弟。满洲贵族，自有罪孽，可是不见得在贵族中就没有清醒的人！"冒浣莲暗暗叹道："他的父亲是那样污浊可鄙，他却是如此清雅超拔，看来'有其父必有其子'这句话，真是荒谬的了。"纳兰容若又道："其实，朝廷怕的不是吴三桂，而是藏在深山中的李来亨，他兵力虽小，威胁却大。这次朝廷派兵去打吴三桂，分了一路兵打李来亨，在三峡险要之地，给李来亨伏兵出击，全军覆没。"冒浣莲大喜说道："他们打胜了！"一不小心，给张华昭吃了只盲马。纳兰容若惊异地望她，冒浣莲自觉露迹，急忙低下头来用心下棋，结果因子力少了一马，给张华昭以下风抢成和局。

纳兰容若笑道："你的棋下得很好，现在轮到我来领教了。"正摆棋子，忽然丫环传报，夫人有请，而且指定要昭郎同去。容若问了冒浣莲的姓名（假名），拱拱手道："我明日再派人找你。"张华昭跟着出去，冒浣莲走在后面。忽然张华昭回手一扬，冒浣莲急忙伸手接着，手指一捏，是一个小小的纸团。

冒浣莲把纸团打开，只觉一阵幽香扑鼻，上面写着"今夜请到天风楼"几个小字，色泽淡红，纸上还有一两片揉碎了的花瓣。不觉心中自笑："张华昭和纳兰公子同在一起，居然学得如此风雅，以指甲作笔，以花汁作墨，和我暗通消息了。"她一面笑，一面佩服张华昭心思灵敏。对弈之时，时有落花飘下，当时见他拿花瓣玩耍，毫不在意，却料不到他已看出自己是同道中人，用此来书写文字，而且身手之快，令人吃惊，不但瞒过了纳兰公子，连自己也不知道他是什么时候写的。

冒浣莲目送纳兰容若和张华昭二人，在家丁和丫环簇拥之中，从侧门走回大院。她也缓缓而行，从原路走回，去找桂仲明。只觉路上碰见的人，似乎都在用惊异的目光注视自己。

绕过假山，穿过花径，走了一会，见桂仲明和园中的花王迎面走来，冒浣莲叫他一声，桂仲明却把头别过一边，不理不睬。花王毫不知趣，在旁边唠唠叨叨地说道："你这个同伴要发迹了，我们的公子呀，什么大官来拜访他，他都懒得去见，偏偏对你的同伴要好得紧，拉他的手在园子里走了好大一段路。老哥我看你也要跟着得意了，有了什么好处，可别忘了老朋友啊！"桂仲明哼了一声，肩头一耸，花王正搭手上来，忽然"哎哟"一声，跌倒地上。桂仲明转身便跑，冒浣莲飞步追赶，尖声呼唤。

桂仲明叹了口气，回头说道："你还追我作什么？"冒浣莲又气又恼又好笑，拉着他的手说道："你这人呀，就像你的父亲，你忘记我是男子打扮了吗？他要拉我的手，难道我也要像你摔花王一样，把他摔个半死？"桂仲明听她说到"就像你的父亲"这句话时，如中巨棒，想起自己父亲因误会而迫死养父，拆散家庭的事，立时愤火全消，但仍绷着脸说道：“我就是不高兴你和这种少爷亲热！”冒浣莲盈盈一笑，低声说道：“你说他是哪一种少爷？他这种少爷可与别的少爷不同。”说罢把纳兰容若的行径胸襟，细细对桂仲明剖解。桂仲明听得连连点头，不再言语。

冒浣莲待桂仲明完全平静之后，问他道：“你是特地来找我的吗？”桂仲明道：“陆明、陆亮今日从相府那边过来，我正在监工，他拉开我对我说，昨晚他们轮值，忽然发现武林高手自西府一座楼顶一掠而过，只看那身轻功，就比他们高明得不知多少倍，他们不敢追赶，想请我们助他一臂之力，这几晚给他们巡视门户。你不在身边，我拿不定主意。你说我们犯不犯得着真的给他们做看门。”冒浣莲想了一想，说道：“答应他们吧。我们虽不是替相府做看门，也要会会这位武林高手。”

说话之间，那个花王已从地上爬起，走了过来。冒浣莲道个歉迎上去问道：“天凤楼是不是在西院？”

花王点头道：“正是在西院，那是纳兰公子的书房。”他睁大眼睛，瞧了瞧冒浣莲，忽然拱手说道：“是不是公子叫你到天凤楼当差？那可是最好的差事！”冒浣莲笑而不答，谢过花王，拉着桂仲明各自回房休息，准备养好精神，夜探天凤楼，访寻张华昭。

两人睡了个午觉，再出来时，只见园中香烟缭绕，花影缤纷，所有不是应节开花的树，虽无花叶，也用各色绸绫纸绢及通草为花，粘于枝上，真是个花团锦簇、富丽异常。冒浣莲拉着一个小厮问道：“怎的今天园子里布置得这样华美？”那小厮伸伸舌头道：“中午时分，三公主驾到，你都不如道吗？你出园看看，那銮舆车仗，排得多长？三公主和我们的相国夫人，交情最好，以前每个月都要来一两次，一住就是几天。这次不知怎的，隔了好几个月才来。”冒浣莲听后，想起早上纳兰公子被夫人匆匆召去之事，大约是和三公主之来有关了。

到了晚上，园子里的景色更美，小河两岸的石栏，挂满许多水晶玻璃的各色风灯，点得如银花雪浪；绿树枝头，又遍缀水晶葡萄，作为装饰，上下争辉，水天焕彩，把园子装点得似玻璃世界，珠宝乾坤。桂冒二人，却是无心鉴赏，听得打过三更，各处沉寂之后，两人换过了一套黑色的夜行衣，展开绝顶轻功，径自扑奔西院，找了许久，才在雕栏玉砌的重重院落之间，看到古槐覆荫下，红楼掩映，上面彩纱宫灯，缀成的“天凤楼”三字。冒浣莲大喜，对桂仲明道：“你在外面巡逻，我进去探张公子。”

冒浣莲飘身而上，在每一层楼翘出来的檐角，都停了一下，张望进去，却是奇怪，楼房都是阒无一人。直上到顶楼，方始听见女子说话的声音，声调十分幽怨。

冒浣莲贴耳在纱窗上，只听那女子说道：“人们都羡慕荣华，帝王之家是荣华极致。我却只知道：深宫如鬼域，度日似长年。我还算较好的了，容若自小和我玩得来，后来又和你认识，你们像一股清风，给我揭开深宫的帘幕，看到一点点外面的阳光。我的姐妹，她们更惨。名为公主，却受制于保姆，莫说父王不易见，就是嫁出之后，一生见不着驸马，也属寻常。张公子，你就一点也不可怜我吗？”冒浣莲听得大惊，悄悄用指在纱窗挖了一个小洞，张眼一看，只见里面坐着一位旗装少女，美艳绝俗，气度高华。对面坐着的英俊少年，正是日间所见的张华昭。心想：莫非此女就是什么三公主？怎的她会和张华昭这样厮熟，深更时分，在高楼之上谈心？正疑惑间，张华昭低低叹了口气道：“我有什么办法？”停了一下，忽然背着公主把手一扬，一个小纸团，恰恰穿过纱窗上的小孔飞出。冒浣莲接过，打开一看，只见上面写道：“过一会再来！”正当此际，忽听得外面一声清啸。正是：

深院闻私语，中宵传怪声。

欲知后事如何？请听下回分解。

第十四回　埋恨深宫　花迎剑佩星初落
扬威三峡　柳拂旌旗露未干

啸声中，只见前面的一座石山上，有个人影一闪，没入藤萝异草之间。桂仲明大吃一惊，这人身法好快！他恃着艺高胆大，不顾敌明己暗，刷刷刷，三起三落，径以飞鸟投林之势，跃上石山，左掌护胸，右掌应敌，嗖的一声，探身入藤萝之中。

说时迟，那时快，藤萝中一声冷笑，寒风扑面，桂仲明何等机灵，身形一晃，啪的一掌打去，那人一击不中，短剑顺势一旋，向上截斩，桂仲明这一掌原可击中对方，但对方剑招也是迅速之极，若不躲避，纵击伤对方，自己手腕也定被截断。桂仲明急用右掌一领，抢先一步过去，“嗤”的一声，衣袖中了一剑。桂仲明大怒，运大力鹰爪神功，伸开十指，当头抓去，连发三招辣招。对方闪展腾挪，瞬息之间，还攻下五剑，每一剑都是刺向桂仲明要害，桂仲明空手搏剑，虽然未至吃亏，却也占不了便宜。

那人似不欲恋战，不到十招，便奋身一跃，跳出草丛，跃上石山。桂仲明哪里肯舍，流星掣电般衔尾直追。追到天凤楼前，那人倏地转身，短剑一立。灯光闪映下，桂仲明只见对方身材瘦小，蒙着面幕，只露出两颗滴溜溜的眼珠，似乎是个女子。他心里正在怀疑，那人低骂一声：“亏你这样身手，竟然是个鹰爪孙。”短剑一抖，浑身上下，卷起几道剑光，精芒冷电，缤纷飞舞，疾攻而上。

桂仲明听她声音清脆，甚似女声，方欲喝问，已被猛攻。这回他不敢空手应敌，托地往后一跃，手在腰间一按，腾蛟剑似飞蛇般直吐出去，那人猛见一道银虹疾射面门，微噫一声，身随剑转，急走偏锋，展开精奇招数，转攻桂仲明两胁。

桂仲明的五禽剑法，本以迅捷见长，不料对方的剑法更为迅捷，瞬息之间，两人已打了三五十招，都是一沾即走，两剑从不相交。桂仲明越打越奇，这人的剑法非常之似凌未风的天山剑法，变化繁复，掺杂有各种家数，若不是他见过凌未风剑法，几乎抵挡不住！但他也曾听得凌未风说过：晦明禅师的天山剑法，生平只传过三个人，一个是二十多年前名震江湖的杨云骢，此人十八年前在杭州离奇毙命。尚有两人，一个是已投了清廷的游龙剑楚昭南，一个就是他，那么这个瘦削身材的人，究竟是从何处学来的天山剑法？

此人剑法是精奇极了，只是功夫却逊桂仲明一筹，斗了片刻，额上见汗，桂仲明觑个真切，手腕倏翻，硬磕对方的剑，只听得当的一声，那人的剑给磕上半空，急忙倒纵出去，追接那被磕飞的短剑。桂仲明将腾蛟剑卷成一团，也不追赶。只见那人接到被磕飞的短剑，在灯光下细看，满面疑惑之容。原来那人的短剑也是把宝剑，她接了一看，只见剑锋有一个小小的缺口，分明是给桂仲明的剑所损伤的，哪得不惊。而桂仲明的腾蛟剑，自使用以来，已不知截断过多少兵器，如今用了十成力量，满拟把它截为两段，不料见对方接了下来，细细把玩，竟似毫无伤损，也是大吃一惊。

桂仲明满腹狐疑，上前问道："你到底是什么人？你认识凌未风吗？"那人蓦地回头，诧声问道："你认得凌未风？……"尚未说完，忽然山坳处疾地又飞掠出两条人影，当前一人，手持着一把寒辉闪闪的长剑，刚一现身，便连声狞笑，叫道："好大胆的女飞贼，竟然闯进相府来了！"桂仲明心想："果然是个女的！"

那人长剑一拦，封着了"女贼"的去路，另一人侧边窜上，招呼桂仲明道："你是相府的卫士？好功夫，你帮我们把女贼擒住，这是奇功一件。"桂仲明不理不睬，双目注定那个"女贼"。"女贼"已和那人交上了手，只听得叮当几声，两人各自退后几步。使长剑的出声骂道："你这女贼从哪里偷得我师兄遗下的宝剑？""女贼"也骂道："你还记得你的师兄？"短剑一举，两人又斗在一起。

那人的长剑切了三道缺口，这还是他内功深湛，一见势头不对，便用天山剑法的"卸"字诀，化去宝剑硬削之力，不然这柄长剑真会给短剑截断。

两人一退复上，再度交锋。那使长剑的傲然说道：“你有宝剑也难奈我何。”展开长剑，翩如惊鸿，猛如雄狮！剑法和那“女贼”虽是同一路数，却是不过十招，便把“女贼”迫得连连后退。桂仲明大吃一惊，怎的今晚碰到的人，一个强似一个，这人的剑法，不但和凌未风一模一样，连功力也好似差不多！

在天凤楼头的冒浣莲，听得下面的金铁交鸣之声，连忙手足并用，落到地上。一看之下，吃惊非小，失声叫道：“快上去救那女子，她是易姐姐！”

这“女贼”正是易兰珠，来捉她的人却是楚昭南。她的短剑名为“断玉剑”，和楚昭南的游龙剑同是晦明禅师的镇山之宝，当年晦明禅师将短剑传给杨云骢，长剑传给楚昭南。杨云骢在临死前写下血书，将短剑与女孩交与一个少年，叫他到天山以血书短剑为凭，拜在晦明禅师门下。那少年是凌未风，而那女孩则是今日的易兰珠。她给凌未风抱上天山时，才是三岁多一点，她的一身武艺，都是凌未风代晦明禅师传授的，因为是自幼就得上乘剑法的真传，功夫自是不弱。只是和楚昭南、桂仲明等人比起来，功力当然还是有所不如。

易兰珠敌不住楚昭南的连环攻击，正在危急之际，忽听得楚昭南大叫一声，往后疾退，易兰珠只觉脑后风生，怔了一怔，楚昭南蓦地双手一扬，两道银光，已是向她射来，易兰珠举剑横削，“当啷”一声，掉在地上，一看却是一段断剑。这几下，快得出奇，连易兰珠也看不清楚。抬起头时，已见楚昭南双手空空，和一个持剑少年，互相扑斗，这少年正是刚才用宝剑打败自己的人。

原来桂仲明救人心切，施展绝顶轻功，用五禽剑法中的“俊鹘摩云”绝技，身形一起，在半空一个倒翻，头下脚上，便向楚昭南冲来。易兰珠背向桂仲明，因此只觉脑后风生，看不清人影。楚昭南眼观六路，耳听八方，蓦见一人似弩箭般疾冲而上，却是双手握拳，不带兵器。虽然对来人的轻功颇感惊奇，但也不以为意，他想：“我天山剑法，神妙无匹，你这样冲来，我只一剑，就可以刺你一个透明窟窿！”哪料桂仲明的腾蛟剑，却是一件异宝，用时如百炼钢，不用时如绕指柔，这时给桂仲明卷成一团，藏于手心，楚昭南见他翩如飞鸟，疾冲而来，把剑一引，先黏开易兰珠的短剑，反手向上一撩，快如闪电。不料桂仲明手掌往外一翻，腾蛟剑往外电射而出，只听得“咔嗤”一声，楚昭南的剑给截为两段，桂仲明也借着这一挡之势，倒翻过来，轻飘飘落在地上。

楚昭南功夫也真老到，临危不乱，他疾退几步，便以断剑作为暗器，两路发出，一取易兰珠，一取桂仲明，这样缓得一缓，他已透过气来，重整身形，接上了桂仲明的攻势。

桂仲明腾蛟剑何等厉害，寒光一闪，已当胸击到，楚昭南身子一翻，旋转过来，右掌一拂，反截桂仲明持剑的手腕，桂仲明见他一照面就施展出大擒拿手法，不由得吓了一跳，虽有宝剑，也不敢大意，当下施展出五禽剑法中的精妙招数，如秋风扫叶，横扫下压。楚昭南以天山掌法对付，甚感吃力，屡遇险招。

他对桂仲明这把剑又恨又爱，心想：“我的游龙剑给凌未风夺了去，这口鸟气，迄今未出。看他这口剑，好像剑质还在游龙剑之上，要是夺得过来，就不怕凌未风了。”可是，桂仲明攻势强劲之极，休说夺不了他的剑，偶一不慎，只怕立有丧身之危。

这时和楚昭南同来的助手，见桂仲明反助“女贼”，又惊又怒，急跳上前。楚昭南大叫道：“把你的剑给我！”他猛地使出几招花招，人似穿花蝴蝶，晃了几晃，托地跳出桂仲明剑光笼罩之外，一伸手就接了助手抛过来的长剑。桂仲明一剑攻到，忽觉手上一震，腾蛟剑竟给敌人兵刃黏住，带过一边。他急向前顺势一送，解去这股内家粘劲，把剑一挥，挥起一团银虹，又把楚昭南迫退几步！

这时冒浣莲正赶上去拉着易兰珠，还未谈得几句，园子里已是一片人声，沸沸扬扬。

易兰珠盈盈一揖，说：“冒姐姐，我要走了。若见着张公子，请代我说一声，叫他早日设法，离开相府！”说罢，身形一闪，分花拂柳，一溜烟般跑了。楚昭南的助手上前追赶，给冒浣莲在背后一颗铁莲子打中肩胛，碎了软筋，痛得倒在地上直嚷！

冒浣莲目睹易兰珠飘然而来，飘然而去，不禁茫然。她想：傅伯伯以前说过，看此女神情，她身世定有难言之隐。她万里来京，不知为了什么？若真是为了张华昭，只恐张华昭又另有所属。再看今晚的事，出动到楚昭南这厮来捉她，又不知她闯了什么大祸？只可惜刚才匆匆忙忙，没有和她订下后会之期。

这时，相府里的卫士家丁，已自四面涌来，桂仲明和楚昭南也正打得十分炽烈。冒浣莲无暇再想易兰珠之事，掏出一把夺命神砂，睁眼看时，只见楚昭南剑式夭矫，如毒龙怪蟒，拿着的虽是一把普通刀剑，仍然全是进手招数。再看桂仲明，虽然被迫退守，但腾蛟宝剑剑风霍霍，剑气纵横，封闭遮挡之间，偶而也有几招极辛辣的反击招数，带守带攻，也尽自抵挡得住。

原来论剑法与论功力，都是楚昭南较胜一筹，只是桂仲明却胜在有一把宝剑与气力悠长。他起初施展五禽剑法的“压”字诀，剑招自上压下，想仗着宝剑之力，以最凌厉的攻势，一举击倒敌人。不料剑招一发，每每给楚昭南用黏、卸两字诀化去。桂仲明的剑势，虽劲道十足，无奈对方的剑，竟好似轻飘飘的木片一样，贴在自己的剑上，顺着剑风，左右摇晃，自己竟无法用力削断他的兵刃！而且对方的剑法虽柔如柳絮，若自己稍一疏神，它又忽而猛若洪涛，骤然压至。好几次险些给他借力打力，夺去自己的宝剑！这才倒吸一口凉气，猛地想起了凌未风之言，凌未风在自己得了宝剑之后，曾说：“论剑法，你就是没有宝剑，在江湖上也算是顶儿尖儿的了，能敌得住你五禽剑法的，我屈指一数，也只是有限几人；得了宝剑，如虎添翼，当然是更厉害，除了傅老前辈的无极剑法和我的天山剑法之外，大概谁都不能打败你了。只是还要提防一个人，他就是我的师兄楚昭南，他的剑法不亚于我，功力则似乎还稍差一点，你若碰到他，不要和他对攻，利用宝剑之长，竭力防守，在他攻得极急之时，就以五禽剑法中的冲刺三十六式，忽然反击出去，他非撤剑防守不可。以他的功力，你若防御绵密，他就夺不了你的宝剑。这样总可以打个平手。”桂仲明虽没见过楚昭南，但今晚看敌人出手，和凌未风的剑法一样，不是楚昭南还是谁？于是他小心翼翼，依着凌未风所教，果然楚昭南拿他毫无办法。有时楚昭南急于进攻，偶有空隙，还几乎给他辛辣的反击，挫折下来。

楚昭南不由得倒抽一口凉气，心道：“哪里来的这个少年？在江湖道上，可从没有听人说过！”要知自楚昭南下山以来，除了曾败给他的师兄杨云骢和师弟凌未风之外，可说从无敌手。即算无极剑的名宿傅青主，也不过和他打成平手。想不到如今竟然奈何不了一个无名少年，他骄狂之气，不由得收敛下来，剑法一变，忙改用阴柔的招数，想乘桂仲明经验不足的弱点，乘隙夺剑。

两人辗转攻拒，斗了一百多招，相府的卫士家丁们已蜂涌而到。冒浣莲看得大为着急，看他们两人斗剑，桂仲明虽抵挡得住，却还是略处下风，这些人一来，他怎能逃脱？

冒浣莲咬着牙根，正打算若那些人围攻的话，就乱洒夺命神砂。忽然天凤楼悬出百余盏彩灯，五色灯光之下，有一少年公子，手摇纨扇，儒冠素服，飘飘若仙，在第三层楼头，斜倚栏杆，纨扇一指，朗声说道：“公主就在此楼，谁人这样放肆？惊动莲驾，该当何罪！”卫士家丁抬头一看，见是纳兰公子，吓得垂下手来，不敢乱动，楚昭南连发泼风三招，把桂仲明迫退几步，身形一晃，掠到天凤楼前，抱剑当胸，行礼说道：“卑职禁卫军统领楚昭南，参见公子，事缘今晚有女飞贼闯入相府，卑职前来擒拿，未暇禀明。现她还有两个同党在此，乞公子饬令家丁协助，将他们擒下！”纳兰容若说道：“谁是她的同党？”楚昭南回身一指桂仲明，再斜窜几步，找到了冒浣莲，刚刚举手，冒浣莲忽然衣袖一拂，若不经意地遮着脸部，扭头便跑，叫道：“公子救我，此人诬良为盗，竟把我当女贼同党！”纳兰公子招手说道：“你上来！”冒浣莲大摇大摆，登上天凤楼。原来冒浣莲在五台山曾和楚昭南朝过相，深怕他看出自己身份，所以急急躲避。

纳兰容若哈哈笑道：“楚统领此言差矣！这两人都是我的家丁，且还是我所熟悉的人，你怎么说他们是女贼同党？你赶快退出去吧！”这还是纳兰容若多少给楚昭南留点面子，要不然真会轰他出去！

楚昭南进京多时，深知纳兰容若乃当今皇上最宠爱之人，更何况有个公主在此。心头暗恨，没奈何打了几个揖，连道“恕罪”，飘身出了园子。卫士家丁们也悄悄散开，只剩下桂仲明站在天凤楼前。

纳兰容若笑对桂仲明道：“你的武功很好呀，居然能和楚昭南打平手，你是谁呀？”桂仲明绷着脸道：“我是个看园人！”纳兰容若听了，大为奇怪：怎的一日之间，接连碰着两个出类拔萃的“看园人”？冒浣莲妙解词章，精通音律，绝不输于时下名士，已令他吃惊不止；而桂仲明的武功，比起冒浣莲的文学，还更令他惊舌。纳兰容若虽不精于武艺，却曾听得康熙说过，楚昭南在禁卫军中，首屈一指，连大内卫士都算在内，他也是数一数二的好汉，而这个年青的“看园人”竟和他打个平手，这人的武功，也就可想而知了。纳兰容若不禁走下楼来，拉着他的手道：“你叫什么名字呀？和我进楼内坐坐吧。”桂仲明轻轻一摔，脱出手来，叫道：“我没有工夫！”纳兰容若又是不由自己地给震得退后几步，笑道：“怎的你和你的同伴都是一个样儿？”他一抬头，忽见桂仲明一脸凛然神色，大吃一惊。他虽然超脱异常，不同流俗，可是到底是个相府公子，几曾受过人这样冷漠？心中很是不快，说道：“壮士既不愿与我辈俗人为伍，那也就请便吧。”

哪料桂仲明看了他一眼，却又不走，再发问道：“我的同伴呢？”纳兰容若道：“我进去给你唤他下来吧。”桂仲明摇摇头道：“不用你去，我自己会找！”身形一纵，飞掠上楼。纳兰容若怔怔地站在楼前，不知自己到底是哪一点得罪了他。

过了一会，桂仲明自天凤楼的顶层，一跃而下，又把纳兰容若吓了一跳，只见他板着面孔说道：“你把我的同伴藏到哪里去了？”纳兰诧异到极，想了一想，暗道：“莫非是张华昭请他入密室？但公主也在里面，张华昭又如何肯请一个陌生男子进去？”猜疑不定，贝桂仲明犹自瞪眼迫视着他，颇为生气，冷冷说道：“你的同伴又不是小孩子了，谁能够把他藏起来？你不见他上楼时，我正在楼外和楚昭南说话吗？后来又下来和你说话，我都未有空跟他交谈，怎的说是我收藏他？”桂仲明想了一想，也是道理。正想再说，纳兰容若已拂袖上楼去了。

纳兰容若猜对了，冒浣莲果然是被张华昭请入内室去的。她上了天凤楼，走到了第三层，忽见张华昭从一面大铜镜侧边出来，冲着她咧嘴一笑，说道：“冒姑娘，请随我来。外面的事，有纳兰公子出面，一定可了。”冒浣莲抿嘴一笑，跟在他的背后，只见他把铜镜一转，背后现出一扇活门，走了进去，门内复道缦回，其中竟是别有天地。原来天凤楼建筑得十分精巧，竟是内一层，外一层，旁人怎样也看不出来。一走了进去，冒浣莲问道：“你怎么认得出我?”张华昭道：“刚才我偷看你应敌时的身法，正是无极派的。我一下子就醒起来了，你随傅青主上五台山时，我还撞过你一膀哩!”说着已到了一间精室，冒浣莲随他进去，只见一位旗装少女，坐在当中。

这少女美艳绝俗，气度高华，眉宇间有隐隐哀怨，她骤见张华昭和一个陌生“男子”进来，吓了一跳，正想发问，冒浣莲已笑盈盈地拉着她道：“公主，我也是女的。”把手一抹，现出头上青丝。公主出奇地看着她，忽然微笑说道：“呀，你真像董鄂妃，我小的时候，很喜欢跟她玩。她还教过我做诗填词呢。”冒浣莲低声说道：“她是我的母亲。我三岁大的时候，她就被你的父亲抢进宫去。”公主笑容顿敛，说道：“姐姐，我家对不起你!”冒浣莲叹道：“事情都过去了，还提它干吗?”

张华昭第一次知道冒浣莲身世，也颇惊异，沉默半晌，轻声说道：“公主，她是我们的朋友，有什么话可以跟她说。”公主轻掠云鬓，幽幽说道：“冒姑娘，我真恨我生在帝王之家，种下许多罪孽。你好好一家，如此拆散，一定很恨我们。可是，我要说给你听，我也不很快活。

“我在深宫中没有一个朋友，姐姐，如果你耐烦听的话，我想告诉你，我们做公主的是怎样过日子。”

冒浣莲瞧这公主眉目含颦，秀目似蹙，犹如一枝幽谷百合，动人爱怜。坐近她道：“公主，你说。”

公主轻弄裙钗，低声说道：“你别瞧我们做公主的荣华极致，实在却比不上普通人家，我们一出世就有二十个宫女、八个保姆服侍，宫女们有时还可谈谈，那八个保姆，可凶得很哩！动不动就搬出什么祖训家规，皇家礼法，把我们关在深宫。我们清宫里的规矩，公主一生下地，就与父母分离，不是万寿生节，一家人就很难有机会见面。假若得到父皇宠爱的，那还好一点，若是不然，一切都得听保姆摆布。我的大姐姐好不容易熬到出嫁，只和驸马行过大礼，保姆便把她冷清清地关在内院里，不许和驸马见面。过了半年，大公主忍不住了，便吩咐宫女，把驸马宣召进来，谁知被保姆上来拦住了，说道：‘这是使不得的，被外人传出去，说公主不要廉耻。’大公主没法，只好耐住了。又过了几个月，大公主又要去宣召驸马，又被保姆拦住了，道：‘公主倘一定要宣召驸马进来，须得花几个遮羞钱。’大公主拿出一百两金子来，保姆说不够，又添了一百两，也说不够，直添到五百两，还是说不够。大公主一气，不宣召了。直到正月初一，进宫拜见父亲，问道：‘父皇究竟将臣女嫁与何人？’父皇听了，十分诧异，说道：‘琪祯不是你的丈夫吗？’大公主道：‘什么琪祯？他是什么样子的？臣女嫁了一年，都未见过他面！’父皇问道：‘你两人为什么不见面？’大公主道：‘保姆不许！’父皇笑道：‘你夫妻的事体，保姆如何管得？’大公主听了，回到府去把保姆唤到跟前，训斥一顿，径自就把驸马唤来了。我大姐姐是够胆量，才敢如此。其他历代公主，连在关外称皇的三代都算在内，没有不受保姆欺负的！”

冒浣莲听了，真是闻所未闻，大感奇异。公主继续说道：“我们宫里的规矩，公主死了，公主的器用衣饰，就全归保姆所得。因此保姆们对公主就越发管得严厉，不许做这，不许做那，连行动都没有自由，好些公主就因长处深宫，郁郁而死。算来，我还算好的了。”冒浣莲暗想：“这样看来，保姆虐待公主，和鸨母虐待妓女，倒差不多！”公主低吁一声，问道：“你们寻常百姓人家的女儿，可有这样受管束的吗？”

张华昭微微一笑，说道：“我们那些号称诗礼传家的名门淑女，也一样被管束得很严，只不过没你们那么多保姆，不是受保姆的管束而已。大约你们皇家是名门中的名门，所以尽管做皇帝的怎样荒淫都可以，但做公主的却要守祖训礼法了！”冒浣莲点头暗道：“他倒看得比我清楚，不能专怪保姆，保姆只是替皇帝执行家规礼法的人罢了。”

公主继续说道：“我是先帝（顺治）第三个女儿，五六岁的时候，父皇去世（其实是到五台山出了家），皇兄继位，比起其他的公主来，受保姆的管束，还算是较松的了，但处在深宫，也是度日如年，几乎闷死。后来容若来了，他是我们的内亲，和皇兄亲如手足，常到内廷游玩，他见我郁郁不乐，就带我出宫到他的家里玩，他的母亲也喜欢我，以后我就常常借口到相府去住，溜出宫来。

“直到去年夏天，有一日，容若突然来找我，悄悄地问我，有没有专治内伤症的大内圣药，因为他知道有好些圣药是每个公主都赐一份的。我问他要来做什么，为什么不向皇帝要，却向我要？他笑嘻嘻的不肯说，我发小孩子脾性，他不说我就不给，他熬不过，才告诉我说，是给一个江湖大盗治伤的。我非常好奇，觉得这件事情很够刺激，就要求他让我看看江湖大盗到底是什么样子的，我们约定彼此都不准对别人说，结果他让我去看了，我起初以为江湖大盗不知是生得多凶恶的样儿呢，哪料却是一个年轻的小伙子！”冒浣莲插口道：“一个怪俊美的少年！”

张华昭面上一热，说道：“冒姐姐，别开玩笑，我在五台山时，受了容若姑母多铎王妃的飞镖打伤，后来夜闯清凉寺，又受了禁卫军的围攻，身受重伤，流血过多，成了痨症。要不是公主赐药，我已活不到现在了。”

冒浣莲听后，心中了了。她想：像公主这样深感寂寞郁闷的人，一定有许多古古怪怪的幻想，她发现了“江湖大盗”这样俊美，一定常常溜出宫来找他谈话解闷，久而久之，就生了情愫。只不知张华昭对她如何？

公主小嘴儿一呶，又道：“我很任性，我想要的东西，总要到手方休。我在宫里闷死啦，容若说昭郎就要离开了，冒姐姐，你是来接他出去的吗？你们能不能带我到外面去玩？嗳，你们不知道，有时候我真想安上一对翅膀，飞出深宫！”这时的公主，性情流露，就像一个淘气的小姑娘！

冒浣莲心想：你要完成这样的心愿，那可比要摘下天上的月亮还难！

正思量间，忽然复道里传来了“阁阁”的脚步声，冒浣莲忙把头巾整好，回头一望，只见纳兰容若走了进来。

纳兰见公主和冒浣莲贴身而坐，款款而谈，吃了一惊，忙道：

“三公主，时候不早，你应该回房安歇了。”公主嗔道：“容若哥哥，你也要像保姆一样管我？”冒浣莲咧嘴一笑，站起来道：“我也要走了！”纳兰容若满腹狐疑，拦着她道：“你和昭郎是以前相识的吗？你是什么时候来到府中的？”冒浣莲笑道：“同在异乡为异客，相逢倾盖便相亲。”纳兰容若见她集唐人诗句作答，意思是说，只因性情相投，乍见面（倾盖）便可成为好友。这样说，似乎她和张华昭以前并不相识。但细味诗意，亦可能是暗指她和自己以及公主，都是“倾盖如故”的意思，知道她不愿作答，故意集成诗句，好像禅语一样。纳兰容若不觉眉头一皱，但见她才思敏捷，也就不再留难，由她自去。

冒浣莲下了天凤楼，见桂仲明踽踽前行，如痴如傻，忙上前拉着他。桂仲明把手一摔，说道：“你不去陪那什么公子，回来做什么？”冒浣莲道：“你又来了！我是张华昭请去谈的，干纳兰公子什么事？”桂仲明道：“是吗？我看纳兰公子很喜欢你，要不然，怎你说他待人很好，对我却是那么冷冰冰的。”冒浣莲道：“你把经过细细说来，待我评评理，看是你不对，还是他不对。”

桂仲明细细说了，冒浣莲笑得打跌，说道：“原来你是这样莽撞，一见面就向人家要人，这怎怪得他，试想，假如是一个普通的宰相公子，你，一个看园人这样顶撞他，他不把你抓起来才怪！”桂仲明听了，也是道理，不再言语。冒浣莲又正色说道：“不过，据我看来，纳兰公子也已起了疑心了。他虽然超脱绝俗，但到底不能算我们这边的人。他一起了疑心，我们恐怕在这里呆不下去了，而且就算他不怀疑，你今晚亮了这么一手，把楚昭南的剑削断，和他打成平手，相府里，只要是懂得武功的，没有不怀疑你的了！”桂仲明道：“那我们在路上也曾打赢了江北三魔，陆明、陆亮怎么还请我们来？”冒浣莲道：“你真是不解事，江北三魔怎能和楚昭南相提并论？在这里，谁要是挡得住楚昭南三招，恐怕就会震动京师了。”桂仲明道：“那么我们是不是要马上逃跑？”冒浣莲道：“我虽然见着了张公子，还没有把我们的来意告诉他，我们要不要马上走，你且待我今晚好好想一想。”桂仲明奇道：“你在天凤楼耽了这么些时候，见了张公子还不和他说明来意，你们到底谈些什么？”

冒浣莲一笑不答，只是推他回房睡觉。

第二天一早，冒浣莲就拉起桂仲明，说道："我们向总管告假，你随我到外面去找一位朋友。"桂仲明从未听冒浣莲说过在北京有朋友，大感奇怪。冒浣莲道："不是我的朋友，是傅伯伯的知交，北五省的老镖头石振飞，他独创的蹑云十三剑，在江湖上久负盛名。此人最重江湖道义，三十年来，只凭一面镖旗就走遍大江南北，从未失手。据傅伯伯说，他的剑法虽好，但能够这样，却并不是全靠武功，而是因为德高望重，江湖朋友都给他闪个面子！"桂仲明喜道："你何不早说，既有这样的老前辈在此，我们理宜早去拜访。"冒浣莲道："我小时随傅伯伯见过他，前几年听说他已闭门封刀，在家纳福，不管闲事了。只是以傅伯伯和他的交情，他对我们的事，总不能不理。我们将来若要带张公子逃出相府，恐怕还要倚重于他。"

两人向总管请假，总管见他们昨天那样的威势，岂敢不准？两人走出相府，冒浣莲道："我只记得他的家在奉圣胡同，详细地址却不记得，只是走到那里一问，总可知道。"两人走了半个时辰，到了胡同口，正想找人来问，忽见有人抬着酒席，走入胡同，其中一人道："石老镖头这几天天天请客，今天又不知请的是哪一些人。"冒浣莲大喜问道："是石振飞老镖头请客吗？"那人睨了冒浣莲一眼道："该不是请你吧？"冒浣莲一笑不语，跟着他走。到了一座大宅，抬酒席的自有管门的长工接了进去。冒浣莲上前唱了个喏，径道来意。

那管门的长工又打量了桂冒二人一番，说道："你们有没有名帖带来？"冒浣莲道："一时未暇备办，你说是江南傅青主求见就行了。"

管门的长工嘀嘀咕咕走了进去，桂仲明道："你说得这老镖头如此义气，我看未必尽然。他又不是什么官府豪绅，怎的要递名帖求见，兴这一套俗礼繁文？"冒浣莲也皱了皱眉，感到有点意外。

过了一会，管门的长工出来了，说道："我们老爷子不在家。"桂仲明大怒，嚷道："明明看到你们请客，怎么说不在家！哼，你不接待客人，那也罢了，谎言相骗，还算得什么江湖人物？"桂仲明竟然泼口骂起石振飞来，冒浣莲想劝解也来不及。

闹了一阵，内里的门忽然打开，一个莽头陀大声吆喝，飞跑出来，朝桂仲明一推，喝道："你这小子在这里闹什么？"桂仲明大怒，反迎上去，用鹰爪功中的擒拿手法，一掌向莽头陀肩头按去。那头陀原不打算伤人，只是想吓走他的，哪料桂仲明发招奇速，一下子已是掌缘搭了上来，只要往下一拿，多好武功也不能动弹。莽头陀大吃一惊，急滑身卸步，双臂一抱，右肘微抬，丹田一搭，气达四梢，解拆了桂仲明的擒拿手，怒吼一声，反手一拳，向桂仲明面门捣来！桂仲明身形一闪，运大力鹰爪神功，啪的一掌打去，那头陀身法也快，脚跟一旋，拳头在半空划了半个圆圈，变成一记"勾拳"，狠狠打到！

桂仲明一抓抓去，正好将莽头陀的"勾拳"接着，桂仲明运起神力，抓着他的手腕，往下一拗，那头陀也怒吼一声，拳头抵在掌心，仍然用力撞去！桂仲明使出擒拿手法，还未能将他打倒，不禁大吃一惊，不知那头陀更是有苦说不出，他是江湖上成名的人物，竟斗一个少年不过，手腕又痛又麻，也要强行忍住，不敢喊出声来。

桂仲明知道遇到了劲敌，正想再出辣招，冒浣莲忽然冲了上来，大声叫道："你是不是通明叔叔？"莽头陀噫了一声，拳头往后一拉，桂仲明趁势向前一送，莽头陀踉踉跄跄，跌出几步，一个旋身，双拳紧握，仍然盯着桂仲明。

冒浣莲微微一笑，说道："大水冲到龙王庙，自家人认不得自家人，仲明，你快过来赔罪！这位大和尚是凌未风的朋友，江湖上人称怪头陀通明和尚。"

通明和尚放下拳头，忽然哈哈大笑，一把抱着桂仲明道："真是英雄出少年，我们老一辈的快要成了废物了。"他性情虽然鲁莽，为人却极坦率，他对桂仲明的武功，可是真心赞叹。

这时屋里面又有三个人闻声而出，当前两个人，一个高高瘦瘦，眼珠白渗渗的，活像个吊死鬼；一个肥肥矮矮，头顶光秃秃的，却像一个大马桶。桂仲明乍见怪相，吓了一跳。冒浣莲欣然叫道："常叔叔、程叔叔你们也在这儿？"

这两人是丧门神常英和铁塔程通，都是天地会的首领，当年曾跟随刘郁芳大闹五台山的。两人应了一声，看清楚冒浣莲面相，大笑道：“你扮成这样的俊俏小子，可不更把我们两个映得丑怪了！”

冒浣莲正待叫桂仲明上前厮见，常英背后忽然闪出一个人来，身法快极，抢上去拉着冒浣莲的手道：“你只顾招呼叔伯，连我也看不见！”冒浣莲因和通明等三人蓦然重逢，而常英又是身长七尺有余，虽然看出他背后跟着一个人，却没注意是谁。这时一听声音，喜极叫道：“易姐姐，你也来了！”

通明和尚说道：“这里不是叙说之地，你们且随我进去，先谒见石老英雄。”他一马当先，带领桂冒二人穿入内院，大声叫道：“石老兄，你待慢贵客了，你说该罚多少盅酒？”

冒浣莲睁眼一看，只见屋子里坐着高高矮矮，三山五岳好汉，总有十来个人，她认得当中那个瘦削的老头儿是石振飞，其他就只认得一个是李来亨手下的将领张青原。

石振飞大步走出，朝桂冒一揖，说道：“恕罪，恕罪！”再转问通明和尚道：“他们两位是谁，你怎不给我介绍介绍？”通明和尚抓着头皮啊呀一声叫道：“那位是冒浣莲姑娘，这位呀，叫做什么？喂，冒姑娘，你刚才叫他名字，我听不清楚，你再叫一声我听！”

石振飞笑道：“好一个莽和尚！”冒浣莲拉着桂仲明恭恭敬敬施礼，说道：“石老伯还记得我吗？我是傅青主伯伯收养的那个女娃子。”

石振飞“啊呀”一声，叫了起来，端详了一回，说道：“你这样大了，你的傅伯伯好？嗯，这位是——”他一面问冒浣莲，一面问桂仲明，冒浣莲道：“他叫桂仲明，是傅伯伯叫他和我一道来拜见你的。”石振飞捻须微笑，连道：“好，好！”冒浣莲脸上发烧，面红过耳。通明和尚嚷道：“你还说什么好好？他手底好辣，我和尚替你挡驾，可也替你吃了苦头。”

石振飞一向好客，只是这两天招待江湖上的黑道人物，不得不特别小心。他听得管门的来报，说是傅青主求见，先是大喜，后来一问相貌，来的却是两个少年，他知道傅青主并无徒弟，不禁大疑，通明和尚说道：“什么人敢乱打傅青主名头，待我去看。”不料这一看就看出了事，手腕几乎给桂仲明拗折。

石振飞大笑，带桂冒二人入席，一一给他们介绍，在座客人占了一半是天地会的。原来通明和尚与常英、程通二人，在五台山下武家庄的群雄大会之后，奉派赴粤，看平南王尚之信的动静，并联络那边的豪杰。不料一到广东，吴三桂已经发难，尚之信起兵响应，通明等人和江南的天地会首领，以及鲁王余部也都搭上了线。尚之信反复无常，起事尚未满一年，又再投降满清，清廷趁势大捕长江以南的帮会人物，通明和尚等人站不着脚，索性混入京师，仗着石振飞的掩护，躲在他的家里，而张青原则是奉李来亨之命，秘密进京的。

至于易兰珠，则闹得更凶，她最早入京，曾两次夜探多铎的王府，有一次给多铎撞见，恶斗起来，王府的高手，也纷纷赶到，幸在易兰珠轻功甚高，要不然几遭不测。易兰珠给追捕得紧，一日碰着通明和尚，谈起石振飞义薄云天，遂也来投靠。易兰珠在石府住了将近两个月，闭门不出，精研天山剑法，日前因得知张华昭下落，才再到相府查探，第一次碰到陆明、陆亮，一掠即过，第二次碰到楚昭南，却几乎被擒。

众人这次在石府重会，十分高兴。席上谈起桂仲明的五禽剑法是以前川中大侠叶云荪的嫡传，石振飞极感兴趣，说道："我所创的蹑云十三剑，据江湖朋友所言，与五禽剑十分相似，只是叶大侠僻处四川，我无缘拜见，他的弟子桂天澜，三十年前虽曾一面，我要他指教，他又忙于军旅之事，不肯露招。桂贤侄是叶大侠的外孙，这回相见，可不能错过了！"当下要桂仲明表演剑法。桂仲明趁着酒兴，也不推辞，铮的一声，抽出宝剑，便见一道寒光，照耀满座，石振飞喝声"好剑"！桂仲明抱剑作揖，道声"献丑"！滴溜溜一转身，顿时银光遍体，紫电飞空，满身剑花错落，哪还分得出剑影人影？愈舞愈急，剑风指处，四面窗棂都飒飒作响，席上群雄给剑风迫得衣袂飘举，双眼直睁。石振飞赞道："好剑法！"斟满一杯酒，突向桂仲明泼去，通明和尚先是一怔，随即醒悟用意，和常英、程通等也都斟满了酒，纷纷泼出。

酒方泼完，忽听得一声清啸，风定声寂，桂仲明宝剑围腰，双手空空，立在当中，周围丈许之地，酒湿地面，圈成一个圆圈，圈子内一点酒痕都没有。众人纷纷拍掌，石振飞道："泼水难入，确是上乘剑法。"桂仲明急忙施礼，说道："还要请老前辈指教。"

石振飞也不谦辞，提剑离席，慢慢移步到桂仲明舞剑所在，卓然立定，目光直注剑锋，略一盘旋，便觉剑尖似山，剑光如练，直荡出周围丈许远近。他开头几招，并不迅捷，桂仲明细看出手家数，果与五禽剑法有些相似，暗暗留神。猛然间，石振飞身形一晃，剑光缭绕中，只见四面八方都是石振飞的身影，满室剑光，忽东忽西，忽聚忽散，翩若惊鸿，宛如游龙，舞到后来，只见一团电光，滚来滚去，宛如水银泻地，花雨缤纷！席中的一位老镖头说道："剑舞得快不足为奇，请各位看看我们这位大哥的功力。"随手抓起一把瓜子，用"满天花雨"的打暗器手法，远远撒去，众人也都跟着去做。冒浣莲想："瓜子这样微小，众人又都用劲撒去，恐怕比挡住泼水更难。"哪知剑风激荡中，瓜子纷纷反射回去，有两粒弹在冒浣莲的面上，竟然似给虫蚁叮了一口似的，隐隐作痛，这才大吃一惊。

石振飞哈哈一笑，停身抱剑，四方一揖，说道："我老了，不中用了。"众人看那地面，也像桂仲明挡住泼水一样，瓜子在外面布了一大圈，轰雷一样的叫好。姜是老的辣，石振飞的功力比桂仲明确是高了一筹。

石振飞回席，桂仲明一揖到地，说道："多谢石老前辈的指点。"易兰珠也抿着嘴笑道："这份礼物可不轻！"石振飞笑道："老朽三十年心愿，一旦得偿，彼此都有益处，哪敢说是指点？"原来五禽剑法与蹑云十三剑，同以迅捷见长，但五禽剑精微之处，在于冲刺，蹑云剑精微之处，在于声东击西，避实就虚。两人这一互相观摩彼此剑法，都有大进，这是后话。

石振飞酒酣耳热，意兴甚豪。站了起来，邀请众人到他的后园玩玩，那里有个练武场子，他还想请客人试演本门绝技。他对冒浣莲尤其钟爱，连声地叫她赶快和桂仲明搬来住。

冒浣莲正待答话，忽然易兰珠抢着起来，截了话头，说道："冒姐姐今天还有点事，她说要过两天才能搬来。"冒浣莲心中一诧，自己哪曾对她说过这样的话？易兰珠在她身边，轻轻地捏她的手，一个纸团，已移过冒浣莲手心。冒浣莲便道：“石伯伯，过两天我准来打搅。”石振飞老于江湖，瞧在眼里，虽有点扫兴，也不便挽留，当下端茶送客，殷殷嘱咐，不必细表。

桂冒二人回到相府，只见门前龙旌凤銮，宫扇香车，都已无踪，园子里的彩灯，也已除下。问起来时，才知三公主已经回宫，连纳兰容若也给皇上宣召去了。冒浣莲颇感不安，好像有什么凶兆似的。回到屋子，打开纸团，只见上面写道：“今晚速与张公子逃出相府，迟则有变!”冒浣莲不由得一阵心惊。正是：

自惊此夕行藏露，剑海刀山走一遭。

欲知后事如何？请听下回分解。